KB043584

위험한 신혼부부

vol 3

the

위험한 신혼부부

vol 3

가하

위험한 신혼부부 3

지은이 박수정
펴낸이 이형기
펴낸곳 도서출판 가하

초판인쇄 2016년 10월 27일
초판발행 2016년 11월 3일
출판등록 2008년 10월 15일 제 318-2008-00100호

주소 서울 영등포구 양평로 67, 1209 (당산동5가, 한강포스빌)
전화 02-2631-2846
팩스 02-2631-1846

www.ixbook.co.kr

ISBN 979-11-300-1169-1 04810
ISBN 979-11-300-1166-0 04810(세트)

값 12,000원

contents

01 / 둘만의 결혼식

신부가 사라졌다. 결혼식을 30분 앞두고.

결혼식장은 아수라장이 되었다. 하객들이 여기저기서 수군거리는 가운데 서 의원은 격노했다.

"당장 찾아서 데리고 오지 못하면 두 번 다시 내 얼굴을 볼 생각도 말아라!"

몇 번이나 전화를 했지만 미사의 휴대폰은 역시 꺼져 있었다. 어차피 갈 곳이라고는 뻔하다. 현우는 턱시도 차림 그대로 차를 몰고 윤하의 집으로 내달렸다.

운전하는 내내 그는 분노에 반쯤 미쳐 있었다.

'이 연놈들, 내가 그냥 둘 줄 알아?'

증오의 화살은 특히 윤하를 향해 있었다. 이제는 미사고 뭐고 그 배우 녀석을 완전히 파멸시켜버리겠다고 현우는 몇 번이나 다짐하고 또 다짐했다.

'진작 그랬어야 했는데!'

미사는 장차 대서양그룹의 유일한 후계자가 될 여자다. 그래서 그녀의 기분을 완전히 거스를 수 없어서 여태 정윤하를 건드리지 않고 참고 있었던 게 실수였다. 차라리 미사를 화나게 만들더라도 일찌감치 제거해버렸다면, 지금쯤은 그 화도 풀어졌을 텐데.

어쨌거나 정윤하를 어떻게 처리하든 그건 나중이고 일단은 결혼식이 문제였다. 각계 고위층 인사들이 여태 결혼식장에 그대로 대기하고 있었다. 나중에 무슨 핑계를 대더라도 일단은 당장 신부를 데리고 돌아가서 결혼식만은 제대로 치러야 했다. 그렇지 않으면 자신은 물론이고 아버지까지 온 천하의 조롱거리가 되고야 만다.

미친 듯이 액셀러레이터를 밟은 끝에 현우는 이윽고 윤하의 집에 도착했다.

"나와! 당장 나오라고!"

대문을 주먹으로 쾅쾅 치고 발로 차며 고함을 쳤지만 아무 반응도 돌아오지 않았다. 대문 안쪽은 쥐 죽은 듯이 조용했다.

"제기랄!"

현우가 욕설을 내뱉은 그 순간, 주머니에서 휴대폰이 울렸다. 전화를 걸어온 사람의 이름을 확인하고 현우는 숨을 멈췄다.

그렇게 전화를 해도 받지 않던 여자가, 먼저 전화를 걸어오고 있었다.

컨버터블 카의 지붕을 열고 속도를 높이자 미사가 쓴 새하얀 베일이 깃발처럼 바람에 나부꼈다.

"와, 바람이 너무 시원해요!"

미사가 바람을 껴안으려는 듯이 두 팔을 활짝 벌리고 기뻐했다.

초여름의 햇살은 무척이나 따가웠지만 윤하는 일부러 선글라스를 쓰지 않았다. 곁에 앉아 있는 미사를 보는 데 방해가 되니까.

"근데 윤하 씨, 우리 정말 아무것도 없는 거 알아요? 돈도 없고, 옷도 없고."

미사가 드레스 자락을 걷어 올리고 보란 듯이 맨발가락을 까딱거렸다.

"하다못해 나는 신발도 없다고요!"

윤하도 마찬가지였다. 꽃에 물을 주는 도중에 뛰쳐나왔으니 뭘 챙겨 나올 겨를이 있을 리 만무했다. 가진 거라고는 오로지 걸치고 있는 옷과 신발뿐이었다. 그나마 주머니에 차 키가 있었던 게 용할 정도다.

"그 안에 지갑 없어?"

아까부터 신주단지처럼 끌어안고 있는 손가방을 가리키자 미사가 어깨를 으쓱했다.

"안타깝지만 없어요. 휴대폰하고 거울뿐이에요."

"이거 큰일인데."

내용과는 정반대로 태평하게 말하자 미사가 맞장구를 쳤다.

"그러게, 큰일이네요."

즐거워 죽겠다는 듯한 표정으로.

분명 가진 게 아무것도 없는데, 돈 한푼 없으니 당장 차에 기름이라도 떨어지면 낭패인데 이상할 정도로 아무것도 걱정되지 않았다. 남의 신부를 납치해서 도망쳤다는 기사가 뜰까 봐 두렵지도, 당장 내일 있는 스케줄이 걱정되지도 않았다.

곁에 미사가 있다. 그 사실만으로도 윤하는 이미 완벽하게 행복했다.

"근데 우리 지금 어디로 가는 거죠?"

"글쎄, 나도 잘 모르겠는데."

윤하라고 알 리가 없었다. 목적지도 없이 무작정 달리고 있는 중이었으니까. 마침 나타난 표지판에 쓰여 있는 '영동고속도로'라는 글자를 보고 윤하는 대답했다.

"이대로 계속 가면 동해바다가 나올 거야."

"좋아요, 달려요!"

미사가 손뼉을 치며 기뻐했다.

날씨가 맑은 건 좋지만 햇살이 너무 강했다. 그나마 자신은 셔츠라도 입고 있었지만 웨딩드레스 차림인 미사는 어깨와 팔이 그대로 햇빛 아래 노출되어 있었다. 여린 살갗이 햇빛에 타는 것이 보기 안쓰러워서, 윤하는 못내 아쉬워하는 미사를 달래고 차의 지붕을 올렸다.

머리 위에 지붕이 생기자 바람 소리가 차단되어 주위가 한결 조용해졌다.

"언제부터 날 좋아했던 거야?"

주위가 조용해지자마자 윤하는 그것부터 물었다. 미사가 왜 갑자기 심경의 변화를 일으켜서 돌아왔는지, 대체 무슨 일이 있었는지, 아무것도 듣지 않아도 상관없었지만 그것 하나만은 무척이나 궁금했다.

미사는 잠시 생각해보더니 불쑥 말했다.

"음, 아마 처음 본 순간부터?"

윤하는 피식 웃어버렸다.

"기쁘지만 사실대로 말해줘."

"정말인데."

미사는 더없이 진지한 얼굴을 했다.

"지금 생각하면 아마 처음부터 좋아했었던 것 같아요. 깨닫는 게 느렸을 뿐이지."

차창 밖으로 시선을 돌리며, 미사는 이야기를 시작했다.

"우리 처음 만났던 날, 기억나요?"

지금 와서 돌아보면 정말 그런 생각이 든다. 혹시 처음 만난 순간부터 좋아했던 게 아니었을까.

「저, 정말 아, 아, 아닙니다. 그, 그냥 이, 있길래 좀 보, 보, 본 건데…….」

야학 앞에 붙은 안내문을 열심히 들여다보고 있던 남자.

공부를 가르쳐주겠다고 말을 걸자 그대로 달아나버린 그 남자 때문에, 그날 밤 미사는 잠조차 제대로 이루지 못했었다.

지저분해진 작업복 차림에 낡아빠진 작업화를 신고, 거기에 말까지 심하게 더듬는 남자. 그런 주제에 마치 도서관에서 평생을 보낸 학자처럼 깊고 진지한 눈빛을 가진 그 남자가 이상하게도 머릿속에서 떠나지 않았다. 찾지 못하면 병이 날 것 같다. 왠지 꼭 만나야만 할 것 같았다.

며칠 동안 근처의 공사장을 다 뒤져서 겨우 그 남자를 찾아냈을 때는 하늘에라도 오를 것같이 기뻤다. 별난 아가씨라는 둥, 막걸리 한잔 같이하고 가겠냐는 둥, 가는 곳마다 아저씨들에게 짓궂은 농담을 들었던 것도 한순간에 잊어버렸다.

그때부터 미사는 그 남자, 김윤하를 맡아서 가르치게 되었다.

윤하는 미사보다 다섯 살이나 위였지만 늘 그녀를 선생님으로서 예의 바르게 대했다. 그러면서도 한편으로는 무척 다정하기도 했다. 미사에게 속상한 일이 있으면 조용히 귀 기울여주었고, 슬픈 일이 있으면 열심히 위로해주었다.

현우가 잊어버린 미사의 생일날, 곁에 있어주었던 것도 바로 윤하였다.

「전에 선생님 신발이 비, 비가 샌다고 해서…….」

미사 자신도 기억나지 않을 정도로 지나가듯 한 말을, 윤하는 용케 기억했다가 예쁜 새 운동화를 선물해주었다. 정작 자기 신발이 낡아빠져서 입을 벌리기 시작하고 있는 것은 아무렇지도 않다는 듯이.

펑펑 울어버릴 정도로 무척 감동했지만, 그때까지만 해도 미사는 미처 깨닫지 못하고 있었다. 자신이 윤하를 좋아하고 있다는 것을. 아직 현우를 좋아하는 마음이 남아 있기도 했고, 그를 저버려서는 안 된다는 생각이 무의식중에 강하게 있었던 것 같다. 그래서 윤하를 향한 마음이 점점 커져가는데도 미사 스스로는 아주 오랫동안 모르고 있었다.

그 마음을 처음으로 깨달은 것은, 우습게도 영화관에서였다. 배우 정윤하의 데뷔작인 영화, '미로'. 스크린에 윤하의 얼굴이 비치는 순간 저도 모르게 눈물이 났다. 가슴이 터지도록 기쁘고, 자랑스럽고, 또 미치도록 보고 싶었다.

영화가 상영되는 내내 미사는 스크린 속의 윤하와 함께 울고 웃었다. 그리고 영화가 끝날 때쯤에는 확신했다. 아, 나는 저 사람을 좋아하는구나.

하지만 때는 이미 늦어 있었다. 윤하는 더 이상 만나고 싶다고 만날 수 있는 존재가 아니었다. 게다가 윤하는 자신을 선생님으로밖에 생각하지 않을 텐데, 선생님과 학생으로서의 관계는 그의 고등학교 검정고시 합격과 함께 이미 끝났다. 즉, 다시 만날 일이 없었다.

'나한테는 현우 선배가 있잖아. 이러면 안 돼.'

미사는 마음을 다잡으려 애썼다. 고등학교 때부터 후원해주고 대학에도 가게 해준 현우가, 그녀에게는 연인이자 한편으로는 은인이기도 했으니까.

미사는 제 마음을 꾹꾹 눌러 죽이면서 현우에게 집중하려 노력했다. 정확히 말하자면 자신을 속이려고 애를 썼다. 어차피 윤하와는 될 사이가 아니라고, 잠시 마음이 흔들렸을 뿐이라고.

현우가 프러포즈를 해 온 것은 대학 졸업식 날이었다. 미사는 반은 은혜를 갚는 심정, 그리고 반쯤은 속죄하는 마음으로 승낙했다. 다른 남자를 마음에 품었던 일은 앞으로 살면서 두고두고 갚겠다고 속으로 다짐하면서.

그로부터 얼마 후, 윤하가 야학으로 불쑥 찾아왔다.

「오랜만입니다, 선생님.」

애써 아무렇지도 않은 척 했지만 사실 미사는 무척이나 떨렸다. 이러면 안 된다고 스스로를 꾸짖으면서도 은근히 기대감이 일어났다. 왜 갑자기 나를 찾아왔을까. 혹시 윤하 씨도 내가 조금은 보고 싶었던 건 아닐까.

하지만 그런 달콤한 기대는 윤하의 한마디에 금세 산산조각 나고 말았다.

「제가 좋아하는 사람은 따로 있으니까요.」

미사는 그게 자신이라고는 꿈에도 생각하지 못했다. 벌써 마지막으로 만난 지 2년이나 되었고, 그전에도 윤하는 자신에게 그런 감정을 드러낸 적이 한 번도 없었으니까.

괜히 헛된 희망을 품었던 자신이 무척이나 부끄러웠다. 윤하 씨 주위에는 예쁜 여배우들도 얼마나 많은데. 나는 윤하 씨한테 그냥 선생님일 뿐일 텐데, 나를 여자로 본 적도 없을 텐데.

너무나 초라하고 창피해서, 미사는 일부러 그가 묻지도 않은 얘기를 꺼냈다.

「프러포즈 받았어요. 졸업식 날, 현우 선배한테요.」

그 후 윤하는 별말 없이 돌아갔고, 그게 끝이라고 생각했다.

그런데 얼마 후에 윤하의 매니저라는 앳된 청년이 미사가 일하는 학원으로 찾아왔다. 작품에 필요하다며 윤하에게 영어 과외를 해달라는 것이었다.

미사는 물론 거절했다. 어차피 윤하에 대한 감정은 접어야 하는데, 계속 얼굴을 봐서 좋을 게 없으니까.

「죄송하지만 다른 선생님을 찾아보시는 게 좋겠어요.」

하지만 도민호라는 이름의 매니저는 끈질기게 매달렸다.

「형이 얼마나 낯가림이 심한지 아시잖아요. 다른 선생님하고 수업이 되겠어요? 돈은 얼마든지 드릴 테니까 제발 윤하 형 좀 도와주세요. 엄청 중요한 작품인데 망치면 큰일이거든요.」

결국 미사는 승낙하고 말았다. 윤하가 자신의 도움을 절실히 필요로 한다는데 차마 끝까지 거절할 수가 없었다.

물론 돈 때문에 시작한 일은 아니었지만, 시작하고 보니 수업료가 꽤 도움이 되었다. 미사는 같은 보육원에서 자란 동생들이 대학에 갈 수 있도록 돕고 있었다. 동생들에게도 자신과 같이 대학교육을 받을 수 있는 기회를 주고 싶었던 것이다.

해줄 수 있는 건 첫 등록금, 그리고 월세 보증금 정도를 마련해주는 것이 고작이었지만 그것도 여러 명으로 늘어나니 결코 쉬운 일이 아니었다.

윤하는 그런 미사의 사정을 알고 있었다. 대놓고 돕겠다고는 하지 않았지만, 자신이 더 이상 과외를 받을 필요가 없어지자 이어서 매니저인 민호의 과외를 맡겨주었다. 그것도 처음에 약속했던 것보다 훨씬 더 후한 수업료를 주면서.

미안하기도 했지만 미사는 거절하지 않았다. 돈이 필요했던 것도 사실이고, 무엇보다 계속 윤하를 볼 수 있는 게 좋았다.

결국 자신은 윤하를 잊을 수 없다는 걸 깨달은 것도 그때쯤이었다. 깨닫자마자 미사는 현우에게 이별을 선언했다.

「미안해요, 선배. 나 윤하 씨를 좋아해요.」

미안하다는 말은 진심이었다. 비록 현우는 사귀는 내내 자신을 속상하게 했지만, 그래도 다른 사람을 좋아하게 된 자신이 더 나쁘다고 미사는 생각했다.

「그러니까 우리 이만 헤어져요.」

하지만 현우는 이별을 받아들이지 않았다.

「아니, 헤어지는 것만은 안 돼.」

「어차피 내 마음은 다른 사람한테 가 있는데 계속 사귀어도 아무 의미가 없지 않나요?」

「껍데기라도 상관없어. 그냥 내 곁에만 있으면 돼.」

현우는 이상하리만큼 고집을 부렸다.

「나하고 헤어지면 아마 우리 집에서 보육원에 후원하던 것도 끊길 텐데, 그래도 좋아?」

협박까지 동원했다. 결국 미사는 동생들 생각에 이별을 포기할 수밖에 없었다.

그러다 현우와 윤하가 우연히 마주치는 날이 왔다. 늦게까지 민호의 과외수업을 한 미사를, 윤하가 차로 집까지 데려다 준 날이었다.

「남의 약혼녀와 필요 이상으로 가까이 지내는 거, 좀 켕기지 않습니까?」

자기소개도 생략하고 시비조로 말하는 현우에게, 윤하는 얼굴색 하나 변하지 않고 침착하게 대꾸했다.

「전혀. 제 매니저의 과외를 해주시는 선생님일 뿐이니까요.」

틀린 말도 아니었다. 몰래 좋아하고 있는 건 미사 혼자였으니까. 윤하는 자신에게 아무 감정도 없다고, 미사는 그때까지도 그렇게만 생각하고 있었다.

대화는 그게 전부였지만 현우는 무척이나 화를 냈다. 그리고 과외를 그만두지 않으면 지금 당장 보육원에 지원을 끊어버리겠다고 미사에게 선언했다. 어쩔 수 없이 미사는 민호의 과외를 그만두었고, 그 후부터 현우는 집요하게 결혼을 졸랐다.

「임용시험부터 붙고 나서 결혼하기로 약속했잖아요?」

미사가 핑계를 대며 결혼을 미루자 현우는 미사를 자기 것으로 만들고 싶어 더욱더 안달을 했다.

그전에는 결혼할 때까지는 선을 지키고 싶다는 미사의 의견을 순순히 존중해주던 그가, 이제는 막무가내로 그녀를 안으려고 들었다.

「싫다고 했잖아요!」

강제로 덮치려는 것을 끝내 밀어내자, 그때부터 현우는 다른 여자와 자기 시작했다.

미사로서는 도저히 이해할 수가 없었다. 자신도 현우를 사랑하지 않지만, 현우도 도저히 자신을 사랑한다고는 보이지 않았다. 그런데 대체 왜 나를 놓아주지 않는 걸까. 가진 거라곤 아무것도 없는 나를.

그러는 사이에 결국 결혼 날짜가 잡히고야 말았다. 현우의 아버지인 서 의원이 나서서 결혼을 서두른 것이었다. 미사도 그것까지 거역할 수는 없었다.

서로가 불행해질 것이 뻔한 결혼을 앞둔 미사는 매일매일이 불행했다. 결혼 준비를 하는 중에도 현우가 예사로 다른 여자들을 만나고 다녀서 더 그랬다. 현우가 다른 여자와 함께 호텔에 들어가는 걸

제 눈으로 본 날은 죽고 싶도록 괴로웠다. 질투 따위가 아니라, 자신에게 애정이라고는 없는 게 뻔한 남자와 왜 일생을 함께해야 하는지 도저히 알 수 없었기 때문에.

홧김에 술을 마시고 윤하의 집에 찾아간 그날, 미사는 처음으로 윤하의 마음을 알았다.

「그 자식하고는 파혼해. 나하고 결혼하자.」

술이 확 깨는 기분이었다. 그때까지 미사는 윤하가 자신을 좋아하고 있으리라고는 전혀 상상도 하지 못하고 있었기 때문에.

「계속 널 사랑했어. 처음 봤을 때부터, 지금까지.」

허무한 한편으로 윤하가 원망스러웠다. 진작 솔직하게 말해줬더라면, 나도 좀 더 용기를 낼 수 있었을 텐데. 어쩜 그렇게 감쪽같이 숨겨왔던 것일까.

하지만 지금이라도 늦지 않았다고 미사는 생각했다. 다행히 아직 자신은 결혼하지 않았으니까.

「조금만 시간을 주세요. 내일 아침에, 바로 대답할게요.」

미사는 그길로 윤하의 집을 나와 현우가 있는 호텔로 달려갔다.

「파혼해줘요.」

다른 여자와의 잠자리에서 끌려나온 현우를 향해, 미사는 당당하게 말했다.

「보육원에 지원을 끊겠다는 말은 그만둬요. 더는 그런 협박 따위엔 지지 않을 테니까.」

마음속 깊은 곳에서부터 용기가 솟아났다. 윤하가 자신을 사랑한다는 것을 알자 이젠 세상 무엇도 두렵지 않았다.

하지만 모처럼의 용기도 거기까지였다. 현우는 다른 여자의 립스틱이 묻은 입술로 태연하게 웃었다.

「혹시 알고 있나? 정윤하가 유괴범에 살인범이라는 거.」

그때 처음으로 미사는 그 일에 대해서 알게 되었다. 물론 틀림없이 윤하가 누명을 쓴 거라고 믿었지만, 어쨌든 그런 일이 진짜로 있었던 것만은 사실이었다. 현우가 꾸며낸 얘기가 아니라.

「한 번만 더 파혼 얘기를 꺼내면, 이 일을 온 세상에 다 공개해버릴 거야.」

결국 미사는 굴복할 수밖에 없었다. 윤하를 다치게 할 수는 없었으니까.

「아무래도 제가 그 사람을 많이 사랑하는 것 같아요.」

현우가 지켜보는 앞에서, 미사는 윤하에게 전화해서 말했다.

「……정말 미안해요, 윤하 씨.」

미사가 이야기하는 동안, 윤하는 고속도로 쉼터에 차를 세워놓고 귀를 기울였다. 그리고 이야기를 다 듣고 나서는 안타까움과 분노를 감추지 못했다.

"결국 너는 날 지키기 위해서 그 자식과 억지로 결혼하려고 했던 거군."

"그래요."

"혼자 그렇게 고통스러워하지 말고 진작 나한테 말하지 그랬어."

윤하는 미사의 손을 끌어다 잡았다.

"네가 그렇게 희생할 필요가 없었어. 그 일은 사실……."

"알고 있어요. 그 후에 민호를 찾아가서 자초지종을 다 들었으니까요."

미사가 윤하의 말을 가로막았다.

"하지만 어쨌든 그런 일이 있었던 건 사실이잖아요. 이 일이 알려지게 되면 윤하 씨가 다칠 테니 나로서는 어쩔 수 없었어요."

그래서 로스쿨에 갈 준비까지 하고 있었던 것이다. 변호사가 되어서, 스스로의 힘으로 윤하의 누명을 벗겨주고 싶어서. 또한 그래야만 자신이 현우에게서 놓여날 수 있을 것 같아서.

"내 걱정은 이제 그만둬."

윤하는 결심에 찬 얼굴을 했다.

"분명 녀석은 그 일을 가지고 또다시 너를 협박하려 들겠지. 하지만 나는 어디까지나 떳떳하니까, 만약에 녀석이 터뜨린다면 당당하게 있는 그대로 얘기할 거야."

"사람들이 그걸 믿어줄 거라고 생각해요?"

"믿어주지 않으면 그냥 배우를 그만두는 수밖에."

윤하의 목소리에서는 일말의 미련조차 느껴지지 않았다.

"윤하 씨, 연기 없이는 못 산다고 했잖아요?"

"할 줄 아는 게 그것뿐이라는 뜻이었어. 어차피 돈도 벌 만큼 벌었고, 찾아보면 연기 말고도 뭐든지 할 만한 일이 있겠지."

"연기할 때가 제일 행복하다고 해놓고선."

"너를 그 자식 곁으로 돌려보내는 것보다는 연기를 그만두는 게 백배 나아."

미사는 웃었다. 그 말이 듣고 싶어서, 괜히 심술을 부렸다. 어차피 윤하가 그렇게 나올 거라는 거 뻔히 알고 있으면서.

"이제는 내가 너를 지킬 거야. 그러니까 더 이상 나 때문에 아무 것도 희생하지 마."

미사의 손을 꼭 잡으며, 윤하는 말했다.

"그 자식이 뭐라고 하든 두 번 다시 돌아가지 않아도 돼. 아니, 보내지 않아."

그런 윤하를 향해, 미사는 생긋 웃어 보였다.

"걱정하지 않아도 돼요. 이젠 나한테도 카드가 있으니까."

"카드?"

"스페이드 에이스라고, 알아요?"

윤하를 향해 살짝 윙크를 해 보이고, 미사는 가방에서 휴대폰을 꺼내 어디론가 전화를 했다.

상대방이 전화를 받은 것일까. 이윽고 방금까지 활짝 핀 장미처럼 미소 짓고 있던 그녀의 표정이, 삽시간에 얼음으로 깎은 조각처럼 변했다.

"미리 말해두지만 또 똑같은 걸로 날 협박할 생각은 말아요."

스페이드 에이스를 손에 쥔 여자의 입가에, 이윽고 차가운 미소가 떠올랐다.

"……살인자."

– ……살인자.

미사의 입에서 그 말이 흘러나오는 순간, 현우는 온몸이 얼어붙는 것 같은 느낌을 받았다.

심장이 마구 쿵쾅거렸다. 대체 그걸 어떻게 알고 있지? 아니, 그것보다도 미사는 지금 분명 열여덟 살일 텐데……?

"너, 설마 기억이 돌아온 거야?"

– 그래요.

이런 제길, 하고 현우는 이를 악물었다.

미사가 실종되기 전날, 자신은 본가에 인사를 온 홍혜경 부회장의 비서실장과 대화를 했다. 미사의 작은아버지를 죽였던 일의 공소시효에 대해서였다. 이야기를 나누는 도중에 문득 바깥에서 희미하게 인기척이 들려와서 혹시나 미사가 들은 거나 아닐까 걱정했었는데, 역시나 그 생각이 맞아들었던 모양이다.

가슴이 철렁했지만 현우는 역시 내색하지 않으려 애를 썼다. 여기서 당황한 기색을 보이면 큰일이다.

"대체 무슨 소린지 모르겠는데."

– 난 선배가 홍혜경 부회장님의 비서실장과 함께 죽인 사람의 이야기를 하고 있어요.

"이상한 소리를 하는군. 그래, 증거는 있고?"

– 글쎄요. 있을 수도 있고, 없을 수도 있고.

있다는 거야, 없다는 거야! 현우는 그만 초조해지고 말았다.

"이봐. 무슨 말인지 똑바로 이야기를 해야……!"

– 며칠 후에 연락할 테니 그때 다시 이야기하도록 해요. 지금 여행을 떠나는 중이거든요.

즐겁게까지 느껴지는 목소리가 현우를 인내심의 한계로 내몰았다.

"이봐, 윤미사!"

더 이상 참지 못하고 현우는 버럭 고함을 질렀다. 하지만 미사는 예전처럼 움찔하기는커녕, 싸늘하게 응수해 왔다.

— 충고하는데, 나한테 그렇게 함부로 대하지 않는 게 좋을 거예요. 내 손에 선배뿐 아니라 선배 아버지 앞날까지 모두 달려 있으니까.

자신만만하기 그지없는 태도에 짚이는 게 있었다. 아무래도 이 여자, 뭔가를 쥐고 있는 것 같은데.

'설마……?'

미사가 계속해서 말했다.

— 그러니까 허튼수작 부릴 생각 말고 내가 연락할 때까지 얌전히 기다리고 있도록 해요.

그 말을 끝으로 전화는 일방적으로 끊겼다.

현우는 다급히 차에 올라타 글러브박스를 열었다. 그리고 지도 등의 잡동사니를 헤치고 맨 안쪽에 손을 넣어보았다.

"……!"

온데간데없었다. 분명 거기 있어야 할 휴대폰이.

"됐어요."

통화를 마치고 휴대폰의 전원을 끄며, 미사가 윤하를 향해 생긋 웃어 보였다. 방금까지 싸늘한 목소리로 상대를 협박하던 것과는 백팔십 도 다른 태도였다.

"녀석이 사람을 죽였다고?"

윤하는 그것부터 물었다. 서현우란 놈이 인간쓰레기인 줄이야 진작부터 알고 있었지만 그 정도까지인 줄은 몰랐다.

"네. 기억을 잃기 전날, 선배가 공범과 이야기하는 걸 우연히 들었어요."

미사가 고개를 끄덕였다.

"그래서 윤하 씨에게 전화해서 파혼하겠다고, 만나자고 한 거였어요. 그 일을 잘만 이용하면 벗어날 수도 있을 것 같아서."

"아……!"

「윤하 씨. 저 이 결혼, 안 할 거예요.」

뭔가를 두려워하는 것 같으면서도, 또 한편으로는 결심에 차 있는 것 같기도 했던 목소리. 이제야 윤하는 그날의 그녀를 이해할 수 있을 것 같았다.

"고마워요, 거짓말까지 해가면서 기억을 잃은 나를 데리고 있어줘서."

"목소리가 심상치 않았으니까. 감을 믿기를 잘했어."

"정말 잘했어요. 그러지 않았더라면 난 분명 선배한테 끌려가서 강제로 결혼 당했을 거예요. 아무것도 모른 채로 말이에요."

생각만 해도 끔찍하다는 듯이, 미사는 몸을 떨었다.

"심지어 좋아하게 됐을 수도 있겠죠. 겉으로 보기에는 잘생기고 다정한 사람이니까."

하지만 그녀는 금세 윤하의 얼굴을 쳐다보더니 다시 웃는 얼굴로 돌아갔다.

"그래도 나는 결국 나였나 봐요. 아무것도 기억하지 못해도 윤하 씨를 좋아하게 됐으니까."

"그래."

고개를 끄덕이는 윤하를, 미사는 눈치를 보듯 곁눈질로 살짝 쳐다보았다.

"혹시 조금 섭섭하지는 않아요?"

"뭐가?"

"윤하 씨는 열여덟 살의 나를 무척 귀여워하고 있었잖아요."

미사는 망설이듯 조그맣게 덧붙였다.

"뭐, 정 서운하면 얘기해요. 가끔 아저씨라고 불러줄 수는 있으니까."

난 또 뭐라고. 윤하는 피식 웃었다.

"서운할 리가 없잖아. 너는 그때도 너였고, 지금도 너인데."

문득 윤하는 열여덟 살의 미사가 자기 자신에게 질투해서 속상해하던 것을 떠올렸다. 아저씨가 좋아하는 건 스물여덟 살의 미사라면서.

기억이 돌아와서도 넌 또 똑같은 걱정을 하고 있구나.

"정말?"

불안해하는 기색이 역력한 눈망울이 미치도록 사랑스러워서, 윤하는 참지 못하고 그녀의 어깨를 끌어당겨 입술을 겹쳤다.

이런 바보 같은 아가씨야. 그 애가 바로 너인걸. 키스할 때 숨을 쉬지 않아서 사람 불안하게 만드는 버릇도, 살짝 눈을 떴다가 눈이 마주치면 화들짝 놀라 도로 감아버리는 것도, 머리칼을 쓰다듬으면 달콤한 한숨을 흘리는 것도, 모두 다 너잖아.

기나긴 키스 후에 미사는 겨우 눈을 떴다.

"사랑해."

긴 속눈썹에 감싸인 꿈꾸는 듯한 눈동자를 들여다보며 윤하는 속삭였다.

차는 계속해서 동쪽을 향해 달렸다. 꽤나 긴 드라이브였지만 하나도 지루하지 않았다. 할 얘기가 끝도 없었으니까.

"윤하 씨는 아무 걱정 하지 않아도 돼요. 아까 내가 그렇게 엄포를 놓아뒀으니까 섣불리 허튼수작은 못 할 거예요."

어차피 걱정 안 하는데, 하고 윤하는 생각했다. 서현우 따위가 언론에 뭐라고 지껄이든 무서울 게 있나, 미사가 곁에 있는데.

하지만 물론 미사 쪽은 그렇지 않을 게 분명했다.

"그런데 대체 누굴 죽였다는 거야?"

"그걸 모르겠어요. 누구라고는 말하지 않았으니까."

윤하는 놀랐다.

"뭐야, 아까는 다 알고 있는 것처럼 말하더니."

"그거야 협박한 거죠."

미사가 어깨를 으쓱했다.

“뭐, 내가 빼낸 휴대폰 안에 있을 거 같기는 해요. 아직 못 봤지만.”

“비밀번호라도 걸려 있는 거야?”

“그렇긴 한데 아마 풀 수 있을 거예요. 하루 이틀 봐온 사이는 아니니까.”

“그럼 왜 아직 확인해보지 않았어?”

“배터리가 없었어요, 확인해볼 겨를도 없었고. 그리고 지금은 별로 생각하고 싶지도 않네요.”

미사가 생긋 웃었다.

“저쪽은 며칠 마음고생 좀 하라고 내버려두고 지금은 그냥 즐거운 생각만 해요. 사랑의 도피, 너무 로맨틱하지 않아요?”

당장 내일 스케줄이 있는 걸 떠올리고 윤하는 피식 웃었다.

“뭐, 민호 녀석이 펄펄 뛸 것만 빼면.”

그러면서도 당장 민호에게 전화할 생각은 들지 않았다. 미사만큼이나 그 역시 지금 이 순간을 방해받고 싶지 않았으니까.

이윽고 차는 고속도로를 빠져나와 상점들이 옹기종기 모여 있는 읍내로 들어섰다. 바닷가 근처에 있는 작은 마을이었다.

“어디 옷가게 없을까요?”

미사가 창밖을 내다보며 말했다.

“다른 건 몰라도 옷은 좀 갈아입었으면 좋겠는데.”

“왜, 예쁜데.”

윤하는 진심으로 말했다. 웨딩드레스 차림의 그녀가 무척이나 아름다워서, 이왕이면 좀 더 오래 보고 싶었던 것이다.

하지만 미사는 치가 떨린다는 듯이 말했다.

"그 사람이랑 결혼하기 위해 입은 드레스 따위, 빨리 쓰레기통에 버리고 싶어요."

그제야 윤하는 미사의 마음을 깨닫는 동시에 미안해졌다. 아, 내가 생각이 짧았구나.

"아, 그러고 보니까 돈이 한푼도 없었네."

미사가 곤란한 얼굴을 했다.

"당장 오늘은 어디서 자죠?"

마침 눈앞에 작은 식당이 보였다. 윤하는 대꾸하는 대신에 식당 앞에 차를 세웠다.

"밥 먹자고요? 돈이 없잖아요."

"잠깐 여기서 기다리고 있어."

윤하는 미사를 차 안에 남겨둔 채 차에서 내려서 식당 안으로 들어갔다.

"아니, 이게 누구래?"

윤하의 얼굴을 보고, 오십 대 정도로 보이는 식당 주인아주머니는 눈이 튀어나올 것 같은 표정을 했다.

"승현이 아니야!"

얼마 전에 끝난 '위험한 신입사원'에서의 극중 이름이었다. TV 드라마를 주로 하다 보니 윤하는 동년배의 배우들 중에서도 유독 중년 아줌마 층에 인기가 높았다. 다행히 이 식당 주인도 예외가 아닌지 무척이나 반가워했다.

"세상에나 정윤하가 어떻게 이런 시골구석에를 다!"

카메라 앞에서는 아무렇지도 않은데, 곁에 매니저도 없이 일반인과 대화를 하자니 긴장감에 가슴이 뛰었다. 게다가 이제부터 아쉬운 소리를 해야 한다고 생각하니까 더욱더.

물론 연기를 한다는 생각으로 다른 캐릭터가 되어 말하면 얼마든지 자연스럽게 할 수 있었지만 윤하는 이제 더 이상 가면을 쓰고 싶지 않았다. 서투르면 서투른 대로, 제 모습 그대로 사람을 대하고 싶었다.

"죄송하지만 부탁이 있습니다."

"예에? 아니, 스타 양반이 나 같은 사람한테 무슨?"

의아한 표정을 하는 주인아주머니에게, 윤하는 침을 꿀꺽 삼키고 말했다.

"저한테 돈을 좀 빌려주실 수 없겠습니까?"

초면에 너무 뻔뻔한 부탁이라는 건 알고 있었지만 당장 수중에 한푼도 없었다. 그렇다고 민호에게 전화해서 송금해달라고 하자니 카드고 뭐고 아무것도 없어서 돈을 찾을 방법도 없었다. 미사에게 옷과 신발도 사 주어야 하고, 오늘 밤 지낼 곳도 마련해야 하는데.

미사를 위해서라면 못 할 게 없었다. 윤하는 다시 한 번 용기를 냈다.

"사정이 있어서 그렇습니다. 계좌번호를 알려주시면 매니저에게 연락해서 바로 갚아드릴 테니, 부탁드립니다."

윤하는 고개를 깊이 숙였다.

"난 또 뭐라구!"

식당 주인아주머니는 어이없는 얼굴을 했다.

"아니, 별것도 아닌 걸 가지고 뭐 말을 그렇게 어렵게 하고 그래요? 스타가 그깟 푼돈 떼먹을 리도 없는데, 그쯤 못 해드릴까 봐."

아주머니는 당장 금고에서 꽤 두툼한 돈뭉치를 꺼내 건네주었다.

"이거면 되겠어요? 모자라면 요 앞에 농협 가서 바로 찾아오면 되는데."

이렇게 되자 오히려 당황한 쪽은 윤하였다.

"처음 보는 사람인데, 절 어떻게 믿으시고 그렇게까지……."

"아니, 내가 왜 정윤하 씨를 처음 봐? 아까 전에도 재방송으로 얼굴 봤구먼."

아주머니가 큰 소리로 웃었다.

"대신에 사인 하나만 큼지막하게 해주고 가세요. 오시는 손님들 보게."

윤하는 사인뿐 아니라 아주머니와 둘이 휴대폰 카메라로 다정하게 사진 촬영까지 해주었다. 아주머니는 사진을 액자에 넣어서 식당 벽에 걸겠다며 뛸 듯이 기뻐했다.

"다른 배우들은 좀 떴다 싶으면 영화나 광고만 줄창 찍는데, 정윤하 씨는 우리 같은 사람들 보라고 테레비에 자주 나와줘서 얼마나 고마운지 몰라. 앞으로도 자주자주 나와요, 응?"

식당을 나오는 윤하의 발걸음은 가벼웠다. 당장 쓸 돈이 생겨서 마음이 놓이기도 했지만, 방금 아주머니와의 대화가 무척이나 마음을 따뜻하게 했다. 나에게는 이 사람들이 처음이라도 이 사람들은 내가 처음이 아니구나. 그동안 일해온 보람이 뼈저리게 느껴졌다.

다행히 바로 근처에 작은 옷가게가 있었다. 옷가게 주인 역시 윤하를 보고 놀라움을 감추지 못했다.

"근처에서 영화 촬영 중입니다."

윤하가 대충 둘러대자 미사도 박자를 맞췄다.

"제 얼굴은 모르시죠? 전 신인이라 이번 작품이 처음이거든요!"

미사는 심플한 디자인의 하얀색 원피스와 샌들을 골랐다. 내친 김에 아예 가게 구석에서 옷을 갈아입고, 미사는 옷가게 주인에게 드레스를 주어버렸다. 매우 후련하다는 표정으로.

"대신에 저희 왔던 거 비밀로 해주셔야 해요!"

즐거운 마음으로 둘은 읍내를 떠났다. 조금 더 달리자 이윽고 아름다운 바다가 눈앞에 펼쳐졌다.

오늘은 6월의 첫날이다. 내리쬐는 한낮의 햇살은 한여름이나 다름없을 정도로 따가웠지만, 바닷물은 아직 해수욕을 하기에는 차가울 터였다. 그래서인지 넓은 바닷가에는 아무도 없이 조용하기만 했다.

"여기 오기를 잘했어요!"

차에서 내린 미사가 바다를 쳐다보며 감탄했다. 윤하도 동감이었다.

끝없이 이어진 푸른 바다. 모래사장 한구석에 핀 들꽃들이 바닷바람에 살랑거렸다. 미사는 계란처럼 생긴 개망초를 엮어 솜씨 좋게 화관을 만들어 머리에 썼다.

"어때요, 어울리나요?"

화려한 웨딩드레스를 입고 베일을 쓰고 있을 때는 활짝 핀 백장미 같았던 여자가, 수수한 하얀 원피스를 입고 화관을 쓰자 이제는 풀꽃같이 청초해 보였다. 생긋 웃는 얼굴이 눈부셔서, 윤하는 차마 제대로 쳐다볼 수조차 없었다.

"우리, 결혼할까?"

윤하는 저도 모르게 불쑥 말했다. 말이 먼저 튀어나오고 나자 생각은 갈망으로 이어졌다. 미사를 지금 당장 내 신부로 만들고 싶다.

"어차피 네 기억이 돌아오면 바로 프러포즈할 생각이었어. 그런데 이제 돌아왔잖아."

미사의 손을 끌어다 잡아 제 가슴에 가져다 대며, 윤하는 애원하듯 말했다.

"그러니까 결혼하자. 지금, 여기서."

미사는 깜짝 놀란 듯이 윤하의 눈을 바라보았다.

"윤하 씨……?"

아무리 기다려도 승낙의 말이 돌아오지 않아서, 그제야 윤하는 겨우 제정신으로 돌아왔다. 자신과 달리 미사는 여자니까, 결혼에 대한 로망이 있을 텐데.

"미안, 내가 너무 성급했나 봐. 드레스도 없고 반지도 없는데."

윤하는 민망함을 감추기 위해 애써 웃었다.

"놀라게 해서 미안해."

하지만 미사는 고개를 젓더니 불쑥 말했다.

"윤하 씨는 어떻게 나랑 생각이 똑같아요?"

"응?"

"사실은 우리 둘이서 바닷가에서 결혼식 하자고 말하려고 하고 있었단 말이에요. 이 옷도 그래서 일부러 산 건데."

윤하는 놀란 눈으로 새삼 미사를 바라보았다. 그러고 보니 영락없는 신부의 차림으로 보였다.

새하얀 원피스와, 역시 하얀 꽃으로 엮어 머리에 얹은 화관.

"해요, 결혼."

미사는 결심한 듯이 말했다.

"지금, 여기서요."

끝없이 이어진 하얀 모래사장이 버진 로드가 되었다.

해안가를 따라 핀 풀꽃들이 눈을 동그랗게 뜨고 두 사람을 바라보았다.

파도가 연이어 밀려왔다 물러나며 조용히 웨딩마치를 울렸다.

무척이나 소박한 결혼식이었지만 신랑과 신부 두 사람만은 행복하기 그지없었다.

한껏 꾸민 결혼식장, 화려한 드레스, 잘 차려입은 하객들이 그들에게는 아무런 의미도 없었다. 그저 지금 이 순간 곁에 있는 서로의 존재만이 중요할 뿐.

소금기를 품은 바닷바람이 들었다.

풀꽃 화관을 쓴 신부가 떨리는 목소리로 말하는 것을.

"나 윤미사는 지금 이 순간부터, 앞으로 영원히 당신의 아내입니다."

6월의 태양도 지나가는 구름 뒤에 숨어 살짝 엿들었다.

신랑이 목멘 소리로 대답하는 것을.

"나 김윤하는 지금 이 순간부터, 앞으로 영원히 당신의 남편입니다."

신랑이 신부의 이마에 가만히 입 맞추는 순간, 마침 구름 밖으로 얼굴을 내민 햇살이 두 사람을 따스하게 감싸 안았다.

끝없이 이어진 바닷가를, 방금 탄생한 부부는 둘이서 손을 잡고 정답게 걸었다.

"이 손, 옛날부터 되게 잡고 싶었던 거 알아요?"

오랫동안 노동을 해서 군데군데 딱딱하게 못이 박이고, 자잘한 흉터가 희미하게 여기저기 남아 있는 투박하고 거친 손. 고운 얼굴과는 달리 고생의 흔적이 역력히 묻어나는 윤하의 손을 잡아다 미사는 가만가만 어루만졌다.

"같이 앉아서 공부하고 있으면 윤하 씨 손이 보이잖아요. 늘 상처가 가실 날이 없더라고요. 나을 만하면 또 다쳐 오고, 또 나을 만하면 다른 데가 또 다치고. 한 번이라도 일 많이 힘들죠, 하면서 손 꼭 잡아주고 싶었어요."

용기가 없어서 그러지 못했지만, 하고 미사는 웃었다.

"윤하 씨도 날 좋아하는 줄 알았으면 그냥 미친 척하고 확 잡아버릴걸."

"그러지 않기를 잘했어."

"왜요?"

윤하는 한없이 진지한 얼굴로 대답했다.

"그랬다간 아마 난 놀라서 심장이 터져 죽었을 테니까."

미사의 맑은 웃음소리가 조용한 바닷가에 울려 퍼졌다.

"있잖아요, 윤하 씨는 나랑 뭐가 제일 하고 싶었어요?"

미사가 눈을 빛냈다. 윤하는 잠시 생각해보더니 대답했다.

"같이 영화를 보고 싶었어."

"에이, 겨우 그거예요?"

"겨우, 가 아냐. 그때까지 나는 평생 한 번도 영화관에서 영화를 본 적이 없었는데."

"어머, 그럼 언제가 처음이었어요?"

"내 데뷔작이 개봉했을 때. 시사회 때 하도 긴장해서 제대로 못 봐서, 나중에 다시 가서 봤어."

"누구랑? 설마 여자?"

윤하는 매우 김새는 표정을 했다.

"있어, 도민호라고."

미사가 또 한 번 배꼽을 잡았다.

"나 혼자서 보러 갔었거든요, 그 영화 개봉하던 날."

이윽고 웃음을 멈춘 미사가 중얼거리듯 말했다.

"영화를 보고 나오는 길에 여자들이 하나같이 남친 붙잡고 윤하 씨 너무 멋있다면서 시름시름 앓는데, 듣자니 슬쩍 후회가 되는 거예요. 아, 내가 괜히 윤하 씨보고 연기하라고 했나?"

"왜?"

"물론 천직을 찾았으니까 윤하 씨한테는 좋은 일인데, 나는 은근히 심술이 나더라고요."

미사가 어깨를 으쓱했다.

"뭐랄까, 나 혼자만 알고 있던 좋은 것을 모두가 다 알게 돼서 속상한 거? 마치 빼앗긴 것 같은 느낌이 들지 뭐예요. 뭐, 따지고 보면 내 것도 아니었지만."

"아니, 네 거였어."

윤하의 입술 사이로 가벼운 웃음이 새어나왔다.

"나는 그때도 너밖에 없었으니까."

문득 미사가 호기심에 찬 얼굴을 했다.

"예쁜 여배우들하고 일하면서 한 번도 흔들린 적 없었어요?"

"없어."

"에이, 솔직히 한 번쯤은 있지 않나요?"

"없었다니까."

윤하는 단호하게 고개를 저었다. 그의 인생에서 여자라고는 오로지 미사뿐이었다. 이전에도, 그리고 앞으로도.

"하긴 이혜연한테도 무척 차갑게 굴었죠, 윤하 씨."

미사의 얼굴에 순간적으로 분한 기색이 어렸다. 혜연이 광고 촬영현장에서 무릎을 꿇으라고 행패를 부렸던 게 떠올랐던 것이다.

"그 여자, 정말 저질이야. 지금 같았으면 아주 톡톡히 망신을 줬을 텐데 그때만 해도 내가 열여덟 살 애였으니 뭐라고 제대로 대거리도 못 했어요. 그때 마침 부회장님이 보셨으니 망정이지, 그렇지 않았으면 나 화병 걸렸을 거야."

"음?"

윤하가 놀라서 미사의 얼굴을 들여다보았다.

"열여덟 살이었다니, 그땐 벌써 기억을 되찾은 후였잖아?"

그제야 미사는 여태 윤하가 사실을 모르고 있었다는 것을 떠올렸다. 아!

"사실 그때는 아직 기억이 돌아오기 전이었어요. 그런 척하고 있었던 거지."

"대체 왜 그런 짓을 했어?"

더는 '현우 선배'라고 부르기도 싫다. 미사는 혐오감을 담아 말했다.

"협박당했거든요, 그 사람한테. 또 윤하 씨 일로요."

윤하의 눈이 커졌다.

"왜 나한테 말하지 않았어?"

"그랬으면 윤하 씨는 날 위해서 연기고 뭐고 다 포기했을 거잖아요."

그제야 윤하는 미사가 기억을 되찾던 전날 밤의 일을 떠올렸다.

「있잖아요, 우리 그냥 여행 갔다가 돌아오지 말고 거기서 계속 살면…… 안 되겠죠?」

미사는 농담처럼 그렇게 말했었다. 그때는 생전 처음 가보는 해외여행에 들떠서 하는 소리라고만 생각했었는데, 이제 보니 다 이유가 있었던 거였다.

"그래서 기억이 돌아온 척, 윤하 씨랑 있었던 일은 모두 잊은 척하고 떠났던 거예요. 사실대로 말했으면 윤하 씨는 나 때문에 뭐든지 다 희생했을 테니까."

애틋하고 안타까운 감정으로 윤하는 금세라도 가슴이 터져나갈 것만 같았다. 배우인 나도 알아채지 못할 정도로 그렇게 태연하게 연기하면서 네 마음이 얼마나 무너지고 있었을까. 그런 줄도 모르고 자신은 버림받았다고 생각했었다. 나 혼자만 아프다고, 그렇게 믿고 있었다.

"그럼 진짜로 기억을 되찾은 건 언제지?"

"오늘, 그러니까 결혼식 30분 전이에요."

윤하의 얼굴이 하얗게 질렸다. 세상에! 심장이 마구 쿵쾅거렸다. 기억이 돌아오는 것이 조금만 늦었던들, 그녀는 하마터면 그 악독한 인간의 신부가 될 뻔했다.

감사합니다, 감사합니다. 여태 믿어본 적도 없는 신에게, 윤하는 마음 깊이 감사했다.

"약속해."

이윽고 윤하는 미사를 가슴에 꽉 품어 안았다. 세상의 모든 나쁜 것으로부터 그녀를 지키듯이, 제 몸으로 철저히 막아서듯이. 품에 안은 그녀가 너무나 작고 가녀려서 그만 눈시울이 뜨거워졌다. 얼마나 힘들었어. 이렇게 작은 너 혼자 그 큰일을 다 감당하느라.

"앞으로는 그 무엇도, 너 혼자 감당하지 않겠다고."

"약속할게요."

윤하의 품 안에서, 미사는 착하게 대답했다.

"두 번 다시는 안 돼. 그게 뭐가 됐든지 솔직하게 말하고 같이 고민해."

"그럴게요."

대답 끝에 미사는 조그맣게 덧붙였다.

"이제 우린 부부니까요."

부부.

그 한 단어가, 마법의 물약처럼 아픈 마음에 따뜻하게 스며들었다. 이제 더는 혼자가 아니라는 사실을 윤하는 새삼 실감했다.

고개를 돌려 바라보자 모래사장 위에 둘이서 걸어온 발자국들이 두 줄로 길게 남아 있었다. 가끔은 방향이 빗나가고 또 가끔은 멈춰서 쉰 흔적도 있지만, 그래도 계속 서로에게 발맞추어 나란히 걸었던 흔적이 역력한 발자국들.

우리, 앞으로의 인생도 부디 이와 같기를.

같은 소원을 품으며 입 맞추는 두 사람의 머리칼을, 마침 불어온 바닷바람이 다정하게 어루만졌다.

02 / 사랑스러운 사람들, 행복한 순간

처음 보는 번호로 전화가 왔는데, 받아보니 윤하였다.

"이건 누구 전화예요? 형 전화는요?"

하지만 돌아온 것은 제대로 핀트가 빗나간 대답이었다.

– 나 결혼했다.

"예?"

민호는 되물었다. 에이, 내가 잘못 들었겠지.

– 나 결혼했다고, 방금.

윤하가 같은 대답을 되풀이하는 바람에 민호의 심장이 기어이 쿵 하고 떨어졌다. 아, 이 형이 너무 상심한 나머지 드디어 정신 줄을 놓았구나. 이제 배우생활은 글렀다.

하지만 내가 형을 버릴 순 없지! 속으로 눈물을 삼키며 민호는 애써 태연하게 말했다.

"형, 일단 제가 그리로 갈게요. 지금 어디 계세요?"

희미하게 바람 소리가 들려오는 것이 집안인 것 같지는 않았기 때문이다.

하지만 윤하는 딱 잘라 거절했다.

– 신혼이야, 꿈도 꾸지 마.

민호는 다시 한 번 눈물을 삼켰다. 미쳐도 참 곱게 미쳤다, 우리 형. 어쩜 저렇게 정상적인 말투로 정신 가출한 소리를 할까.

"그러지 말고요, 형. 어딘지만 말해주면 제가 금세 모시러 갈……."

– 민호야!

갑자기 엉뚱한 목소리가 끼어들어 와서 민호는 흠칫 놀라 말을 멈추고 귀를 기울였다. 이거 어디서 많이 듣던 목소린데?

– 우리 방금 결혼했다? 좋겠지? 부럽지?

자랑하듯, 즐거움에 가득 찬 목소리. 이건……!

"미사 누나?"

민호는 놀라서 목소리를 높였다.

"누나가 왜 형이랑 같이 있어요?"

– 우리 결혼했다니까? 너 몰랐어, 오늘이 내 결혼식인 거?

그야 알고는 있었다. 근데 신랑이 다르잖아! 민호의 등골에 식은 땀이 배어나왔다. 대체 이 사람들이 무슨 일을 벌였단 말인가.

다시 윤하의 목소리가 들려왔다.

– 어쨌든 내일 스케줄은 취소시켜. 당분간 돌아가지 않을 테니까, 그렇게 알아. 누가 나 찾거든 모른다고 하고.

"말도 안 되는 소리 하지 마요, 형! 매니저도 없이 어딜……!"

하지만 윤하는 들은 체도 않고 민호의 말을 가로채서는 제 할 말만 했다.

– 그리고 문자로 계좌번호 하나 보낼 테니까, 거기로 백만 원만 입금해. 내가 빌린 돈이야. 혹시 누가 나나 미사를 찾거든 모른다

고 하고.

"형!"

– 너도 찾지 마.

"형? 잠깐만요! 윤하 형!"

애타게 불러보았지만 전화는 이미 뚝 끊겨버린 후였다. 그리고 잠시 후 휴대폰 메신저로 도착한 사진 한 장에 민호의 눈이 튀어나올 듯이 커졌다.

"헉!"

풀꽃으로 엮은 화관을 쓴 미사와 윤하가, 새파란 바다를 배경으로 머리를 맞대고 활짝 웃고 있었다.

오후 늦게까지 윤하와 미사는 시간 가는 줄 모르고 바닷가에서 즐겁게 보냈다. 서로 물을 끼얹으며 장난을 치기도 하고, 예쁜 조개껍질을 찾기도 하고, 젖은 모래 위에 서로의 이름을 썼다가 파도에 지워지는 것을 손잡고 바라보기도 했다.

두 사람 모두에게, 여태껏 살아온 나날 중에서 가장 행복으로 가득한 순간이었다. 너무 즐거운 나머지 미처 배고픈 것도 느끼지 못했다.

하루 종일 굶었다는 것을 깨달은 것은 미사의 배에서 커다랗게 꼬르륵 소리가 난 후였다.

"어머."

미사가 깜짝 놀란 듯이 자기 배를 쳐다보았다.

그러고 보니 해가 길어 그렇지, 벌써 저녁 6시가 넘어 있었다. 그제야 윤하는 미사가 하루 종일 아무것도 먹지 못했으리라는 것을 떠올렸다. 물론 자신도 마찬가지였지만 그건 신경조차 쓰이지 않았다.

"뭐라도 좀 먹어야지."

"먹을 데가 있을까요?"

"아까 오다 보니까 바로 근처에 작은 시장 같은 데가 있던데, 그쪽으로 가보지."

굳이 차를 타고 갈 필요도 없었다. 둘은 그대로 손을 잡고 걸어서 시장으로 향했다.

놀란 것은 시장 상인들이었다.

"아니, 승현이 아녀?"

아까 식당 아주머니도 그러더니 하나같이 윤하를 승현이라고 불렀다. 드라마가 인기가 있기는 있었구나, 하고 윤하는 뒤늦게 실감했다. 평소에는 이렇게 피부로 느낄 만한 일이 없었으니까.

"아이고 세상에나, 어쩜 이렇게 이쁘게도 생겼을까?"

"테레비에서 볼 때보다 더 잘생겼네!"

해산물을 팔던 할머니들, 야채와 과일을 파는 아줌마들, 저녁 장 보러 나왔던 주부들 할 것 없이 모두들 윤하가 반가워서 어쩔 줄을 몰랐다. 앞다투어 윤하의 손도 잡아보고, 사인을 요청하기도 하고, 다짜고짜 휴대폰을 들이대며 사진을 찍자고 하기도 했다.

"할머니, 여기 보시고 웃으세요."

"성함이 어떻게 되시죠?"

윤하는 그 모든 사람들에게 웃으며 하나하나 요청에 응해주었다. 가면을 쓴 얼굴이 아니라, 진심에서 우러나오는 미소였다.

사람들이 자신을 알아보고 반가워해주는 게 기뻤다. 생전 처음 본 자신을 우리 승현이, 우리 승현이, 하고 부르면서 친근하게 대해주는 게 즐거웠다.

워낙 외출하는 것도 즐기지 않는 데다가, 가끔 밖에 나갈 때도 늘 매니저와 경호원들이 둘러싸고 있었기 때문에 미처 몰랐었다. 내가 이렇게나 많은 사람들에게 사랑받고 있었구나. 내가 하는 일에 이렇게 즐거워해주는 사람들이 있었구나. 행복한 마음에 가슴이 벅차올랐다.

윤하가 사람들에게 둘러싸여 있는 동안 미사는 조금 떨어진 곳에서 자랑스러운 듯이 웃으며 바라보고 있었다. 한참 후에야 그것을 눈치챈 윤하는, 다가가서 미사의 손을 잡고 제 쪽으로 끌어당겼다.

"제 아내입니다."

사람들을 향해 당당하게 말하자 미사가 당황한 얼굴을 했다.

"윤하 씨?"

하지만 윤하는 조금도 미사를 숨기고 싶은 마음이 없었다. 소문이 퍼져도 좋다. 나중에 회사에서 펄펄 뛰는 한이 있어도 상관없다.

"아이고, 승현이가 진짜 색시를 다 얻었어?"

"색시도 참하네그려!"

다행히 할머니와 아줌마가 대부분인 팬들은, 윤하의 폭탄선언을 너그럽게 받아들여주었다.

손바닥만큼 작은 시장 안에 식당이라고는 딱 한 곳뿐. 시장 상인들이 밥을 대놓고 먹는 곳이라 메뉴도 딱 백반 한 가지뿐이었다. 분명히 시킨 것은 백반인데, 나온 것은 상다리가 부러질 정도의 진수성찬이었다. 방금 요리해낸 신선한 해산물들이 상 위에 가득했다. 방금 떠낸 도미 회에 삶은 문어, 전복 구이까지.

모두 승현이 주라며 상인들이 식당 주인에게 떠맡기고 간 물건들이었다.

"이걸 저희 둘이서 다 먹으라고요?"

놀란 얼굴을 하는 미사에게, 후덕한 몸매의 식당 아줌마는 어깨를 슬쩍 부딪치면서 귓가에 대고 의미심장하게 속삭였다.

"색시는 적당히 먹고 신랑 멕여야지. 그래야 이따 밤에 힘을 쓸 거 아녀?"

"어머!"

다행히 윤하는 듣지 못했지만 미사의 뺨은 금세 아련하게 붉어졌다.

식당 아줌마가 정성껏 차려준 저녁을 맛있게 먹고 나자 어느덧 해도 거의 다 저물어 있었다. 이제는 오늘 밤 잘 곳이 문제가 되었는데, 다행히 식당 아줌마가 먼저 물어주었다.

"근데 오늘 밤은 여기서 묵고들 가시는 거유?"

"그렇긴 한데 잘 곳이 없습니다."

윤하는 솔직하게 말했다.

"워낙 촌바닥이라 호텔 같은 건 저기 차 타고 한참 나가야지나 있는데. 민박도 괜찮겠어요?"

"상관없습니다."

대답이 떨어지자마자 아줌마는 냉큼 말했다.

"아까 문어 갖다 준 할머니 있지? 그 할머니가 서울 간 아들네가 살던 집에다가 민박을 치는데, 따로 떨어진 독채라 조용하니 아주 좋아요. 누가 시끄럽게 굴 일도 없고."

방해받지 않고 둘이 함께 있을 수만 있으면 더 바랄 게 없다.

"고맙습니다."

식당 아줌마는 한사코 밥값을 받으려고 하지 않았다. 재료는 다 사람들이 갖다 준 건데 자기가 돈을 받으면 어쩌느냐는 것이었다.

"다음에 또 놀러 와요, 응? 그때는 애기도 데리구 와!"

문어 파는 할머니 역시 마찬가지였다. 자기가 하는 민박까지 데려다 준 것까지는 좋았는데 죽어도 방값은 받지 않으려고 들었다.

"아침에 밥들 먹으러 와, 바로 옆집이니깐!"

말하자마자 할머니는 도망치듯 가버렸다.

작은 방 두 칸짜리 독채로 지어진 민박은, 서울로 일하러 간 할머니의 아들 부부가 살던 신혼집을 약간 고쳐 만든 것이라고 했다. 작은 마당에 화단이 있고, 또 시멘트를 발라 만든 수돗가가 있는 집. 비록 호텔처럼 고급스럽지도, 펜션처럼 아기자기하게 꾸며져 있지도 않았지만 특유의 소박하고 정다운 느낌이 오히려 윤하는 마음에 들었다. 단지, 신부에게는 미안했지만.

"우리, 나중에 좋은 곳으로 다시 신혼여행 가자."

오늘 하도 수없이 키스하는 바람에 립스틱이 거의 지워져서 이제는 거의 제 색깔로 돌아온 입술. 원래 색깔이 훨씬 더 예쁜 그 입술에 살짝 입 맞추며, 윤하는 위로하듯 속삭였다.

"최고로 멋진 호텔에서 자자, 그때는."

그렇게 말하고 윤하는 아쉬운 한숨을 내쉬며 미사를 제 품에서 떼어놓았다.

"난 좀 씻고 잘게."

더러움을 씻어내기 위해서라기보다, 뜨거운 몸을 식히기 위해서였다.

기꺼이 제 신부가 되어준 여자에게 정작 자신은 아무것도 주지 못했다. 화려한 결혼식장도, 예쁜 웨딩드레스도, 멋진 신혼여행도. 그런데 하다못해 첫날밤까지 침대도 없이 민박집 이부자리 위에서 보내게 만드는 건 너무 뻔뻔하지 않은가, 하는 생각이 들었다.

그래서 윤하는 참기로 했다. 지금까지 수없이 참아왔는데, 오늘 하룻밤쯤 더 참지 못할 건 뭐냐고 스스로를 다독이면서.

"피곤할 텐데 오늘은 푹 쉬자."

혹시 옆에서 같이 자자고 하면 어떡하나, 하고 속으로 은근히 걱정하며 윤하는 말했다. 그렇게까지 도를 닦을 자신은 없는데.

하지만 걱정과는 달리 미사는 착하게 대답했다.

"그래요. 오늘은 푹 쉬어요, 우리."

윤하가 안도감과 함께 희미한 실망감을 느끼며 돌아서는 순간, 갑자기 틱, 하는 소리가 나더니 방이 확 어두워졌다.

미사가 불을 끈 것이었다.

흠칫 놀라는 윤하의 귀에, 미사의 목소리가 뒤이어 들려왔다.

"할 건 하고 나서."

"……!"

깜짝 놀라 돌아보자 창문으로 쏟아지는 달빛에 비친 미사의 모습이 눈에 들어왔다.

입고 있는 원피스의 한쪽 어깨 끈에 손을 뻗어 끌어내리며, 미사는 물었다.

"아직도 내가, 열여덟 살 어린애로 보여요?"

이윽고 미사가 벗어버린 원피스가 몸을 타고 발 아래로 스르르 떨어졌다.

"……."

윤하는 대답은커녕 숨조차 제대로 쉴 수가 없었다.

그 역시 남자였다. 사랑하는 여자의 몸을 한 번도 상상해보지 않았다면 거짓말이다. 그런데 눈앞에 선 미사는 상상했던 것의 천배는 더 아름다웠다.

속옷만 남은 미사의 몸 위로 달빛이 은은하게 부서졌다. 옷 대신에 달빛을 온몸에 휘감은 그녀는 마치 달의 여신처럼 보였다. 눈을 깜빡이는 것조차 잊고 홀린 듯이 바라보는 윤하에게, 이윽고 미사가 다가와서 품에 안겼다.

"윤하 씨, 정말 나빠요."

속상한 듯한 목소리에 그제야 윤하는 퍼뜩 제정신으로 돌아왔다.

"신부가 이렇게까지 했는데 빤히 쳐다보고만 있는 신랑이 세상에 어딨어?"

맞다, 내가 나쁜 놈이다. 윤하는 깨끗하게 인정했다.

"미안해. 내가 잘못했어."

"나 그렇게 여자로서 매력 없어요? 첫날밤인데 그냥 자려고 할 정도로?"

원망스럽게 묻는 미사의 몸이 가늘게 떨리고 있었다. 이렇게까지 대담하게 나오는 데는, 사실 그녀에게도 큰 용기가 필요했다는 것을 윤하는 그제야 깨달았다.

"그럴 리가 없잖아. 내가 널 얼마나 원하는지 알면서."

떨리는 몸을 꼭 껴안고 윤하는 빌다시피 말했다. 어떻게든 오해는 풀어야 했다.

"그럼 왜 그냥 자려고 해요?"

"이렇게 초라한 곳에서 첫날밤을 보내게 만들기가 미안해서 그랬어. 나야 남자니까 괜찮지만, 여자한테는 평생 남는 추억이잖아."

욕망조차도 억누를 수 있을 만큼 미사가 소중했다. 그뿐이었다. 모자란 말주변을 총동원해서, 윤하는 어떻게든 마음 상한 신부에게 제 진심을 전하려고 애를 썼다.

"너한테는 뭐든지 다 좋은 것만 주고 싶어. 정말 그것뿐이야."

불쑥, 미사가 물었다.

"나한테 좋은 것만 주고 싶어요?"

그래, 하고 대답하기 전에 미사가 먼저 고개를 들고 말했다.

"그럼 윤하 씨를 줘요."

그녀는 욕심을 숨기려 하지 않았다.

"모두 내 걸로 만들고 싶어요. 윤하 씨의 몸도, 마음도."

윤하의 목에 팔을 감고, 미사는 속삭였다. 달빛에 비친 그의 눈동자를 가만히 들여다보면서.

이보다 더한 유혹이 세상에 있을 수 있을까. 더 이상 참을 이유가 없었다. 물론, 참을 수도 없었다. 대답 대신에 미사의 입술을 빼앗자 기다렸다는 듯이 미사도 키스에 응해 왔다.

스물여덟 살의 여자와, 서른 세 살의 남자.

서로를 너무도 오랫동안 원해왔던 사이.

기나긴 기다림과 엇갈림을 뛰어넘어서 드디어 단둘이 마주한 첫밤.

키스는 더 이상 단순히 사랑을 표현하는 수단일 수만은 없었다. 긴 목마름 끝에 오아시스를 만난 사람처럼, 두 사람은 정신없이 서로를 탐했다.

좁은 방 안은 금세 열기로 가득해졌다. 겹쳐진 입술 사이로 다디단 꿀이 오갔다. 갈수록 흐트러지는 숨결에서 숨길 수 없는 욕망의 향기가 풍겼다.

이윽고 윤하가 미사를 사뿐히 안아 들어 달빛 가득한 이불 위에 조심스럽게 눕혔다.

"그거 알아?"

윤하가 귓가에 속삭이자 미사가 흠칫 몸을 떨었다.

"여기에 입 맞추는 꿈을 수도 없이 꾸었어."

고백과 동시에 윤하는 미사의 하얀 어깨에 입술을 가져갔다. 어깨 위에 나붓이 내려앉은 붉은 나비에 입을 맞추며, 그는 나지막이 중얼거렸다.

"내 나비."

이제 너는 아무 데도 날아가지 못해. 사랑이라는 그물로 너를 잡아서, 키스의 마약으로 취하게 만들어, 곁에 꼭 붙들어둘 테니까.

그러니까 너는 평생 내 곁에서 가만히 지친 날개를 쉬고 있으면 돼.

나비에게 입 맞추던 윤하가 서서히 입술을 어깨에서 아래로 미끄러뜨렸다. 기어이 지난번에도 미처 닿지 못했던 봉긋한 가슴에 입술이 다다르는 순간, 미사의 몸이 흠칫 튀어 올랐다.

그물에 걸린 나비가 날개를 파닥거리듯, 미사는 어쩔 줄 몰라 하며 몸을 움찔거렸다.

"윤하 씨……!"

목소리에 다급함이 섞여 있었다.

남자라는 것은 진짜로 사냥꾼의 본능이 있는 모양이다. 사냥감이 애처롭게 파닥거릴수록 마음은 오히려 더 즐거워졌다. 아예 두 팔을 꽉 붙잡아 저항을 원천적으로 봉쇄해버리고, 윤하는 오랜 기다림 끝에 겨우 포획한 사냥감의 보드라운 살갗을 욕심껏 탐했다.

'윤하 씨, 잠깐만. 잠깐만요.'

저도 모르게 애원해버릴 뻔한 것을, 미사는 입술을 깨물고 꾹 참았다. 너무나 다정한 이 남자는, 그렇게 말했다간 또 기다려주려고 들지도 모르니까.

지금까지도 너무 많이 기다리게 했다. 열여덟 살의 자신이 윤하에게 했던 짓을 생각하면 한숨이 나올 지경이었다. 아무리 철이 없어도 그렇지, 스스로 생각해도 너무했다. 그게 고문이지 뭐가 고문인가.

그런데도 윤하는 마음 넓게 기다려주었다.

「빨리 어른이 되어줘.」

그가 바랐던 대로 이제 자신은 진짜 어른이 되었다. 더 이상 윤하를 1초도 더 기다리게 만들고 싶지 않아서, 부끄러움을 꾹 참고 먼저 유혹했다. 처음이라는 말조차 하지 않은 채.

말하지 않으면 그가 꿈에도 모를 거라고 생각했다. 자신은 오랫동안 다른 남자의 약혼녀였으니까, 아마 상상도 못 하고 있겠지.

하지만 미사가 기껏 그렇게 배려해준 것도 까맣게 모르는 듯, 윤하는 오랫동안 시간을 들여 미사의 온몸을 세심하게 애무하고 입을 맞추었다.

좋은 것만 주고 싶다던 말대로였다. 윤하가 주는 것은 온통 달콤하고 짜릿한 것들뿐이었다. 그가 자신의 어디를 만지고 입 맞추어도, 울고 싶을 정도의 황홀한 감각이 온몸에 퍼졌다. 아프고 불쾌한 것은 애초부터 둘 사이에 존재하지도 않았다.

긴장감은 점점 엷어져갔다. 두려움도 어디론가 날아갔다. 남은 것은 열망뿐이었다.

「그래서 언젠가 네가 나를, 진심으로 원했으면 좋겠어.」

진심으로, 온몸으로 원한다. 이제는 그와 하나가 되고 싶다고 미사는 마음을 다해 바랐다.

하지만 웬일인지 정작 윤하는 좀처럼 그렇게 하려고 들지 않았다. 분명 숨결이 무척 거칠어져 있는데, 맞닿은 몸이 한껏 흥분해 있는 게 느껴지는데, 정작 행동만은 어디까지나 조심스럽고 느긋하기 그지없어서 나중에는 미사 쪽이 조바심이 나기 시작했다. 오래된 노래의 한 소절이 자꾸만 머릿속에 맴돌았다. 난 이제 더 이상 소녀가 아니에요, 그대 더 이상 망설이지 말아요.

그렇다고 차마 입 밖에 내서 조를 수도 없고, 이러지도 저러지도 못하고 그저 목마름에 견디고 있는데,

"잠깐만."

문득 윤하가 귓가에 속삭이더니 그나마 주어지던 손길조차 멀어졌다. 아쉬움에 실눈을 뜨던 미사는 순간적으로 숨을 삼켰다.

윤하가 셔츠의 단추를 풀고 있었다. 위의 몇 개를 풀어내더니, 나중에는 거추장스럽다는 듯이 팔을 들어 올려 확 벗어버렸다.

달빛 아래 어슴푸레하게 드러난 윤하의 몸은 눈부시게 아름다웠다. 요즘 세상에 남자 배우라면 누구나 기본적으로 몸은 키우는 법이지만, 윤하는 그중에서도 특별했다. 남의 눈에 보이기 위해 만든 가짜 몸이 아니라, 오랜 기간에 걸친 육체노동으로 다듬어진 진짜 몸. 쓸데없는 근육이라고는 단 한 점도 붙어 있지 않은, 날렵하고 늘씬하면서도 남성미가 넘치는 몸에서 미사는 눈을 떼지 못했다.

'내 것으로 만들고 싶어.'

태어나서 처음으로 미사는 욕망에 휩싸였다. 여자로서의 순수한 욕망이었다.

저 아름다운 몸을 내 것으로 하고 싶다. 내 안에 꼭 붙들어두고, 나 때문에 몸부림치게 만들고, 나로 인해 깊은 쾌락에 빠지게 하고 싶다.

잠깐 떨어져 있는 시간조차도 아쉽다는 듯이 성급하게 옷을 벗어 버린 윤하가, 이윽고 미사를 다시 끌어안았다. 아까와는 달리 살갗끼리 직접 마주 닿았다.

부드러운 살갗이 뜨겁고 탄탄한 몸에 짓눌리는 느낌. 기어이, 열망이 부끄러움을 이기고 말았다.

“이제 들어와도 괜찮아요.”

살며시 재촉했지만 돌아온 대답은 단호했다.

“아직 안 돼, 아프게 하고 싶지 않아.”

미사는 깜짝 놀랐다.

“어떻게…… 알았어요?”

윤하는 대답 대신에 미소를 지으며 미사에게 키스했다.

어떻게 내가 모를 수가 있을까. 네 서투른 몸짓 하나하나에서 이토록 수줍음이 배어나는데.

눈치를 채기는 했지만, 사실 미사가 자신이 처음인가 아닌가 하는 것은 그에게 조금도 중요하지 않았다. 중요한 것은, 우리 둘은 오늘이 처음이라는 것.

평생 추억으로 남을 첫 밤, 윤하는 미사에게 티끌만큼도 아픈 기억을 안겨주고 싶지 않았다. 예쁜 드레스, 다이아몬드 반지, 새하얀 시트가 깔린 푹신한 침대조차 주지 못했지만. 하다못해 달콤한 추억만이라도, 너에게. 금방이라도 본능을 좇고 싶어 하는 마음을, 윤하는 필사적으로 억누르며 세심하게 미사를 애무했다.

오랜 기다림 끝에 드디어 하나가 되는 순간, 채워지는 것은 몸보다도 마음이었다. 몸과 마음이 다 사랑으로 충만해지는 기쁨에 미사는 저도 모르게 눈물을 흘렸다.

사랑하는 여자의 눈물을 제 입술로 거두어가며, 윤하는 속삭였다.

"사랑해."

신부의 눈물에서는 달콤한 맛이 났다.

허니문 Honeymoon.

미소를 머금고 조용히 그들을 바라보는 창밖의 달에서도 꿀이 뚝뚝 떨어지고 있었다.

밤길이 위험하니까 예지가 독서실에서 공부를 마치면 꼬박꼬박 집에 데려다 주라던 윤하의 말을, 민호는 더없이 충실하게 지키고 있었다. 물론, 오늘 밤도.

"뭐라고요?"

민호에게서 이야기를 들은 예지가 길을 걷다 말고 펄쩍 뛰었다.

"이 배신자들! 와, 어쩜 우리한테는 한마디 말도 안 하고!"

그렇지 않아도 예지는 기억을 찾았다면서 자기한테 말 한마디 없이 현우에게로 가버리고, 그 후 한 번도 연락이 없었던 미사에게 배신감을 느끼고 있던 중이었다.

그 속에 얽힌 우여곡절은 잘 모르겠지만, 결국은 윤하 오빠랑 맺어졌다니 다행이긴 한데. 그렇게 생각은 하면서도 예지는 한편으로 배신감을 참을 수가 없었다.

망할 언니, 결혼하면서까지 나한테 말도 안 해?
물론 배신감에 치를 떠는 것은 민호 역시 마찬가지였다.
"누가 알았겠어, 세상에나 다른 사람도 아니고 윤하 형이 나를 결혼식에 안 부를 줄이야!"
"제 말이 그 말이라고요!"
"심지어 내가 어디냐고, 그리로 가겠다니까 뭐라는지 알아?"
"뭐랬는데요?"
"신혼이야, 꿈도 꾸지 마."
"헐, 대박! 어쩜 윤하 오빠가 민호 오빠한테 그럴 수가 있어요? 오빠 완전 속상하겠다!"
"너도 마찬가지지. 어떻게 미사 누나가 너한테 그럴 수가 있어?"
배신감은 기어이 심술로 발전했다.
"방해하지 말라니까 또 완전 방해해주고 싶어지는데요? 어딘지만 알면 확 쫓아가서 제대로 훼방을 놓아주는 건데!"
예지가 이를 갈았다.
"어디 있는지를 알 수가 있어야지. 자기 전화는 집에 놓고 간 모양이고, 미사 누나 휴대폰으로 전화했던 모양인데 그것도 꺼놓고 계속 안 받는다고."
"혹시 뭐 단서 같은 건 없어요?"
"단서…… 아, 사진은 한 장 오긴 했는데."
민호가 휴대폰을 꺼내 낮에 받은 윤하와 미사의 사진을 보여주었다.
"근데 이걸로는 바닷가라는 것밖에 알 수가 없잖아."

"어? 저 여기 어딘지 알 것 같아요!"

"응?"

민호는 놀라서 예지를 쳐다보았다. 예지는 손가락으로 사진 속의 한 점을 가리켰다.

"여기. 이 섬 말이에요."

그러고 보니 바다를 등지고 찍은 사진이라 윤하와 미사의 등 뒤에 작은 섬이 찍혀 있었다.

"이 섬, 교과서에서 본 적 있는 거 같아요."

예지가 등에 메고 있던 가방을 내려 지리 교과서를 꺼냈다.

"이것 봐요. 똑같죠?"

교과서에 실린 사진을 보고, 민호의 눈이 커다래졌다.

"맞네, 여기네!"

잠시 희희낙락했던 민호는, 하지만 금세 시무룩해졌다.

"근데 여기까진 간다고 해도 거기선 또 어떻게 찾아? 이거야말로 완전히 서울에서 김 서방 찾기……."

"우리가 찾는 게 김 서방이에요? 정윤하지."

예지가 어이없다는 듯이 말했다.

"그 시골바닥에 정윤하가 나타났는데, 몇 명만 붙들고 물어보면 나오겠어요, 안 나오겠어요?"

"맞아, 그렇지!"

역시 똑똑한 우리 예지! 민호는 감탄을 금치 못했다.

"우리 방해하러 가요. 제가 엄마한테 허락 맡아놓을게요!"

"좋아, 내가 아침 일찍 너희 집으로 데리러 갈게!"

버림받은 동생연합은 이렇게 의기투합하였다.

우물에서 숭늉 찾는다더니, 딱 그 모양이었다.

"아기는 몇이나 낳고 싶어?"

윤하의 팔을 베고 누워 있던 미사는 그만 웃어버렸다. 하여튼, 이 아저씨.

"우리 아직 첫날밤도 다 안 지났는데 벌써부터 가족계획이에요?"

하지만 윤하는 무척이나 진지했다.

"나는 한참 전부터 생각했었는데."

"그럼 생각한 쪽이 먼저 말해봐요. 몇이나 갖고 싶은데요?"

"많을수록 좋아."

그렇게 말하는 윤하의 마음을, 미사는 이해했다.

자신과 같은 고아 중에 이렇게 자식을 많이 갖고 싶어하는 사람들이 꽤 많았다. 가족의 따스함을 갈구한 나머지 일찍 결혼해서 어린 나이에 부모가 되는 사람들도 많이 있을 정도로. 윤하는 비록 고아는 아니었지만, 고아인 자신보다도 더 나쁜 상황이었으니까 무리도 아니라고 미사는 생각했다.

"그래요, 우리 많이많이 낳아서 예쁘게 키워요."

미사가 순순히 받아들이자 윤하는 더없이 기쁜 표정을 했다.

이제 갓 부부가 된 연인들에게, 초여름 밤은 더없이 짧기만 했다.

밤새 사랑을 속삭이다 새벽녘에야 지쳐서 꼭 껴안고 잠든 두 사람을 깨운 것은, 민박 주인인 할머니였다.

"여태 자는 거여? 일어나서 아침들 먹어야지!"

윤하와 미사는 그제야 화들짝 놀라서 잠에서 깼다.

얼른 옷을 챙겨 입고 -그 와중에도 눈이 마주치자 또 짧게 키스하는 것은 잊지 않고- 밖으로 나가자 할머니가 의미심장한 미소를 지으며 두 사람을 번갈아 쳐다보았다.

"아주 하룻밤 사이에 얼굴들이 활짝 피었네그려."

윤하는 헛기침을 했고, 미사는 그만 윤하의 등 뒤로 숨어버렸다.

"차린 건 없지만 많이들 들어, 잉?"

두 사람은 바로 옆에 있는 할머니 집에서 아침을 먹었다. 반찬은 조개가 듬뿍 든 된장찌개에 생선구이, 김치가 전부였지만 마음이 행복한 두 사람에게는 꿀처럼 달게 느껴졌다.

"윤하 씨, 이거 더 먹어요."

미사가 가시를 바른 생선살 한 토막을 윤하의 밥그릇에 올려놓아 주었지만 윤하는 곧바로 도로 미사의 밥그릇으로 옮겨놓았다.

"괜찮아, 너 먹어."

"나 벌써 많이 먹었어요."

"생선 좋아하잖아, 더 먹어."

실랑이를 벌이는 두 사람을, 할머니가 눈을 가늘게 뜨고 흡족하게 바라보았다.

"색시가 그렇게 생선을 좋아하는데, 신랑이 잡아다 실컷 멕여주어야 쓰겄네."

"저도 잡을 수 있겠습니까?"

"암, 잡으려고만 들면 얼마든지 잡히지. 낚시도구랑 다 있으니까 말만 혀."

할머니의 말에 미사가 눈을 반짝였다.

"우리 여기 며칠 더 있다가 갈까요? 느긋하게 바다 보고, 고기나 잡으면서 말이에요."

"그럴까. 어차피 서울로 돌아가봤자 민호 녀석이 들들 볶기나 할 텐데."

윤하가 웃으며 동의한 그 순간이었다.

쾅쾅, 하고 누군가가 대문을 두들기는 소리가 났다.

"안에 계세요?"

동시에 밖에서 들려온 목소리에 미사와 윤하는 나란히 제 귀를 의심했다.

말도 안 돼!

"엄마아아! 민호 오빠가 이제 금방 데리러 올 거라니까?"

예지가 울상을 지으며 졸랐지만 예지 엄마는 엄하게 말했다.

"글쎄, 안 된다면 안 돼. 말도 안 되는 소릴 하고 있어, 얘가."

연예인 되겠다던 것도 접고 열심히 공부하고 있는 딸을 요즘 매우 기특하게 여기고 있던 예지 엄마였다. 물론 매일 밤 예지를 집까지 안전하게 데려다 주는 민호에게도 고마웠다.

사실 예지 엄마는 민호를 내심 무척 마음에 들어 하고 있었다. 젊은 총각이 훤칠하니 체격도 좋고, 잘생겼고, 인사성도 바르고.

민호가 예지를 좋아하는 것도 다 눈치채고 있었다. 예지야 아직 어려서 모르는 모양이지만, 인생을 살아본 예지 엄마는 달랐다. 아무리 윤하가 그러라고 시켰다지만 본인도 아무 생각 없이 매일 저렇게 데려다 줄 리가 없지 않은가.

예지가 대학생이 된 후에 둘이 사귄다고 하면 그거야 흔쾌히 허락할 셈이었다. 하지만 아직 딸은 여고생이었다. 아무리 민호가 마음에 들어도, 단둘이서 저 멀리 바닷가까지 놀러 가겠다는 것까지 허락해줄 수는 없었다. 그것도 학교까지 빠지고, 심지어 하룻밤 자고 온다는 말에는 더더욱.

"담임선생님한테는 뭐라고 말하려고 그래?"

"언니가 결혼해서 가봐야 된다고 하면 되잖아. 미사 언니, 나한테 친언니나 마찬가진 거 엄마도 잘 알면서!"

"그래도 안 돼. 학생이 남자랑 둘이 외박이라니 그게 말이나 돼?"

"둘 아니거든? 미사 언니랑 윤하 오빠도 있거든?"

"그럼 미사 씨더러 직접 엄마한테 전화해서 허락받으라고 하든지."

"아 진짜, 지금 언니랑 연락이 안 된다니깐!"

"연락도 안 되는 사람을 어떻게 보러 간다는 거야?"

"엄마아아!"

모녀의 실랑이가 평행선을 그으며 계속 이어지고 있을 때, 문득 초인종이 울렸다.

"그것 봐, 민호 오빠가 데리러 왔잖아!"

"넌 가만히 있어. 엄마가 민호 군한테 직접 얘기할 테니까."

"엄마아!"

발을 동동 구르는 예지를 뒤로 하고, 예지 엄마는 엄한 표정을 하고 현관으로 향했다.

"어머나!"

현관문을 열었다가 예지 엄마는 깜짝 놀랐다. 문밖에 서 있는 사람이 민호가 아니었기 때문이다.

아니, 민호도 있기는 했는데 옆에 다른 사람이 같이 있었다.

"오랜만입니다, 예지 어머님."

말쑥하게 차려입은 왕 서방이 예지 엄마를 향해 웃으며 인사를 건넸다.

"……예, 오랜만이네요. 왕 선생님."

예지 엄마도 얼른 공손히 고개를 숙였다.

왕 서방과는 예전에 미사의 생일파티 때 만나서 이미 안면이 있는 사이였다. 게임에 지는 바람에 둘이 러브 샷도 했으니까. 그날 처음 본 왕 서방은 무척 소탈하고 유머러스하면서도 한편으로는 예의 바른 사람이었다. 술이 약한데 원샷을 해버린 예지 엄마를 걱정해주기도 했다.

「괜찮으세요, 예지 어머님?」

애들한테는 이랬다 해, 저랬다 해, 하더니 왠지 몰라도 자신에게는 멀쩡하게 젠틀한 말투로 물어 오는 바람에 괜히 얼굴이 빨개졌던 기억이 있다. 물론 '아유, 나도 주책이지.' 하면서 금세 속으로 자신을 꾸짖었지만.

남편과 사별한 후로 여태 남자라고는 거들떠보지도 않고 예지 키우는 데만 전념해오고 있는 예지 엄마였다.

"요즘 가게가 아주 잘되신다면서요. TV에서 보았어요. 축하드려요."

"예. 정윤하 씨 덕분에 아주 눈코 뜰 새가 없네요."

왕 서방이 웃었다. 또 얼굴이 빨개질 것 같아서 예지 엄마는 얼른 시선을 돌렸다.

"그런데 왕 선생님께서 아침 일찍부터 웬일이세요?"

"그게 말씀입니다, 예지 어머님. 사실은……."

왕 서방이 차근차근 설명하기 시작했다.

윤하와 미사가 도망쳐서 단둘이 결혼식을 올린 것 같다는 것이었다. 그래서 하다못해 가장 가까운 사람들인 자신들이라도 가서 축하해주고 싶다고 했다.

"둘 다 고아나 다름없는 사람들인데 결혼식도, 피로연도 못 하고 얼마나 쓸쓸하겠습니까?"

"그렇겠네요, 정말."

분명 아까 예지에게도 들은 얘기였는데, 그때는 도망이니 결혼식이니 무슨 소린지 하나도 모르겠더니 왕 서방에게서 듣자 이제야 이해가 갔다.

왕 서방의 옆에 서 있던 민호가 조심스럽게 말했다.

"그러니까 예지도 같이 갈 수 있게 허락해주십시오, 예지 어머님."

왕 서방도 거들었다.

"제가 책임지고 예지 보호자 노릇 하도록 하겠습니다."

그렇지 않아도 예지가 가끔 왕 서방의 중국집에 놀러 간다는 말을 했었다. 가면 왕 서방이 용돈도 주고, 맛있는 음식도 많이 만들어준다는 것이었다.

「바쁘신 분인데 자꾸 그렇게 귀찮게 굴면 못써.」

그렇게 꾸짖는 예지 엄마에게, 예지는 혀를 쏙 내밀며 말했었다.

「아저씨 나 하나도 안 귀찮아하거든? 나더러 맨날 딸 같다고 얼마나 예뻐하는데.」

그런 왕 서방이 직접 와서 부탁하니 예지 엄마도 마음이 놓였다. 민호와 단둘이 보내는 것도 아니고, 왕 서방이 보호자로 따라간다는데.

"그럼 저희 예지 좀 잘 부탁드려요, 왕 선생님. 미사 씨한테 결혼 축하한다고 전해주시고요."

예지 엄마의 말에 예지가 환호성을 질렀다.

"엄마 땡큐! 엄마 짱! 완전 사랑해 엄마!"

"얘가 진짜, 징그럽게."

등 뒤에서 와락 끌어안고 매달려 애교를 떠는 딸 때문에, 결국 예지 엄마도 웃어버리지 않을 수 없었다.

"안에 계세요?"

밖에서 들려온 목소리에 미사와 윤하는 나란히 제 귀를 의심했다. 마치 민호의 목소리처럼 들렸던 것이다.

"……설마, 착각이겠지."

"그렇겠죠?"

그러나 그 순간 또 다른 목소리가 들려왔다.

"안에 아무도 없어요?"

이번에는 여자 목소리였다.

"예지 목소리 같지 않아요?"

미사가 말하자마자 또 다시 목소리가 들려왔다.

"빨리 나와라 해, 다 알고 왔다 해!"

맙소사! 두 사람은 숟가락을 내려놓고 얼른 밖으로 나가보았다. 아니나 다를까, 민호와 예지, 왕 서방까지 세 사람이 대문 앞에 험악한 표정으로 서 있었다.

"대체 우리 여기 있는 건 어떻게 알고 왔어?"

"온 동네 사람들이 다 알던데요 뭐! 묻자마자 딱 나오던데!"

윤하의 물음에 민호가 분통을 터뜨렸다.

"대체 형이 어떻게 저한테 이럴 수가 있어요?"

예지도 미사를 향해 도끼눈을 떴다.

"난 언니가 나한테 이럴 줄은 정말 몰랐어."

왕 서방도 빠지지 않았다.

"제자, 실망이다 해!"

"결혼식 직전에 도망쳐 나오느라 경황이 없었어요. 죄송해요, 사부님."

하지만 세 사람은 좀처럼 서운함을 풀지 않았다. 도망을 갈 때 가더라도 연락은 좀 해줄 수 있었던 거 아니냐는 것이었다.

"그래, 결혼식에 안 불렀다. 그래서 어쩌라는 건데?"

윤하가 민호를 노려보자 민호는 태연하게 대꾸했다.

"저희도 여기서 하룻밤 자고 가려고요."

"뭐?"

윤하와 미사는 동시에 얼굴이 굳어지고 말았다.

"너 이럴 거야?"

윤하가 으르렁거렸지만 민호는 꿈쩍도 하지 않았다.

"매니저가 배우 곁에 있겠다는데 뭐 문제 있어요?"

미사도 예지를 회유하려고 해보았다.

"너 학교는 어쩌고 여기 온 거야. 외박하면 엄마 걱정하실 건 생각 안 해?"

하지만 예지는 코웃음을 쳤다.

"벌써 엄마한테 허락 다 받고 온 거거든?"

왕 서방도 나서서 거들었다.

"우리 사람 예지 엄마한테 직접 얘기해서 허락 받았다 해!"

아주 단단히 작정을 하고 온 기색이 역력했다.

"이왕 이렇게 된 거, 다 같이 재미있게 놀죠 뭐. 피할 수 없으면 즐기라고 하잖아요?"

미사가 윤하의 귀에 대고 소곤거렸지만 윤하는 전혀 즐길 생각이 없었다. 미사가 미처 생각하지 못한 곳까지 생각이 미친 것이었다.

민박에 방이 두 개 있기는 하다. 하지만 예지를 남자들 틈에 재울

수는 없을 테니 결국 미사랑 같은 방을 쓰게 해야겠지. 그러면 자신은 왕 서방과 민호 곁에서 자야 한다!

윤하는 이제 겨우 첫날밤을 보낸 새신랑이었다. 밤새 사랑을 나누어도 모자란 예쁜 신부를 바로 옆방에 두고 냄새나는 남자들 틈에서 자야 하다니, 생각만 해도 끔찍했다.

게다가 그에게는 차마 미사에게도 말하지 못한 큰 포부가 있었다.

어젯밤에는 무척이나 조심스럽게 미사를 안았다. 그야 서로 처음이었으니까. 덕분에 미사에게 무리를 시키지 않게 된 건 다행이었지만, 속에는 사리가 한 무더기나 쌓였다. 간밤에 윤하가 얼마나 참고 또 참았는지 아마 하느님만 아실 것이다.

그래서 오늘 밤은 본격적으로 어제 못 했던 것들을 하면서 뜨거운 밤을 보낼 생각이었는데 이게 무슨 날벼락이란 말인가?

하지만 미사는 이미 예지를 향해 말을 걸고 있는 중이었다.

"예지야, 우리 밥 다 먹었는데 바닷가 가서 놀까?"

"아 됐어, 배신자. 말 시키지 마."

"에이, 그러지 말고 같이 가서 놀자. 여기 바다 진짜 좋단 말이야."

"……진짜?"

채 말릴 틈도 없었다. 윤하는 울며 겨자 먹기로, 바닷가로 달려나가는 네 사람의 뒤를 따라갈 수밖에 없었다.

"와, 대박!"

끝없이 이어진 파란 바다를 바라보며 예지가 감탄했다.

"그렇게 좋냐?"

예지에게 어깨동무를 한 미사가 웃었다.

"나 요즘 공부한다고 완전 스트레스 작렬이었거든. 바다 보니깐 막혔던 속이 뻥 뚫리는 거 같아!"

"작심삼일일 줄 알았더니 여태 열심히 하고 있어? 기특하네."

"내가 한번 한다면 하는 사람이거든?"

여자들끼리 사이좋게 바다를 보고 있는 동안, 남자들끼리는 조용한 혈투가 벌어지고 있었다.

바로 고기잡이 시합이었다.

"너, 나한테 지면 깨끗하게 그길로 서울 올라가는 거다."

윤하가 비장하게 말하자 민호가 대꾸했다.

"글쎄 알았다니까요. 형도 한입으로 두말하기 없기예요."

초승달 대신에 조개껍데기를 이마에 척 붙인 왕 서방이 엄숙하게 말했다.

"우리 사람 판관 포청천 한다 해!"

두 사람은 할머니 집에서 빌려 온 낚시도구로 낚시를 시작했다.

할머니 왈 이 근처에 눈먼 고기가 많다더니 정말이었다. 미끼도 변변치 않은데 낚시를 시작한 지 채 10분도 안 돼서 민호가 먼저 큼지막한 우럭을 잡아 올렸다.

"만세!"

민호가 환호하자 미사와 예지도 달려왔다.

"우럭은 매운탕 끓이면 맛있다 해. 이따 저녁때 먹으면 되겠다 해."

"아싸, 나 매운탕 진짜 좋아하는데!"

왕 서방의 말에 예지가 기뻐했다.

"사부님, 매운탕도 끓일 줄 아세요?"

미사의 말에 왕 서방이 자신 있게 말했다.

"우리 사람 한식도 잘한다 해!"

이렇게 되자 윤하는 마음이 급해졌다. 어떻게든 이겨야 할 텐데! 다행히도 그 다음은 윤하 차례였다. 이번에는 커다란 감성돔이었다.

"이건 횟감 하면 되겠다 해!"

"와, 회다!"

이번에는 미사가 무척이나 기뻐했다.

여자들이 좋아하자 잡는 남자들도 신이 났다. 얼마 지나지 않아 또 윤하가 방어를 잡았다. 그 다음에는 민호가 전갱이를, 또 그 다음은 갈치였다.

"방어는 튀기면 맛있고, 전갱이랑 갈치는 구우면 되고……."

왕 서방은 왕 서방대로 신이 나서 생선을 손질하는 데 여념이 없었다.

"이것 봐, 예지야! 나도 감성돔 잡았다?"

"아까 내가 잡은 게 더 크거든?"

"와, 형 이제 보니까 되게 유치하다."
"사실을 말했을 뿐인데."
어느새 윤하마저도 당초의 목적은 깜빡 잊고 함께 즐거워하고 있었다.
할머니가 준 생선 담는 통이 꽉 차서 더 담을 수도 없게 된 후에야 낚시는 겨우 끝났다. 비린내를 씻어낸다는 핑계로, 이번에는 모두 함께 눈앞에 펼쳐진 바다로 뛰어들었다.
"하지 마요! 나 갈아입을 옷 없단 말이야! 꺅!"
민호와 왕 서방에게 번쩍 들린 미사가 마구 발버둥을 치자 예지가 말했다.
"걱정 붙들어 매셔. 내가 옷 많이 가져왔거든?"
풍덩! 바닷물에 사정없이 던져진 신부를 구하기 위해 윤하도 뛰어들었다.
6월 초의 바닷물은 아직 조금 차가웠지만, 한여름이나 다름없이 내리쬐는 햇살 덕분에 물장난을 치고 놀기에는 충분했다.
그대로 다섯 명이 뒤엉켜서 물놀이에 푹 빠져들었다. 처음에는 윤하와 미사가 한편, 또 민호와 예지가 한편이었지만 나중에는 아군이고 적군이고 없었다.
"엄마야!"
"으악!"
"사람 살려라 해!"
낚시니 물놀이니 해서 점심도 거르고 한바탕 즐겁게 놀고 나자 해가 많이 기울어 있었다. 민박집으로 돌아가서 한 명씩 차례로 씻고 나오자 벌써 저녁 먹을 때였다.

윤하나 미사는 입고 있는 옷 한 벌뿐이었지만, 다행히도 민호와 예지가 옷을 몇 벌 더 가져왔다. 제일 마지막으로 샤워를 하고 민호의 옷으로 갈아입은 윤하가 밖으로 나오자 마당에서는 이미 연기와 함께 맛있는 냄새가 솔솔 풍겨 나오고 있었다.

"사부님, 할머니한테 된장 더 얻어올까요?"

"이 정도면 됐다 해."

"언니, 밥물 이 정도 잡으면 되지?"

"좀 적네. 냄비에 하는 거니까 조금 더 넣자."

미사와 예지가 왕 서방의 요리를 돕고 상을 차리는 동안, 민호는 마당에 화로를 놓고 부채질을 해가며 생선을 굽고 있었다.

윤하는 잠시 그 자리에 멈춰 서서 마당 안의 풍경을 바라보았다.

"……."

문득 어린 시절이 떠올랐다.

윤하가 살던 동네는 모두들 형편이 어려웠다. 그래서 아빠들뿐 아니라 엄마들도 대부분 밖에 나가서 일을 했지만, 그래도 해가 지면 모두들 지친 몸을 이끌고 집에 돌아와서 자식들과 함께 저녁상에 둘러앉아 도란도란 이야기하며 밥을 먹었다.

알코올 중독인 아버지, 도망가버린 어머니. 어린 윤하에게는 그 소박한 저녁상이 그렇게 부러울 수가 없었다. 비록 그 상에 놓인 게 된장찌개에 김치가 전부라고 해도. 저기 내 자리 하나만 더 있으면 얼마나 좋을까, 하고 늘 생각했었다.

가끔씩은 하느님이 원망스럽기도 했다. 왜 나는 이렇게 태어났을까. 왜 나한테는 남들 다 가진 저런 엄마도, 아빠도, 하다못해 형이나 동생조차도 없을까.

"근데 왜 냄비에다 밥하는 거예요, 아저씨? 여기 밥통도 있잖아요."

"정윤하 씨가 누룽지 좋아해서 일부러 하는 거다 해."

"헐, 아저씨가 그걸 어떻게 알아요? 팬인 나도 모르는데."

"우리 사람 누룽지탕 만들어준 적 있어서 안다 해. 근데 정윤하 씨 왜 안 나오냐 해?"

이제야 윤하는 알 수 있었다.

비록 진짜 가족은 가질 수 없었지만, 하늘이 자신에게 새 가족을 만들어주었다는 것을.

이토록 다정하고, 따뜻하고, 또 이토록 사랑스러운 가족들을.

가슴 깊은 곳부터 서서히 차오르는 행복에, 어느덧 윤하는 눈앞이 흐려졌다.

"형! 거기 서서 뭐 해요?"

문득 윤하를 발견한 민호가 구세주라도 본 듯한 얼굴을 했다.

"빨리 와서 여기 부채질 좀 같이 해줘요, 눈 매워 죽겠네!"

윤하는 얼른 소맷자락으로 눈물을 훔치고 다정한 저녁 풍경 속으로 뛰어들었다.

"……그래."

그 풍경 안에야말로 있었다.

그토록 바라고 원했던 자신의 자리가.

역시 사십 대 중반이 되도록 요리 한길에만 매진해온 장인답게, 왕 서방이 저녁상에 내온 요리들은 하나같이 맛있었다. 생선회, 매운탕, 생선구이, 생선튀김. 재료가 모두 다 생선이었는데도 전혀 물리지 않을 정도였다.

떠들썩하게 저녁식사를 하고 나서는 모두들 한방에 모여서 이야기꽃을 피웠다. 미성년자인 예지를 생각해서 술 대신에 탄산음료를 마시고 있다는 것만 빼면 완전히 엠티 분위기였다.

즐거운 분위기에 취한 나머지 골치 아픈 이야기들마저도 흥미진진하게 들렸다.

"그럼 진짜로 기억이 돌아온 건 결혼식 당일이라고요?"

"그래, 그것도 결혼식 시작하기 딱 30분 전에."

"그래서 어떻게 했냐 해?"

"별수 있나요? 그냥 무작정 도망쳐서 윤하 씨한테 갔죠 뭐, 드레스 입은 채로."

"언니 완전 영화 한 편 찍었네!"

감탄하던 예지가 문득 호기심 어린 표정으로 물었다.

"언니, 그럼 이제 어떡할 거야? 그 서현우라는 사람 말이야."

"경찰에 얘기해야지. 다른 것도 아니고 사람이 죽었는데 그냥 넘어갈 순 없잖아?"

"그래도 한때는 사랑했던 사인데, 감옥에 보내자니 언니도 좀 심란하긴 하겠다."

예지의 말에 방금까지 생글거리고 있던 미사의 표정이 삽시간에 싸늘해졌다.

"아니, 그 사람은 한 번도 날 사랑한 적이 없어. 나 역시 철없을 때 잠시 멋모르고 좋아했을 뿐이고."

치가 떨린다는 듯이, 미사는 말했다.

"그 후로는 계속 억지로 붙들려 있었을 뿐인데 그걸 어떻게 사랑했던 사이라고 하겠어?"

"미안해, 언니."

그제야 말실수를 깨달은 예지가 조그맣게 사과했다.

"근데 미사 누나. 그 인간 집안이 그렇게 대단하다면서요."

이번에는 민호가 물었다.

"그렇게 대단한 집안 아들이 왜 굳이 고아인 누나랑 결혼하려고 했을까요? 사랑하는 것도 아니었다면 말이에요."

"나도 그게 늘 이해가 안 갔었어. 날 사랑하는 것도 아니면서 대체 왜 그렇게 결혼을 고집하는 걸까. 그 사람은 그렇다 치고, 그 사람 아버지같이 야심이 큰 사람이 왜 나 같은 며느리를 그렇게 반대 한 번 없이 흔쾌히 받아들인 걸까."

미사가 뭔가를 깊이 생각하듯 천천히 고개를 끄덕였다.

"이제 와서 생각해보면 아마 다 이유가 있었던 것 같아."

"무슨 이유요?"

"글쎄, 거기까지는 아직 모르겠지만."

갑자기 미사가 민호를 향해 되물었다.

"내가 기억을 잃고 있는 동안 그들은 날 대서양화장품에 입사시

켰어. 왜 하필 거기였을까?"

"글쎄요……?"

민호가 영 모르겠다는 듯이 고개를 갸웃거리자 미사가 힌트를 주듯이 말했다.

"아까 말했잖아. 그 사람하고 홍혜경 부회장님의 비서실장, 둘이서 누군가를 죽였다고."

"그럼 누나가 그 회사에 들어가게 된 것도 그 일과 관계가 있을 거라, 이거죠?"

"그래. 내가 입사하자마자 부회장님이랑 얽힐 일이 여러 번 있었어. 심지어 같이 납치까지 당했고. 그게 진짜 우연일 거라고 생각해?"

"아……!"

모두의 눈이 커졌다.

"그게 다 일부러 꾸민 일이었다는 뜻이야?"

윤하의 물음에 미사가 고개를 끄덕였다.

"난 그렇게 생각해요. 비서실장이라면 충분히 할 수 있었을 거예요."

광고 촬영장에 홍혜경 부회장이 나타났던 것도, 부회장과 미사가 둘이서 사내 홍보 영상을 찍게 된 것도, 비서실장이라면 충분히 할 수 있는 일이었다.

"대체 이유가 뭐지?"

"거기까지는 모르겠어요. 하지만 이 모든 일이 다 하나로 연결되어 있는 것만은 분명해요."

기억을 잃고 있었을 때는 모두가 다 우연이라고만 생각했다. 하지만 지금 생각하면 하나하나 다 용의주도한 계획 하에 벌어진 일들이 틀림없었다.

"언니, 혹시 그 부회장이란 사람도 같이 꾸민 일은 아닐까?"

"아니, 그분은 절대 그러실 분이 아니야."

미사는 단호하게 고개를 저었다.

몇 번 만나지 않았지만 미사는 혜경에 대해 확신을 품고 있었다.

연기 속에 갇혀서 하마터면 죽을 뻔했을 때도 혜경은 자신을 먼저 내보내려고 했다.

「내 걱정은 말고 어서 나가도록 해. 더 늦으면 미사 씨도 위험해요.」

결혼식 전날 병실에 찾아와서 위로해준 것도 혜경이었다. 싫은 결혼이라도, 이왕 결정했다면 최선을 다해야 한다고 타일러놓고, 마지막에는 결심이 서거든 자신이 도와주겠다고 말해주었다.

혜경은 올곧은 리더이자 능력 있는 사업가였고, 또한 자식을 그리워하는 자애로운 어머니였다. 그런 혜경이 음모 따위를 꾸밀 리 없다. 분명 살인사건과도 전혀 상관이 없을 거라고 미사는 확신하고 있었다.

"부회장님은 아무것도 모르고 계실 거야. 아마 그 비서실장이 부회장님 모르게 서현우랑 꾸민 일일 거라고 생각해."

그렇게 말하고, 미사는 다짐하듯 말했다.

"어쨌든 서울로 돌아가면 휴대폰을 가지고 경찰에 갈 거야. 그러면 결국 다 밝혀지겠지."

"언니가 그 인간 차에서 갖고 나왔다는 그 휴대폰 말이지?"

"그래. 아마 그 안에 증거가 있을 거야."

결국 서현우는 죗값을 치르게 될 것이다. 그렇게 되면 자신은 영원히 그자에게서 자유로워질 수 있다.

"자, 건배하자!"

날아갈 듯 행복한 기분으로, 미사는 잔을 들었다.

할 이야기는 끝이 없었지만 시간이 한없이 있는 것도 아니었다. 무엇보다 예지가 다음 날 아침에는 학교에 가야 했으니까.

"저희는 내일 새벽같이 일어나서 출발할게요. 신혼여행 더 방해하는 것도 눈치 보이니깐."

민호의 말에 윤하는 남몰래 가슴을 쓸어내렸다. 휴우!

역시나 윤하와 민호가 한 방, 그리고 미사와 예지가 한 방을 쓰는 수밖에 없었다. 왕 서방은 할머니 댁에 가서 자기로 했다.

"아침에 봐요."

"그래, 잘 자."

이마에 입을 맞추는 것으로 아쉽게 밤 인사를 대신하는 신혼부부를 보고, 민호와 예지는 경쟁하듯 양팔의 닭살을 문질러댔다.

이윽고 둘씩 각자 방에 들어가서 잠자리에 누웠다.

"……언니."

잠이 잘 오지 않아서 한참 몸을 뒤척거리던 끝에 예지는 가만히 미사를 불러보았다.

"왜?"

마치 기다렸다는 것처럼 곧바로 대답이 돌아오는 바람에 오히려 예지가 깜짝 놀랐다.

"아, 아무것도 아냐."

막상 불러놓고 보니 말을 꺼내기가 민망해서 그냥 얼버무리려는데, 미사가 다시 말했다.

"왜, 민호 생각에 잠이 안 오냐?"

예지는 깜짝 놀라서 몸을 일으켰다.

희미한 달빛 속에서, 미사가 쿡쿡 웃으며 따라서 일어나 앉았다.

"어떻게 알았어?"

"넌 내가 아직도 연애 숙맥인 어린애로 보여?"

미사가 장난스럽게 검지를 뻗어 예지의 이마를 살짝 밀었다.

"뻔히 다 보이거든? 너 민호 좋아서 어쩔 줄 모르는 거."

예지는 그만 얼굴이 새빨개지고 말았다. 그나마 불을 다 끄고 있어서 빨개진 얼굴이 미사에게 보이지 않는 게 다행이었다.

"민호 오빠도 눈치챘을까? 응?"

다급하게 묻자 미사가 어깨를 으쓱했다.

"글쎄, 그건 잘 모르겠지만, 확실히 아는 건 있지."

"뭐?"

"민호도 너 좋아한다는 거."

예지는 화들짝 놀라서 미사를 쳐다보았다.

"민호 오빠가? 나를?"

"그래. 민호가 너보다 더 뻔히 보이던데, 내 눈에는?"

미사는 자신 있게 말했지만 예지는 도저히 믿을 수가 없었다.

"잘못 본 거 아냐? 민호 오빠 같은 사람이 왜 나 같은 어린애를 좋아하겠어?"

"글쎄, 왠지는 모르지만 사실인걸."

"그럼 왜 고백도 하지 않는 건데?"

"민호는 기다리고 있는 걸 거야. 네가 어른이 될 때까지 말이야."

미사의 얼굴에 달빛만큼이나 잔잔한 미소가 떠올랐다.

"윤하 씨도 그랬었거든. 내가 기억을 잃은 동안."

"윤하 오빠가?"

"그래. 아마 민호도 같은 마음일 거라고 생각해. 예지 널 소중하게 생각하니까, 네가 어른이 될 때까지 참고 기다려주고 있는 거겠지."

베개를 끌어안은 예지의 머리를, 미사가 손을 뻗어 부드럽게 쓰다듬었다.

"그러니까 너도 모른 척하고 우선은 빨리 어른이 되도록 해."

그래도 예지는 불안감이 다 가시지 않았다.

"민호 오빠가 나 어른 될 때까지 못 기다리고 다른 여자 만나면 어떡하지?"

"그럴 리가 있어? 착하지, 예쁘지, 의리 있지, 어디 가도 안 빠지는 내 동생을 두고."

미사가 소리 내어 웃었다.

"걱정 마, 민호는 절대 마음 변하지 않을 테니까."

예지에게 있어 미사는 그냥 언니가 아니었다. 친언니보다도 더 친언니 같은 언니, 마치 엄마 같은 마음으로 자기를 사랑해주었던 언니. 그런 미사 언니가 그렇게 말한다면, 그런 거였다.

"역시 울 언니밖에 없어!"

다짜고짜 와락 안기자 미사는 팔을 벌려 예지를 꼭 안아주었다.

"오구오구, 우리 예지. 엄청 오랜만에 안아보네."

예지의 등을 가만히 토닥이며 미사가 말했다.

"너 애기 때 내가 이렇게 안고 재웠던 거 기억 나, 안 나?"

"안 나는데?"

"요런 배은망덕한 것."

콩, 하고 아프지 않게 꿀밤을 먹이는 미사에게, 예지는 응석을 부리듯 말했다.

"언니야, 윤하 오빠랑 결혼했어도 나하고도 계속 놀아줄 거지?"

"놀아주긴 뭘 놀아줘?"

미사가 짐짓 엄하게 말했다.

"너 영어 성적 바닥이라며? 내가 서울 올라가자마자 바로 과외 시작할 테니까, 각오나 단단히 해둬."

다정한 언니의 품에 안겨서, 예지는 활짝 웃었다.

"결혼 축하해, 언니!"

미사와 예지가 훈훈한 자매애를 과시하고 있는 동안, 그 옆방에

서는 정반대의 광경이 벌어지고 있었다.

"저만치 좀 가, 징그러워."

"아, 누가 형이 좋아서 붙는 줄 알아요? 이부자리가 좁아터진 걸 어쩌라고."

"그러게 너더러 누가 여기 오랬어?"

"미사 누나 보러 온 거거든요?"

윤하와 민호는 나란히 누워서는 초딩처럼 서로 옥신각신하고 있는 중이었다. 이럴 거면 가운데 금을 긋자는 둥, 네가 금 밟았다는 둥, 형이 먼저 넘어왔다는 둥.

사실 둘 다 속마음은 그렇지 않았다. 오랜만에 둘이 같이 자게 됐으니 서로 하고 싶은 말들은 많은데, 여자들과는 달리 솔직하게 표현하기가 힘들어서 이러고 있는 것뿐이었다.

특히나 윤하의 경우, 원래가 이렇게 유치한 성격과는 거리가 멀었다. 상대가 자신이기 때문에 윤하가 이렇게 유치하게 구는 거라는 사실을 민호도 잘 알고 있었다. 그리고 그게 기뻐서, 괜히 이쪽에서도 초딩처럼 굴고 있는 거였다.

즉 서로 좋으면서 괜히 투닥투닥 하는 중이라고 하면 되겠다.

한참을 투닥거린 끝에 그래도 먼저 솔직해진 것은 형인 윤하 쪽이었다.

"……고맙다."

"뭐가요?"

"그동안 내 곁에 있어줘서."

윤하가 조용히 말했다.

"네가 없었으면 나는 진짜로 외톨이였을 거야."

민호는 그만 코끝이 찡해지고 말았다.

그렇지 않아도 오늘 하루 종일 시도 때도 없이 눈물이 치밀어 오르는 것을 꾹 참고 있던 민호였다. 윤하와 미사가 다정한 눈빛을 나눌 때마다, 자신들 몰래(라고 생각했겠지만 물론 뻔히 다 보였다) 살짝살짝 손을 잡거나 뺨에 입 맞추는 것을 볼 때마다 눈물이 났다.

이제 형이 드디어 진짜 행복을 찾았구나. 앞으로도 영원히 외롭지 않겠구나. 여태까지 윤하의 인생이 얼마나 외로웠는지 잘 알고 있는 민호로서는, 그토록 오랫동안 짝사랑해온 여자와 드디어 사랑을 이룬 모습을 보고 울컥하지 않을 수 없었다.

그래도 민호는 울지 않고 꾹 참았다. 울면 분위기 깨니까, 또 창피하니까. 그런데 갑자기 윤하가 생각지도 않은 결정타를 날리는 바람에 참고 참았던 눈물샘이 위기에 처하고 말았다.

복받쳐 오르는 울음을 억지로 감추느라, 민호는 일부러 퉁명스럽게 말했다.

"새삼스럽게 뭔 소리예요? 앞으로도 계속 형 옆에서 매니저 할 거구먼."

"안 그래도 돼."

하지만 윤하는 고개를 저었다.

"이제 데뷔하자, 민호야. 내가 도와줄게."

민호는 가슴이 철렁해서 윤하를 쳐다보았다.

"형?"

"더 이상 나 돌봐주지 않아도 괜찮으니까, 고집 그만 부리고 너

하고 싶은 거 하라고."

민호는 어쩔 줄을 몰랐다. 자신이 연기를 하고 싶어 하는 것을 윤하가 눈치채고 있었을 줄은 몰랐기 때문이었다. 스스로도 꼭꼭 숨기고 억누르고 있었던 마음인데, 어떻게.

"됐거든요?"

방이 어두워서 다행이었다. 울상이 된 얼굴을 윤하에게 들키지 않을 수 있어서. 민호는 떨리는 목소리로 겨우 말했다.

"말했잖아요, 저는 정윤하 매니저로 늙어죽을 거라고요."

"아닌 거 알아."

"글쎄 형이 알긴 뭘 안다고 그래요?"

대들다시피 말했지만 윤하는 어디까지나 차분하게 대답했다.

"다 알고 있어. 네가 연기하고 싶어하는 것도, 그런데 나한테 미안해서 참고 있는 것도."

민호가 놀라서 몸을 일으켜 앉자 윤하가 따라서 일어나 앉으며 말했다.

"너는 나한테 할 만큼, 아니 넘치도록 했어. 그러니까 이제 그만해도 돼."

"형……."

"한 번도 그 일로 널 원망해본 적 없어."

윤하는 다 알고 있었던 것이다. 여태 자신이 죄책감을 품고 살아왔다는 것을.

"진작 이렇게 말해줬어야 했는데, 용기가 없었어."

달빛에 희미하게 비친 민호의 얼굴을 바라보며, 윤하는 안타까운 듯이 말했다.

"미안하다, 민호야."

"왜 형이 사과를 하는데요?"

참고 참았던 울음이 기어이 터져 나오고 말았다.

"나 때문에 형은 살인자에 유괴범 누명까지 썼잖아요. 근데 왜 형이 미안하다고 하냐고요!"

울면서 따지는 민호를 달래듯, 윤하는 조용히 말했다.

"네가 그럴 수밖에 없었던 거 알아."

"그러지 말아야 했어요. 나는 형한테 그러면 안 되는 거였다고요."

"네 잘못이 아니야."

민호가 무슨 말을 해도 윤하는 계속 끈기 있게 되풀이해서 말해주었다. 네 잘못이 아니라고, 절대 너를 원망하지 않는다고.

"형……!"

기어이 민호는 윤하의 무릎에 얼굴을 묻고 울음을 터뜨리고 말았다.

"이제 우리 편해지자, 민호야."

서럽게 물결치는 민호의 등에 손을 얹은 윤하의 목소리도 조금씩 떨리고 있었다.

"난 지금 정말로 행복해. 그러니까 너도 같이 행복해지자."

"네, 형. 그래요."

민호는 하염없이 울면서 대답했다.

그래요, 형. 우리 행복해져요. 여태까지 외로웠던 만큼, 많이많이요.

가슴속에 무겁게 쌓여 있던 찌꺼기를 다 토해내듯 한참을 엉엉 울고 나자 거짓말처럼 기분이 가벼워졌다. 오랜 세월 동안 지고 있던 짐을 이제야 겨우 내려놓은 것 같은 기분이었다.

민호가 겨우 울음을 그치자 윤하는 도로 자리에 누우며 딱 한마디만 했다.

"그만 자자."

언제 울먹였느냐는 듯이 평소의 무뚝뚝한 목소리로 돌아가 있었다.

그래, 이래야 우리 형이지. 어둠 속에서 민호는 부은 눈으로 씩 웃었다.

"근데 형."

"뭐?"

"저 이제 슬슬 집으로 다시 들어가도 되지 않아요? 형이랑 미사 누나 이제 같은 방 쓸 테니까, 2층에 제 방 도로 비잖아요."

"……죽인다."

옆방과는 다른 종류의 훈훈함이 꽃피는 밤이었다.

03 / 뜻밖의 제안

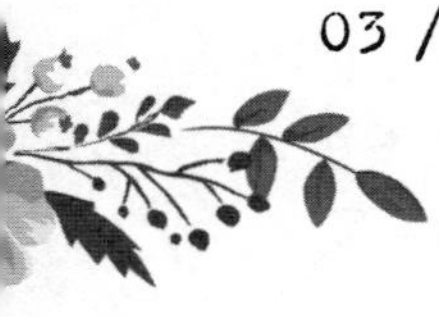

다음 날은 아침 일찍부터 모두들 분주했다. 서울로 올라가는 건 왕 서방과 예지, 민호뿐이었지만 윤하와 미사도 그냥 자고 있을 수만은 없었던 것이다.

"예지야, 옷은 나중에 서울 가서 돌려줘도 되지?"

"새 옷으로 돌려주면 땡큐. 근데 언니네 언제 올라올 건데?"

"글쎄, 여기 너무 좋아서 한 일주일은 더 쉬다 가려고."

화기애애하게 수다를 떨어가며 서울로 떠날 채비를 하는데, 잠을 깨려고 켜놓은 낡은 TV에서 흘러나오는 아나운서의 멘트 한마디가 문득 귓가에 꽂혔다.

– ……다음은 새한국당 서민국 의원 아들의 예비신부가 납치당했다는 소식입니다.

모두의 얼굴에서 동시에 웃음기가 가셨다.

주위가 찬물을 뿌린 듯이 조용해진 가운데, 예지가 떨리는 손으로 TV의 볼륨을 높였다. 각 신문의 기사를 간단히 요약해서 브리핑해주는 아침 뉴스였다.

– 예비신부 윤 모 씨는 결혼식을 30분 남겨두고 결혼식장에서 사라졌는데요. 서민국 의원 측은 전부터 윤 모 씨가 신원 불명의 괴한

에게 지속적으로 협박을 당하고 있었다고 밝혔습니다. 현재 예비 신부는 괴한에 의해 납치당한 것으로 추정되며, 경찰이 수사 중에 있다고 합니다. 다음은 경제면으로 넘어가서…….

한참 후에야 미사가 굳은 표정으로 중얼거렸다.

"말도 안 돼."

이쪽이 카드를 쥐고 있는 한 아무 액션도 취하지 못할 거라고 생각했는데.

'설마……?'

등골에 싸늘한 것이 스쳐 지나갔다. 얼른 방으로 뛰어 들어간 미사는 서현우의 휴대폰을 꺼내 충전기에 연결하고 전원을 켜보았다.

[비밀번호를 입력하세요.]

시험 삼아 현우의 생년월일 네 자리를 넣어보자 잠금은 허무할 정도로 쉽게 풀려버렸다. 마치, 누군가가 열어주기를 바랐던 것처럼.

불안한 마음으로 휴대폰을 살펴본 미사는 이윽고 눈앞이 캄캄해지는 것을 느꼈다.

휴대폰 안에는, 아무것도 들어 있지 않았다.

"기사가 나갔으니 조만간 그쪽에서 연락이 올 겁니다."

굳은 표정의 아버지 서 의원에게, 현우가 말했다.

"그 계집애가 가지고 도망친 휴대폰에, 정말로 아무것도 없는 게 확실한 게냐?"

"물론입니다. 혹시나 싶어서 함정을 놓아둔 것뿐이니까요."

현우가 대답했다.

주도면밀한 현우였다. 미사가 뭔가 낌새가 이상하다는 것은 진작 눈치채고 있었다.

「어차피 저도 이제 결혼하는 거, 보란 듯이 서현우 씨랑 행복하게 살려고요.」

하루아침에 갑자기 태도가 돌변한 것이 아무래도 수상했다. 분명 그날 아침까지도 미사는 자신을 무척 미워해서, 뭐라고 말을 걸어도 거들떠보지도 않을 정도였는데.

그뿐인가, 그 이후로 왠지 모르게 미사가 자신의 주변을 캐는 것 같은 느낌도 들었다. 아무래도 이상하다고 생각한 현우는 함정을 놓았다. 일부러 아무것도 들어 있지 않은 휴대폰 공기계를 자신의 차에 놓아두었던 것이다. 그 휴대폰을 미사가 몰래 빼내는지 아닌지 보기 위해서.

현우의 생각대로 미사는 빈 휴대폰을 빼내서 도망쳤다. 계산을 빗나간 것이 있다면, 그게 하필이면 결혼식 당일의 일이었다는 것.

"하지만 그 계집애가 너와 김 실장이 하는 말을 들었다고 하지 않았느냐?"

"공소시효에 대해서 말하는 걸 들었을 뿐이지 증거는 없습니다. 주어는 빼고 말했으니 아마 죽은 사람이 누군지도 모르고 있을 겁니다."

오랜 시간을 두고 치밀하게 계획한 살인이었다. 완벽하게 사고로 위장해서, 경찰도 사고로 결론을 내리고 사건을 종결시킨 지 한참 된 일이다. 재수사를 하려면 확실한 증거가 필요할 텐데, 단순히 대화를 들었다는 이야기만으로는 소용이 없을 터였다.

"게다가 저는 아직도 그 배우 녀석의 약점을 쥐고 있습니다. 그러니 그쪽도 섣불리 제 일을 터뜨리지는 못할 겁니다."

현우는 자신 있게 말했다.

"곧 미사가 연락해 올 겁니다. 그러면 합의해서 서로 덮는 쪽으로 가겠습니다."

그제야 서 의원은 조금 안도하는 표정이었다.

"망신도 이만하면 차고 넘친다. 연락이 오거든 경찰에는 납치는 오해였다고 얘기하고, 파혼한 걸로 조용히 처리하도록 하자."

"예, 아버지."

"아깝게는 되었구나."

서 의원이 못내 아쉬운 듯이 중얼거렸다.

그는 내년 말에 있을 대선에 출마할 예정이었다. 그전에 아들인 현우와 혼사를 시켜서 은근슬쩍 미사가 고아라는 것을 언론에 흘리면 자신의 이미지에 한없이 플러스가 될 것이 틀림없었다. 서민국 의원 같은 유력 정치인이, 고관대작이나 재벌가의 따님이 아닌 가진 것 하나 없는 천애고아를 맏며느리로 맞이했다! 지지율 올라가는 소리가 귀에 들리는 듯했다.

그런 식으로 먼저 언론플레이를 해놓고 나서 미사는 친엄마를 찾게 되는 것이다. 그렇게 되면 대서양그룹은 자신의 대권을 위해 적극 협력해줄 것이고, 그러면 당선 가능성은 한층 더 높아진다.

재력과 권력의 결합. 서 의원이 상상할 수 있는 가장 아름답고도 완벽한 만남이었다. 아쉽게도 미사가 손아귀를 빠져나간 지금은 다 허사가 되어버렸지만.

"다 잡은 고기를 놓쳤어, 쯧쯧."

서 의원이 혀를 찼다.

아버지가 아직도 대서양그룹에 대한 미련을 버리지 못하고 있다는 것을 현우는 눈치챘다.

물론 미련을 버리기 힘든 것은 현우 역시 마찬가지였다. 자그마치 10년 동안 꾸며왔던 계획이다. 이렇게 호락호락 포기할 수는 없다.

"……아직 방법이 있을지도 모릅니다."

현우는 목소리를 낮춰 이야기하기 시작했다.

휴대폰 안에는 아무것도 들어 있지 않았다. 통화 내역도, 문자 내역도, 사진도, 물론 녹음 파일 같은 것도. 내용을 지운 게 아니라 아예 처음부터 사용된 적도 없는 공기계인 것 같았다.

"함정이었어요!"

미사는 입술을 깨물었다. 어쩐지 일이 너무 쉽게 풀린다 싶었다. 그 교활한 인간이, 그렇게 쉽게 볼 수 있는 곳에 중요한 물건을 방치해둘 리가 없는 건데!

이로서 쥐고 있던 카드는 사라졌다. 한 방 제대로 얻어맞은 기분이었다.

"그들이 누군가를 죽인 건 사실이잖아. 네가 들은 그대로를 경찰에 이야기하면 어떨까?"

윤하의 말에 미사는 고개를 저었다.

"증거는커녕 죽은 사람이 누군지도 모르는데 들어나 주겠어요? 미친 여자 취급이나 당하지 않으면 다행이죠. 저쪽도 내가 경찰에 가지 못할 거라는 걸 알고 저런 뉴스를 내보낸 거예요."

서현우의 속이 뻔히 보였다.

"그럼 이제 어떻게 할 생각이야?"

"일단은 그 사람을 만나봐야죠. 가만히 있었다간 자칫 윤하 씨가 납치범이 될 판이니까."

"만나서는?"

"거래를 하겠어요. 저쪽이 윤하 씨 일을 영영 덮고 나를 자유롭게 놓아준다면, 나도 내가 들은 일에 대해서 더 이상 캐지 않겠다고 말이에요."

"진짜로 그냥 덮을 셈이야?"

"아뇨. 죽은 사람이 누군지 모르지만 억울하게 살해당한 거예요. 알고도 모른 체할 순 없어요."

미사는 단호하게 대답했다.

"게다가 저 사람을 그대로 놔두면 나도, 윤하 씨도 영영 마음 편하게 살 수 없어요. 그러니 어떻게든 죗값을 치르게 만들겠어요."

윤하는 속으로 감탄했다. 증거가 있을 거라고 굳게 믿었던 휴대폰 안에 아무것도 없다는 걸 알고 나서도 미사는 조금도 좌절하는 기색이 없지 않은가.

오랜 세월 동안 자신을 괴롭혀온 남자를, 그녀는 조금도 두려워하고 있지 않았다. 오히려 승부욕을 자극당한 듯, 한층 더 생기에 차 있는 것처럼 보이기까지 했다.

"열쇠는 나에게 있을 거예요."

미사의 아름다운 눈동자에 총기가 흘러넘쳐 빛나고 있었다.

"아무리 생각해도 이 모든 일은 나를 중심으로 벌어지고 있는 것 같거든요."

"살인사건도 너와 관계가 있다는 거야?"

"그래요. 나, 그 사람, 그 사람의 아버지, 부회장님, 그리고 부회장님의 비서실장까지 모두 같은 일에 얽혀 있는 게 틀림없어요."

미사는 확신에 차서 말했다.

"문제는 아직 그게 뭔지 모르겠다는 거지만, 이제부터 알아봐야겠죠."

"그래, 하나하나 풀어가 보자. 우리 둘이서 함께."

미사의 어깨에 윤하가 가만히 손을 얹었다.

그러자 방금까지 딱딱했던 미사의 표정이 순식간에 부드럽게 풀어졌다.

"같이 만나자."

살며시 기대 오는 미사에게, 윤하가 말했다.

"서현우 말이야. 너 혼자 만나게 하고 싶지 않아."

상대는 무척이나 교활한 인간인 데다 살인자였다. 윤하는 미사를 그런 인간과 둘이서 만나게 하고 싶지 않았다. 지금껏 그녀가 서현우에게 고통받아온 걸 생각하면 더욱더.

"아니, 이건 나한테 맡겨둬요."

미사는 고개를 젓고는 중얼거렸다.

"자그마치 10년이에요."

이제 생각하면 처음부터 서현우는 뭔가 의도를 가지고 자신에게 접근한 거라는 생각이 든다. 동정심 따위는 갖고 있지도 않은 주제에 선뜻 자신은 물론 보육원까지 후원해준 것도 그렇고, 좋아하지도 않으면서 사귀었던 것도 그렇고. 어쩌면 첫 만남인 고등학교 때의 그 사고조차도 조작된 거였는지도 모른다.

그렇다면 자신은 무려 10년에 걸쳐 서현우에게 농락을 당한 꼴이었다.

"이젠 내 손으로 모든 걸 끝내겠어요."

단호한 결의를 담아, 미사가 중얼거렸다.

"오랜만이네요, 선배."

맞은편에 앉으며 인사를 건네는 미사를, 현우는 빤히 바라보았다. 겉모습이야 지난번에 봤을 때와 다를 게 없었지만 지금 눈앞에 있는 미사는 그때의 미사와는 확실히 다른 사람이었다.

자신감에 찬 눈빛, 똑 부러지는 말투. 앞에 내려놓은 음료는 생크림을 듬뿍 얹은 아이스 코코아.

굳이 묻지 않아도 알 수 있었다. 그녀의 기억이 돌아왔다는 것을.

"시간 낭비하지 말고 본론만 이야기하죠."

머리를 쓸어 넘기고, 미사가 말했다.

"내 조건을 들어줘요. 그럼 나도 내가 들었던 일에 대해선 묻어둘 테니까."

"대체 뭘 들었다는 건지 모르겠는데?"

현우가 시치미를 딱 떼자 미사가 소리 내어 웃었다. 눈은 전혀 웃고 있지 않은, 차갑디차가운 웃음이었다.

"그래요, 그렇게 계속 모른 척하고 있어요. 내가 경찰에 가서 이야기하는 동안에도."

"그런 정신 나간 이야기를 경찰이 퍽도 들어주겠군."

이번에는 현우가 코웃음을 쳤지만 미사는 흔들리지 않았다.

"경찰이 들어주지 않는다면 기자도 있죠."

그녀는 재미있다는 듯이 웃고는 현우를 향해 바싹 다가앉으며 목소리를 낮췄다.

"……대선 주자인 서민국 의원의 아들이 누군가를 죽였다. 관심 있는 기자가 있지 않겠어요?"

이럴 줄 알았지. 현우는 곧바로 두 손을 들었다.

"무슨 헛소린지는 모르겠지만 협박당하는 것도 귀찮군. 그래서, 조건이 뭔데?"

어차피 끝까지 버틸 셈은 아니었다. 미사의 말대로 경찰이든 기자든 간에 누가 이 일에 관심을 갖게 되면 곤란하다. 만에 하나 재수사에 들어가도 어차피 똑같이 사고로 결론날 거라는 자신은 있었지만, 의혹을 받는 것만으로도 정치인인 아버지에게는 큰 타격이 될 수 있으니까.

"나하고 윤하 씨를 그냥 내버려둬요."

현우는 조금도 놀라지 않았다. 미사가 그렇게 말할 거라고 이미 예상하고 있었으니까.

"납치는 오해였다고 경찰에 말하고, 나와는 파혼했다고 신문에 내줘요."

이것도 예상한 범위 내에 있었다. 미사가 말하지 않았더라도 어차피 그럴 셈이었기도 하고. 하지만 그 뒤에 바로 이어진 말에 현우는 허를 찔리고 말았다.

"난 이미 결혼했으니까요."

"뭐?"

현우는 놀라서 들고 있던 커피 잔을 내려놓았다.

"결혼? 그놈하고? 대체 언제?"

"선배한테 결혼당할 뻔했던 그날, 윤하 씨하고 단둘이서 결혼식을 올렸어요."

미사가 당당하게 대답했다.

"혼인신고도 곧 할 생각이에요."

현우는 뭐라고 설명하기 힘든 복잡한 기분에 빠져들었다.

그에게 있어 미사는 처음부터 끝까지 이용 대상일 뿐, 그 이상도 이하도 아니었다. 스스로도 그렇다고 생각하고 있었다. 그런데 정작 그녀가 진짜로 다른 남자의 여자가 되었다고 하니, 마음속에서 여태 느껴보지 못했던 생소한 감정이 끓어올랐다. 짙은 아쉬움, 그리고 질투와도 같은 것이.

이건 이용가치가 있는 여자를 잃은 데 대한 분노와는 달랐다. 명백히 남자로서의 감정이었다.

'설마 나도 미사에게 마음이 있었던 건가?'

뒤늦게 자신도 몰랐던 감정을 발견하고 현우는 조금 놀랐다. 하지만 깨달았을 때는 이미, 그 여자는 더없이 싸늘한 눈빛으로 자신을 보고 있었다.

"그러니까 이젠 우리를 가만 내버려둬요. 그러면 나도 선배를 건드리지 않을 테니까요."

"좋아, 그렇게 하지."

서운함을 애써 감추며 현우는 고개를 끄덕였다.

"부탁이 하나 더 있어요."

"뭐지?"

"나, 대서양화장품에 계속 다니고 싶어요."

현우는 가슴이 철렁했다. 혹시 미사가 뭔가 눈치를 챈 건가 싶어서.

"결혼했어도 사회생활은 당분간 계속하고 싶거든요. 이왕 낙하산 덕 본 거, 몇 년 더 다녀보고 싶어요. 일도 꽤 재미있었고."

다행히도 미사는 어디까지나 평온한 표정을 하고 있었다. 홍혜경 부회장이 자신의 친엄마라는 걸 눈치챈 기색은 전혀 없었다.

'하기야 그걸 눈치챘으면 여기서 이러고 있지 않겠지.'

현우는 잠시 생각에 잠겼다.

계획이 수포로 돌아간 마당에, 그 회사에 계속 다니게 두는 게 별로 탐탁지는 않았지만 그렇다고 크게 문제가 되지도 않을 것 같았다. 전처럼 비서실장이 일부러 엮지 않는 이상, 말단 사원과 대표이사가 서로 마주칠 일은 별로 없을 테니까.

괜히 기를 쓰고 반대하면 오히려 미사의 의심만 사기 십상이다. 그렇게 생각한 현우는 결국 고개를 끄덕였다.

"원하는 대로 해. 아버지가 넣어주셨다고는 하지만, 어차피 한번 들어간 회사인데 계속 다니고 말고야 네 자유지."

"고마워요."

그렇게 말하자마자 미사는 곧바로 옆 의자에 놓아두었던 가방을 들었다.

"이만하면 할 얘기는 다 끝난 것 같네요. 그럼 이만."

전혀 미련이 없다는 듯이 깔끔하게 자리에서 일어나는 미사를, 현우는 참지 못하고 불러 세웠다.

"잠깐만. 좀 너무하지 않나?"

"무슨 소리예요?"

미사가 일어선 채로 현우를 내려다보았다.

"그래도 우리, 한때는 좋은 사이였던 때도 있었잖아. 그런데 마지막 인사가 '그럼 이만'이라는 건 좀 그렇잖아?"

피식, 하고 미사의 입술에서 가볍게 바람이 새어나왔다.

"그럼 뭐라고 해야 하는 거죠? 어차피 다시 만날 사이도 아닌데 또 만나요, 할 수도 없고."

그녀는 우습다는 듯이 되물었다. 현우는 조금 당황하면서도 대답했다.

“뭐, 그거 말고도 좋은 말들 많잖아. 행복하라든가, 잘 지내라든가.”

“행복해라, 잘 지내라…….”

미사는 고개를 끄덕이며 현우의 말을 가만히 되뇌더니, 갑자기 생긋 웃었다.

“진심을 말해줄까요?”

갑자기 미사가 현우를 향해 허리를 굽혔다. 그녀의 얼굴이 바로 눈앞까지 확 다가오는 바람에, 현우는 놀라서 숨을 들이켰다.

“난 당신이 행복하지 않았으면 좋겠어, 서현우 씨.”

웃음기가 싹 가신 아름다운 얼굴로, 그녀는 현우의 눈을 똑바로 들여다보며 속삭이듯 말했다.

“그러니까 부디 잘 지내지 말아요.”

현우는 등골에 식은땀이 맺히는 것을 느꼈다.

미사의 결혼식 후 며칠 동안, 대서양화장품 홍보팀 사무실은 매일같이 그 일로 화제였다.

낙하산에다가 일도 잘 못하는 미사였다. 자연히 사무실에서 투명인간취급을 받고 있기는 했지만, 그래도 팀원인 이상 결혼식에까지 가보지 않을 수는 없었다.

그래서 팀장부터 시작해서 홍보팀 인원 전부가 결혼식에 갔다가 그 난리가 났던 것이다. 심지어 미사가 드레스 차림으로 뛰어 도망치는 현장을 목격한 팀원들도 있었다.

「뉴스 보니까 납치당한 거라던데?」

「납치는 무슨, 자기 발로 도망가는 거 뻔히 봤는데요.」

의견은 분분했지만 모두의 견해가 딱 일치하는 부분이 있었다.

「그런 사건을 일으켜놨으니, 회사도 그만두겠지?」

당연히 그럴 거라고 모두들 생각하고 있었다. 물론 다솜 역시.

눈엣가시 같은 미사를 더 이상 회사에서 안 봐도 된다는 거야 좋았지만, 한편으로 다솜은 은근히 아쉽기도 했다. 기껏 꾸며놓은 일이 수포로 돌아가게 됐으니까.

미사는 원래 영어 전공이지만 지금은 기억을 잃었으니 자연히 영어 실력도 형편없었다. 그래서 다솜은 일부러 미사가 신혼여행에서 돌아오는 바로 그날 있을 외국인 파트너와의 미팅에 부회장의 통역으로 미사를 추천했던 것이다.

부회장님 앞에서 더듬더듬 고등학교 수준의 영어를 할 미사를 상상하기만 해도 짜릿했는데, 그 재미있는 구경을 못 하게 되고 말다니. 미사와 현우의 결혼이 취소된 건 기뻤지만, 그것 하나만은 못내 아쉽기 그지없었다.

「내일 미팅은 정다솜 대리가 통역 맡아야겠는데? 윤미사 씨 없으니까.」

어제 팀장의 말에 다솜은 못 이기는 체 고개를 끄덕였었다.

「어쩔 수 없죠, 뭐.」

사실 처음부터 그럴 셈이었다. 먼저 미사가 망신을 톡톡히 당한 후에 자신이 나서면 한층 더 돋보일 테니까. 아쉽게도 미사에게 망신을 주는 건 물 건너갔지만, 그래도 역시 부회장님에게 자신을 어필할 좋은 기회임에는 변함없었다.

그래서 아침부터 다솜은 평소보다 한층 더 신경 써서 차려입고 집에서 나왔다.

"좋은 아침이에요!"

활기차게 인사하며 사무실로 들어서던 다솜은, 문득 깜짝 놀라 걸음을 멈췄다.

"이제 오셨어요, 정 대리님?"

눈이 커다래진 다솜에게, 미사가 커피 잔을 내밀며 미소 지었다.

"모닝커피 하시겠어요?"

"너……?"

다솜은 어안이 벙벙했다. 바로 며칠 전에 납치당했다느니 하면서 뉴스에까지 났는데, 대체 이 계집애가 무슨 생각으로 출근을 한 걸까.

"자리 비워서 죄송했어요, 앞으론 더 열심히 할게요."

우두커니 서 있던 다솜은 잠시 후에야 정신을 차리고 미사를 끌고 밖으로 나갔다.

"너, 잠깐 나 좀 봐."

아무도 없는 빈 회의실에 미사를 밀어넣고 나서, 다솜은 문을 쾅 닫았다.

"너 미쳤구나. 그 난리를 치고 나서 어떻게 뻔뻔하게 회사엘 나와?"

"그럼 어떡하니? 나도 먹고살아야 하는데."

미사가 울상을 지었다.

"현우 선배랑은 파혼했고, 윤하 씨도 날 받아주지 않아. 그러니 이제 갈 데도 없는데 직장까지 잃으면 난 정말 길바닥에 나앉아야 한다고."

"뭐?"

다솜은 귀가 번쩍 뜨였다. 현우와 파혼한 거야 당연하다 해도, 윤하와도 헤어졌을 줄은 몰랐던 것이다.

"너 결혼식장에서 도망쳐서 정윤하한테 간 거 아니었어?"

"맞아. 근데 안 받아주더라, 이미 늦었다면서."

미사가 속상한 듯이 입술을 깨물었다.

'잠깐, 그러면 결국 두 남자 다 놓치고 만 거잖아?'

다솜의 마음이 기쁨으로 서서히 부풀어 올랐다. 정윤하와 서현우, 두 남자가 다 이 계집애에게 목을 매다는 게 그렇게 분할 수가 없었는데 일이 그리 되었을 줄이야!

이렇게 통쾌한 일이 세상에 또 있을까. 마치 사이다를 병째로 들이켠 것 같은 기분이었다.

"안됐구나, 일이 그렇게 돼서."

다솜은 입가에 떠오르는 미소를 감추려고 하지도 않았다.

"그래서 말인데, 다솜아."

갑자기 미사가 애원하듯 다솜을 쳐다보았다.

"오늘 미팅 말이야. 네가 나 대신 통역해주면 안 될까?"

"무슨 소리야? 기껏 좋은 기회 양보해줬더니."

"알잖아, 나 지금 영어 한마디도 못 하는 거!"

미사는 금방이라도 울음을 터뜨릴 것 같은 표정이었다.

"다른 사람도 아니고 부회장님 통역이잖아. 그 앞에서 한마디도 못 해서 회사 잘리면 어떡하니?"

"그거야 네 사정이지 나더러 어쩌라는 거야."

"제발, 다솜아!"

미사가 매달리듯 다솜의 팔을 붙잡았다.

"우리 그래도 같은 고등학교 나온 친구 사이잖아. 응?"

다솜은 점점 더 행복해졌다. 기분이 너무 좋아 숫제 까무러칠 지경이었다. 이 밉살머리스러운 계집애가 닭 쫓던 개꼴이 된 것도 모자라서, 이젠 나한테 애원하는 신세가 되다니!

물론 사정을 들어줄 생각은 손톱만치도 없었다.

"착각하지 마."

다솜은 매몰차게 미사의 손을 뿌리쳤다.

"난 너 따위랑 친구였던 적, 한 번도 없으니까."

망연자실하게 서 있는 미사를 향해, 다솜은 코웃음을 치며 말했다.

"곧 미팅 시작할 거야. 이럴 시간에 인사말이라도 외워두는 게 낫지 않을까?"

한국 화장품은 아시아권 전역에 걸쳐 인기가 높다. 그중에서도 대서양화장품의 인기는 독보적이었다. 대서양화장품이 업계 1위로 올라선 것도 홍혜경 부회장이 대표이사로 취임하자마자 아시아권, 특히 중국 시장에 집중하기 시작한 덕분이었다.

아시아를 꽉 잡고 나자 부회장은 그 다음으로 미국에 눈을 돌렸다. 그 첫 발판이, 미국의 고급 백화점 체인인 블루밍 백화점에 시험 삼아 팝업 스토어를 설치한 것이었다.

다행히도 현지 소비자들의 반응이 뜨거웠다. 그래서 본격적으로 대서양화장품의 제품을 입점 시키는 데 대한 논의를 하기 위해 블루밍 백화점의 임원이 한국을 방문한 것이었다.

그러니 이 미팅이 얼마나 중요한 자리인지는 더 말할 것도 없었다. 홍혜경 부회장은 물론이고 홍보팀, 경영지원팀, 마케팅팀 등 여러 팀의 팀장들이 참석하는 자리였다.

"미사 씨?"

미팅 장소인 회의실에 먼저 도착한 부회장은 미사를 보더니 놀란 얼굴을 했다. 그야 부회장도 결혼식에 참석했었으니까.

"오늘 미팅에 미사 씨가 통역을 맡는다고?"

"……네, 부회장님."

잔뜩 얼어붙어 있는 미사의 표정을 보고, 다솜은 자꾸만 새어나오는 웃음을 참느라 혼이 났다.

잠시 후 드디어 블루밍 백화점의 임원이 회의장에 나타나자 다솜의 흥분은 절정에 이르렀다. 마음이 풍선처럼 부풀어 올라 곧 터져나가기 직전이었다.

이제 곧 저 계집애는 모두의 앞에서 망신을 당하게 된다!

다솜은 눈을 한껏 크게 떴다. 미사의 굴욕의 순간을, 단 한 장면도 놓치지 않기 위해서.

드디어 미사가 입을 열었다.

『만나서 반갑습니다, 미스터 스프링스. 이쪽은 저희 대서양화장품의 홍혜경 부회장님이십니다.』

놀랍게도 그 입에서 흘러나오는 것은 유창한 영어였다.

『저는 오늘 미팅에서 통역을 맡은 홍보팀 윤미사라고 합니다.』

다솜의 얼굴에서 순식간에 핏기가 싸악 가셨다.

'이럴 리가 없어. 이럴 리가 없는데……?'

눈이 튀어나올 것 같은 표정이 된 다솜을, 미사가 힐끗 쳐다보았다.

……입가에 희미하게 미소를 떠올린 채로.

미팅은 대성공이었다.

미사의 영어 실력은 완벽했다. 아무래도 발음은 유학파가 아닌 티가 났지만, 단어 선정이나 매너는 세련되기 그지없었다.

첫 미팅이라 본격적인 이야기는 많이 오가지 않았지만, 그만큼 분위기가 중요한 자리였다. 미팅을 좋은 분위기로 이끌어가는 데 미사는 톡톡히 한몫을 해냈다.

"수고했네, 윤미사 씨. 정말 잘했어."

홍혜경 부회장도 칭찬을 아끼지 않았다.

"조만간 부를 테니까, 나하고 식사 한번 같이하도록 하지."

심지어 미사에게 그렇게 말하기까지 했다. 중간에 회의장을 나갈 수도 없어서 맨 구석자리에 앉아 그 모든 광경을 처음부터 끝까지 지켜볼 수밖에 없었던 다솜은 굴욕과 배신감으로 너덜너덜해져 있었다.

미팅이 모두 끝난 후, 다솜은 미사의 뒤를 따라 화장실로 들어갔다.

"너, 기억이 돌아온 거지?"

등 뒤에서 이를 악물고 묻자, 세면대에서 손을 씻고 있던 미사가 거울을 통해 다솜을 쳐다보았다.

"그래 놓고 아까는 일부러 아닌 척 연기한 거잖아!"

"맞아."

미사는 산뜻하게 인정했다. 시치미조차 떼지 않는 것에 다솜은 더욱더 기가 막혔다.

"대체 왜 그런 짓을 한 거야?"

"그냥, 장난 한번 쳐보고 싶어서."

"뭐? 장난?"

기가 찬 나머지 목소리가 높아지자 미사가 다솜을 향해 몸을 돌리며 피식 웃었다.

"뭘 그렇게 정색을 하고 그러니? 장난 좀 친 걸 가지고."

다솜은 흠칫 놀랐다. 그게 무슨 말인지 기억났기 때문이었다.

「애들이 장난 좀 친 걸 가지고 뭘 그래.」

바로 고등학교 시절, 일진들을 시켜 미사를 괴롭힐 때 자신이 자주 했던 말이었다.

“뭐, 네 덕분에 부회장님한테 칭찬도 받고 기분 좋네.”

미사가 손수건으로 젖은 손을 닦으며 말했다.

“좋은 기회 선뜻 나한테 양보해줘서 고마워, 다솜아.”

생긋 웃어 보인 미사가, 그대로 다솜의 곁을 지나쳐 밖으로 나가려 했다.

“거기 서!”

다솜의 찢어지는 듯한 고함 소리가 화장실에 울려 퍼졌다.

“또 뭔데?”

미사가 걸음을 멈추고 다솜을 돌아보았다.

“너, 그럼 정윤하랑 헤어졌다는 것도 거짓말이었어?”

다솜은 부들부들 떨며 물었다. 제발 그것만은 거짓말이 아니기를 속으로 빌면서. 하지만 실낱같은 희망마저도 미사는 웃으며 간단히 무너뜨려버렸다.

“당연하지. 안 그러면 내가 왜 결혼식장에서 도망쳤겠어?”

어마어마한 패배감이 다솜을 덮쳤다. 졌다. 완벽하게 지고 말았다. 고아 계집애 따위에게!

가장 분통이 터지는 부분은, 부회장의 눈에 들 수 있는 그 좋은 기회를 제 손으로 미사에게 주어버렸다는 것이었다.

‘어쩌면 그렇게 어리석었을까!’

시간을 돌릴 수만 있다면, 하고 다솜은 생각했다. 하다못해 오늘 아침으로만 돌릴 수 있어도!

「조만간 부를 테니까, 나하고 식사 한번 같이하도록 하지.」

아까 더없이 자상한 표정으로 미사에게 말하던 부회장의 표정을 생각하자 무시무시한 분노가 치밀어 올랐다. 저 계집애가 날 속이지만 않았어도, 부회장님이랑 식사하는 건 나였을 텐데!

분노와 절망감과 후회에 휩싸여 다솜은 완전히 이성을 잃고 말았다.

"나쁜 년. 내가 가만히 있을 줄 알아?"

다솜은 핏발 선 눈으로 미사를 죽일 듯이 노려보았다.

아직 남아 있는 카드가 있었다. 미사가 정윤하의 집에서 살고 있을 때, 사람을 사서 찍어두었던 사진과 동영상들.

그걸 갖고 있으면서도 여태 터뜨리지 못했던 이유는, 현우가 가만두지 않겠다고 했기 때문이었다.

「미사는 이제 곧 내 아내이자 내 아버지, 서민국 의원의 큰며느리가 돼. 배우 나부랭이하고는 아무 상관도 없고, 또 없어야만 하지.」

하지만 이제 둘은 파혼했으니 자신이 뭘 터뜨린다 해도 현우가 문제삼을 리 없었다.

"너랑 정윤하랑 동거했을 때 찍어둔 사진, 내가 여기저기 다 뿌려버릴 거야!"

다솜은 화장실이 떠나가라 소리를 질렀다.

"정윤하를 완전히 끝장내버릴 거라고!"

이윽고 미사가 길게 한숨을 쉬더니 다솜을 향해 천천히 다가왔다.

"다솜아. 뭘 어떻게 하든 그거야 네 맘인데, 내 생각엔 안 그러는 게 좋을 것 같아."

귓가에 속삭이듯 말하는 미사의 목소리는 무척이나 상냥했다.

“만약에 윤하 씨 기사가 나가면, 바로 그다음 날 네 아버지 기사도 터질 거거든.”

하지만 그 내용은 다솜의 심장을 순간적으로 멎게 만들기 충분한 것이었다.

“너희 아버지 회사에서 지금 짓고 있는 아파트 말이야. 원래 그걸 거기 지으면 안 되는 건데, 누구한테 뇌물 먹여서 허가가 나게 된 건지 내가 알고 있어서.”

“……!”

“아, 그걸 어떻게 아느냐고?”

미사가 달콤하게 웃었다.

“내가 그 뇌물 받은 사람 며느리가 될 뻔했거든, 하마터면.”

다솜은 하마터면 심장이 멎을 뻔했다.

그 사업으로 말할 것 같으면, 말 그대로 회사의 운명을 걸고 진행하는 일이었다. 사실 다솜의 아버지 회사에는 버거운 규모의 사업이었는데, 오래전부터 관계가 있었던 서 의원이 전폭적으로 지원해준 덕분에 가능했던 것이다.

물론 아무리 오래된 사이라 해도 공짜는 없었다. 대가로 정치자금이 흘러들어간 것은 물론이었다.

그런데 이 계집애가 그걸 알고 있을 줄이야!

다솜은 새파랗게 질리고 말았다.

“미, 미사야. 너 정말 그렇게 할 건 아니지?”

방금까지 정윤하를 끝장내버리겠다고 외치던 기세는 어디론가 사라지고 없었다. 그도 그럴 것이, 그 일이 터졌다가는 집안이 망할 판이니까. 이제는 미사에 대한 앙갚음이 문제가 아니었다. 무릎을 꿇고 빌라고 해도 해야 할 판이다.

"화나서 그냥 한번 해본 소리지? 그치? 응?"

다솜은 매달리듯 물었다.

"그럼. 그 공사 잘못되면 너희 집은 그 빚 다 떠안고 길바닥에 나앉을 거 아니니."

다행히도 미사는 너그럽게 고개를 끄덕여주었다.

"어떻게 그렇게까지 하겠어, 아무리 그래도 친구 사인데."

아아, 다행이다. 다솜이 안도감에 하마터면 눈물을 터뜨릴 뻔한 그 순간, 미사는 갑자기 생각났다는 듯이 말했다.

"아 참, 근데 넌 나랑 친구 아니라고 했지?"

"……!"

다솜은 그만 얼어붙어버렸다.

미사의 예쁜 입꼬리가 재미있다는 듯이 조금 올라갔다.

"뭐, 생각 좀 해볼게."

다리에 스르르 힘이 빠졌다. 다솜은 허물어지듯 그 자리에 주저앉았다.

또각, 또각, 또각.

뒤도 돌아보지 않고 나가는 미사의 하이힐 소리가 귓가에 우레처럼 쩌렁쩌렁 울렸다.

“그래서 조만간 함께 식사하게 될 것 같아요, 부회장님하고.”

“그거 잘됐군.”

미사의 이야기를 들은 윤하가 고개를 끄덕였다.

미사가 당분간 회사를 계속 다니기로 한 것은, 자신과 홍혜경 부회장이 어떤 일에 얽혀있는지 알아내기 위해서였다. 비록 납치사건을 통해 어느 정도 친분이 생겼다지만, 새까만 신입사원 주제에 부회장과 만나기 쉽지 않을 것 같아 걱정이었는데 다시 출근하자마자 이렇게 접점이 생겨 얼마나 다행인지 몰랐다.

“기회를 준 정다솜한테 고마워해야겠네요.”

미사가 웃었다. 그러고는 이어서 다솜과의 사이에 있었던 일도 이야기해주었다.

“……자기 아버지 얘기 들먹이니까 한순간에 얼굴이 새하얗게 질리는데, 속으로 얼마나 고소하던지.”

“그 얼굴을 내가 보지 못해서 아쉽군.”

“나도 은근히 뒤끝 있나 봐요, 걔한테 당했던 게 벌써 10년 전 일인데. 좀 너무했나요?”

“아니, 전혀.”

윤하는 단호하게 고개를 저었다. 마음의 상처라는 것은 생각보다 훨씬 오래가는 법이다. 특히나 감수성 예민한 소녀시절의 일이라면 더욱더. 미사가 당했던 것에 비하면 이것도 너무 가볍다고 윤하는 생각했다.

“뭐, 아침에 내 말을 들어줬으면 나도 그렇게까지는 안 했을 거예요.”

미사가 어깨를 으쓱했다.

"걔한테는 장난친 거라고 했지만, 사실 내 나름대로는 마지막 기회를 준 거였거든요. 그래도 얘가 조금이나마 양심이 있어서 내 대신 통역을 해주겠다고 하면 이쯤에서 그냥 옛날 일은 잊어줘야지, 하고요."

"사람은 쉽게 변하는 법이 아니야."

20년 가까이 지나서 다시 만났는데도 똑같이 못된 짓을 하고 있던 황금성 주인을 떠올리며 윤하는 말했다.

"맞아요, 역시 정다솜은 정다솜이더라고요. 그때나 지금이나, 왜 그렇게 날 괴롭히고 싶어서 몸살을 하는 건지 참."

미사가 씁쓸하게 고개를 끄덕였다.

"우리 둘이 동거했다고 언론에 뿌려서 윤하 씨 끝장내버리겠다고 고래고래 소리까지 지르는데, 없던 정도 뚝 떨어지지 뭐예요."

"그냥 마음대로 하라고 하지 그랬어? 어차피 결혼했다고 발표하면 그만인데."

"나도 그럴까 했는데, 아무래도 팬들한테 예의가 아니다 싶었어요."

미사가 진지한 얼굴을 했다.

"결혼했다고 팬들에게 말은 해야겠죠. 하지만 스캔들 기사로 먼저 알게 하는 건 실례라고 생각해요. 지금의 윤하 씨를 있게 해준 고마운 사람들이잖아요."

"그건 그렇지."

윤하도 고개를 끄덕였다.

"예의 갖춰서 진심으로 얘기하면 팬들도 결국 이해해줄 거예요. 섭섭해하기는 하겠지만."

"그래, 그렇지 않아도 회사도 어떻게 알릴지 방법을 고민 중이야."

"오늘 회사 다녀왔었어요?"

"응."

윤하가 고개를 끄덕였다.

"대표님이 화 많이 내지 않아요?"

"별로. 민호가 미리 자초지종을 다 이야기해놔서 그런지, 이미 이렇게 된 거 어쩌겠냐면서 그냥 축하한다고만 하던데. 그래서 다른 얘기를 하다가 왔어."

"무슨 얘기요?"

"이제 나한텐 새 매니저 붙여주고, 민호는 데뷔 준비해달라고."

"어머. 회사에서 뭐래요?"

"실장이 아주 춤을 출 기세던데?"

윤하가 웃었다.

"옛날부터 민호를 무척 노렸거든, 데뷔시키면 대박이라면서."

"하긴, 민호는 잘할 거예요."

고개를 끄덕인 미사가 생긋 웃으며 소파에서 일어났다.

"그럼 난 잠깐 옷 좀 갈아입고 올게요."

벌써 회사에서 돌아온 지 한 시간이 넘었는데 윤하와 얘기하느라 여태 옷도 못 갈아입고 있었던 것이다.

"얼른 같이 저녁 해서 먹어요."

하지만 일어나자마자 도로 손목을 확 붙들리고 말았다.

"옷은 좀 이따가 갈아입어도 되잖아?"

미사의 손목을 끌어당겨 소파에 쓰러뜨리고, 윤하가 귓가에 속삭였다.

"어머 왜 이래, 나 퇴근해서 아직 씻지도 않았단 말이에요!"

미사가 질색을 하며 밀쳐내려고 했지만 이미 몸 위에 올라탄 윤하는 꿈쩍도 하지 않았다.

"하고 나서 씻자. 응?"

얼굴이 확 붉어지는 미사에게, 윤하는 한술 더 떴다.

"내가 씻겨줄게."

"사양하겠……읍!"

미사의 말은 중간에 윤하의 입속으로 사라지고 말았다. 그는 미사에게 뜨겁게 키스하면서 블라우스 단추에 손을 대더니, 위의 두 개만 풀어냈다.

곧이어 드러난 어깨 위의 나비에, 윤하가 성급하게 입술을 가져가며 속삭였다.

"예쁜 내 나비."

순간 미사는 손끝까지 찌르르한 것이 달리며 저절로 몸이 뜨거워지는 것을 느꼈다. 애정이 담긴 속삭임이 그렇게 달콤하게 들릴 수 없었다.

"윤하 씨는…… 그게 그렇게 좋아요?"

가빠지는 숨소리를 겨우 억누르며 묻자 진지한 대답이 돌아왔다.

"나만 볼 수 있는 거니까."

미사를 옴짝달싹도 하지 못하도록 자신의 몸 아래 꾹 가두어놓고, 윤하는 욕심껏 나비에 입을 맞추었다.

"아아, 윤하 씨."

결국 참지 못한 미사가 달콤한 한숨을 흘리고 말았다. 윤하는 못내 아쉬운 듯이 나비에 마지막으로 한 번 더 쪽, 하고 입 맞춘 후 미사를 번쩍 안아 들었다.

"방으로 가자."

아직은 해조차 다 지기 전인 초저녁이건만, 달콤한 신혼의 밤은 벌써부터 시작이었다.

홍혜경 부회장의 비서가 사내 메신저를 통해 연락해 온 것은 바로 그다음 날의 일이었다.

– 부회장님께서 오늘 윤미사 씨와 저녁식사를 함께하고 싶다고 하십니다.

그날 저녁, 미사는 회사 근처에 있는 한식당의 조용한 방에서 부회장을 만났다.

만나기는 이미 여러 번이지만 둘이 마주 앉아 식사하기는 이게 처음이어서, 과연 밥이 넘어갈까 걱정이었는데 분위기는 생각했던 것보다 훨씬 편안했다.

자신과는 전혀 다른 세상 사람이라고 해도 좋을 혜경이, 왠지 미사에게는 전부터 무척이나 친근하게 느껴졌다. 마치 이모나 고모처럼 가까운 친척 같은 느낌이랄까. 물론 친척이 없어서 잘은 모르지만, 있다면 이런 느낌일 것 같았다.

놀랍게도 그것은 혜경 쪽도 마찬가지인 것 같았다. 혜경은 미사의 젓가락이 자주 가는 반찬을 눈여겨보았다가 미사 앞쪽으로 놓아주기도 하고, 이건 이렇게 먹는 거라며 먹는 법을 손수 가르쳐주기도 하면서 식사 내내 미사를 자상하게 챙겨주었다.

"영어 전공이라고 들었는데, 어느 대학을 나왔나?"

"한국대학교 졸업했습니다."

"저런, 보육원에서 자랐다더니 공부는 굉장히 열심히 한 모양이네."

식사 도중에는 그런 식으로 내내 가볍게 대화를 이끌어나가던 혜경은, 이윽고 식사가 거의 끝나갈 때쯤에야 무거운 화제를 꺼냈다.

"자네 결혼식이 그렇게 되고 나서 걱정 많이 했어."

혜경은 매우 조심스럽게 말했다.

"결혼식 전날 밤에는 내 더 캐묻지 않았네만. 이젠 어찌된 사정인지 말해줄 수 있겠나?"

어디부터 어디까지 이야기해야 할까. 미사는 잠시 고민한 끝에 살인사건에 대한 이야기는 빼기로 했다. 물론 혜경이 그 일과 직접 관계가 없을 거라는 확신은 있었지만, 아직 누가 죽었는지조차 모르는 마당에 상대를 납득시키기는 어려울 것 같아서였다.

결국 미사는 이렇게만 대답했다.

"신랑 될 사람에게 오랫동안 협박을 당하고 있었어요. 그래서 제게는 따로 사랑하는 사람이 있는데도 강제로 결혼당할 뻔한 거였습니다."

"저런, 세상에!"

혜경이 깜짝 놀라며 찻잔을 내려놓았다.

"그래서 그렇게나 결혼하기 싫다고 했던 거였군?"

"네."

혜경은 꽤나 놀란 듯했다.

"인상 좋고 능력 있는 청년이라고만 생각했었지 그런 사람이었을 줄은 미처 몰랐네. 서현우 군 입사할 때, 홀딩스로 가도록 주선해준 것도 나였거든."

"부회장님께서요?"

"그래. 공채는 본인 능력으로 합격했는데, 서 의원님이 아드님을 홀딩스로 보내달라고 내게 직접 부탁을 하셔서 말이야."

대서양홀딩스는 대서양그룹 전체를 지배하는 지주회사였다. 미사는 다시 한 번 확신을 다졌다. 이 모든 일은 다 우연이 아니라, 오래전부터 치밀한 계획 하에 벌어진 것이다. 물론 자신이 대서양화장품에 보내진 것도.

'반드시 이 일의 실체를 밝혀내고 말겠어!'

속으로 다짐하는 미사에게, 혜경이 다시 물었다.

"그래서, 서현우 군하고는 파혼하기로 된 건가?"

"네. 그렇게 하기로 합의했습니다."

미사는 잠시 망설이다 덧붙였다.

"그리고 이건 부회장님한테만 말씀드리는 겁니다만."

"뭐지?"

"저, 결혼했습니다. 제가 정말 사랑하는 사람하고요."

혜경은 또다시 놀라움을 금치 못했다.

"아니, 그건 또 어느 틈에?"

"그냥 둘이서 언약식 비슷하게 올렸습니다. 혼인신고는 오늘내일 사이에 할 거고요."

"그래, 신랑은 뭐 하는 사람인데?"

"혹시 부회장님께서도 아실지 모르겠지만……."

윤하에 대해서 설명하려다 미사는 말을 멈췄다. 이미 혜경이 윤하와 만난 적이 있다는 사실을 떠올렸기 때문이었다.

"부회장님, 혹시 배우 정윤하 씨 기억하십니까? 지난번에 '더 퀸' 광고 촬영장에서 만나셨던."

"기억하고말고. 그런데?"

"바로 그 사람입니다."

"세상에나!"

이번에야말로 혜경은 진짜로 놀란 얼굴을 했다.

"설마 그 촬영 때문에 만나게 돼서 결혼까지 한 건가? 얼마 되지도 않은 일인데!"

"아뇨, 훨씬 전부터 아는 사이였습니다. 제가 스무 살 때부터요."

미사는 간단하게 윤하와의 인연을 설명했다. 대학시절에 야학에서 봉사활동을 하다가 만났다고.

"어쩐지, 그때 미사 씨가 그 여배우한테 무릎 꿇으려고 하니까 그이가 정색을 하고 못 하게 하더라니."

이야기를 듣고 난 혜경이 감탄한 듯이 고개를 끄덕였다.
"그때는 그저 무척 생각이 바른 사람이라고만 생각했는데, 또 그런 속사정이 있었군."
"네, 부회장님."
"하여튼 결혼 축하하네. 나야 잠깐 봤을 뿐이지만 무척 괜찮은 사람 같아 보였는데."
혜경의 얼굴에 장난스러운 미소가 떠올랐다.
"……물론 잘생기기도 굉장히 잘생겼고 말이야."
"칭찬 감사합니다, 부회장님."
"어찌나 눈을 떼기 힘들게 생겼던지 내심 그런 생각도 했다니까? 내가 딸이 있으면 저 친구한테 시집을 보내면 참 좋을 텐데, 하고."
혜경이 웃어서 미사도 따라 웃었다.
"그랬는데 그 친구가 미사 씨 자네랑 결혼했다니, 나도 무척 기쁘네."
문득 혜경이 진지한 표정을 했다.
"사실은 말이야, 왠지 처음부터 자네한테 자꾸만 마음이 갔어."
"부회장님……."
"처음 촬영장에서 봤을 때, 미사 씨가 그 여배우한테 모욕을 당하는 걸 보고 그렇게 화가 날 수가 없더군. 꼭 내 딸이 당하는 것 같은 기분이었어. 결국 결혼식장에서 그렇게 도망쳐버렸을 때는, 물론 걱정도 됐지만 한편으로는 은근히 잘됐다 싶어 기쁘기도 했고."
말끝에 혜경은 조금 웃었다.
"참 희한하지? 알고 지낸 세월로 따지자면 자네보다 서 의원님

쪽이 훨씬 오래되었는데 말이야."

미사는 몸 둘 바를 몰랐다.

"어제도 그래. 신입사원인 자네가 그 중요한 미팅에서 그렇게 잘 해내는데, 어찌나 뿌듯하고 기특한지 하루 종일 기분이 좋았어. 자식이 어디서 상을 받아 오면 꼭 이런 기분이겠구나, 싶더군."

미사는 문득 눈시울이 뜨거워졌다. 학교 다닐 때 상을 무척이나 많이 받았었지만, 한 번도 칭찬을 받아본 적이 없었으니까. 이렇게 잘했다고 기뻐해줄 엄마가 내게도 있었더라면 얼마나 좋았을까.

"그런 생각이 들었어. 처음부터 그렇게 마음이 갔던 걸 보면, 자네와 내가 뭔가 인연이 아닐까, 하는 생각."

혜경의 표정은 어디까지나 진지했다.

"그래서 앞으로는 사적으로도 자주 만나면서 가깝게 지냈으면 좋겠네. 말하자면…… 그래, 이모와 조카처럼 말이야."

"부회장님……."

혜경이 계속해서 말했다.

"사실은 우리 재현이를 잃어버리고 나서, 외롭고 허전한 마음에 수백 번도 더 생각했었어. 입양이라도 해서 아이를 데려다 키울까, 하고. 그런데 아버님도 무척 반대하시고, 또 나도 내 나름대로 일이 바빠서 차일피일 미루다 보니 세월이 흘러서 결국 여기까지 와 버렸네."

혜경의 눈동자에 쓸쓸함이 깃드는 것을 보고 미사는 가슴이 뭉클해지는 것을 느꼈다.

그렇지 않아도 혜경과는 가까워질수록 좋았다. 그래야 자신과 혜경이 어떤 일에 함께 얽혀 있는 건지 밝혀내기가 쉬울 테니까. 하지만 지금은 그런 목적과는 전혀 상관없이 혜경의 제안을 받아들이고 싶었다. 진심으로, 어린 자식을 잃어버리고 평생을 외롭게 살아온 혜경에게 조금이나마 위안이 되고 싶은 마음이 들었다.

"어때, 앞으로 나하고 그리 지내주겠나?"

"네, 부회장님."

미사가 고개를 끄덕이자 혜경의 표정에 부드러운 미소가 번졌다.

이윽고 혜경이 상 너머로 손을 뻗어 왔다.

"앞으로 잘 부탁한다, 미사야."

겉으로 보기에는 차가워 보이는 혜경의 손은, 맞잡아보자 의외로 무척이나 따뜻했다.

04 / 우리의 복수를 위하여

“내 이 망할 놈의 계집애를!”

홍보팀 사무실이 있는 10층에서 엘리베이터를 내리며, 다솜의 엄마가 씩씩거렸다.

아들 셋을 내리 낳고 나서 겨우 얻은, 눈에 넣어도 아프지 않을 막내딸이 다솜이었다. 그야말로 불면 날아갈까, 쥐면 꺼질까 어릴 적부터 애지중지해가며 키워왔다. 그 탓에 딸이 저만 아는 이기심 덩어리로 자랐지만, 다솜의 엄마는 그쯤은 아랑곳도 하지 않았다. 아니, 오히려 그게 당연하다고 여겼다. 우리 공주는 특별하니까.

그런데 고아 계집애 따위가 금쪽같은 내 딸 눈에 눈물을 내?

「엄마, 그 계집애가 글쎄……!」

어제 회사에서 돌아온 다솜이 대성통곡을 하는 걸 보고, 다솜의 엄마는 가슴이 아파 혼났다. 이유가 바로 미사 때문이라는 것을 알고는 불같은 분노가 치밀어 올랐다. 그 건방진 계집애가 기어이!

그렇지 않아도 미사는 현우 때문에 이미 딸을 속상하게 만든 전력이 있었다. 그래서 그때는 다솜의 생일 떡을 돌린다는 핑계로 회사에 가서 톡톡히 망신을 주었었다.

「가만있자, 다솜이한테 듣자니까 네가 현우 군한테 시집을 간다며?」

「아, 네…….」

「너무 잘됐다, 얘. 세상에나 그때만 해도 어디 상상이나 했겠니? 선생님 선물값에나 손대던 애가 그렇게 대단한 집안 며느리가 될 줄이야.」

다솜의 엄마는 이제 와서 뼈저리게 후회했다. 그때 그렇게 점잖게 망신만 주지 말고, 아주 호되게 혼을 내줬어야 두 번 다시 내 딸을 건드릴 생각을 못 하는 건데!

이번에야말로 이 계집애를 제대로 손을 봐줘야겠다고 다솜의 엄마는 굳게 마음먹었다.

「괜히 회사 쫓아오지 마, 엄마. 걔 잘못 건드리면 큰일 나.」

다솜이 신신당부했지만 한 귀로 듣고 한 귀로 흘려버렸다. 그리고 아침에 다솜이 출근하자마자 곧바로 채비를 하고 집을 나선 것이다.

손에는 근처 커피숍에서 산 커피도 한 잔 들려 있었다. 물론 마실 용도가 아니라 미사에게 끼얹어줄 용도였다. 아무리 그래도 화상을 입히면 곤란하니까, 아이스커피로.

홍보팀 사무실쯤이야 손바닥처럼 환했다. 다솜의 생일마다 떡을 돌리러 오기도 했고, 그 외에도 무슨 일만 있으면 회사에 찾아오곤 했었으니까.

다솜의 엄마는 헤매지도 않고 정확히 홍보팀 사무실로 들어섰다.

"아니, 정 대리 어머님! 아침부터 웬일로 오셨습니까?"

팀장이 깜짝 놀라 말했지만 다솜의 엄마는 들은 체도 안 하고 사무실을 휘휘 둘러보았다. 그리고 금세 책상에 앉아 일하고 있는 미사를 발견하고, 성큼성큼 다가가서 벼락같이 고함부터 질렀다.

"너 이년!"

고함 소리가 사무실에 쩌렁쩌렁 울려 퍼졌다.

미사가 흠칫 놀라며 고개를 들어 다솜의 엄마를 쳐다보았다. 그러나 금세 침착한 얼굴로 돌아가서 자리에서 일어났다.

"저한테 무슨 용건이시죠?"

원래 이쪽이 키가 훨씬 작은 데다가, 하필이면 미사가 하이힐을 신고 있는 바람에 저절로 올려다보게 되었다. 그것도 다솜의 엄마의 신경을 무척이나 거슬렀다.

"엄마, 왜 이래! 미쳤어?"

사색이 된 다솜이 달려와서 팔을 붙잡았지만, 노기충천한 다솜의 엄마는 딸마저도 힘껏 뿌리치고 말았다.

"네년이 감히 우리 다솜이한테!"

대답 대신에 미사가 크게 한숨을 내쉬었다. 겁을 먹기는커녕 노골적으로 피곤하다는 듯한 반응에 다솜의 엄마는 조금 당황했다. 지난번만 해도 얼굴이 새빨개져서 말대꾸도 제대로 못 하고 어쩔 줄 몰라 하더니, 이 계집애가 그새 뭘 잘못 먹었나?

"저한테 무슨 용건이시냐고 여쭈었는데요."

미사가 턱을 조금 치켜들었다. 말로는 상대가 안 되겠다 싶어서, 일단 기부터 확 꺾어놓고 볼 셈으로 다솜의 엄마는 이를 악물고 팔을 확 치켜들었다.

"……!"

하지만 커피를 끼얹기 바로 직전에 누군가에게 손목을 콱 붙들렸다. 그 서슬에 커피 잔은 바닥에 떨어졌고, 미사의 얼굴 대신 사무실 바닥이 커피로 엉망이 되고 말았다.

"이게 무슨 짓이죠?"

잔뜩 굳어진 표정으로 자신의 손목을 붙들고 있는 것은, 심플한 디자인의 검정색 슈트를 멋지게 차려입은 중년 여자였다.

자신과 비슷한 또래 같은데 풍기는 분위기가 예사 여자들과는 사뭇 다르다. 마치 온몸에서 카리스마가 뿜어져 나오는 것 같아서, 다솜의 엄마는 저도 모르게 주눅이 들었다.

'대체 뭐 하는 여자야?'

그 순간, 직원 중 누군가가 놀란 듯이 말했다.

"부회장님!"

다솜의 엄마는 놀라서 다시금 상대를 쳐다보았다. 딸이 다니는 회사의 대표이사가 여성이라는 사실은 이미 알고 있던 터였다.

그럼 이 여자가 홍혜경이란 말이야?

"이 사람 누가 들여보냈지?"

혜경이 주위를 둘러보며 차갑게 물었다.

"저희 팀 정다솜 대리 어머님이십니다, 부회장님. 가끔 오시던 분이라 밑에서도 그냥 올려 보낸 것 같습니다."

팀장이 식은땀을 흘리며 대답했다.

"들어왔어도 경비 불러서 내보냈어야지. 외부인이 이렇게 사무실에 막 들어올 수 있으면 경비는 뭐 하러 있나?"

나직한 목소리로 혜경은 팀장을 호되게 책망했다.

다솜의 엄마는 본능적으로 깨달았다. 상대가 자신과 어울려 다니는 팔자 좋은 사모님들과는 전혀 급이 다른 인물이라는 것을. 그래서 대거리를 하기보다는 동정에 호소하기로 했다.

"아유, 부회장님. 마침 이렇게 와주셔서 얼마나 다행인지!"

다솜의 엄마는 눈물을 글썽이며 하소연을 시작했다.

"저희 딸이 너무나도 억울한 일을 당해서, 그만 경우가 아닌 줄을 알면서도 이런 짓을 저질렀습니다. 부회장님께서도 자제 분이 있으실 테니 제 심정을 이해하시겠지만……."

"본론만 말씀하시죠."

혜경이 차디찬 얼굴로 말을 잘랐다.

"저기 있는 저 계집…… 아니, 저 애가 제 딸을 그리 괴롭힌답니다!"

다솜의 엄마는 손가락을 들어 미사를 척 하고 가리켰다.

"괴롭힌다고요?"

"암요, 괴롭히고말고요! 어제 윤미사 저 애가 부회장님 통역을 하지 않았습니까? 그게 바로 저희 딸이 맡은 일이었는데, 글쎄 중간에서 여우 짓을 해서 가로챘다지 뭡니까. 평소 존경해왔던 부회장님을 가까이서 모실 수 있는 기회를 놓쳤다며, 저희 애가 어찌나 서럽게 울던지!"

다솜의 엄마는 혜경에게 애원하듯 말했다.

"아무리 고등학교 동창이라고 하지만 제 딸은 대리고 저쪽은 평사원인데 어떻게 상사한테 이럴 수가 있습니까? 이것은 부회장님께서도 그냥 지나치지 마시고, 필히 회사의 기강을 바로잡으셔야……!"

하지만 혜경은 말을 끝까지 듣지도 않고 시선을 미사에게로 돌렸다. 정말이냐고 묻는 듯한 눈빛이었다.

"그 일이라면 정 대리님이 제게 양보해주신 겁니다."

미사는 조금도 주눅들지 않고 당당하게 말했다.

"여기 계신 모두가 증인이에요. 그렇지 않습니까, 팀장님?"

팀장이 당황한 듯이 대꾸했다.

"그, 그렇지. 정 대리가 양보한 거지, 윤미사 씨한테 기회를 주고 싶다면서."

다솜의 엄마는 움찔했다. 왜냐하면 다솜은 그런 말은 한마디도 하지 않고, 그냥 미사가 제 일을 빼앗아갔다고만 했으니까! 당황한 눈으로 딸을 쳐다보자 다솜은 이미 얼굴이 시뻘게져서 울상을 하고 있었다.

"들으신 대로입니다. 이미 정 대리님께 양보해주셔서 감사하다고 감사인사도 드렸습니다."

미사가 다시 말했다.

"어떤 부분이 정 대리님을 속상하게 해드렸는지 모르겠지만, 저는 제 업무에 최선을 다한 것뿐입니다."

당당한 미사의 모습을 바라보는 혜경의 입가에, 어느덧 흡족한 미소가 번졌다.

"그렇다고 합니다만."

혜경이 다솜의 엄마를 향해 보란 듯이 눈썹을 치켜올렸다.

"그러면 오히려 윤미사 씨에게 사과하셔야 하지 않을까요?"

다솜의 엄마는 완전히 궁지에 몰리고 말았다. 사실이 그렇다면 이미 명분이고 뭐고 없는 셈이다. 하지만 그렇다고 미사에 대한 미움이 수그러드는 것은 아니었다. 아니, 오히려 한층 더 얄미워졌다.

"너, 앞으로 똑바로 행동해."

사과하는 대신에, 다솜의 엄마는 미사를 죽일 듯이 노려보았다.

"두 번 다시 우리 다솜이 눈에 눈물 내면, 그땐 아주 작살을 내버릴 테니까!"

협박하듯 말한 다솜의 엄마가 씩씩거리며 돌아서려 했을 때였다.

"그러면 나도 한마디 하지요."

문득 혜경의 차가운 목소리가 덜미를 붙잡았다.

"또다시 내 직원에게 행패를 부리면 그때는 경찰에 신고하겠습니다."

"예……?"

혜경이 다솜의 엄마를 향해 바짝 다가섰다. 미사를 보호하듯 앞을 막아서고, 혜경은 다솜의 엄마를 똑바로 쳐다보며 말했다.

"여기는 내 회사고, 직원들은 모두 내 자식이나 다름없는 사람들입니다. 직원에게 행패를 부리는 건 곧 대표이사인 나에게 하는 거나 같습니다."

싸늘하기 짝이 없는 표정에 미사는 문득 떠올렸다. 촬영장에서 처음 만났을 때도, 혜경이 같은 말을 하면서 초면인 자신을 감싸주었었던 것을.

"역시 우리 직원의 어머니시니 이번 한 번은 넘어가지만, 다음번은 없습니다."

다솜의 엄마를 향해, 혜경은 냉정한 목소리로 마지막 경고를 날렸다.

"내 회사에서 당장 나가세요. 다음번에 또 회사에 오거든, 그땐 따님과 같이 집에 돌아가셔야 할 겁니다."

그러고 나서 혜경은 미사를 향해 고개를 돌렸다. 언제 그렇게 무서운 표정을 했었냐는 듯이 더없이 부드러운 얼굴이었다.

"그럼 미사 씨, 이따가 저녁에 보지. 내 아주 맛있는 곳으로 예약해두었으니까."

혜경은 다정하게 말하며 미사의 어깨에 손을 얹어 살짝 어루만지고 나서 등을 돌렸다.

"……!"

둘러선 직원들의 얼굴에 소리 없이 경악이 번지고 있었다.

"고등학교 때 친구였다고?"

"그냥 같은 반이었어요. 친구라고 하기는 좀 어렵구요."

"아니 왜?"

저녁식사를 하면서 미사는 다솜과의 사이를 혜경에게 설명했다. 그냥 있었던 일 그대로 간단하게 말하고 말 생각이었는데, 말하다

보니 저도 모르게 구구절절해졌다.

"……그러면서도 그 애는 선생님한테 야단 한번 안 맞았어요. 다른 아이들에게 돈을 주고 시켰을 뿐이지, 자기가 직접 하지는 않았거든요. 전 그게 더 속상했어요."

"맙소사, 겨우 열여덟 살짜리가 그런 짓을? 아주 싹수가 노랬었군 그래!"

꼭 학교에서 친구랑 싸웠다고 엄마한테 일러바치는 기분이었다. 혜경이 화를 내며 제 편을 들어주어서 미사는 은근히 신이 났다.

"하긴, 그 엄마를 보고 나니 그러고도 남았겠다 싶구나."

"그 애 어머님이 절 혼내러 오신 것도 이번이 처음이 아니에요."

"전에도 그랬었다는 거니?"

"네. 딸 생일날 떡 돌린다는 핑계로 와서 부서원들 다 보는 앞에서 저한테 망신을 주었어요. 고등학교 때 선생님 선물값을 훔친 게 저라면서요."

"저런 못된!"

혜경이 숟가락을 내려놓으며 분통을 터뜨렸다.

"그것도 분명 정다솜이 자기 엄마한테 시킨 일이었을 거예요. 그때가 한창 절 괴롭힐 때거든요."

"하긴, 이제 제 부하직원이기까지 하니 오죽 괴롭혔겠니. 천하에 못돼먹은 것 같으니."

속상해하던 혜경이, 문득 미사를 위로하듯 말했다.

"그래도 이제는 내가 특별히 아끼는 직원이라는 걸 눈으로 보여줬으니까 정 대리도, 그 어머니라는 무식한 여자도 두 번 다시 너한테 해코지할 엄두를 못 낼 거야."

역시 일부러 그러셨던 거구나. 속으로 무척 고마웠지만 미사는 한편으로 혜경이 걱정되었다.

"하지만 괜히 다른 직원들까지 부회장님이 저하고 관계가 있다는 걸 알게 되었는데 곤란하지 않으세요?"

"알면 좀 어떠니. 내가 너를 아끼는 게 사실인걸."

혜경은 아무렇지도 않게 대꾸했다.

"그리고 다른 사람들도 눈치들 채라고 일부러 그랬던 거야."

"왜요?"

"비서한테 듣자니 낙하산이라고 말들이 많아서 사무실에서 네 입장이 곤란하다고 하더구나."

미사는 놀랐다. 혜경이 거기까지 알고 있었을 줄이야.

"사실인걸요, 뭐. 다른 분들이 탐탁지 않아 하시는 것도 당연해요."

"그래. 하지만 내 입장에서는 영 속상하더구나. 통역하는 걸 보면 틀림없이 일도 야무지게 잘할 텐데, 여태 그렇게까지 사람을 따돌릴 것 있나."

처음에 미사가 기억을 잃은 상태로 입사해서 주위에 폐를 많이 끼쳤다는 걸 전혀 모르는 혜경의 눈에는 그렇게 보인 모양이었다.

"감사하지만 그건 제가 앞으로 열심히 일해서 사람들에게 차차 인정받아야 할 문제지, 부회장님께서 직접 나서실 문제는 아니었던 것 같아요. 가뜩이나 낙하산이라고 미움 받는데, 오히려 확인해 준 꼴이잖아요."

당돌한 미사의 말에 혜경은 오히려 흡족한 얼굴을 했다.

"네 말도 맞지만, 사실 사람이라는 게 그렇단다."

혜경은 타이르듯 말했다.

"자기보다 어느 정도 위에 있다고 느껴지는 상대에게는 질투심도 느끼고 적개심도 품지만, 압도적으로 저만치 위에 있는 상대에게는 아예 그런 감정조차 갖지를 않아. 오히려 호의를 품거나 우러러보게 마련이지."

미사는 혜경을 물끄러미 바라보았다. 무슨 말을 하는지 알 것도 같고, 모를 것도 같았다.

"이제 두고 보렴. 나와 관계가 있다는 걸 알게 된 이상 사람들이 더는 너를 미워하거나 따돌리지 않을 테니까."

정말 그럴까. 반신반의하는 표정의 미사에게, 혜경이 조금 엄하게 말했다.

"물론 그때부터는 전적으로 네게 달려 있지. 내가 아끼는 직원이라는 게 알려진 이상 더욱더 열심히 일하고 처신을 잘해야 해. 그렇지 않으면 결국 전보다도 더욱더 질시를 받게 될 테니까."

"네. 그렇게 할게요."

미사가 힘주어 대답하자 혜경이 그제야 부드럽게 미소를 지었다.

"물론 미사 너라면 굳이 내가 말하지 않아도 어련히 잘하겠지만 말이야."

미사를 바라보는 혜경의 눈빛에는 신뢰가 가득했다.

"열심히 하렴. 네 능력에 따라서, 앞으로 너를 내 사람으로 크게 키워보고도 싶단다."

미사는 슬그머니 욕심이 생기는 것을 느꼈다. 혜경이 자신을 이렇게 믿어주는데, 열심히 해서 기대에 부응하고 싶다는 욕심이었다.

살면서 자신을 이렇게 믿어준 사람은 윤하를 빼놓고는 혜경이 처음이었다. 윤하가 믿어주는 것조차도 사랑하는 사람에 대한 믿음이지 미사의 능력 자체에 대한 것은 아니었다.

어딜 가든 믿어주기는커녕 무시나 당하지 않으면 다행이었다. 고아라고, 가난하다고, 영어 전공하면서 유학은커녕 어학연수도 못 갔다 왔다고. 그래서 더 오기가 나서 죽도록 열심히 공부하고 스펙을 쌓았던 미사였다.

그런 미사에게, 능력에 따라서 너를 키워보고 싶다는 혜경의 말은 승부욕을 자극하기 충분했다. 꼭 잘해 보이고 싶다. 그래서 혜경에게 칭찬을 듣고 싶다. 엄마를 기쁘게 하기 위해 백 점을 맞고 싶어 하는 어린애 같은 마음으로, 미사는 고개를 끄덕였다.

"열심히 해보겠어요."

"그래, 잘 생각했어. 혹시 일하다가 필요한 자료가 있거나, 내가 서포트해줄 부분이 있다면 뭐든 말하렴. 비서실에도 얘기해놓을 테니까."

혜경의 말에 문득 미사는 무언가를 떠올렸다.

"그런데 부회장님. ……제 결혼식 때 함께 오셨던 비서실장님 말이에요. 어떤 분이세요?"

"아, 김 실장 말이구나. 그건 왜 묻니?"

"비서실장이면 부회장님께서 제일 신임하시는 분일 것 같은데, 어떤 분인지 궁금해서요."

미사는 별일 아닌 듯이 얼버무렸다.

"글쎄, 유능하기도 하고 나한테는 무척 고마운 사람이지. 아무래도 김 실장이 도와주지 않았더라면 내가 이렇게까지 해내지는 못했을 테니까."

그렇게 생각해서일까. 고마운 사람이라고 말하면서도 뭔가 석연치 않은 감정이 묻어나는 것 같은 느낌이 들었다.

"서방님 돌아가시고 나서 내가 대서양화장품을 맡겠다고 아버님께 우겨서 대표이사로 오기는 왔는데, 사실 처음에는 눈앞이 캄캄했거든. 이 회사에 대해 뭐 아는 게 있어야지? 그땐 어디서 그런 용기가 났는지 원."

"서방님이라고요?"

"그래. 내 남편의 동생, 그러니까 내게는 시동생 되는 분이지. 원래 대서양화장품의 대표이사가 서방님이셨어."

혜경이 속상한 얼굴을 했다.

"큰아들인 내 남편이 먼저 세상을 떠났으니 나중에는 서방님께서 그룹을 맡게 되실 거였는데, 그만 자식도 없이 사고로 일찍 돌아가시고 말았지. 아들 둘이 다 그렇게 되고 나서 아버님께서 얼마나 비통해하셨는지……."

왠지 느낌이 왔다. 이거다, 싶은 느낌.

미사는 침을 꿀꺽 삼키고 물었다.

"그런데 그 돌아가신 시동생분하고 김 실장님이 혹시 무슨 관계라도 있나요?"

"아, 그래."

혜경이 고개를 끄덕였다.

"원래 김 실장이, 돌아가신 서방님의 비서였단다."

순간 미사의 온몸에 짜릿한 전기 같은 것이 흘렀다.

이제야 알았다. 서현우와 비서실장이 공모해서 죽인 사람이 누군지!

"……!"

젓가락을 든 손이 벌벌 떨렸다. 미사의 동요를 알아채지 못하고, 혜경은 계속해서 말했다.

"물론 내게 있어 김 실장이 무척 고마운 사람이기는 하지만, 한편으론 야심도 아주 큰 사람이야. 그래선지, 내가 너를 키우려는 게 그다지 마음에 들지는 않는 눈치더구나."

방에는 둘 빼고는 아무도 없는데도, 혜경은 목소리를 한껏 낮췄다.

"……그러니 너도 김 실장 앞에서는 조심해서 행동하렴."

"틀림없어요!"

미사가 흥분해서 말했다.

"현우 선배가 김 실장하고 같이 공모해서 살해한 사람이, 분명 전 대표이사님일 거예요."

윤하가 깊이 생각에 잠긴 얼굴로 고개를 끄덕였다.

"그렇다고 치고, 죽인 이유가 뭘까?"

"글쎄요…… 지금의 부회장님을 대표이사로 만들기 위해서?"

"그래서 자기가 얻을 게 뭔데?"

"여자니까 우습게 보고, 자기가 쥐락펴락할 수 있다고 생각한 게 아닐까요? 그래서 자기가 회사의 실권을 쥐겠다든지 말이에요."

하지만 윤하는 쉽사리 납득하려 하지 않았다. 또다시 날카로운 지적이 날아왔다.

"그렇다면 서현우한테는 무슨 이득이 있을까?"

"그건……."

"그리고 또 너와는 무슨 관계가 있지?

미사는 그만 말문이 막혀버리고 말았다.

"역시 쉽지 않네요. 탐정도 아무나 하는 거 아니네."

미사가 한숨을 쉬자 그제야 윤하가 웃으며 위로하듯 그녀의 어깨를 살짝 두드려주었다.

"어차피 하루아침에 다 밝혀낼 수 있을 거라고는 기대도 안 했잖아. 이만큼 다가선 것만 해도 어디야?"

"그렇네요."

고개를 끄덕인 미사가, 문득 방긋 웃었다.

"참, 부회장님이 언제 윤하 씨랑 한번 식사 같이하고 싶다고 하셨어요. 전에 촬영장에서 보셨을 때 무척 호감이셨던 모양이에요."

"그래?"

순간 윤하가 긴장하는 것을 알아챈 미사가 웃었다.

"부담가질 필요 없어요. 일할 때는 엄격하지만 사실은 무척 다정하신 분이거든요."

"그래?"

"그럼요. 빨리 진짜 아드님을 찾으셔야 할 텐데."

자신과 혜경이 뭔가 같은 음모에 얽혀 있다는 것까지는 짐작하면서도, 미사는 자신이 그녀의 친딸이라는 것까지는 전혀 상상조차 하지 못하고 있었다.

그도 그럴 것이, 설마하니 엄마가 자식의 성별을 잘못 알고 있을 줄은 꿈에도 모르고 있는 것이었다. 혜경은 아이가 어릴 때 잃어버렸다고만 말했지, 낳자마자 얼굴도 못 본 채로 누군가에게 납치당했다고는 말하지 않았으니까.

"이름이 재현 씨라고 하던데, 나랑 동갑이래요."

재현이라는 것도 사실 아들인 줄 알고 태어나기도 전에 미리 지어놓은 이름일 뿐이었지만 역시나 미사가 알 리 없었다.

윤하의 어깨에 머리를 기대며, 미사가 조그맣게 한숨을 지었다.

"지금쯤 어디서 뭘 하고 있을까요? 엄마가 저렇게 그리워하고 있는데."

그 재현이 바로 자신이라는 사실을, 꿈에도 상상하지 못하고 있는 미사였다.

대서양그룹 본사 빌딩에 있는 회장실.

"뭐야? 큰애가 젊은 여사원이랑 가까이 지낸다고?"

육중한 의자에 앉은 칠십 대 후반의 노신사가 어이없다는 듯이 되물었다.

"예, 회장님. 조카딸처럼 생각하시겠다며, 앞으로 부회장님 사람으로 키우고 싶다고도 하셨다고 합니다."

비서가 정중하게 대답했다.

"아니, 큰애가 그럴 애가 아닌데…… 믿을 만한 얘기인가?"

"예. 부회장비서실 김 실장이 직접 연락해서는, 아무래도 부회장님이 걱정스럽다면서 회장님께서도 아셔야지 않겠느냐고 전해준 이야기입니다."

노신사가 끙, 하고 낮게 신음을 내뱉었다.

노신사의 정체는 바로 대서양그룹의 오너인 이대한 회장이었다. 그룹 부회장인 혜경의 시아버지 되는 인물이다. 비록 창업주는 아니지만, 애초 단순히 화학회사에 불과했던 대서양을 아버지에게서 물려받아 지금의 거대 그룹으로 키워낸 것이 바로 이대한 회장이었다.

그런 이대한 회장에게는 한 가지 신념 같은 것이 있었다. 바로 '가족만 한 인재는 없다'는 것이었다.

자기 자신이 소위 재벌 2세인 이 회장이었다. 어릴 때부터 회사를 경영하기 위한 교육을 받았고, 대서양에 대한 모든 것을 보고 듣고 배우며 자랐다. 지금의 대서양그룹을 만들어낸 것은, 남이 아니라 아들인 자신이 회사를 물려받았기에 가능했던 일이라고 이 회장은 철석같이 믿고 있었다.

대서양화장품의 대표이사인 작은아들이 사고로 죽은 후, 큰며느리인 홍혜경을 대표로 앉히려 했을 때 회사 내부에서도 반대의 소리가 나왔었다. 경험도 많지 않은 데다 여자 몸으로 그렇게 큰 회사를 이끌기 쉽지 않으니, 전문경영인에게 맡기자고.

그때 이 회장은 이렇게 벌컥 화를 냈었다.

「전문경영인? 웃기지 말라고 해! 내 식구만큼 회사에 대해 전문적으로 잘 아는 사람이 어디 있다는 거야?」

결국 이 회장의 결단으로 혜경이 대서양화장품의 대표이사가 된 것이었다.

혜경은 시아버지인 이 회장의 믿음을 저버리지 않았다. 대표이사로 취임한지 단 5년 만에 보란 듯이 대서양화장품을 업계 1위로 올려놓았던 것이다. 가족만 한 사람은 없다는 이 회장의 신념이 다시 한 번 굳어지는 계기였다.

아이러니한 것은 이토록 핏줄을 중요시하는 이 회장에게, 정작 후계자가 없다는 것이었다.

이 회장에게는 아들만 둘이 있었다. 큰아들은 뺑소니 교통사고로 세상을 뜬 지 30년이 다 되어가고, 작은아들마저도 7년 전에 사고로 세상을 떴다. 큰며느리인 혜경이 임신했던 아이는 당시 사고와 함께 누군가에게 납치당했고, 작은아들은 자식을 남기지 못했다.

이제 자신의 나이도 팔십이 다 되어간다. 아직은 건강에 문제가 없긴 하지만, 나이가 나이인 만큼 내일을 기약할 수가 없다. 아버지 대부터 평생을 다 바쳐 이룩해놓은 이 회사가 언젠가 남의 손에 넘어갈 생각을 하면 밤에도 잠이 오지 않는 이 회장이었다.

'재현이가 살아 있으면 오죽이나 좋으랴!'

하지만 사고 당시 혜경은 아직 임신 8개월에 불과했다. 교통사고를 당한 충격 때문에 그 자리에서 아이를 낳은 모양인데, 채 다 크지도 못한 아이가 그 난리 통에 살았으리라고는 기대하기 힘들었다.

그러니 이 회장에게 남은 가족이라고는 결국 큰며느리인 혜경뿐이었다. 남편이 죽고 나서도 재혼하지 않고 시아버지인 자신의 곁에 남아서 오랜 세월 동안 회사일을 도와온 혜경이었다.

「아버님. 대서양화장품을 제가 맡고 싶습니다.」

혜경이 처음으로 회사에 욕심을 내비쳤을 때, 이 회장이 두말 않고 밀어준 것도 그래서였다.

혜경이 일에 욕심을 내는 이유 역시 이 회장은 꿰뚫어 보고 있었다. 며느리는 얼굴도 못 보고 잃어버린 아이를 아직도 포기하지 않고 있는 것이었다.

할아버지인 자신은 나이가 많아서 언제 어떻게 될지 모른다. 그러니 언젠가 아이를 찾게 되고, 그 아이가 그룹에서 자리를 잡으려면, 엄마인 자신이 먼저 그룹에서 자리를 확고히 해두어야 한다는 게 며느리 홍혜경의 생각이었다.

물론 이 회장으로서는 기특하기 짝이 없는 생각이었다. 실현 가능성은 차치하고라도.

이래저래 혜경은 이 회장에게 있어서 딸보다도 더 소중한 며느리였다. 그러니 갑작스럽게 들려온 이야기에 걱정스럽지 않을 수 없었다. 최측근인 비서실장까지 걱정스럽다면서 알려 왔을 정도면, 혹시 나서서 말려야 되는 상황은 아닌지.

"큰애가 안 그래 보여도 은근히 마음 약한 데가 있어. 자식이 없어 외로워하는 걸 알고, 재산을 노리고 접근한 여우 같은 계집애한테 걸려든 게 아니겠나?"

이 회장은 당혹스러운 가운데서도 걱정을 감추지 못했다.

"그래, 그 신입사원이란 건 어떤 여자라고 하던가?"

"그것까지는 미처…… 죄송합니다, 회장님."

비서가 송구한 듯이 말했다.

"좀 알아볼까요?"

"그렇게 해."

일단 고개를 끄덕이고, 이 회장은 다시 말했다.

"그러고 나서 좀 들어오라고 해. 내가 직접 만나보아야겠어."

민호는 회사와 정식으로 매니지먼트 계약을 맺었다. 하루아침에 매니저에서 소속 연예인으로 신분이 바뀐 것이다. 당분간 연기 선생님에게 트레이닝을 받고, 윤하의 차기작에 맞춰서 데뷔를 모색하기로 했다.

그리고 윤하의 매니저로서의 마지막 업무는, 공교롭게도 윤하와 미사 부부의 혼인신고서를 대리 제출하는 것이었다.

둘 다 하루빨리 혼인신고를 해서 법적으로도 완전한 부부가 되고 싫어 하는데, 미사는 이제 겨우 회사에 복귀한 마당이라 낮에 따로 시간을 내기가 어렵다고 했다.

「그럼 내가 가서 신고하지 뭐.」

윤하는 그렇게 말했지만 민호가 펄쩍 뛰고 말렸다.

「그날 저녁에 바로 결혼 기사 뜨는 거 보고 싶어요?」

다행히 미사도 이 일에 있어서는 민호 편을 들어주었다.

「팬들한테 정식으로 예의 갖춰서 알리기로 했잖아요. 괜히 얘기 새나가서 기사부터 뜨면 팬들이 배신감 느낄 거예요.」

결국 두 사람이 작성한 혼인신고서를, 민호가 대신 관공서에 가져다 제출하는 걸로 합의를 보았다.

무사히 혼인신고를 마치고, 민호는 저녁에 윤하의 집으로 향했다.

"신고하고 왔어요."

따로 발급받아 온 혼인신고 확인증을 건네자 윤하와 미사는 서로를 껴안고 한참 동안 아무 말도 하지 못했다. 이제 진짜 부부가 되었다는 생각에 새삼 감동스러운 모양이었다.

"그럼 전 이만 갈게요, 형. 누나랑 푹 쉬세요."

괜히 둘만의 시간을 방해하고 싶지 않아서 확인증만 주고 돌아가려는데 미사가 붙잡았다.

"저녁 먹고 가, 민호야. 맛있는 거 많이 해놨어."

"괜찮아요, 집에 가서 먹을게요."

"어허, 말 안 듣는다!"

억지로 등을 떠밀려 주방으로 가보니 음식들이 말 그대로 한상

떡 벌어지게 차려져 있고, 테이블 가운데에는 작은 케이크까지 놓여 있었다. 혼인신고를 해서 정식으로 부부가 된 기념으로 이렇게 차렸나 보다, 하고 민호가 생각하는데, 윤하가 불쑥 말했다.

"그동안 수고 많았다."

"예?"

민호가 영문을 몰라 되묻자 미사가 활짝 웃으며 말했다.

"오늘이 네가 윤하 씨 매니저로 일하는 마지막 날이잖아. 그래서 기념으로 이것저것 좀 차려봤는데, 어때? 마음에 드니?"

그제야 민호는 이게 자기를 위한 자리라는 걸 알았다.

"고마워, 민호야. 그동안 윤하 씨 곁에 있어줘서. 앞으로 멋진 배우 되어야 해. 알았지?"

"누나……!"

민호는 감격해서 어쩔 줄을 몰랐다.

직접 튀긴 통닭에 오븐에 구워낸 피자, 과일 샐러드. 미사는 민호가 좋아하는 음식들로만 상을 차려놓았다. 윤하가 은근히 질투할 정도였다.

"탕수육은 왜 없어?"

"그건 주말에 같이 만들어 먹기로 했잖아요? 오늘은 민호 퇴직파티니까 질투하기 없기!"

맛있게 식사를 하고 나서 셋이 함께 저녁시간을 보냈다.

"형 처음 키스 신 찍을 때 기억나요? 긴장해서 전날 밤에 잠 못 자고 난리도 아니었는데."

"어머, 윤하 씨가 그럴 때도 있었어?"

"당근이죠, 형 모태솔로였잖아요."

"어디 너는 얼마나 긴장 안 하고 잘하나 두고 보자."

그래 봤자 TV를 보면서 이런 식으로 이야기꽃을 피우는 것뿐이었지만, 그것만 해도 시간 가는 것도 잊을 정도로 즐거웠다.

성장과정이 불우했던 탓에 여태 외로움을 무척 타는 민호였다. 윤하와 미사와 함께 보내는 시간은 무척 즐거웠지만, 그런 만큼 일어날 때는 너무나도 아쉬웠다. 이제 이 따뜻한 집을 떠나서, 텅 빈 오피스텔에 돌아가 혼자 잠자리에 들 생각을 하니 벌써부터 쓸쓸했다.

게다가 이제는 매니저 노릇도 그만두었으니, 앞으로 윤하나 미사와 만날 일도 훨씬 적어지겠지. 그 생각을 하자 민호는 더욱더 외로워지고 말았다.

"그럼 늦었으니깐 전 이만 가볼게요, 형."

민호가 쓸쓸한 마음을 애써 감추며 일어서는데, 윤하가 불쑥 말했다.

"늦었는데 자고 가라."

"그래, 자고 가. 2층에 너 쓰던 침실 비어 있으니까."

미사도 흔쾌히 말했다.

"그래도 돼요?"

"그러라니까."

신혼인데 너무 눈치 없는 건 아닐까, 생각하면서도 민호는 못 이기는 척 결국 고개를 끄덕이고 말았다.

"저 그럼 오늘만 자고 갈게요, 누나."

그만큼 민호는 집에 돌아가기가 싫었던 것이다. 윤하와 미사가 있는 이곳이 가정이라면, 거기는 그냥 단순히 집일 뿐이었다.

"안녕히 주무세요, 형. 누나도요."

"그래, 그럼 잘 자."

미소 띤 얼굴로, 미사는 고개를 끄덕였다.

민호는 2층에 올라가서 방문을 열었다. 그리고 안에 들어가기 전에 불을 켠 순간, 놀라서 그 자리에 굳어지고 말았다.

"어……?"

눈앞에 있는 것은 놀랍게도 바로 제 방이었다. 하늘색 침대 커버. 하얀 색 베개. 늘 끌어안고 자는 커다란 곰돌이 인형. 벽에 걸려 있는 영화 포스터까지, 완벽히 민호가 어젯밤까지 자던 그 방이 맞았다.

문제는 그 방이 왜 이 집에 와 있느냐, 하는 거였다. 민호가 멍하니 서 있는데, 문득 등 뒤에서 쿡쿡, 하고 웃음소리가 들렸다.

"어때, 놀랐지?"

돌아보자 언제 따라 올라왔는지, 윤하와 미사가 등 뒤에 나란히 서 있었다.

"오늘 낮에 포장이사 동원해서 옮겨왔어, 너 몰래."

미사가 재미있어 죽겠다는 듯이 말했다.

"왜요……?"

"왜는 왜야, 같이 살자고 옮겨온 거지. 여기 원래 네 방인데 기억을 잃은 날 데려오느라 네가 쫓겨났던 거잖아? 이제 다시 주인한테 돌려주는 것뿐이야."

민호는 어쩔 줄을 몰랐다. 물론 얼마 전에 윤하에게 비슷한 말을 한 적이 있긴 하지만, 그건 어디까지나 농담이었다. 신혼을 방해할 생각은 전혀 없었던 것이다.

"하지만…… 형이랑 누나, 신혼이잖아요."

"신혼이면 뭐, 같이 살던 동생도 집에서 내쫓아야 되는 거니?"

미사는 오히려 이상하다는 듯이 되물었다.

"게다가 민호 너는 내 동생이기도 해. 아직 장가 안 간 동생, 데리고 살 수도 있는 거지 뭐."

"제가 방해가 되면 어떡해요?"

"방해는 무슨, 셋이면 더 재밌지. 그리고 윤하 씨도 너 떼어놓고는 불안해서 못 살아. 그렇죠?"

미사가 힐끗 쳐다보며 묻자 윤하는 펄쩍 뛰었다.

"내가 언제 그런 말을 했어?"

그러더니 민호를 향해 묻지도 않은 소리를 했다.

"난 싫다고 했다. 미사가 하도 졸라서 그러라고 한 것뿐이지."

"괜히 하는 소리야. 회사에는 새 매니저 붙여달라고 말해놓고, 그날 밤에 잠도 제대로 못 자는 거 내가 다 봤거든?"

미사가 놀리듯이 말했다.

민호는 그만 눈시울이 뜨거워지고 말았다. 여기 있어도 좋다. 이제 그 텅 빈 집으로 혼자 돌아가지 않아도 된다. 세상에서 가장 좋아하는, 이 두 사람과 함께 지낼 수 있게 되었다.

"고마워요, 형. 고마워요, 누나."

민호는 떨리는 목소리로 말했다.

"앞으로 잘 부탁해, 민호야!"

미사는 눈을 가늘게 뜨며 웃었고, 윤하는 언제나처럼 무뚝뚝하게 말했다.

"늦었어. 이제 그만 자."

민호 앞에서는 그렇게 말해놓고, 방으로 돌아오자마자 윤하는 미사에게 그 말부터 했다.

"고마워."

민호가 얼마나 외로움을 잘 타는지, 또 얼마나 정신적으로 자신에게 의지하고 있는지 윤하는 잘 알고 있었다. 자신은 민호에게 형이라기보다도 부모 같은 존재였으니까.

그래서 이젠 같이 살지도 않는데 매니저 일까지 그만두게 되면 민호가 얼마나 힘들어할지 대충 짐작이 갔다. 허전한 정도를 넘어서서 우울증이나 안 생기면 다행이었다.

집도 넓은데, 마음 같아서는 결혼 후에도 예전처럼 민호를 데리고 살고 싶었다. 하지만 이제는 혼자 사는 집도 아니고, 또 신혼이었기 때문에 차마 말을 꺼내지 못했던 것뿐이었다.

'남편이 신혼집에 시동생을 데리고 살자는데 어떡하죠?'

인터넷에 글이라도 올리면 댓글 천 개는 족히 달릴 주제였다. '당장 이혼하세요!'로.

그런 상황에서 미사가 먼저 말해준 것이었다.

「근데 윤하 씨. 민호 언제쯤 짐 챙겨 들어오라고 하죠?」

그것도, 아주 당연한 일이라는 듯이.

"고맙긴요. 말했잖아요? 민호는 나한테도 동생이라고."

미사가 웃었다.

"이 집에 과외하러 다닐 때부터 늘 생각했었어요. 이 집에서 우리 셋이서 같이 살면 얼마나 좋을까, 하고요. 그런데 이제는 그 꿈을 이룰 수 있게 됐는데 왜 마다하겠어요?"

윤하는 새삼 홀린 듯이 미사를 바라보았다. 현명하고, 아름답고, 또 이토록 마음씨 고운 여자. 이런 여자가 어떻게 내 아내가 되어주었을까.

그런 생각까지도 들 정도였다. 어쩌면 내 삶이 그토록 힘들었던 건, 미사를 만나는 데 평생의 운을 다 몰아서 써버렸기 때문이 아니었을까.

정말 그렇다면 그 힘들었던 나날조차도 오히려 다행이었다고, 윤하는 진심으로 생각했다.

"나중에 아이를 갖게 되면, 널 닮았으면 좋겠어."

불쑥 말하자 미사가 놀란 얼굴을 했다.

"어머. 이왕이면 윤하 씨를 닮아야지 왜 날 닮아요, 아깝게?"

"아니, 널 닮은 게 좋아."

윤하는 고개를 저었다. 자신은 얼굴 하나 잘났을 뿐, 그 외에는 장점이라고는 없으니까.

"나는 우리 아이가 윤하 씨 닮았으면 좋겠어요."

어느덧 미사도 진지해졌다.

"이왕이면 윤하 씨랑 꼭 닮은 사내아이를 낳아서, 사랑을 흠뻑 쏟아서 키워주고 싶어요. ……윤하 씨가 받지 못한 만큼 말이에요."

그녀가 중얼거린 마지막 말에, 윤하는 그만 가슴이 뭉클해졌다.

"사랑해."

다가오는 윤하의 입술을, 미사는 눈을 살며시 감으며 맞아들였다.

처음에는 서로를 위로하듯 마냥 부드럽기만 했던 입맞춤이, 시간이 갈수록 서서히 열기를 띤 것으로 변해가기 시작했다.

물론 거리낄 것은 아무것도 없었다. 이미 밤은 깊었고, 장소는 마침 침실이었고, 오늘로서 둘은 법적으로도 인정받는 부부가 되었으니까. 누가 먼저랄 것도 없이 침대에 쓰러져 열정적으로 입을 맞추며, 윤하는 자연스럽게 미사의 옷을 벗겼다.

그리고 슬그머니 속옷에 손을 대려는 순간, 제지가 들어왔다.

"불부터 꺼줘요."

"가슴, 보고 싶어."

"창피하단 말이에요!"

"왜, 예쁘기만 한데. 가만히 있어봐."

"꺅!"

신혼부부답게 달콤한 실랑이를 벌이고 있는데, 갑자기 방문이 벌컥 열렸다.

"형, 누나! 혹시 새 칫솔 남는 거 있……."

활기차게 외치던 민호가 침대 위의 광경을 보고 순간적으로 굳어버렸다.

"꺅!"

미사의 비명과 함께, 윤하가 날쌔게 제 몸으로 미사를 가려버렸다.

"죄, 죄송해요! 전 방금 내려갔으니까 아직은 괜찮을 줄 알고!"

얼굴이 벌게진 민호가 민망해서 어쩔 줄을 몰랐다.

"너, 앞으로 밤에 불 꺼지면 1층에 내려오지 마."

미사의 벗은 어깨를 이불자락으로 감추며, 윤하가 살벌하게 으르렁댔다.

"안 그러면 확 쫓아내버린다!"

며칠 후, 미사는 본사의 회장 비서실을 통해 호출을 받았다. 회장님께서 찾으신다는 것이었다. 미처 혜경에게 얘기할 틈도 없었다. 연락을 받은 것과 거의 동시에, 미사를 데리러 온 차가 도착했기 때문에.

영문도 모른 채 본사로 불려간 미사는 비서에게 이끌려가서 이 회장을 만나게 되었다.

"처음 뵙겠습니다, 회장님. 윤미사라고 합니다."

비서가 물러가고 나자 이 회장은 느긋하게 자리에서 일어나 소파에 와서 앉았다. 그리고 미사에게는 앉으라는 말 대신에 눈짓으로 맞은편 소파를 가리켰다.

"그래, 요즘 자네가 내 큰며느리와 가까이 지낸다지?"

미사가 자리에 앉자마자 이 회장은 인사고 뭐고 생략하고 다짜고짜 본론부터 꺼냈다.

"그렇습니다, 회장님."

상대는 대서양그룹 총수다. 조금 떨렸지만 미사는 침착하게 대답했다.

"큰애랑은 어떻게 알게 된 사이인지가 궁금하군 그래."

"처음에는 저희 회사 제품의 광고 촬영장에서 우연히 만나 뵙게 되었습니다. 그때……."

미사는 혜경과의 사이에 있었던 일들을 간추려서 설명했다.

"……그리고 미팅이 끝난 후에 부회장님께서 같이 식사를 하면서 먼저 말씀해주셨습니다. 이모처럼, 조카처럼 가까이 지내고 싶으시다고 말입니다."

"그래, 자네는 당연히 승낙을 했겠고?"

말투가 왠지 곱게 들리지 않았지만 미사는 부정하지 않았다.

"네, 그랬습니다."

"안 지도 얼마 안 된 사람이 이모처럼 생각하라는데 그게 쉽게 받아들여지던가?"

"처음 뵈었을 때부터 무척 가깝게 느껴진 분이셨습니다."

"허어. 자네는 고아라고 알고 있는데. 천하의 대서양그룹 부회장이 가깝게 느껴졌다, 이 말인가?"

이 회장의 말투는 신기하다기보다 우습다는 것처럼 들렸다. 조롱받고 있다는 것이 느껴졌지만, 미사는 차분하게 대답했다.

"이상하게 여겨지시겠지만 저도 그렇게밖에 표현할 수가 없습니다."

"뭐, 그렇다 치고."

이 회장이 고개를 끄덕이고 화제를 돌렸다.

"자네가 정윤하라는 연예인하고 결혼을 했다는데 사실인가?"

미사는 내심 놀랐다. 역시 재벌이라 그런지 정보력이 대단하다. 뒷조사를 했을 거라고는 짐작했지만 그것까지 알아낼 줄은 몰랐다. 얘기가 새어나가지 않기 위해 민호를 시켜서 대리 신고까지 했는데.

"네. 혼인신고를 막 마친 참입니다."

"자네 대단하구먼그래. 유명한 배우하고 결혼도 하고, 게다가 재벌가 며느리하고도 가까운 사이가 됐고. 참, 파혼한 남자는 또 서민국 의원의 큰아들이라지?"

그렇게 들으니 또 대단하기는 하네, 내가. 그렇게 생각하며 미사는 고개를 끄덕였다.

"그렇습니다."

이 회장이 감탄하는 얼굴을 했다. 순수한 감탄이 아닌 것은 물론이었다.

"고아들은 원래 다들 그렇게 야심이 큰 건가?"

이쯤 되자 미사도 더는 참을 수가 없었다.

"세상에 고아가 되고 싶어서 된 사람은 없습니다."

미사는 허리를 곧게 펴고 고개를 들었다. 그리고 이 회장의 눈을 정면으로 쳐다보며 또박또박 말했다.

"어쩌면 회장님의 잃어버린 손자 분께서도, 저처럼 고아로 자랐을지 모릅니다."

그 말에 이 회장은 허를 찔린 듯한 표정을 했다.

"이래 봬도 내가 대서양그룹 회장이야. 자넨 내가 하나도 무섭지 않은가?"

"긴장은 되지만 무섭지는 않습니다."

미사는 조금도 주눅들지 않고 대꾸했다.

"어쩌다 보니 회장님같이 높은 분하고 여러 번 만날 기회가 있었거든요."

현우의 아버지인 서 의원을 가리키는 것이었다.

비록 서 의원이 자신에게 친절하게 대하긴 했지만, 그게 가식이라는 정도는 미사도 일찌감치 느끼고 있었다. 게다가 서 의원이 뒤로 뇌물을 받아 챙기며 이런저런 비리를 저지르고 있다는 것도 알고 있었다. 지위가 높고 돈이 많은 사람이라고 해서 모두가 인격적으로 존경할 만한 사람은 아니라는 걸, 미사는 서 의원을 통해서 알았다.

존경할 필요가 없는 사람이라면 무서울 것도 없다.

미사의 태도가 변하자 이 회장은 오히려 흥미를 느끼는 모양이었다.

"나는 말 한마디로 자네를 자를 수도 있는 사람인데도?"

"꼭 대서양화장품이 아니라도, 어딜 가더라도 먹고살 자신은 있습니다."

미사의 대답은 역시나 당당했다.

"내가 재취업도 못 하게 만든다면?"

"제게는 남편도 있습니다. 아시다시피 경제적으로 곤란한 사람은 아닙니다."

"허어, 내가 연예인 하나쯤 앞길 막지 못할 사람으로 보이나?"

"물론 얼마든지 하실 수 있겠지요. 하지만 제 남편 역시 누가 압력을 넣는다고 설 자리를 완전히 잃을 정도로 일을 허투루 해오지는 않았습니다."

그렇게 말하는 미사의 말투는 윤하에 대한 자부심에 넘쳐 있었다.

"게다가 만에 하나 그런 날이 온다면, 남편과 둘이서 리어카 장사라도 하면 그만입니다."

이 회장을 똑바로 쳐다보며, 미사는 쐐기를 박듯 말했다.

"재벌 회장님이나, 저 같은 고아나 하루 세끼 먹고 살기는 마찬가지거든요."

이 회장은 입을 조금 벌린 채 미사를 바라보았다. 이번에는 순수한 감탄의 표정이었다.

"……미안하네."

잠시 후, 이 회장이 말했다.

"말이 그렇다는 거지, 내 진짜로 그리 하겠다는 말은 아니었어."

"네."

이미 기분이 상해버린 미사는 짧게 대꾸했다.

"그런데 말이야. 지금처럼 내 며느리와 가까이 지내다가, 나중에 혹시 정식으로 수양딸이라도 삼자고 하면 자넨 어쩔 셈인가?"

이 회장은 마치 미사를 떠보듯이 말했다. 왜 그런 질문을 하는지 알 것 같아서 미사는 하마터면 피식, 코웃음을 쳐버릴 뻔했다. 아, 결국 재산 문젠가. 왜 나를 불러서 꼬치꼬치 캐묻나 했더니 겨우 그거였나.

"그럴 생각 없습니다. 그건 제 자리가 아니니까요."

왜 사람은 다들 자기 수준에 맞춰 남을 보는 걸까. 미사는 서글퍼지는 것을 참고 말했다.

"비록 잃어버렸지만 그분께는 엄연히 친자식이 계십니다. 부회장님께서도 그런 말씀은 없으셨지만, 만일 제안하신다 하더라도 제 쪽에서 거절할 겁니다."

"진심인가?"

"물론입니다. 고아에게도 진심이라는 건 있거든요."

상대는 자신이 다니는 그룹의 총수이기 이전에 까마득한 연장자다. 하지만 존경심이 전혀 일지 않아서일까, 이러면 안 된다고 생각하면서도 저절로 말투가 비꼬는 것처럼 되어버렸다.

더 마주 앉아 있기도 시간이 아깝다. 미사는 당돌하게 먼저 물었다.

"더 하실 말씀이 없으시면 이만 일어나도 되겠습니까?"

이 회장은 대답 대신에 고개를 끄덕였다.

"그럼 이만 물러가겠습니다, 회장님."

미사는 자리에서 일어나 정중하게 고개를 숙였다. 그리고 돌아보지도 않고 침착한 걸음걸이로 그대로 회장실을 나가버렸다.

찰칵.

문이 닫히는 소리가 나자, 이윽고 이 회장의 입에서 긴 한숨이 새어나왔다.

"……아깝구먼."

이 나이쯤 되면 사람 보는 눈도 어지간해지는 법이다. 심지어 대서양그룹을 이만한 거대 기업으로 키워온 이 회장이었다. 잠깐만 만나봐도 상대에 대해서 대충은 파악이 가능했다.

윤미사에게 회사나 재산에 대한 사심이 전혀 없다는 건 금세 알 수 있었다. 미사는 자신에게 손톱만치도 아양을 떨거나 눈에 들려고 애쓰지 않았다. 오히려 이쪽이 놀랄 정도였다.

「고아들은 원래 다들 그렇게 야심이 큰 건가?」

이것도 그저 미사가 어떻게 나오나 보려고 일부러 한 소리일 뿐이었다. 그토록 야심이 대단한 여자라면, 차기 대통령이 될 가능성이 높은 국회의원의 며느리 자리를 마다하고 일개 연예인과 결혼했을 리가 없을 테니까.

배짱이 두둑하고 강단이 있는 데다 생각이 곧다. 그런 점이 재계에서도 여장부로 유명한 며느리, 혜경과 무척 닮아 있었다.

'큰애가 어떤 점에 끌렸던 건지, 내 알겠구먼.'

아쉬움 가득한 얼굴로, 이 회장은 천천히 고개를 저으며 중얼거렸다.

"……진짜로 우리 집 자손이었더라면, 크게 한번 키워봐도 좋았을 텐데."

혜경이 말했었다.

사람이라는 것의 속성이 그렇다고. 자신보다 어느 정도 위에 있다고 느껴지는 상대에게는 질투심도 느끼고 적개심도 품지만, 압도적으로 저만치 위에 있는 상대에게는 아예 그런 감정조차 느끼지 않게 된다고. 오히려 호의를 품거나 우러러보게 된다고.

그 말이 틀리지 않았다는 것을, 미사는 얼마 가지 않아 알게 되었다.

미사를 단순히 낙하산이라고만 알고 있었을 때는 팀원들 대부분이 미사를 질시의 눈빛으로 보았다. 자신들이 힘들게 들어온 회사에, 백을 써서 쉽게 들어왔다며. 하지만 그 백이 무려 그룹 부회장이자 회사의 대표이사인 혜경이었다는 것을 확인하게 되자 팀원들의 질시는 놀라울 정도로 싹 사라져버렸다. 어차피 낙하산인 것은 똑같은데도.

"윤미사 씨, 밥 먹으러 가야지!"

"미사 씨, 오늘 의상 멋진데?"

언제 투명인간 취급을 했냐는 듯이 모두들 미사에게 앞다투어 살갑게 굴었다. 미사에게 잘 보여서 출세를 하자는 의도보다는, 그냥 미사가 부회장과 가까운 사이라는 사실 자체로 호의를 품는 것에 가까웠다. 그렇다고 해서 딱히 본인들에게 떡고물이 떨어지는 것도 아닌데도.

사실 예전에 미사가 따돌림을 당했던 이유 중에는, 일을 너무 못해서 주위에 폐를 끼친 탓도 있었다. 하지만 이제는 업무능력도 몰라보게 좋아져서 폐를 끼치는 일도 없어졌다. 오히려 제 몫의 일을 척척 끝내놓고 다른 팀원들의 업무를 돕는 일이 많았다.

물론 부회장과 가깝다고 해서 으스대거나 과시하는 일 따위도 전혀 없었다. 그러니 모두가 미사에게 호감을 품을 수밖에.

이것만 해도 다솜으로서는 울화통이 터질 일인데, 문제는 그게 끝이 아니었다. 미사와 가까워지는 만큼, 사람들은 다솜과는 의식적으로 거리를 두려고 했다. 모두들 미사와 다솜이 좋은 사이가 아니라는 것을 알아버렸으니까. 그렇다고 미사가 대놓고 뭐라고 하는 것도 아닌데 알아서들 다솜을 멀리하려 들었다.

이제는 다솜이 사무실에서 투명인간이 되고 말았다. 그나마 다솜에게 말을 걸어주는 것은 공교롭게도 미사뿐이었다.

“정 대리님, 식사하러 가시겠어요?”

“오셔서 좀 같이 드세요, 정 대리님.”

물론 미사 역시 다솜이 좋아서 말을 거는 것은 아니었다. 단순히 다솜이 자기 때문에 모두에게 따돌림을 받는 상황이 싫었을 뿐. 비록 자신이 사주한 것은 아니라고 하지만, 이러면 꼭 고등학교 때 정다솜이 자신에게 한 짓과 비슷한 모양이 되어버리지 않는가. 미사는 죽어도 다솜과 똑같은 인간은 되기 싫었다.

어쨌든 이제 사무실에서 다솜을 상대해주는 것은 미사밖에 없었다. 그럴수록 다솜은 미사가 더 얄미웠다. 저 계집애가, 불난 집에 부채질을 해?

하루아침에 미사와 입장이 뒤바뀌자 속에서 천불이 일었다. 무슨 수를 써서라도 복수하고 싶었다. 예전 같았으면 그러고도 남았을 거였지만 지금은 미사에게 큰 약점을 잡혀 있는 마당이니 아무

것도 할 수가 없었다.

죽이고 싶도록 미운데, 정작 할 수 있는 게 없다. 얼마나 스트레스가 심한지, 다솜은 안 마시던 술까지 마시기 시작했다. 퇴근 후에 곧바로 집으로 돌아가지 않고 바에 들러서 혼자 술을 먹는 게 버릇이 된 것이었다.

오늘도 혼자 바에 오도카니 앉아서 위스키를 마시고 있는데, 문득 누군가가 바로 옆자리에 와서 앉는 기척이 났다.

"한 잔 사줄 필요 없으니까 다른 데로 가줄래요?"

여자 혼자 앉아 있으니 와서 수작을 거는 줄 알고, 다솜은 상대를 거들떠보지도 않은 채 차갑게 말했다.

"그럼 내가 한 잔 얻어 마시지."

귀에 익은 목소리로 대답이 돌아왔다. 그제야 눈을 들어 상대를 쳐다본 다솜은 깜짝 놀랐다.

"현우 오빠?"

바텐더에게 잔을 부탁하고, 현우가 말했다.

"오랜만이다, 다솜아."

"오빠도 술 마시러 왔나 봐?"

놀람이 가시자마자 다솜은 금세 피식거리기 시작했다.

"하긴, 마실 만도 하지. 그렇게 목매달던 여자가 결혼식 날 도망을 갔으니."

다솜의 말투에는 노골적으로 고소하다는 뉘앙스가 섞여 있었다. 더 이상 존댓말을 쓸 필요성도 느끼지 못했다. 현우는 잠자리까지 같이한 자신을 헌신짝처럼 버리고 미사에게 가버린, 미운 남자가 아닌가.

현우는 바텐더가 앞에 놓아준 스트레이트 잔에 위스키를 가득 따랐다.

"나도 좋아서 목매달았던 거 아냐."

잔을 단숨에 비워버리고, 현우가 중얼거렸다.

"왜 이러실까. 그 좋은 집안 아가씨들 다 마다하고 하필 고아인 윤미사랑 결혼하려고 해놓고, 이제 와서 좋아했던 건 아니었다?"

대놓고 비꼬듯이 말했지만 현우는 화내지 않고 침착하게 대답했다.

"이유가 있었어."

"무슨 이유? 뭐, 걔가 결혼하자고 오빠 목에 칼 들이대고 협박이라도 했단 말이야?"

대답 대신에 질문이 되돌아왔다.

"넌 미사에 대해서 어떻게 생각해?"

"뭐?"

"미사에 대해서 어떻게 생각하느냔 말이야."

현우는 다솜을 지그시 쳐다보며 물었다.

"솔직하게 말해줘, 네 마음을."

다솜은 잠시 고민했다. 숨쉬기조차 힘들 정도로 가슴속에 꽉 들어찬 이 울분과 증오와 질투심과 열등감을, 도대체 어떤 말로 표현해야 좋을까. 밉다? 아니, 그런 말로는 한참 부족했다.

"……죽여버리고 싶어."

잠시 후, 다솜은 씹어뱉듯이 말했다.

"그게 안 되면 철저하게 파멸시키고 싶어. 그 계집애가 가진 모든 걸 다 내 손으로 짓밟아버리고 싶어."

예전 같았으면 현우에게 이런 흉한 속마음까지는 드러내 보이지 않았을 터다. 그야 좋아했으니까. 하지만 지금은 어차피 차인 몸, 다솜은 제 감정을 조금도 숨기지 않고 날것 그대로 드러내 보였다.

"그 계집애가 나락까지 떨어져서 울부짖는 꼴을, 내 눈으로 보고 싶다고!"

다솜의 말 마디마디에서 증오와 울분이 묻어났다. 보통 사람 같으면 말만 들어도 혐오감에 눈살을 찌푸렸을 테지만, 현우는 오히려 마음에 든다는 듯이 빙그레 웃었다.

"만약에 말이야."

갑자기 현우가 정색을 하고 다솜을 향해 몸을 기울였다. 그리고 속삭이듯 물었다.

"윤미사가 가진, 그리고 앞으로 가지게 될 모든 걸 빼앗아서 네 것으로 만들 수 있다면, 그렇게 하겠니?"

술기운이 순식간에 확 달아나는 기분이었다. 다솜은 눈을 크게 뜨고 물었다.

"방법이 있어?"

"하겠냐고 물었어."

현우의 표정은 무척 진지했다. 그가 허튼소리를 하고 있지 않다는 걸 다솜은 느꼈다.

"나도 다솜이 너만큼이나 복수하고 싶어. 하지만 이래저래 위험하고, 또 쉽지 않은 일이야. 그래도 하겠어?"

"……할 수 있다면 악마에게 영혼이라도 팔겠어."

다솜은 이를 악물고 말했다.

"내가 뭘 해야 되는 거야?"

"그 얘기는 천천히 하고, 먼저 건배부터 하자."

미소를 띤 현우가 위스키 병에 손을 뻗었다. 다솜의 잔, 이어서 자신의 잔에까지 술을 가득 채우고 나서 현우는 잔을 들었다.

"우리의 복수를 위하여!"

술잔이 허공에서 부딪쳤다.

05 / 가면무도회

"아니, 이게 지금 말이나 되는 소리야?"

다솜의 엄마가 흥분해서 목소리를 높였다.

"멀쩡한 내 딸을 남의 집에 주자니? 응?"

"다솜이를 위한 겁니다, 어머님."

맞은편 소파에 앉은 현우가 다솜의 엄마를 진정시키듯 말했다.

"나아가서는 아버님과 어머님을 위한 일이기도 하고요."

"현우 너, 제정신 아니구나. 그 고아 계집애하고 결혼 깨지더니 그만 정신이 나갔어. 안 그래요, 여보?"

다솜의 엄마가 옆에 앉은 남편, 정 사장을 닦달했다.

"글쎄 당신도 뭐라고 말씀 좀 해보시라니까요, 네?"

그제야 정 사장은 무겁게 입술을 뗐다.

"……들키지 않을 자신은 있는 건가?"

"물론입니다."

현우가 자신 있게 말했다.

"홍 부회장이 가장 신임하는 사람이 비서실장입니다. 다른 비서들도 모두 비서실장의 사람이고요. 비서실장이 이 일에 협조하는 이상 들킬 이유가 없습니다. 부회장이 하는 모든 일은 다 비서실을 통하게 되어 있으니까요."

"만에 하나 그쪽이 배신해서 부회장에게 사실을 밝힌다면?"

"배신할 수가 없게 돼 있습니다. 비서실장은 저와는 한 배를 탄 입장이니까요."

현우는 그 이상은 자세하게 말하지 않았다. 하지만 뭔가 위험한 일에 얽혀 있는 것 같은 낌새만은 다솜의 부모도 느낄 수 있었다.

"그럼 한번 해볼 만도 한 것 같은데……."

"여보! 당신 미쳤어요?"

남편의 말에 다솜의 엄마가 펄쩍 뛰었다.

"그 홍혜경인지 홍당문지, 바늘로 찔러도 피 한 방울 안 나올 것 같은 여자한테 우리 딸을 홀랑 주고 나면 나는 어떻게 살라고요? 네?"

"엄마."

현우의 옆에 앉아 있던 다솜이 달래듯 말했다.

"내가 부회장님한테 잘 얘기할게. 키워준 엄마랑도 자주 만나고 싶다고. 응? 자주 만나서 쇼핑도 다니고, 골프도 치러 다니고 하면 되잖아."

"내가 왜 키워준 엄마야, 이것아! 내 배 아파서 널 낳았는데!"

다솜의 엄마는 숫제 고래고래 고함을 질렀다. 그러더니 갑자기 다솜의 팔을 붙잡고 애원하기 시작했다.

"정신 차리자, 응? 다솜아. 네가 그 망할 계집애 때문에 속상했던 거 엄마가 다 알아. 아는데, 이건 정말 아니잖니. 들키기라도 하면 어쩔 거야? 응?"

"벌써 현우 오빠랑 김 실장님이 이런저런 경우의 수에 다 대비해 놓았어. 들키지 않을 거야."

하지만 다솜 역시 이미 결심이 굳어져 있었다.

"그래도 만에 하나라는 게 있잖아, 이것아! 자칫 들켰다간 앞길이 구만리 같은 네 인생만 망하는 거야, 그걸 왜 몰라?"

"어차피 이판사판이야. 이대로 가만히 놔두면 언제 부회장님이 그 계집애가 친딸이라는 걸 알아차릴지 모른다구. 엄만 나더러 그 계집애가 대서양그룹 후계자가 되는 꼴까지 보라는 거야?"

"다솜아!"

"아니, 난 그렇겐 못 해."

다솜은 이를 악물고 말했다.

"다 빼앗아버릴 거야. 미사 그 계집애 대신 내가 대서양화장품, 아니 대서양그룹의 후계자가 될 거라구!"

한껏 격앙된 다솜에 비해, 현우는 어디까지나 침착했다.

"이대로 가만히 있으면 아버님 사업도 위험합니다, 어머님."

다솜의 엄마를 달래듯, 현우는 말했다.

"아버님들 사이의 일을 미사가 알고 있습니다. 자칫 그 일이 새어 나가면 저희 아버님에게도 타격이 있겠지만 아버님 사업도 더 이상 진행하기 어려워질 겁니다."

"세상에!"

다솜의 엄마는 새하얗게 질리고, 아버지인 정 사장은 얼굴이 굳어졌다.

"하지만 다솜이가 대서양그룹 회장 손녀가 된다면, 그보다 더한 일이 터진다 해도 아버님은 아무 걱정 하지 않으셔도 됩니다. 대서양그룹이 나서서 도울 테니까요."

"맞아요, 아빠."

다솜도 거들었다.

"저랑 현우 오빠가 책임지고 아빠 회사 키워드릴게요. 대서양그룹 중에 대서양건설도 있으니까, 아빠 회사에 하청 몰아주면 되는 거잖아요?"

"그게 말처럼 쉽겠니?"

입으로는 그렇게 말하면서도, 정 사장의 눈은 이미 욕심으로 번득이고 있었다.

"그러면 그렇게 하도록 하세."

한참 생각한 끝에 결국 정 사장은 고개를 끄덕이고 말았다.

"우리 다솜이, 아무쪼록 잘 부탁하네."

"네, 아버님. 평생 다솜이의 좋은 동반자이자 배우자가 되겠습니다."

현우가 고개를 숙였다.

"그래. 다솜이가 어릴 때부터 그렇게 자네를 좋아하더니만, 기어이는 이렇게 되는군."

이야기는 그렇게 정리된 분위기로 흘러가고 말았다.

"아니, 아무리 그래도 어떻게 내 자식을……!"

다솜의 엄마만이 못내 받아들이지 못해서 안절부절못하고 있었다.

"약속할게, 엄마."

다솜이 제 엄마를 꼭 껴안으며 응석을 부렸다.

"내가 부회장님 딸이 된다고 해도, 내 엄마는 엄마밖에 없어!"

대서양화장품 대표이사실.

언제나처럼 아침 일찍 출근한 혜경이 자리에 앉아서 업무를 시작하는데, 노크에 이어 비서실장이 들어왔다.

"무슨 일이에요, 김 실장님?"

서류를 내려놓고 고개를 드는 혜경의 표정은 밝았다.

오늘 퇴근 후, 미사와 저녁식사를 함께하기로 했다. 미사의 남편인 윤하도 함께 만나기로 한 자리였다.

혜경은 평소 드라마나 영화를 챙겨 보는 타입은 아니었지만 정윤하가 누군지 정도는 알고 있었다. TV에서 지나치듯 볼 때마다 잘생긴 배우가 연기도 무척 잘하는구나, 하고 감탄하곤 했었으니까. 그래서 그 배우가 자사 제품의 모델로 광고촬영을 한다며, 비서실장이 격려차 촬영현장에 들러보시는 게 어떻겠느냐고 권유했을 때 흔쾌히 나선 것이었다. 실물을 한번 보고 싶어서.

그런데 실물은 화면에서보다도 훨씬 더 멋져서, 내심 감탄했었다. 그런 정윤하와 함께 식사를 하게 된다는 사실에 혜경은 아침부터 기분이 약간 들떠 있는 상태였다.

그런데 비서실장은 왠지 표정이 잔뜩 굳어져 있었다.

"부회장님. 우선 너무 놀라지 마시라는 말씀부터 드리겠습니다."

심상치 않다는 것을 느낀 혜경의 얼굴에서도 이내 미소가 가셨다.

"대체 무슨 일인데 그래요?"

비서실장은 입을 꾹 다문 채로 혜경에게 종이 한 장을 건넸다.

"이게 뭐죠?"

"한 시간 전에 익명으로 비서실에 도착한 투서입니다."

종이를 들여다본 혜경은 순간적으로 제 눈을 의심했다.

[홍혜경 부회장님 전 상서.

저는 28년 전 7월 5일, 고속도로에서 야간에 교통사고를 낸 죄인입니다.]

"……!"

7월 5일. 혜경이 꿈에도 잊지 못하는 날짜였다. 바로 죽은 남편의 기일이자, 얼굴조차 보지 못한 배 속의 아이를 잃어버린 날이었으니까.

투서의 내용은 놀라웠다.

[……부회장님 역시 사망했다고 생각한 저는, 갓 태어난 아이라도 살려야겠다는 생각에 탯줄을 끊고 아이만 데리고 그 자리에서 도망쳤습니다. 뒷좌석에 있던 작은 파란색 무릎담요에 싸서 말입니다.]

혜경의 심장이 가슴을 뚫고 나올 기세로 거세게 요동쳤다. 당시 차 안에 있던 무릎담요가 없어진 것도 사실이었다. 그 사실을 아는 것은 당시 수사를 맡았던 경찰을 제외하면, 가져간 당사자밖에 없을 터였다.

[……저는 중병으로 살날이 앞으로 얼마 남지 않았습니다. 자수라도 해서 죗값을 갚고 싶었지만 이미 공소시효가 지나버려 그럴 수도 없었습니다. 그래서 하다못해 죽기 전에 부회장님께 최소한의 속죄라도 하고자 그 아이의 행방을 찾아본 것입니다.]

혜경은 숨을 쉬는 것도 잊은 채 편지를 빠르게 읽어 내려갔다.

[……알아본 결과, 그 아이는 놀랍게도 현재 대서양화장품에서 일하고 있었습니다. 소속은 홍보팀, 이름은……]

혜경의 눈이 놀라움으로 커다래졌다.

[정다솜이라고 합니다.]

정다솜. 그 이름 자체보다 더 놀란 것은, 다솜이 분명 여자라는 사실이었다.

'우리 재현이가, 딸이었다고?'

당혹스러운 가운데, 혜경은 침착하게 생각하려 애썼다.

'그래, 초음파 검사가 틀렸을 수도 있어.'

양수 검사는 자칫 태아에게 위험할 수도 있고, 어차피 딸이라고 안 낳을 것도 아니었기에 그냥 초음파로만 태아의 성별을 확인했었다.

그게 벌써 30년 가까이 지난 일이다. 당시의 초음파 장비는 지금보다도 훨씬 좋지 않았을 테고, 임신 막달도 아니었으니 충분히 의사가 잘못 알았을 가능성이 있었다.

'그러고 보면 처음에는 궁금해하기도 했었지. 애가 정말 아들이었을까, 하고.'

하지만 세월이 지날수록 점점 의문도 옅어지고, 그냥 아들인 걸로 굳어져버렸던 것이다.

"어쨌든 확인해보면 알 수 있겠지요."

그렇게 말하고, 혜경은 자리에서 일어섰다.

"그쪽 부모님께 연락해서 약속을 잡도록 하세요. 괜찮으면 지금 당장이라도 만났으면 좋겠다고요."

혜경은 다솜의 집에서 그 부모를 만났다. 평소에는 수행비서와 함께 움직이지만, 사안이 사안이니만큼 오늘은 최측근인 비서실장과 함께였다.

"언젠가 이런 날이 올 거라고 각오는 하고 있었습니다."

다솜의 아버지, 정 사장은 의연하게 말했다.

"아들만 셋이라 딸이 너무 갖고 싶었는데 더 낳을 엄두가 안 났던 차에, 어느 날 아침 대문 앞에 웬 핏덩이가 버려져 있는 걸 발견했어요."

다솜의 엄마가 손수건으로 눈물을 찍어냈다.

"그래서 그만 경찰에 신고도 안 하고 그대로 데려다 키우게 되었답니다."

"그러셨군요."

혜경은 고개를 끄덕였다. 익명의 투서에 쓰여 있던 이야기와도 일치했다. 어느 집 대문 앞에 놓고 도망쳤다고.

"그런데 정다솜 대리는 두 분이 친부모님이 아니라는 걸 알고 있나요?"

"알고 있습니다."

다솜의 부모는 대답했다.

"애가 초등학교 때 애 아빠가 사고가 난 적이 있는데, 그때 다솜이가 혈액형이 다르다는 걸 알아버렸어요."

"상처를 받지는 않던가요?"

"그때 잠시 방황을 하기는 했지만, 곧 적응했습니다."

"자기 친부모님이 어떤 사람일까, 늘 궁금해하고 그리워했었어요. 언젠가는 꼭 만나보고 싶다면서요."

다솜의 엄마가 눈물을 글썽였다.

"그렇지 않아도 다솜이가 늘 부회장님 같은 사람이 되고 싶다고 노래를 불렀답니다. 그런데 우리 다솜이의 친엄마가 부회장님이시라니, 역시나 핏줄은 속일 수가 없는 법인가 보네요."

"다솜이가 대서양화장품에 다니고 있었던 것도 마찬가집니다. 대서양그룹에 지원을 했던 것부터 그렇지만, 여러 계열사들 중에서도 하필 대서양화장품으로 발령이 난 걸 보면 그것도 역시 하늘이 부회장님과 다솜이를 이어놓으려 했던 게 아닐까 싶습니다."

"그럼요, 여보. 부모자식 간은 천륜인걸요."

혜경은 살짝 불편함을 느꼈다. 아직은 확인된 일도 아닌데, 이들은 벌써부터 기정사실로 만들고 싶어 하고 있지 않은가.

작은 건설회사를 하는 집안이라니, 재벌인 대서양그룹의 덕을 보고 싶어 하는 건 알겠지만 아무리 그래도 갓난아기 때부터 여태 키워왔으면 친딸이나 마찬가지일 텐데 서운함이 앞서야 정상이 아닐까.

"우선은 친자 확인 검사부터 먼저 해보아야 할 것 같습니다."

혜경이 선을 긋듯이 말하자 곁에 있던 비서실장이 나섰다.

"혹시 따님의 머리카락을 좀 얻을 수 있겠습니까? 여러 개일수록 좋습니다만."

"그럼요. 다솜이 출근하고 아직 방 청소 안 했으니까 많이 떨어져 있을 거예요."

다솜의 엄마는 다솜의 방에 들어가더니 잠시 후 머리카락 십여 개를 가지고 나왔다.

"이거면 될까요?"

"고맙습니다."

비서실장이 머리카락을 받아 미리 준비해 온 비닐 팩에 갈무리했다.

"결과가 나오면 연락을 드리겠습니다. 그러니 아직 따님께는 알리지 말아주세요."

그렇게 당부하고, 혜경은 다솜의 집을 나왔다.

다솜의 머리카락은 혜경의 것과 함께 비서실을 통해 곧바로 여러 검사기관으로 보내졌고, 결과는 그날 안으로 바로 나왔다. 그리고 모든 기관에서 내놓은 결과가 하나같이 같은 이야기를 하고 있었다. 99.999퍼센트의 확률로, 다솜은 혜경의 친생자라고.

"그럼, 그 정다솜이라는 직원이 정말 내 친딸이라는 거군요?"

검사 결과가 인쇄된 종이를 한 장씩 넘겨보던 혜경이 말했다.

"그렇습니다, 부회장님. 정말 축하드립니다. 그토록 오매불망 그리시던 자제 분을 이렇게 찾게 되시다니……!"

비서실장이 감격에 찬 얼굴을 했다.

"정다솜 대리는 지금 사무실에서 근무 중일 겁니다. 지금 내려가서 만나시겠습니까? 아니면 올라오라고 부를까요?"

하지만 혜경은 고개를 저었다.

"일단 나도 마음의 준비가 좀 필요하겠어요. 나가보세요."

"예, 부회장님."

비서실장이 나가고 나자 혜경은 앉은 채로 의자를 돌려 유리벽 너머 바깥을 내다보았다. 그리고 저 멀리 있는 산을 바라보며 혼란스러운 마음을 천천히 정리하기 시작했다.

"……."

물론 기뻤다. 기쁘기는 한데 상상했던 것처럼 미칠 듯한 기쁨은 아니었다.

아직 퇴근 시간 전이니 다솜은 지금쯤 멀쩡히 사무실에서 일하고 있을 텐데. 엘리베이터만 타고 내려가면 그토록 그리워해왔던 자식을 만날 수 있는데. 그런데 왠지 별로 내키지가 않았다.

'대체 내 마음이 왜 이런 걸까.'

잠시 생각하던 혜경은 곧 이유를 깨달았다. 순수하게 기뻐하기에는, 마음에 걸리는 점들이 한두 가지가 아니었던 것이다.

무엇보다 일이 너무 쉽게 풀리고 있다는 것이 가장 수상했다. 30년 가까이 그토록 찾아 헤맸어도 아무 소용이 없었는데, 어느 날 갑자기 이름에 소속까지 친절하게 쓰인 편지가 비서실에 날아들다니. 이유도 이제 와서 죄책감을 씻기 위해서라니, 헛웃음이 나올 일이었다. 죄책감이란 걸 느낄 줄 아는 인간이 뺑소니 따위를 친단 말인가. 뭔가 다른 이유가 있을 것만 같았다.

다솜의 부모 역시 어딘가 태도가 부자연스러웠다. 핏덩이 때부터 키웠으면 친자식이나 다름없을 텐데, 지난번에 다솜의 엄마가 회사까지 찾아와서 미사에게 행패를 부렸던 걸 보면 틀림없이 그런 것 같은데. 하루아침에 내가 친엄마라고 주장하는 여자가 나타났는데도 크게 당황하거나 슬퍼하는 기색이 없었다. 오히려 기다리고 있었다는 듯한 태도였다.

보통 사람 같으면 잃어버린 자식을 찾았다는 사실 자체에 감격해서 앞뒤 가리지 않고 일단 기뻐 날뛰고 보았을 터다. 하지만 홍혜경은 한 기업의 대표이자 업계에서 철의 여인이라 불릴 정도로 냉철한 여자였다. 물론 보통 사람들과는 달랐다.

자식을 찾은 기쁨은 잠시 미뤄둔 채, 혜경은 의혹의 실체를 정면으로 마주하기 시작했다.

'만약에 이 애가 내 친딸이 아니라면?'

그렇게 가정하자마자 곧바로 문제가 되는 부분은 이것이었다.

'그럼 왜 친자확인검사 결과는 그렇게 나왔을까?'

검사기관에서 실수를 했을 리는 없다. 혹시나 싶어서 여러 곳에 의뢰했는데 모두 똑같은 결과가 나왔으니까. 그렇다면 검사의 시료가 된 머리카락에 문제가 있다는 이야기밖에 되지 않는다.

'머리카락을 가짜로 만들어낼 수는 없을 테고…….'

거기까지 생각한 혜경은 가슴이 철렁하는 것을 느꼈다.

'혹시, 진짜 내 딸은 어딘가 따로 있는 거라면?'

생각하자마자 이건 말도 안 되지, 싶었지만 어차피 아직은 모든 것이 가정에 불과했다. 혜경은 일단 계속 거침없이 생각을 전개해 갔다.

'만약에 다솜이가 내 딸이 아니라면 진짜 내 딸은 어딘가에 살아 있고, 누군가는 그 사실을 알고 있다는 얘기가 돼. 그러니까 머리카락을 구할 수 있었겠지.'

자유롭게 생각하기 시작하자 수상한 점이 계속 꼬리를 물고 떠올랐다. 하필이면 다솜이 대서양화장품에 다니고 있었다는 점부터도 심상치 않았다.

「대서양그룹에 지원을 했던 것부터 그렇지만, 여러 계열사들 중에서도 하필 대서양화장품으로 발령이 난 걸 보면 그것도 역시 하늘이 부회장님과 다솜이를 이어놓으려 했던 게 아닐까 싶습니다.」

다솜을 키워준 아버지, 정 사장은 그렇게 말했지만 혜경은 하늘 따위를 믿는 타입이 아니었다. 이미 그런 순진한 믿음 따위는 버린 지 오래됐다. 진짜 하늘이 있다면 죄 없는 내 아기를 얼굴도 못 본 채 30년 가까이 빼앗아갈 리 없지 않은가.

즉 하늘의 뜻이 아니라면 당연히 누군가의 의도가 작용했다는 뜻이 되는데.

혜경은 문득 비서실에 날아든 투서를 떠올렸다. 편지를 보낸 사람이 당시 뺑소니 사고에 대해서 알고 있다는 데는 의심의 여지가 없었다. 사고를 낸 본인이든지, 최소한 본인에게서 사정을 들은 사람이 틀림없다.

그렇다고 해도 편지의 내용이 완벽히 진실을 말하고 있으리라는 보장은 없다. 어떠한 목적으로, 가짜 딸을 내세웠을 수도 있지 않을까.

'어떤 목적?'

답은 금세 나왔다. 세상에 이런저런 일들이 벌어지는 이유는 대부분 한 가지였다. 돈. 특히나 이 경우는 대서양그룹의 유일한 후계자에 대한 일이 아닌가. 다솜을 키워준 부모의 인품이라면, 사고를 낸 사람과 결탁해서 가짜 딸을 만들어냈다고 해도 전혀 이상하지 않을 것 같았다.

'그래. 내 친자식은 따로 있고, 그 다솜이란 애를 내 친딸로 내세웠다고 하면 얘기가 맞아들어.'

처음에는 말도 안 되는 것 같았던 가정에 조금씩 설득력이 생기기 시작했다.

하지만 아직도 해결되지 않은 문제가 있었다. 과연 어떻게 머리카락을 바꿔치기할 수 있었는가, 하는 것이었다.

'설마 김 실장이?'

혜경은 가슴이 철렁했다. 만약에 이 일이 정말 조작된 거라면, 이 모든 일을 해낼 수 있었던 사람은 자신의 비서실장밖에 없었다. 무엇보다 머리카락을 바꿔치기할 수 있었던 사람은 오로지 비서실장 한 사람뿐이니까.

'김 실장이 그런 짓까지 했을 리 있나.'

일단은 부정해보았지만, 한편으로는 납득이 될 것도 같았다.

김 실장은 분명 혜경에게 있어 무척 고마운 사람이었다. 그래서 처음 1, 2년 동안은 혜경도 그의 말이라면 거의 무조건적으로 따를 정도로 신임했었다.

하지만 세월이 지나면서 조금씩 깨닫게 되었다. 김 실장이 무척이나 야심이 큰 사람이라는 것을.

김 실장은 혜경을 통해서 회사를 좌지우지하고 싶어 했다. 자신이 뒤에서 실권자로서 군림하고 싶어 하는 속마음이 갈수록 눈에 보이기 시작했다. 가끔씩은 이건 꼭 이렇게 하셔야 한다며 조언이 아닌 강요를 하다시피 할 때도 있었고, 혜경이 결국 자신의 말을 듣지 않으면 노골적으로 불편한 기색을 했다.

미사 일에만 해도 그랬다. 한때는 미사에 대해서 무척 야무지고 똑똑한 아가씨라며 입에 침이 마르게 칭찬하더니, 어쩌다 수가 틀렸는지 몰라도 얼마 전부터는 언제 그랬냐는 듯이 대놓고 경계하라고 조언하는 것이었다.

「너무 가까이 두지는 않으시는 게 좋을 것 같습니다.」

그럼에도 불구하고 혜경이 미사와 가까이 지내자 비서실장은 무척이나 못마땅해 보였다.

이런 것들을 다 눈치채고 있으면서도 여태 혜경이 김 실장을 곁에 두고 있는 이유는, 아직은 딱히 이렇다하게 잘못한 바가 없기 때문이었다. 그가 유능한 것도, 또 크게 도움을 받았던 것도 사실이고. 그래서 더 이상 예전처럼 무조건적으로 신임하지는 않고, 곁에 두면서도 늘 경계심을 늦추지 않고 지켜보고 있는 중이었다.

'만약에 김 실장까지도 한패가 돼서 일을 꾸몄다고 치자. 그렇다면…….'

이제는 가장 큰 문제가 남아 있었다.

'진짜 내 자식은 대체 어디 있는 누구지?'

생각하자마자 동시에 떠오른 것은 미사의 얼굴이었다. 이번에는 지금까지의 추리과정과는 달리, 머리로 생각하기도 전에 마음이 먼저 미사를 떠올리고 있었다.

이성으로는 설명할 수 없는 어떠한 본능이, 혜경의 마음속에서 속삭였다.

'혹시 그 애가……?'

혜경은 뒤늦게 논리적으로 생각하기 시작했다.

'그래. 그러고 보면 미사는 이상하리만큼 나와 얽힐 일이 많았어.'

대표이사 입장에서 보통 신입사원은 얼굴 볼 일도 흔치 않다. 하지만 미사와는 달랐다.

'처음에는 광고 촬영현장에서 봤지. 그 다음은 사내 공개용 동영상을 찍기 위해서 만났고…….'

그렇게 생각하다 혜경은 문득 섬뜩한 것을 깨달았다.

'가만. 둘 다 김 실장이 권한 일이었잖아?'

그랬다. 그 유명한 정윤하가 우리 광고에 출연하게 됐다면서 격려차 촬영현장에 가보시는 게 어떻겠냐고 권유했던 게 바로 김 실장이었다. 정윤하가 대스타인 거야 사실이지만, 해당 제품의 광고야 늘 톱스타들이 맡고 있었는데 새삼스럽게 왜 그러나, 하고 속으로 좀 의아했던 기억이 있다.

창립기념일을 맞이하여 사내 공개용으로 신입사원과 동영상을 찍자고 제안했던 것 역시 김 실장이었다. 역시나 전례 없는 일이었기에 무슨 바람이 불었나 싶긴 했지만, 신선한 아이디어라는 생각에 찬성했었다.

이제 와서 생각하니 마음에 걸리는 것들이 한둘이 아니었다. 미사와 함께 납치를 당했다가 풀려난 후, 자칫 주가에 영향이 있을 수 있으니 경찰에는 절대 알리면 안 된다고 적극 주장했던 것 또한 김 실장이었다.

'설마 납치까지도 다 김 실장이 꾸민 짓이라면……?'

심장이 미친 듯이 뛰었다. 설마 그럴 리가, 하고 생각하면서도 비서실장의 야심이라면 충분히 그런 일을 꾸밀 수도 있다는 생각이 들었다.

'그런데 대체 왜 정작 내 딸은 다솜이라는 거지?'

그 부분이 석연치 않았다. 만약에 이 모든 것이 김 실장이 꾸민 일이라고 하면, 비서실로 날아든 투서에 적혀 있는 이름은 당연히 미사였어야 하지 않은가.

일부러 미사와 엮으려고 그렇게 노력했다면 왜 결론은 다솜인가. 말이 되지 않는다. 여기서부터는 아무리 생각해도 알 수가 없었다. 어쩌면 모두가 자신의 억측인지도 모른다고 혜경은 생각했다. 괜한 의심으로 생사람을 잡고 있는 건지도 모른다고.

'어쨌든, 확인해보면 되겠지.'

혜경은 그렇게 마음먹었다.

"부회장님, 왜 갑자기 둘이 보자고 하셨어요?"

회사 앞에서 혜경을 만난 미사는 그것부터 물었다. 원래 오늘은 윤하와 셋이서 식사를 할 예정이었는데, 갑자기 비서에게 연락이 와서는 둘이서만 보자고 한 것이었다.

"갑자기 단둘이 할 얘기가 생겨서 우선 너만 불렀단다. 남편에게는 미안하다고 전해주렴."

그렇게 말하고, 혜경은 미소 띤 얼굴로 비서실장을 쳐다보았다.

"미사랑 둘이 오늘 있었던 일을 얘기할까 해요. 실장님은 이만 퇴근하세요."

"예, 부회장님. 그럼 이만 들어가겠습니다."

비서실장이 고개를 숙이자 이윽고 혜경이 미사의 팔짱을 끼고 길을 걷기 시작했다.

“놀라운 일이라뇨? 무슨 일이라도 있으신 거예요?”

“그 얘기는 나중에 하자.”

어느새 미소가 싹 가신 얼굴로 혜경이 짧게 대답했다.

“우선은 같이 좀 가볼 데가 있거든.”

“네? 어디요?”

하지만 혜경은 대답하지 않았다. 그저 미사의 팔짱을 낀 채 빠른 걸음으로 계속 걸을 뿐.

회사에서 어느 정도 멀어졌을 때에야, 비로소 혜경은 걸음을 멈추고 미사를 똑바로 마주 보았다.

“혹시 말이야. 미사 너는 내가 친엄마처럼 느껴진 적이 없니?”

“네……?”

생각지도 못한 질문에 미사는 깜짝 놀랐다.

“나는 자꾸만 그런 생각이 든단다.”

미사의 얼굴을 똑바로 바라보며, 혜경은 진지하게 말했다.

“네가 어쩌면 내 친딸일지도 모른다고 말이야.”

미사는 당황해서 혜경의 얼굴을 물끄러미 쳐다보았다. 혜경이 갑자기 왜 이런 말을 꺼내는 건지 이해할 수가 없었다.

그런 미사의 손을 힘주어 잡으며, 혜경은 말했다.

“그래서, 지금부터 확인해보려고 해.”

요즘 작품 활동을 쉬고 있는 윤하는 주로 집에서 시간을 보내고 있었다. 그러다 연기 외에는 전혀 재주가 없다고 생각했던 자신의 숨겨진 재능을 한 가지 더 발견했다. 바로 전업주부로서의 재능이었다.

미사는 회사에 가고, 얼마 전부터 같이 살게 된 민호도 연기 수업을 받느라 집을 자주 비웠다. 하지만 혼자 남아도 윤하는 외롭거나 심심하지 않았다. 그럴 틈이 없었으니까. 집이 커서 청소하는 것도 큰일이었고, 세 사람이 되니 빨래도 훨씬 늘고, 식사 준비를 하는 것도 꽤나 시간이 들었다.

하지만 전혀 힘들지는 않았다. 가족을 위한 일이라는 생각 때문일까, 집안일 하나하나가 무척 행복하게 느껴졌다. 청소기를 돌려도 즐겁고, 음식을 만들어도 재미있고, 장미에 물만 주어도 콧노래가 절로 나왔다. 정원에 나가서 빨래까지 널고 나면 그렇게 기분이 상쾌할 수가 없었다.

그중에서도 윤하가 제일 좋아하는 일은 바로 저녁 준비였다. 맛있는 음식을 준비해놓고 식구들이 돌아오는 걸 기다리는 일이란 또 얼마나 즐거운 것인지.

하지만 오늘은 저녁 준비를 할 필요가 없었다. 미사와 혜경까지 셋이서 저녁식사 약속이 있었으니까.

요즘 계속 주부생활을 하느라 거의 앞치마 차림이었던 윤하는 모처럼 한껏 멋을 냈다. 머리도 단정하게 매만지고, 양복도 차려입었다. 상대는 미사가 무척 따르는 분이니 자신도 잘 보이고 싶었다.

그런데 윤하가 외출 준비를 완벽하게 마치고 약속장소로 출발하기 직전에, 갑자기 미사에게서 전화가 왔다.

– 미안해요, 윤하 씨. 갑자기 부회장님이 오늘은 둘이서만 보자시네요.

좀 서운하긴 했지만 어쩔 수 없다. 윤하는 도로 옷을 갈아입고, 집에서 미사가 돌아오기를 기다렸다.

저녁만 먹고 돌아올 줄 알았는데, 생각 외로 미사는 많이 늦어졌다. 그녀는 밤늦게 민호가 독서실에서 공부를 끝낸 예지를 집에 데려다 주기 위해 나간 후에야 겨우 집에 돌아왔다.

"늦었네. 여태 부회장님이랑 같이 있다가 온 거야?"

그렇게 묻는 윤하의 품에, 미사는 다짜고짜 와락 안겨 왔다.

"……윤하 씨."

착 가라앉아 있는 목소리에 윤하는 깜짝 놀랐다.

"무슨 일 있었어?"

황급히 물었지만 미사는 고개를 저으며 윤하의 품에 더욱더 파고들었다.

"잠깐만 이렇게 있어줘요."

그녀의 온몸이 사시나무처럼 떨리고 있는 것이 느껴졌다. 평소에 늘 의연하고 침착했던 미사가, 대체 무슨 일에 이토록 동요하고 있는 것일까. 윤하는 불안한 나머지 견딜 수가 없었다.

"제발 말 좀 해봐. 대체 무슨 일이 있었던 거야?"

윤하가 너무 걱정하자 그제야 미사는 품에서 떨어져 그의 얼굴을 올려다보며 안심시키듯 조금 웃어 보였다.

"놀라지 말아요. 사실은……."

곧이어 그녀의 입에서 흘러나온 이야기에, 윤하의 눈이 커졌다.

"부회장님이 정말…… 제 친엄마세요?"

부회장실로 들어선 다솜은 한참만에야 믿지 못하겠다는 듯이 중얼거렸다.

어제 혜경은 다솜의 집에 들러서 자신의 머리카락을 가져갔다. 물론 실제로 검사기관에 보내진 머리카락은 미리 준비해둔 미사의 것이었지만. 미사는 결혼식 전에 현우와 함께 살고 있었으니 머리카락을 확보하는 것쯤이야 문제도 아니었다. 비서실장이 한 일은 미사의 머리카락을 다솜의 것과 바꿔치기해서 각 기관에 보낸 것뿐이었다.

그러니 당연히 결과는 친모-친자 관계 성립. 머리카락에 누구 거라고 이름이 쓰여 있을 리도 없으니 그쯤이야 식은 죽 먹기였다.

어쨌든 혜경이 다녀가고 난 후 어젯밤 다솜은 밤늦게까지 연기 연습을 했다. 어떻게 해야 평생 그리워하던 친엄마를 만난 순간의 감정을 리얼하게 표현해낼 수가 있을까. 다행히 드라마에서 하도 많이 나온 장면이라 참고자료를 찾기는 식은 죽 먹기였다.

여러 참고자료들에 의하면 아직은 눈물을 흘릴 타이밍이 아니다. 일단은 얼떨떨한 표정을 유지하며, 다솜은 다시 물었다.

"절 낳아주신 엄마가…… 부회장님이셨단 말이에요?"

혜경이 고개를 끄덕였다.

"그렇다는구나."

"정말 확실한 거예요? 혹시 뭔가 잘못된 건 아니고요?"

"그래. 혹시나 몰라서 몇 군데나 의뢰를 했는데 모든 곳에서 같은 결과가 나왔어."

다솜의 어깨에 손을 얹으며, 혜경이 말했다.

"넌 틀림없이 내 친딸이란다."

"엄마……!"

이때라고 생각한 다솜은 혜경의 품에 와락 안겼다.

"얼마나 원망스러웠는지 몰라요. 내 친엄마는 누구일까. 대체 왜 나를 낳자마자 그렇게 버렸을까."

다솜이 울먹이며 말했다. 사실은 이것도 어떤 드라마에서 슬쩍 훔쳐온 대사지만, 혜경이 TV드라마 따위를 볼 리가 없으니까.

"절 버리셨던 게 아니죠? 그렇죠?"

"절대로 그런 게 아니란다. 너를 얼마나 찾아 헤맸는지 몰라. 엄마는 한순간도 너를 잊은 적이 없단다."

다솜의 등을 토닥이는 혜경의 목소리도 어느덧 떨리고 있었다.

"너무 보고 싶었어요, 엄마!"

다솜이 소리 내어 울음을 터뜨렸다.

"이젠 엄마랑 절대 떨어지지 않을래요."

어젯밤엔 만약에 눈물이 안 나면 어쩌지, 하고 걱정했는데 쓸데없는 걱정이었다. 막상 실전이 되니 저절로 눈물이 펑펑 쏟아졌다.

스스로도 놀랄 정도였다.

'배우를 할걸 그랬나?'

속으로 그렇게 생각하며, 다솜은 한층 더 애절한 목소리를 냈다.

"그래도 되죠, 네? 엄마."

하지만 다솜은 혜경의 품에 얼굴을 묻고 있느라 미처 모르고 있었다.

"그래. 그러자꾸나."

혜경이 더없이 무표정한 얼굴로 대답하고 있다는 것을.

"뭐야? 우리 재현이를 찾았다고?"

비슷한 시각, 소식을 들은 이 회장의 기쁨은 하늘을 찔렀다.

손자인 줄 알았던 아이가 손녀였다는 것을 알았어도 그 기쁨은 조금도 줄어들지 않았다. 어쨌든지 간에 핏줄 아닌가. 이제 완전히 내 핏줄은 끊겨버렸구나, 하고 생각했는데!

이거야말로 절망 속에 비친 한 줄기 광명과도 같았다. 이 회장은 그길로 단숨에 다솜과 혜경을 불러들였다.

"이렇게 보니까 나랑 아주 판박이로구나. 눈썹 모양하며, 콧날하며 말이야."

다솜을 만난 이 회장은 연신 싱글벙글했다.

"안 그런가? 응?"

"예, 회장님. 어느 모로 보나 회장님 손녀분이십니다."

곁에 있던 비서가 웃으며 비위를 맞췄다.

"그렇지? 이래서 씨 도둑질은 못 한다고 하는 게야."

물론 피라곤 한 방울도 섞이지 않은 다솜이 이 회장과 닮았을 리 없다. 하지만 기쁨에 가득 차 있는 이 회장의 눈에는 영락없이 그렇게 보이는 것이었다.

"진작 찾지 못해 미안하구나. 아비도 어미도 없이 그간 네가 얼마나 고생이 많았겠느냐?"

그러자 다솜의 곁에 앉아 있던 혜경이 조용히 말했다.

"그 댁에서도 친자식과 진배없이 잘 키워주셨어요, 아버님."

하지만 이 회장은 들은 체도 하지 않았다.

"아무리 그래도 제 핏줄하고 생판 남의 자식을 똑같이 키웠을 리 없지. 어린것이 얼마나 눈칫밥을 먹으며 컸을지, 내 안 봐도 짐작이 가는구나."

부잣집에서 공주님으로 호강하고 자란 다솜이, 이 회장의 눈에는 그저 뭐든 다 해주고 싶은 불쌍한 아이로만 보였다.

"이젠 아무 걱정 말거라, 이 할아비가 뭐든 다 해주마."

"네, 할아버지."

다솜이 수줍게 대답했다.

어색하게 회장님, 하고 부르지 않고 처음부터 할아버지라고 부르는 것도 마음에 쏙 들었다. 사실 평소 같으면 이 정도 여우 짓을 알아채지 못할 이 회장이 아니었지만, 지금은 눈에 아예 뭐가 씌어 있는 상태였다. 다솜이 무슨 짓을 하든 다 예뻐 보이기만 했다.

평생 손자 재롱이라고는 못 본 이 회장이었다. 할아버지, 한마디에 살살 녹아서 별이라도 따다 바칠 기세가 되어버렸다.

"가만있자, 내 뭣부터 해줄까. 차는 있느냐?"

"있긴 한데, 낡아서 바꿀 때가 되기는 했어요."

내 손녀가 낡은 차를 타고 다니다니! 이 회장의 가슴이 찢어졌다.

"뭐든 네 마음에 드는 걸로 골라보아라. 할아비가 사주마."

"정말요, 할아버지? 저 진짜 아무 차나 사도 괜찮아요?"

다솜이 눈을 동그랗게 떴다.

"그럼, 당연하지. 대 대서양그룹 회장 친손녀가 차 한 대쯤 마음에 드는 걸로 못 가져서야 말이 되겠느냐?"

이 회장은 큰소리를 탕탕 쳤다.

"어디, 또 필요한 게 있으면 얼마든지 말해보거라."

"저어, 사실은……."

갑자기 다솜이 머뭇거리며 눈치를 보았다. 이 회장이 아니라 혜경의 눈치를 보는 것이었다.

"뭔데 말을 못 하는 게냐?"

이 회장이 답답하다는 듯이 재촉하자 그제야 다솜은 조심스레 말을 꺼냈다.

"있잖아요, 엄마. 블루밍 백화점 입점 건 말이에요."

"갑자기 여기서 그 얘기는 왜?"

"그 프로젝트, 저한테 맡겨주시면 안 돼요?"

혜경은 당황해서 다솜을 쳐다보았다.

"저 잘할 수 있어요. 제가 한번 맡아서 진행해보고 싶어요, 엄마."

다솜이 조르듯 말했다.

하지만 혜경은 대답할 수가 없었다. 그 프로젝트라면 대서양화장품이 본격적으로 미국에 첫 진출하게 되는 중요한 사업인데, 일개 대리에 불과한 다솜에게 맡길 수 있는 일이 아니었던 것이다.

"다솜아, 그건……."

혜경이 곤란하다고 말하려는데, 이 회장이 끼어들었다.

"큰애야, 무슨 일인데 그러느냐?"

"이번에 미국의 블루밍 백화점에 저희 제품을 입점시키게 되었는데, 그 얘길 하나 봅니다."

"아니, 그럼 시켜주면 되지 뭐가 문제냐? 다솜이가 꼭 잘 해내겠다고 하지 않느냐?"

"그건 곤란합니다, 아버님. 다솜이에게 맡길 만한 규모의 일이 아니에요."

"뭐야?"

이 회장의 흰 털 섞인 눈썹이 치켜 올라갔다.

"지금 네가 네 속으로 낳은 딸을 못 믿겠다, 이 얘기냐?"

"아버님, 오해 마세요. 그런 게 아니라……."

혜경이 황급히 말했지만 이 회장은 이미 역정이 단단히 난 후였다.

"정환이 세상 뜨고 나서 네가 대서양화장품을 맡겨달라 했을 때, 모두들 반대했지만 나 하나만은 널 믿고 맡겼느니라. 그런데 정작 너는 네 속으로 낳은 자식조차 믿지 못하다니, 어미로서 어찌 그럴 수가 있느냐!"

"아버님……."

"잔말 말고 따르거라. 그룹 회장으로서의 지시다."

이쯤 되자 혜경도 더는 거역하기가 힘들어졌다.

"……알겠습니다, 아버님."

마지못해 대답하자 다솜이 손뼉을 치며 좋아했다.

"고마워요, 엄마! 저 정말 열심히 할게요!"

다솜은 매일매일이 꿈만 같았다.

원래도 부족함 없는 집안에서 자랐지만 재벌가는 그야말로 별세계였다. 그동안의 생활은 지금에 비하면 빈민이나 다름없었다고 해도 과언이 아닐 정도였다.

이 회장은 다솜에게 삼억 원이 넘는 고가의 외제차를 턱하니 사준 데 이어, 초호화 빌라의 펜트하우스까지 선물했다. 다솜이 독립해서 혼자 살 집이었다.

「언제까지 그 집에 있을 셈이냐? 이제 네 뿌리를 찾았으니 진짜 집으로 돌아와야지.」

혜경과 함께 사는 게 어떻겠냐고 권하는 이 회장의 말을, 다솜은 핑계를 대서 거절했다.

「엄마나 저나 아직은 좀 적응기간이 필요할 것 같아요, 할아버지.」

다솜의 말이라면 무조건 오냐오냐해주는 이 회장과 달리, 혜경은 차갑고 엄격한 면이 있었다. 그것이 다솜에게는 아니꼽고 불편하기 짝이 없었다.

'28년 만에 찾은 딸이라면서 대체 왜 이래?'

미사한테는 잘해주더니, 하고 생각하자 다솜은 부아가 치밀었다. 미사를 위해서는 벌써 두 번이나 나서서 내 직원 건드리지 말라며 감싸준 혜경이 아니었던가.

'뭐, 상관없어. 어쨌든 회장님한테만 잘 보이면 그만이니까.'

다솜은 그렇게 생각했다. 어차피 이 회장의 말이라면 혜경도 꼼짝하지 못하니까, 원하는 게 있으면 이 회장에게 조르면 그만이었다.

순식간에 차도 생기고 집도 생겼다. 이 회장이 준 신용카드는 아무리 써도 한도가 없었다. 세상에 이런 인생도 있을 수 있다니! 다솜은 행복해서 어쩔 줄을 몰랐다. 자칫하면 자신이 아닌 미사 그 계집애가 이런 생활을 할 뻔했다는 생각을 하자 등골에 식은땀이 흘렀다.

자신을 이 일에 끼워준 현우에게 다솜은 진심으로 감사했다. 얼마나 고마운지, 한때 그가 자신을 헌신짝 취급했던 기억도 잊기로 했다. 무엇보다 이미 현우와는 한 배를 탄 사이였으니까.

둘 중 하나만 배신해도 이 부귀영화는 한순간의 덧없는 꿈으로 끝나버리는 거였지만, 물론 그럴 일이 있을 리 없었다. 둘은 결혼을 약속했으니까.

다솜으로서는 이 이상 완벽한 조건은 상상할 수 없을 정도였다. 현우는 차기 대통령이 유력한 거물 정치인의 장남인 데다가, 자신이 어릴 적부터 그토록 욕심내왔던 남자가 아닌가.

다솜은 그야말로 행복의 절정에 있었다. 지금 자신이 누리고 있는 것들이, 미사에게서 훔친 거라는 사실조차도 깜빡 잊어버릴 정도였다.

하지만 욕심이라는 것은 원래 끝이 없는 법. 다솜의 경우에도 마찬가지여서, 채우면 채울수록 갈증은 점점 더 커져만 갔다.

다솜을 찾은 후부터 이 회장은 매일 저녁식사는 며느리와 손녀와 같이 먹기를 고집했다. 그리고 어느 날 저녁 식사 자리에서, 다솜은 넌지시 말을 꺼냈다.

"엄마, 저 승진시켜주시면 안 돼요?"

"응?"

혜경이 젓가락을 멈추고 다솜을 쳐다보았다.

"제가 명색이 대표이사 딸인데 겨우 대리라니, 사람들 앞에서 체면이 안 서잖아요."

다솜은 한껏 속상한 표정을 지어 보였다.

"게다가 블루밍 백화점이랑 일 진행할 때도 책임자가 대리라니까 저쪽에서 놀라지 뭐예요."

대서양화장품의 인사권자는 어디까지나 대표이사인 혜경이다. 그러니 혜경과 둘이 있을 때 말하면 될 것을, 굳이 할아버지인 이 회장까지 있는 데서 말하는 이유가 있었다.

역시나 노렸던 대로 이 회장은 듣자마자 다솜의 역성부터 들고 보았다.

"그래, 그건 재연이 말이 옳구나."

재연이란 것은 다솜의 새 이름이었다. 정식으로 성을 바꾸고 개명하는 데는 시간이 걸리니까, 일단 가족들끼리라도 새 이름으로 부르자는 것이 이 회장의 의견이었다.

원래 지어놓았던 이름인 재현은 남자 이름이니까, 재연으로.

"큰애야, 한번 고려해보지 그러냐?"

별로 내키지 않는 표정을 하면서도 혜경은 결국 고개를 끄덕였다.

"네, 아버님. 대리 2년차면 과장 승진은 좀 이르긴 하지만 한번 인사팀과 얘기해보겠습니다."

하지만 다솜은 겨우 과장 따위를 노리고 말을 꺼낸 게 아니었다.

"전 과장 말고 이사 하고 싶어요."

"뭐?"

순간 혜경이 어이없는 표정을 했다.

"어차피 이사쯤이야 언제 돼도 될 거잖아요. 차라리 좀 일찍 되는 게 업무에 적응하기도 좋지 않을까요?"

"그건 아직 좀 무리 같구나, 재연아."

다솜의 말이라면 무조건 들어주는 이 회장도, 이것만은 좀 아니라고 생각한 모양인지 일단 달래려 들었다.

"과장이 성에 안 차면, 우선은 차장 정도면 어떻겠느냐?"

차장도 싫다. 무조건 중역 급은 되어야 체면이 선다. 다솜은 마구 떼를 쓰기 시작했다.

"할아버지는 제가 그렇게 못 미더우세요? 시켜만 주세요, 저 잘할 수 있다고요."

"그래, 그야 내 손녀인데 어련히 잘하겠니. 하지만 넌 아직 채 서른도 안 됐고, 사람들 이목도 있고 하니까……."

"사람들 이목이 어때서요? 할아버진 설마 제가 창피하신 거예요?"

다솜이 마지막 무기로 눈물을 동원하려고 한 바로 그때였다.

"시켜주도록 하지요, 아버님. 그렇게까지 하고 싶다는데요."

아무렇지 않게 젓가락을 놀리며, 혜경이 말했다.

"아니, 큰애야. 아무리 그래도 얘가 회사일에 대해서 뭘 안다고……?"

오히려 이 회장이 당황해했다.

"자리가 사람을 만든다고도 하잖아요. 일단 시켜놓으면 어떻게든 해내겠지요."

다솜 역시 깜짝 놀랐다. 분명 혜경이 반대할 것을 예상하고, 일부러 이 회장까지 있는 자리에서 얘기를 꺼낸 거였는데.

"그러려면 이사회를 통과해야 하는데 과연 승인을 해줄지 모르겠네요. 아버님도 아시잖아요, 모두가 제 사람은 아니라는 거."

혜경이 말했다.

"아버님께서 나서주신다면 얘기가 다르겠지만요."

대서양화장품은 대서양그룹에서도 제일 중요한 계열사였다. 자연히 이사들 중에도 그룹에서 뼈가 굵은 베테랑들이 많았고, 그중에는 여자인 혜경이 대표이사라는 데에 은근히 불만을 갖고 있는 사람들도 있었다. 처음에 혜경이 대표이사로 취임할 때부터 반대했던 사람들이었다.

"도와주시겠어요, 아버님?"

"네 뜻만 그렇다면야, 그쯤은 이사들한테 내가 귀띔해놓겠다마는."

이 회장은 못내 믿기지 않는 듯, 혜경의 안색을 살피듯 물었다.

"그런데 큰애야, 정말 진심이냐? 괜히 하는 소리가 아니고?"

며느리의 곧은 성품을 잘 아는 이 회장이었다. 이사가 뉘 집 개 이름인 줄 아느냐고 딸을 꾸짖을 줄 알았는데, 오히려 자신에게 도와달라니.

"그럼요, 아버님. 제 딸인데 저라고 왜 좋은 자리 주고 싶지 않겠어요."

혜경의 얼굴에 만족스러운 미소가 떠올랐다.

"그럼 아버님, 제 딸이 다음 번 인사이동 때 이사가 되는 걸로 알고 있겠습니다."

며칠이 흘렀다.

이제 대서양화장품 사내에서 화제의 중심은 온통 미사에게서 다솜으로 옮겨가 있었다. 그도 그럴 것이 며칠 전 어느 날 아침, 홍보팀 사무실에 회장님이 불쑥 나타나신 것이었다.

'수고들 많네.'

뜬금없이 나타나신 회장님께서는, 한층 더 뜬금없게도 정다솜 대리의 어깨에 손을 얹으셨다. 그리고 단체로 얼어붙어 있는 사람들을 향해 더없이 인자한 웃음을 지으며 결정적인 뜬금포를 날리시는 것이 아닌가.

「이 애가 바로 내 친손녀일세. 앞으로 잘들 부탁하네.」

이러니 화제가 되지 않을 수가 있나?

"어릴 때 얼굴도 못 보고 잃어버린 딸이라지?"

"아주 드라마를 찍네, 찍어."

사람들은 둘 이상만 모이면 그 얘기를 하기 바빴다.

"정 대리 새로 뽑은 차 봐. 글쎄 저 차 한 대에 삼억이 넘는다잖아! 누가 사줬겠어?"

"캬, 세상 불공평하다. 원래도 은수저였는데 알고 보니 사실은 금수저였다니!"

"겨우 금수저야? 회장님의 유일한 핏줄이니까 나중에 그룹 물려받을 텐데."

"에이, 그래도 여잔데 설마 그룹까지 물려주려고요."

"이런 멍청이. 부회장님도 여자잖아! 회장님이 가족 경영에 목숨 거시는 거 몰라?"

한편 미사에 대한 여론은 이런 식으로 흘러갔다.

"그나저나 윤미사 씨 불쌍해서 어째? 가뜩이나 정 대리가 윤미사 씨 싫어하는데 일이 이리 됐으니 앞으로 회사생활 하기 힘들겠네."

"에이, 그래도 윤미사 씨도 부회장님 라인인데 설마 무슨 일이야 있으려고?"

"무슨 소리야, 아무리 부회장님이 미사 씨를 아끼셔도 벌써 핏줄에서부터 밀리는데."

"그러니까 우리도 줄들 잘 서자고. 알잖아? 정 대리 성격."

이제 사람들은 미사를 슬슬 피하기 시작했다. 미안해하면서도 어쩔 수 없다는 듯한 눈치가 역력했다.

전세는 완전히 역전되었다. 미사가 처음 입사했던 때처럼, 다솜은 미사를 신데렐라 뺨치게 부려먹기 시작했다. 블루밍 백화점 입점 프로젝트 팀에도 넣어서 온갖 잡일을 다 시켜먹었다.

「이거 오늘 내로 번역 좀 해놓을래? 네가 영어 제일 잘하잖아.」

「이따 밤에 미국에서 전화 올 건데 미사 네가 기다렸다 좀 받아줘.」

주위에서 보기에도 대놓고 괴롭히려는 의도가 뻔히 보였다. 그런데 웬일인지, 윤미사 본인은 전혀 불만스러운 기색조차 없이 시키는 일마다 꿋꿋하게 해내고 있는 것이 아닌가.

「네, 대리님. 그렇게 하겠습니다.」

오히려 다른 사람들이 지켜보다 울화통이 터질 지경이었다.

"아니, 윤미사 씨 그렇게 안 봤는데 이제 보니까 어디 좀 모자란 거 아냐?"

"그야 회장 손녀가 까라면 까야겠지만, 그래도 적당히 요령이라도 피우지 그걸 시킨다고 곧이곧대로 다 하고 있네. 어휴, 답답해."

"그러게요, 불쌍해 죽겠어요."

그렇게 미사에 대한 동정 여론이 무르익어갔다.

물론, 사실 미사가 속으로 무슨 생각을 하고 있는지는 아무도 모르고 있었다.

「이 애가 바로 내 친손녀일세. 앞으로 잘들 부탁하네.」

이 회장이 직접 사무실에 나타나서 그렇게 말한 것은 다솜이 졸랐기 때문이었다. 이유는 물론 미사를 이기고 싶었기 때문에. 혜경이 팀원들 앞에서 미사와의 친분을 은근히 과시하며 미사에게 힘을 실어주었던 게 여태 아니꼬웠던 것이다.

어쨌든 그룹 총수인 이 회장이 직접 사무실에 와서 그렇게 선언하고 난 후, 다솜은 끝도 없이 오만방자해졌다. 완전히 회사가 제 것인 양 행동하는 것이었다. 안하무인인 태도도 그렇지만, 가장 엉망이 된 것은 근태였다. 아침에 지각하는 것은 예사였고, 근무시간 도중에 몇 시간씩 자리를 비우기도 일쑤였다.

“저 잠깐 커피 한잔하고 올게요.”

다솜이 그렇게 말하고 사무실을 나갈 때마다, 사실은 어딜 가는 건지 모두가 알고 있었다. 왜냐하면 돌아올 때마다 손에는 백화점 쇼핑백이 몇 개씩 들려 있었으니까. 즉 다솜 역시 굳이 숨기려고도 하지 않는다는 뜻이었다.

“완전히 자유로운 영혼이구먼. 아무리 다이아몬드 수저라도 너무하는 거 아냐?”

참다못해 누군가는 뒤에서 이렇게 비아냥거리기도 했지만, 결국은 거기까지였다. 그 누구도 감히 다솜에게 주의를 줄 엄두조차 내지 못했다.

오늘도 다솜은 점심시간이 끝난 지 한 시간이 넘도록 자리에 돌아오지 않고 있었다. 그야 으레 있는 일이니 새삼 놀라울 것도 없었지만, 문제는 그사이에 미국에서 중요한 전화가 와서 다솜을 찾았다는 것이었다.

책임자인 다솜과 직접 통화하기로 미리 약속이 되어 있었는데 그 시간에 자리를 비우다니. 상대방 쪽 높은 사람이 무척 화를 내는 것을, 미사가 겨우 전화를 받아서 무마했다.

다솜은 그로부터 또 한 시간 넘게 지난 후에야 겨우 사무실로 돌아왔다. 양손에는 백화점 로고가 선명하게 찍힌 쇼핑백을 들고, 느긋하기 그지없는 걸음걸이로.

"별일 없었지?"

건성으로 물으며 자리에 앉는 다솜에게, 미사가 대답했다.

"없었습니다. 미국에서 전화 왔었던 것 빼면요."

"어머!"

다솜은 화들짝 놀란 얼굴을 했다. 까맣게 잊고 있었던 것이다.

"그래서 어떻게 됐어?"

"제가 받아서 잘 이야기했습니다."

"그래? 다행이네."

그제야 다솜은 안도의 한숨을 내쉬었다.

"고마워. 살다 보니 미사 씨가 날 도와주는 날도 다 있네?"

"별로 정 대리님 위해서 한 일은 아닙니다."

미사의 말투는 어디까지나 침착했다. 전혀 싸움을 거는 것 같지도 않았다. 하지만 그 뒤에 이어진 말은 무척이나 신랄한 것이었다.

"겨우 찾은 따님이 근무시간에 쇼핑이나 다니는 쓰레기라는 걸 아시면 부회장님이 무척 실망하실 테니까요."

순간 사무실 안에 싸늘한 기운이 싹 퍼졌다. 모두가 눈이 튀어나올 것 같은 표정으로 미사를 쳐다보았다. 간도 크지, 뒷감당은 어쩌려고!

역시나 다솜이 그냥 들어 넘길 리 없었다.

"뭐야?"

다솜은 즉시 눈을 부라렸다.

"너 지금 뭐라고 지껄였어?"

미사는 보고 있는 모니터에서 시선조차 떼지 않은 채 조용히 대꾸했다.

"들으신 대롭니다. 부회장님 얼굴에 먹칠하시는 꼴을 차마 못 보겠어서요."

다솜의 얼굴이 시뻘게졌다.

"우리 엄마 얼굴에 내가 먹을 칠하든 분을 칠하든, 네가 무슨 상관이야?"

"겨우 찾은 어머님이신데, 왜 그렇게밖에 못 하시는지 저로서는 이해가 안 가서 말입니다."

경멸하듯 곁눈질로 다솜을 힐끗 쳐다보고 나서, 미사는 개인용 컵을 들고 자리에서 일어났다. 더 상대하기조차 싫다는 듯이.

"왜냐고?"

하지만 채 몇 걸음도 가지 못해서, 다솜이 뒤에서 쏘아붙였다.

"난 친딸이거든. 넌 생판 남이고."

미사가 걸음을 멈췄다.

"생판 남인 너야 늘 우리 엄마 비위 맞추려고 눈치 보고 몸부림쳐야 하겠지. 어떻게든 관심 받고 사랑받고 싶어서."

아무 말도 하지 않고 있는 미사의 등에 대고, 다솜은 마음껏 비아냥거렸다.

"하지만 친딸인 난 그럴 필요가 없어. 그냥 가만히 있어도 존재 자체로 사랑받을 수 있거든. 엄마가 자기 자식을 사랑하는 데 무슨 이유가 있겠니?"

모두들 들으라는 듯이 다솜은 코끝으로 가볍게 웃었다.

"……불쌍한 고아 계집애."

계획은 멋지게 성공했다. 이 회장은 다솜이라면 껌뻑 죽고, 혜경 역시 겉으로는 냉정해 보이면서도 다솜의 존재를 확실히 인정해주고 있었다.

다솜을 이사로 만들려고 이 회장에게 부탁까지 해준 게 그 증거 아니겠는가?

계획이 성공했으니 이제 더는 지체할 이유가 없었다. 다솜은 기회를 봐서 할아버지인 이 회장에게 현우의 이야기를 꺼냈다.

"사실은 결혼을 약속한 사람이 있어요, 할아버지."

현우의 배경을 말하면 분명 기뻐할 줄 알았는데, 이 회장은 놀란 얼굴부터 했다.

"서민국 의원 큰아드님이라면, 혹시 얼마 전에 다른 아가씨와 결혼하려다 결혼식 직전에 파투가 난 그 청년이 아니냐?"

이 회장의 말에 다솜은 깜짝 놀랐다.

"할아버지가 그걸 어떻게 아셨어요?"

"네 엄마 때문에 미사라는 아이에 대해 좀 알아보다가 알게 되었단다."

마침 잘됐다고 생각한 다솜은 이 회장에게 하소연하듯 말했다.

"사실 현우 오빠는 원래 옛날부터 저하고 서로 좋아하던 사이였어요. 그런데 윤미사 그 계집애가 오빠한테 꼬리를 쳐서 빼앗아간 거였다고요."

"정말이냐?"

이 회장은 반신반의하는 눈치였다.

"내 그 아이도 한번 만나보았다만, 그럴 아이 같아 보이지는 않았는데……."

놀랍게도 이 회장이 미사에게 호감을 품고 있는 것 같아서 다솜은 부아가 치밀었다.

'그 교활한 계집애가, 엄마도 모자라서 그새 우리 할아버지까지 홀렸단 말이야?'

적반하장도 이런 적반하장이 없지만 다솜은 어이없게도 진심이었다. 벌써 재벌가의 상속녀라는 역할에 푹 빠져든 나머지, 이 모든 것이 원래 미사에게서 훔친 거라는 사실조차도 깜빡 잊고 있는 것이었다.

"제가 그 애 때문에 얼마나 마음고생을 했는데, 할아버지까지 미사 편을 드시는 거예요?"

다솜은 당장 눈물을 글썽였다.

"속에 구미호가 열 마리는 들어앉아 있는 애라고요. 엄마가 외로운 거 알고 접근해서 가까워진 걸 보면 모르시겠어요?"

손녀의 눈물을 보고 이 회장은 어쩔 줄을 몰랐다.

"그래, 그래. 이 할아비가 잘못했다."

미사에 대해서 품었던 호감조차도 다솜의 눈물 앞에서는 아무것도 아니었다. 영영 끊긴 줄 알았던 핏줄이 다시 이어진 기쁨에, 완전히 판단력을 상실하고 있는 이 회장이었다.

"내 절대로 두 번 다시 그 아이 역성을 들지 않으마."

"정말이세요, 할아버지?"

"암, 그렇고말고."

약속을 받아내고 나서야 다솜은 겨우 눈물을 그쳤다.

"그럼 할아버지, 저 현우 오빠랑 결혼해도 되는 거죠? 네?"

"아니, 아무리 그래도 다른 여자랑 파혼한 지도 얼마 안 되는데……."

그래도 이 회장은 못내 걱정스러워했다.

"오빠 아버지 곧 대통령 되실 분이에요. 제가 오빠랑 결혼하면 회사에도 좋은 일 아닌가요?"

할아버지가 선뜻 허락하지 않으니 다솜은 답답해서 미칠 지경이었다.

"그렇기는 하다만, 네 결혼인데 네 생각부터 해야지."

대통령 집안과 혼사라니, 바라지도 않은 횡재라고 할 수도 있었다. 하지만 이 회장은 그것보다도 다솜의 행복에 더 마음이 쓰였다. 대통령 아들이고 뭐고 내 손녀의 행복이 더 중요한 것이었다.

"다른 여자한테 이미 한눈을 팔았던 사람이 두 번은 못 팔겠느냐?"

못내 걱정스러워하는 이 회장을, 다솜은 열심히 졸랐다.

"현우 오빠도 잠깐 실수한 것뿐이에요. 그 계집애는 단순히 저한테서 오빠를 빼앗고 싶어서 꼬리쳤던 것뿐인데, 거기에 깜빡 속아 넘어간 거라고요. 오빠도 반성하고 있어요."

결국 이 회장은 고개를 끄덕이고 말았다.

"그래, 그럼 조만간 내가 서민국 의원과 한번 이야기를 해보마."

이 회장과 서 의원은 비밀리에 만남을 가졌다.

다솜과 현우를 결혼시키자는 데는 물론 의견의 일치를 보았지만, 내년에 대선을 앞두고 있으니만큼 이래저래 눈치를 보지 않을 수가 없었다. 오히려 실제로는 정말 순수한 연애결혼이지만, 사람들이 보기에는 딱 재력과 권력의 야합에 의한 정략결혼으로밖에 보이지 않을 테니까.

그래서 내린 결론은, 대통령 선거 이후로 결혼을 미루자는 것이었다.

"물론 따르겠습니다. 제 결혼이 아버지 선거에 영향을 미쳐서는 안 되겠지요."

현우는 순순히 납득했지만 다솜은 그렇지 못했다.

현우와 미사의 결혼식 날 느꼈던 기분을 다솜은 꿈에도 잊지 못하고 있었다. 세상에서 가장 밉살머리스러운 계집애에게 좋아하는 남자를 빼앗긴 것도 모자라서, 그 결혼식에 억지로 축하하러 가기까지 해야 했던 그 기분!

무척이나 비싸 보이는 미사의 드레스와 우아하고도 고급스럽게 꾸며진 야외 결혼식장, 정, 재계를 아우르는 하객들에 다솜의 기분은 한층 더 최악으로 치달았었다. 질투, 굴욕, 배신감, 패배감, 비참함, 분노. 하여튼 사람이 느낄 수 있는 온갖 부정적인 감정들이란 감정들은 그날 다 맛보았던 것 같다.

만약에 그 결혼식이 그대로 진행되었다면 다솜은 분명 그날 하루 동안 수명이 10년쯤은 줄어들었을 것이다. 천만다행히도 직전에 신부가 도주하는 바람에 결혼식은 치러지지 못했지만, 다솜은 여태 그날의 기분을 잊지 못했다.

그리고 그 더러운 기분을 떨쳐버리기 위한 방법은 단 하나뿐이었다. 바로 자신이 완벽한 결혼식을 올리는 것이었다.

미사의 남편인 정윤하조차도 현우에게는 상대가 되지 않는다고 다솜은 생각했다. 물론 외모만 가지고 따지면 윤하 쪽이 낫겠지만, 대신에 현우에게는 화려한 배경이 있으니까. 대통령의 아들이라니, 이 이상 가는 배경이 대체 어디 있단 말인가?

돈도 있고 멋진 신랑감도 있다. 그런데 지금 당장 결혼식을 올릴 수 없다니! 이렇게 안타까운 일은 세상에 또 없었다.

"대선 끝난 후면 아직 1년 반이나 남았잖아요. 어느 세월에 기다리란 말이에요?"

다솜은 이 회장을 졸랐다.

결국 타협점을 찾은 것은, 결혼식은 대선 후에 치르는 대신 그전에 일단 조촐하게 약혼식을 올리자는 것이었다. 양쪽 집안사람들과 가장 친한 친구, 그리고 측근들 정도만 모여서.

분명 '조촐하게'라는 단서가 붙긴 했지만 다솜은 그런 단어는 가볍게 패스해버렸다. 그리고 약혼식을 준비한다는 핑계로 돈을 물 쓰듯 쓰기 시작했다. 고가의 보석과 드레스를 사들이고, 피부 관리를 위해 에스테틱에서 수천만 원에 가까운 돈을 결제하고, 특급 호텔들을 다니며 약혼식을 위한 상담을 받았다.

그것도 혼자 다닌 게 아니라 늘 제 엄마와 함께였다.

"딸을 잘 둬서 내가 말년에 이런 호강을 다 하는구나!"

처음에는 자식을 뺏겼다는 둥 하면서 눈물바람을 하던 엄마도, 다솜과 함께 매일같이 피부 관리를 받고 쇼핑을 다니는 사이에 어느덧 더없이 긍정적인 마인드로 변모했다. 건설회사 사장 부인으로 여태 부족함 없이 살아오긴 했어도, 이 같은 사치는 평생 처음이었던 것이다.

"근데 다솜아, 이렇게 돈을 써도 정말 괜찮은 거야?"

"괜찮아, 엄마. 아무도 뭐랄 사람 없으니까 마음 푹 놔도 돼."

다솜이 제 엄마까지 동원해서 그렇게 사치를 해대는 걸 뻔히 알면서도, 이 회장도 혜경도 전혀 터치하지 않았다. 이 회장이야 뭐든 오냐오냐 하니까 그렇다 쳐도 혜경이 아무 말도 하지 않는 것은 의외였다. 잔소리 한마디쯤은 할 줄 알았는데.

게다가 다솜이 최종적으로 선택한 약혼식 장소는 국내에서도 최고급 호텔의 야외 결혼식장이었다. 호텔 측에서 제시한 견적이 눈이 튀어나오게 비싸서 내심 걱정했는데, 혜경은 예상 비용 내역을 보고도 별말 없이 계약서에 사인해주었다.

"역시 재벌이라 다르다니까? 돈에는 얼마나 관대한지 몰라!"

다솜은 더욱더 마음 푹 놓고 신나게 돈을 써댔다.

이 회장의 지원과 혜경의 묵인 아래 약혼식 준비는 일사천리로 진행되었다.

어차피 청첩장을 돌리거나 많은 손님을 초대하는 자리도 아니었기 때문에 빠르게 진행해도 별문제는 없었다.

가족 테이블에 자기 자리가 없다는 사실을 알고 다솜의 엄마가 한바탕 대성통곡을 하긴 했지만, 그것 역시 결국은 잘 해결되었다. 다솜의 부모까지 한자리에 같이 앉을 수 있도록 이 회장이 허락해주었던 것이다.

약혼 상대인 현우와의 사이도 나날이 가까워졌다.

한때는 미워하기도 했지만, 결국 현우는 다솜이 어릴 때부터 좋아해왔던 남자였다. 그가 자신을 배반했던 것은 다 그 여우 같은 계집애 때문이라고, 모든 책임을 미사에게 돌려버리고 나서 다솜은 현우와 더없이 달콤한 데이트를 즐겼다.

"평생 너한테 보답하는 마음으로 살게."

예전의 다정했던 오빠로 돌아온 현우는 그렇게 약속해주었고, 다솜은 더없이 행복했다.

모든 것이 순조로운 가운데, 드디어 약혼식 날짜가 다가왔다. 약혼식 전날 다솜은 전신에 걸쳐 집중적으로 관리를 받고, 행복한 마음으로 일찌감치 잠자리에 들었다.

다음 날 벌어질 일에 대해서는 꿈에도 생각하지 못한 채로.

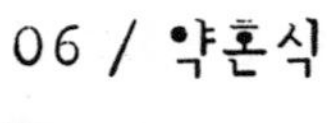

06 / 약혼식

현우와 다솜의 약혼식 날.

전날 일기예보에 비가 올 가능성이 있다고 해서 좀 걱정했는데, 정작 당일이 되자 비는커녕 하늘에 구름 한 점 없이 맑은 날씨였다. 물론 비가 오면 실내에서 진행할 예정이었기 때문에 이러나저러나 약혼식 자체에는 차질이 없었겠지만, 그래도 아침에 일어나서 파랗게 맑은 하늘을 보자 다솜은 기분이 무척이나 좋았다. 마치 앞으로 펼쳐질 자신의 앞날을 예고해주는 것 같아서.

기분이 좋아서일까, 오늘따라 화장도 무척이나 잘되었다.

"어쩜 이렇게 피부가 좋으세요? 꼭 물 머금은 것같이 촉촉하네."

유명 연예인들을 주로 담당하는 메이크업 아티스트의 칭찬이 한층 더 다솜을 기쁘게 했다. 그야 수천만 원짜리 피부 관리를 받고 있는데 안 좋기가 더 힘들겠지만.

우아하면서도 청순한 느낌을 동시에 주는 옅은 푸른빛의 약혼식 드레스 역시 웬만한 웨딩드레스보다도 훨씬 비싼 해외 유명 디자이너의 작품이었다.

헤어와 메이크업을 마치고 드레스까지 입자 여기저기서 찬사가 쏟아졌다.

"너무 아름다우세요!"

다솜의 기분은 하늘 높은 줄 모르고 들떴다.

현우 역시 기분이 좋기는 마찬가지였다. 드디어 10년에 걸친 오래된 계획이 완성 직전에 있지 않은가. 물론 결혼식까지는 아니지만 약혼식만으로도 충분히 계약으로서의 의미가 있다. 재벌가에서 흔히 약혼식을 하는 이유도 그런 거였다.

우여곡절 끝에 중간에 멤버가 교체되기는 했지만 이제 와서 생각해보면 그것도 나쁘지 않은 일이었다. 들키지만 않는다면, 강단이 있고 영리한 미사보다는 게으르고 머리 나쁜 다솜 쪽이 훨씬 조종하기가 쉬웠으니까.

워낙 머리 아픈 걸 싫어하고 사치를 좋아하는 다솜이었다. 결혼 후에 회사일 쪽은 자신이 도맡고, 다솜은 그냥 돈이나 펑펑 쓰게 해주면 만족할 게 틀림없었다.

즉, 오늘은 자신이 대서양그룹의 실질적인 후계자가 되기 위한 약속의 날이었다. 그러니 기분이 좋지 않을 리가 있나.

딱 한 가지 약간 불만스러운 점이 있다면, 뜻밖에도 약혼식에 미사가 왔다는 점이었다.

"미사는 대체 여기 왜 온 거지?"

현우의 말에 다솜은 전혀 모르는 일이라는 듯이 어깨를 으쓱했다.

"엄마가 부르셨겠죠 뭐."

하지만 사실은 혜경이 아니라 다솜이 직접 초대한 것이었다.

「이번 주 일요일이 내 약혼식이야. 너 안 오면 엄마가 섭섭해하실 테니까 꼭 와줘.」

좋지도 않은 사이에 굳이 미사를 초대한 것은, 그야 물론 자랑하고 싶어서였다. 이토록 호화롭게 약혼식을 하는데 미사에게 보이지 않으면 누구에게 보인단 말인가?

미사는 썩 내키는 눈치는 아니었지만, 혜경을 들먹였기 때문인지 결국은 약혼식장에 와주었다. 그것도 윤하와 함께.

"미사 왔구나? 어머나, 정윤하 씨까지!"

다솜은 전에 없이 반갑게 두 사람을 맞이했다.

"약혼 축하해."

단정하게 차려입고 온 미사는 간단히 축하의 말을 건넸다. 왠지 표정이 딱딱한 것이, 별로 기분이 좋아 보이지 않는 기색이 역력해서 다솜은 한층 더 신이 났다.

'그럼 그렇지. 너도 내가 부러워 죽겠지? 그치?'

윤하 역시 짧게 말했다.

"축하합니다."

"이렇게 와주셔서 정말 고맙습니다, 정윤하 씨."

다솜은 생글거리며 말했다.

"듣자니까 미사랑은 결혼식도 못 올린 채로 같이 살고 계시다면서요? 그것도 팬들 몰래."

할아버지인 이 회장을 통해 알게 된 사실이었다.

"……!"

순식간에 굳어지는 윤하의 얼굴에 대고, 다솜은 안심시키듯 웃어 보였다.

“걱정 마세요. 유치하게 언론에 뿌리고 그런 짓 안 할 테니까.”

자신이 이겼다고 생각하자 절로 관대해지는 다솜이었다. 내 인생이 이토록 완벽하게 반짝반짝 빛나고 있는데, 굳이 그런 유치한 짓을 할 필요가 없지 않은가.

따지고 보면 지금 자신의 자리는 원래 미사의 것을 빼앗은 거니까, 대신에 좋아하는 남자랑은 조용히 살 수 있게 내버려두자. 뭐, 정윤하가 좀 아깝긴 하지만. 다솜은 그렇게 생각하고 있었다.

“왔구나. 오랜만이야.”

다른 손님들에게 인사하던 현우 역시 다가와서 미사에게 인사를 건넸다.

“너한테는 이래저래 정말 미안했다. 이제 우리, 서로 지난 인연은 잊고 잘 살도록 하자.”

나름 진심을 담아서 한 말인데도 미사는 대꾸는커녕 눈길조차 주지 않았다.

현우는 한숨을 쉬었다. 그리고 마침 다솜이 다른 손님들에게 인사하고 있는 틈을 타서, 이번에는 윤하를 향해 말했다.

“부디 미사를 잘 부탁합니다.”

현우가 손을 내밀어 악수를 청하자, 그때까지 무표정했던 윤하의 얼굴에 노골적으로 불쾌한 기색이 떠올랐다.

“누가 누구에게 누구를 부탁하는 건지 모르겠군요.”

낮은 목소리는 깜짝 놀랄 정도로 싸늘했다.

“미사는 내 아내입니다. 약혼녀에게나 신경 쓰시죠.”

자신을 향해 내밀어진 현우의 손을 거들떠도 보지 않고 윤하는 미사에게로 고개를 돌렸다. 그리고 언제 그렇게 싸늘했냐는 듯이, 다정하게 말하며 미사의 손을 잡았다.

"가서 앉자."

"그래요."

미사는 끝내 현우에게는 시선 한번 주지 않은 채 윤하와 함께 테이블로 이동했다.

손을 잡고 저만치 걸어가는 두 사람의 뒷모습을 보고 있자니 왠지 현우는 속에서 뜨거운 것이 치밀어 오르는 것을 느꼈다. 격렬한 질투, 그리고 분노였다.

미사에게서 얻으려 했던 모든 것은 이미 다솜을 통해 다 얻었는데, 그러니 지금의 미사는 그저 빈털터리 고아에 불과한데. 그런데 왜 이렇게 정윤하에게 화가 나는 건지, 스스로도 모를 일이었다.

'사랑이라도 했다는 건가.'

이윽고 현우는 피식 웃으며 윤하에게서 거절당한 손을 거두어들였다.

약혼식에는 가족과 친지, 그리고 가장 가까운 사람들만 초대했지만 양쪽 다 쟁쟁한 집안이다 보니 줄이고 줄여도 인원이 적지 않았다. 게다가 다솜이 자랑하기 위해 초대한 친구들만 해도 열 명이 훌쩍 넘었다. 그중에는 미사를 알아보는 사람들도 있었다. 바로 같은 고등학교를 졸업한 친구들이었다.

"어머, 재 윤미사 아냐?"

"맞네! 세상에, 어쩜 저렇게 변했니?"

"잠깐, 근데 저기 손잡고 오는 거 정윤하 아니야?"

"뭐야, 무슨 사이야? 설마 사귀는 거?"

친구들 사이에 한바탕 소동이 벌어졌다. 하지만 좀처럼 미사에게 가서 직접 말을 걸 엄두는 내지 못했다. 비록 일진들처럼 심하게 괴롭히지는 않았지만, 모두들 다솜과 친했던 친구들이다 보니 고등학교 시절에 은근히 미사에게 못된 말을 했던 기억이 있었던 것이다.

궁금해 죽겠는데 차마 말을 걸기는 힘들고. 결국 서로 네가 가라고 실랑이를 한 끝에 개중 하나가 용기를 내서 미사에게 다가갔다.

"미사야, 나 기억해? 우리 고2 때 같은 반이었잖아."

미사는 조금 놀란 얼굴을 하더니 금세 미소를 지었다.

"어머, 그래. 오랜만이구나."

친구는 조금 당황했다. 늘 주눅들어 있는 것 같았던 학창시절의 미사와는 전혀 다르게, 태도가 당당하고 우아하기까지 하지 않은가.

"저기, 있잖아."

어쨌든 대체 미사가 정윤하랑 무슨 사인지 궁금증은 풀고 봐야겠다. 친구는 침을 꿀꺽 삼키고 미사의 곁에 선 정윤하를 슬쩍 쳐다보았다. 그러다 눈이 마주치는 바람에 얼굴이 새빨갛게 달아올라서 크게 당황했다.

"너 혹시……."

그 순간, 사회자의 목소리가 스피커에서 울려나왔다.

– 곧 서현우 군과 이재연 양의 약혼식이 거행됩니다. 하객 여러분께서는 모두 자리에 앉아주시기 바랍니다.

"미안, 가봐야겠다."

미사는 그렇게 말하고 핸드백에서 명함을 꺼내 건넸다.

"지금은 다솜이 약혼식이니까 길게 얘기하기 힘들고, 나중에 연락 한번 줘."

결국 친구는 명함만 받고 돌아설 수밖에 없었다.

이윽고 사람들이 호텔 측 직원들의 안내에 따라 각자의 자리에 앉기 시작했다.

푸른 잔디밭에 놓인 십여 개의 테이블 중 메인은 물론 가족 테이블이었는데, 거기에는 약혼 당사자인 다솜과 현우를 비롯해서 이 회장과 홍혜경 부회장, 현우의 아버지인 서 의원, 또 다솜의 친부모까지 함께 모여 앉아 있었다.

"우리 다솜이가 벌써 이렇게 커서 약혼을 하다니요!"

한복을 차려입은 다솜의 엄마는 시종일관 눈물을 찍어내느라 바빴다.

"그러게 말이야. 대문 앞에 버려져서 앙앙 울고 있던 게 바로 어제 일 같은데."

다솜의 아버지, 정 사장도 무척 쓸쓸한 얼굴을 했다.

"다 우리 재연이를 이날 이때껏 고이고이 키워주신 두 분 덕택입니다."

이 회장이 그런 다솜의 부모를 위로하고는 물었다.

"건설업을 하신다고 들었는데 어떻게, 사업은 잘되어가시는지?"

"그게 말입니다, 회장님."

정 사장이 침을 꿀꺽 삼켰다.

"아무래도 저희는 규모도 작은 데다가 건설 경기도 바닥이다 보니 요즘은 일거리가 드뭅니다. 지금은 어찌어찌 아파트를 하나 짓고 있긴 합니다만, 그 공사 마치고 나면 당장 기계 놀리게 생긴 마당입니다."

"저런, 그래요?"

이 회장이 걱정스러운 얼굴을 했다.

"대서양건설에서 하청을 좀 맡겨보시면 어떨까요?"

현우의 아버지인 서 의원이 끼어들었다.

"제가 정 사장과는 벌써 20년 지기입니다마는, 규모가 작아서 그렇지 워낙 탄탄하고 좋은 회삽니다. 기술이야 뭐 더 말할 것 없이 뛰어나고요. 아마 믿고 맡겨봐도 좋으실 겁니다."

"사돈께서 그렇게 말씀하신다면 틀림없겠지요."

이 회장이 고개를 끄덕이고는 다시 정 사장을 향해 말했다.

"설마하니 우리 재연이를 키워주신 분들을 내가 나 몰라라 하겠습니까? 그러니 앞으로 사업에 있어서는 아무 걱정 마세요."

"회장님!"

정 사장의 얼굴에 감격의 빛이 흘러넘쳤다.

이어서 이 회장은 서 의원에게로 시선을 돌렸다.

"사돈께서도 큰일 앞두고 다른 잡다한 걱정일랑 안 하셔도 되도록 신경 쓰겠습니다. 그러니 그저 마음 편히 눈앞의 큰일에만 집중하시지요."

대서양그룹에서 서 의원의 대통령 선거를 적극 지원하겠다는 뜻이었다.

땅 파서 선거할 수는 없는 법. 그렇지 않아도 부탁을 해야 하는데 섣불리 먼저 말을 꺼내지 못하고 있던 서 의원 역시 얼굴이 확 밝아졌다.

"제가 절대 잊지 않겠습니다, 사돈 어르신."

"아이고, 무슨 말씀을. 사돈께서는 그저 나랏일에만 힘쓰시면 되는 거지요."

이 회장이 허허 웃으며 먼저 와인 잔을 들었다.

"그런 의미로 모두 한 잔씩들 하십시다."

붉은 술이 담긴 유리잔이 허공에서 부딪쳤다. 화기애애한 가운데, 오로지 혜경만이 시종일관 한마디도 않은 채 조용히 앉아서 오고 가는 이야기를 듣고 있었다.

– 오늘의 주인공인 예비신랑과 예비신부가 여러분 앞에서 약혼서약을 하겠습니다.

이윽고 사회자의 말에 현우와 다솜이 자리에서 일어나 앞으로 나갔다.

"이렇게 시간을 내서 참석해주신 여러분께 진심으로 감사드립니다."

커다란 5단 케이크가 놓인 테이블 앞에 서서, 양복을 차려입은 현우가 당당하게 말했다.

"저 서현우는 이재연 양과 결혼해서 영원히 사랑하며 살 것을 여러분 앞에 맹세합니다."

다솜도 수줍은 얼굴로 같은 말을 반복했다.

"저 이재연은 서현우 씨와 결혼해서 영원히 행복하게 살 것을 여러분 앞에 맹세합니다.”

현우가 약혼반지를 꺼내 다솜의 손가락에 끼워주자 이윽고 우레와 같은 박수갈채가 터졌다.

“…….”

멀찍이 떨어져 앉은 미사와 윤하 역시 무표정한 얼굴로 따라서 박수를 쳤다.

– 다음은 양가 부모님들께서 한 분씩 축복의 말씀을 하시겠습니다.

사회자의 말에 자리에서 제일 먼저 일어선 것은 바로 이 회장이었다.

“이렇게들 와주셔서 정말 고맙습니다.”

테이블을 하나씩 둘러보며 말하는 이 회장의 얼굴은 약간 상기되어 있었다. 원래 술이 약한 편인데, 기분이 좋아서 마신 와인 한 잔에 그만 취기가 돌아버린 것이었다.

“많이들 아시다시피 재연이는 아주 어릴 때 잃어버렸다가 최근에야 겨우 다시 찾게 된 내 핏줄입니다. 나한테는 눈에 넣어도 아프지 않을 손녀지요.”

애틋한 눈으로 다솜을 잠시 쳐다보고, 이 회장은 말했다.

“그래서 오늘 내가, 내 손녀와 손녀사위에게 약혼을 축하하는 의미로 소소하게 선물을 하나 하려고 합니다.”

선물이라는 말에 다솜이 깜짝 놀란 얼굴을 했다.

“할아버지?”

“스위스에 있는 내 별장을 이 두 사람 앞으로 넘겨주도록 하겠습니다."

다솜은 기뻐서 어쩔 줄을 몰랐다. 재벌 만세다. 스위스에 별장이라니, 이런 동화 속 일 같은 일이 또 있을까!

"고맙습니다, 할아버지!"

드레스를 입은 다솜이 일어나서 이 회장에게 와락 안겼다.

"오냐, 내 새끼."

다솜의 등을 토닥이는 이 회장의 눈가에 인자한 주름이 졌다.

다음은 서 의원의 차례였다.

"재연 양을 키워준 아버지인 정 사장과 저는 20년 넘게 알고 지내온 사입니다. 그래서 어릴 때부터 아이들끼리 친하게 지내더니 결국 오늘날 이렇게 짝이 되었군요."

서 의원이 자리에서 일어나서 말하기 시작했다.

"이 회장님께서 큰 선물을 하셨으니 저 역시 뭔가 약혼선물을 해야겠는데, 안타깝게도 저는 평생 나랏일만 하느라 가진 거라고는 없는 사람이라서 마땅히 줄 것도 없으니, 그냥 손자나 봐줘야 할 것 같습니다."

노련한 정치가답게 자연스러운 유머에 여기저기서 웃음이 터졌다.

"결혼하거든 아이는 최대한 빨리 가지도록 하려무나."

아들과 예비며느리를 바라보며 서 의원이 자상하게 말했다.

"조만간 마당 넓은 집으로 이사를 가게 될 테니, 거기서 내 마음껏 데리고 놀아주마."

물론 청와대를 가리키는 말이었다. 말뜻을 알아챈 사람들이 일제히 열렬한 환호와 함께 박수를 보내자, 서 의원은 미소로 화답했다.

"약혼 축하한다."

대통령 시아버지라니, 존재 자체만으로도 크나큰 선물이 아닐 수 없다. 자신감에 찬 서 의원의 말에 다솜은 무척이나 기뻐했다.

"고맙습니다, 아버님!"

이 회장과 서 의원이 각각 말을 마치자 다음은 혜경에게로 시선이 쏠렸다.

"그러면 저도 가만히 있을 수만은 없겠네요."

시종일관 침묵을 지키고 있던 혜경이 그제야 자리에서 일어났다.

"저 역시 다시 찾은 제 딸을 위해서 선물을 준비했습니다."

혜경은 차분하게 말했다.

"제 딸을 대서양화장품 상무이사로 승진시키는 건이, 어제 이사회를 통과했습니다."

"엄마!"

다솜은 진심으로 감격했다. 말은 저렇게 쉽게 해도, 꼬장꼬장한 임원들을 설득하느라 혜경이 진땀깨나 흘렸을 것이 짐작이 가서였다. 아무리 할아버지인 이 회장이 도와줬다지만 쉬운 일은 아니었을 게 분명했다. 감동한 나머지 다솜은 이번에도 자리에서 일어나서 혜경을 끌어안았다.

"고마워요, 엄마!"

하지만 다솜이 안은 것은 혜경이 아니라 허공이었다. 다솜의 팔이 닿기 직전, 혜경이 눈살을 찌푸리며 몸을 뒤로 확 피해버린 것이었다.

"엄마……?"

"인사는 할 필요 없다."

당황한 다솜을 향해, 혜경은 차디찬 얼굴로 말했다.

"네가 아니라 내 딸에게 주는 자리니까."

갑자기 이게 무슨 소린가. 좌중이 당황해서 술렁이는 가운데, 저만치 떨어져 있는 테이블에서 천천히 몸을 일으키는 또 한 사람이 있었다.

바로 미사였다.

"대체 뭐야?"

"무슨 일이지?"

사람들이 수군거리든 말든, 미사는 당당한 걸음걸이로 앞으로 나아가 이윽고 혜경의 옆에 나란히 섰다.

"여러분께 정식으로 소개합니다."

미사의 어깨에 다정하게 손을 얹고, 혜경은 말했다.

"이 아이가 바로, 28년 전에 잃어버렸던 제 친딸입니다."

주위가 삽시간에 찬물을 끼얹은 듯이 싹 조용해졌다.

비서들도, 양가 친지들도, 계열사 사장들도, 다솜과 현우의 가장 가까운 친구들도, 하나같이 모두 입을 헤벌리고 혜경을 쳐다보고 있었다.

"……."

오랫동안 정적이 흘렀다. 감히 누구도 먼저 입을 열 생각을 하지 못하는 것 같았다.

모두가 놀란 눈으로 쳐다보는 가운데, 혜경과 미사는 두 손을 꼭 잡고 쏟아지는 시선에 맞서듯 의연하게 서 있었다.

제일 먼저 침묵을 깬 것은 이 회장이었다.

"큰애야, 너 그게 지금 대체 무슨 소리냐?"

"방금 들으신 대로입니다, 아버님."

혜경이 조용히 대답했다.

"지금 아버님 옆에 앉아 있는 아이는 아버님과 피 한 방울도 섞여 있지 않은 생판 남입니다. 미사 이 아이가 아버님의 진짜 손녀예요."

"말도 안 돼요!"

순간, 다솜이 폭발하듯 소리쳤다.

"할아버지, 미사 저 계집애가 또 뭘 꾸며내서 엄마를 속인 거예요. 할아버지도 아시잖아요, 저 애가 저를 얼마나 못살게 굴어왔는지 말이에요!"

매달리듯 이 회장의 팔을 붙잡고, 다솜은 필사적으로 말했다.

"빨리 쫓아내 주세요, 할아버지. 저 계집애가 제 약혼식을 망치게 가만히 두실 거예요, 네?"

"아니, 이게 대체 무슨 일이란 말이냐?"

이 회장은 이러지도 저러지도 못하고 혼란스러운 눈으로 혜경과 다솜을 번갈아 보았다.

"엄마, 정말 너무하세요!"

이 회장에게 조르는 것이 통하지 않자, 다솜은 그예 눈물을 터뜨렸다.

“아무리 미사를 예뻐하셔도 그렇지 어떻게 친딸인 저한테 이렇게 대할 수가 있어요?”

다솜이 서럽게 울기 시작하자 다솜의 부모도 나섰다.

“너무하십니다, 부회장님.”

“어디서 말도 안 되는 소리를 들으신 모양인데, 아무리 그래도 친딸한테 이러시면 안 되지요!”

일이 이 지경이 되어서도 그들이 이렇게 버티는 이유가 있었다. 이 일을 시작할 때, 비서실장이 신신당부했던 것이다.

「혹시나 의심을 사는 일이 있더라도 두 분은 끝까지 딱 잡아떼셔야 됩니다. 일이 어떻게 흘러가든 제가 다 알아서 처리할 테니까요.」

지금은 그 말을 믿는 수밖에 없었다.

“대체 누구한테 무슨 소리를 듣고 이러시는 겁니까?”

끝내 버티는 다솜의 아버지를 향해 혜경이 싸늘하게 말했다.

“따님을 낳았을 때의 병원 기록도 이미 경찰이 확보했습니다. 그래도 계속할 건가요?”

다솜의 부모는 삽시간에 꿀 먹은 벙어리가 되고 말았다.

“그럼 설마, 정말로……?”

새하얗게 질린 다솜의 얼굴을 믿을 수 없다는 듯이 쳐다보며, 이 회장이 중얼거렸다.

“그렇습니다, 아버님. 모두 사기였어요. 이미 미사와 제가 둘이서 친자확인검사도 모두 마쳤습니다.”

혜경이 말했다.

직원이 갖다 준 검사 결과를, 미사와 혜경은 한참이나 눈도 깜빡이지 못하고 들여다보았다.

[……분석된 상염색체 DNA 프로필 결과로 볼 때, 피검사자 '홍혜경'은 피검사자 '윤미사'의 생물학적 친모로서 배제되지 않을 확률이 99% 이상이라고 판단된다.]

문장 자체가 단번에 이해하기 어려운 내용이었다. 하지만 몇 번이나 다시 읽어서 뜻이 이해된 후에도 영문을 알 수 없기는 마찬가지였다.

'부회장님이, 진짜로 나를 낳아준…… 엄마라고……?'

혼란스러운 표정의 미사를, 혜경이 와락 끌어안았다.

"난 처음부터 알고 있었어."

그렇게 중얼거리는 혜경의 목소리는 벅찬 감동으로 심하게 떨리고 있었다.

"암, 알고 있었고말고. 그래서 처음부터 그렇게 애틋하고 연연했던 거야. 내가 내 속으로 낳은 내 딸을 몰라봤을 리가 없잖니?"

반면에 미사는 제 눈으로 결과를 보고도 도저히 믿을 수가 없었다. 대체 이게 무슨 일인가 싶기만 했다. 무엇보다 혜경이 잃어버린 자식은 아들이라고 하지 않았던가.

"……저어, 그럼 재현 씨는요?"

"재현이가 바로 너야!"

그제야 혜경이 미사를 안은 팔을 풀었다.

"그때 나는 임신 8개월이었고, 남편과 함께 지방에 내려가는 중이었는데 고속도로에서 사고가 났어. 사고를 당한 충격으로 갑자기 진통이 시작된 거야. 죽을힘을 다해서 아이를 낳고, 난 그대로 정신을 놓고 말았단다."

"그럼…… 아기 얼굴도 못 보셨다는 거예요?"

"그래. 깨어나보니 병원이었고, 남편은 죽었고, 분명히 낳은 내 아이는 온데간데없었어."

늘 냉정하고 침착했던 혜경의 눈에서 뜨거운 눈물이 흘러넘쳤다.

"그럼 어째서 아들인 줄 알고 계셨던 거예요……?"

"임신 중에 의사가 초음파로 보더니 아들이라고 했었거든. 틀릴 가능성도 있었던 건데, 여태까지 그저 아들이었거니 생각하고 있었지. 그래서 재현이라고 부르고 있었던 거야."

흐느끼며 겨우 말을 이어가던 혜경이 기어이 소리 내어 울음을 터뜨렸다.

"그런데 이렇게 예쁜 딸이었을 줄이야……!"

혜경이 다시 미사를 껴안았다. 이제는 죽어도 놓지 않겠다는 듯이, 딸을 으스러져라 끌어안고 혜경은 목을 놓아 울었다.

"착한 우리 아기. 엄마가 널 얼마나, 얼마나 찾아 헤맸는데!"

감격에 넘쳐 반쯤 정신이 나간 혜경과는 달리, 미사는 그저 얼떨떨하기만 했다.

상황은 이해했다. 자신이 친딸이라는 것도 알았다. 그야 검사 결과에 그렇게 쓰여 있으니까. 하지만 머리로 이해했다고 해서 가슴에 확 와 닿지는 않았다. 그도 그럴 것이, 미사에게 있어서는 전혀 상상조차 하지 못했던 장면이었던 것이다.

아니, 사실 어릴 때는 보육원 생활이 싫어서 자주 그런 상상을 하기는 했다. 사실 나는 버림받은 게 아니고, 나쁜 사람이 날 훔쳐다가 성당 앞에 버린 게 아닐까. 진짜 엄마는 따로 있고, 지금쯤 날 애타게 찾고 있는 건 아닐까.

하지만 그런 헛된 상상을 하면 할수록 현실은 더욱더 비참해지기만 한다는 걸, 나이가 먹어가면서 점점 깨닫게 되었다. 그래서 초등학교를 졸업한 이후로는 두 번 다시 그런 생각을 해본 적이 없었다.

그런데 어릴 적 그 상상이 사실이었을 줄이야.

오히려 혜경에게서 이모처럼, 조카처럼 지내자는 말을 들었을 때는 무척 기뻤고, 또 감동했었다. 그런데 정작 친딸이라는 걸 알게 된 지금은 그저 당황스럽기만 했다.

"……."

어떻게 해야 할지 몰라서 미사는 그저 혜경이 하는 대로 어색하게 몸을 맡기고만 있었다.

"널 지켜주지 못해서 미안해. 엄마가 잘못했어, 아가. 하지만 널 그렇게 도둑맞고 엄마도 하루도 사는 것처럼 살아본 날이 없었단다. 단 한 번도 마음 놓고 웃어보지를 못했어……!"

그런 미사를 으스러져라 끌어안고, 혜경은 아예 통곡을 했다.

"미안해, 엄마가 죄인이야!"

어느덧 미사의 눈에도 눈물이 어렸다. 아직은 혜경이 친엄마라는 사실이 마음으로 확 다가오지는 않았지만, 그녀가 얼마나 고통스러운 삶을 살아왔는지는 느낄 수 있었다.

"울지 마세요, 어머니. 저는 괜찮아요."

미사는 그렇게 위로하며 서투르게 혜경의 등을 어루만졌다.

난생처음으로 누군가를 향해 불러보는 어머니라는 말이 제 귀에도 무척이나 어색하게 들렸지만, 지금 당장은 그것밖에 할 수 있는 일이 없었다.

미사를 끌어안고 한참을 마음껏 통곡한 후에야 혜경은 겨우 조금 진정했다. 하지만 결코 미사의 손을 놓으려고는 하지 않아서, 결국 손을 꼭 잡힌 채로 나란히 앉아서 이야기를 해야 했다.

"……정다솜이요?"

왠지 어색해서 혜경의 얼굴을 똑바로 보지 못한 채로 얘기를 듣던 미사도, 나중에는 놀라서 혜경을 쳐다볼 수밖에 없었다.

"지금 정다솜이라고 하셨어요?"

"그래. 그 애를 내 친딸로 만들려고 하고 있어!"

혜경의 얼굴에 분노가 어렸다.

"내가 그 애를 미리 알고 있지 않았더라면 어쩌면 그대로 속아 넘어갔을지도 몰라. 하지만 알고 있는 이상엔 도저히 그 애가 내 친딸이라는 게 받아들여지지가 않더구나."

미사도 화가 나지 않을 수 없었다. 지금까지 자신을 괴롭혀온 것도 모자라서, 친엄마마저 빼앗으려 들다니! 이건 이미 용서할 수 있는 범위의 문제가 아니었다. 크나큰 범죄다.

물론 다솜 혼자서 벌인 일은 아닐 게 뻔했다.

"어머니하고 제가 뭔가 같은 일에 엮여 있을 거라는 짐작은 저도 진작부터 하고 있었어요. 아무래도 수상했거든요. 같이 납치를 당했던 것도 그렇고요."

"그래. 나도 그렇게 생각했단다."

혜경이 고개를 크게 끄덕였다.

"네가 내 친딸이라는 걸 누군가가 미리 알고 일을 꾸민 거야."

"누군지 알 것 같아요."

자신이 혜경의 친딸이라는 걸 알게 되자 이제야 머릿속이 환해지는 것 같은 기분이었다. 그동안 의문이었던 모든 것이 한순간에 확 풀렸다.

"서현우, 그러니까 저랑 결혼할 뻔했던 그 남자의 짓이에요!"

"김 실장하고도 공모했을 거야. 그래서 머리카락을 바꿔치기할 수 있었던 거고."

"맞아요."

조금 망설이다, 미사는 사실대로 말했다.

"대서양화장품 전 대표님을 돌아가시게 만든 것도 아마 그들 두 사람일 거예요."

"뭐라고?"

혜경의 눈이 커졌다.

"둘이서 짜고 누군가를 죽였다고 얘기하는 걸 우연히 들은 적이 있어요. 당시에는 그게 누구인지 몰랐는데, 나중에 미루어 생각해 보니 그분밖에 없더라고요."

"세상에!"

혜경은 경악과 분노를 감추지 못했다.

"그분은 네 작은아버지셔. 대체 왜 그런 짓을 했을까?"

"결국 저 때문이죠. 그분을 제거해야 저를 유일한 그룹 후계자로 만들 수 있었을 테니까요."

미사는 이를 악물고 말했다.

"그리고 제가 파혼해서 자기 손을 떠나게 되니까 이제 다른 꼭두각시를 세운 거예요. 그게 바로 정다솜인 거고요."

말할수록 하나하나 아귀가 착착 들어맞았다.

하지만 제 입으로 말하고 있으면서도 미사는 도저히 믿기가 힘들었다. 정말 그렇다면 이건 하루 이틀에 걸친 음모가 아니다. 서현우와 자신이 처음 만난 것이 벌써 10년 전인데, 그때부터 벌써 계획하고 있었다는 얘기밖에 되지 않는다.

경악스러웠다. 도대체 사람이 어떻게 이렇게까지 치밀하고 교활하고, 또 사악할 수가 있을까. 자그마치 10년을 두고 계획했다니, 그 인내심이 놀라울 지경이었다.

"서현우는 정다솜과 결혼해서 대서양그룹을 집어삼킬 생각인 거예요!"

그렇게 말하는 미사의 온몸에 전율인지 소름인지 모를 것이 달렸다.

오랜 세월 동안 계속 궁금했었다. 대체 사랑하지도 않는 자신에게, 현우가 왜 그리 집착하는지.

그 이유를 이제야 알게 된 것이다. 사랑이 아니라 야심이었다. 자신은 그에게 있어 대서양그룹 그 자체였던 것이다!

물론 그렇다면 서 의원이 자신과 같은 고아를 흔쾌히 며느리로 맞아들이려고 했던 것 역시 이해가 간다. 서 의원도 이미 알고 있었다고밖에 볼 수 없었다. 자신의 출생의 비밀에 대해서.

"세상에 그럴 수가……!"

혜경도 치를 떨었다. 잃었던 자식을 되찾은 기쁨이 조금 진정되고 나자, 뒤늦게 자신을 우롱한 자들에 대한 분노가 격렬하게 치밀어 올랐다.

"미사 너는 아무 걱정하지 마렴."

혜경이 딱 잘라 말했다.

"엄마가 다 알아서 할게. 내 당장 이것들을 감옥에 처넣고, 네가 내 진짜 딸이라는 걸 모든 사람들에게 알릴 테니까……."

"아니에요, 어머니."

당장이라도 뛰쳐나갈 기세인 혜경을, 미사가 말렸다.

"아직은 안 돼요. 일단은 그냥 저들 하는 대로 내버려두세요."

"뭐라고?"

혜경이 당황한 눈으로 미사를 쳐다보았다.

"저것들이 정당한 네 자리를 빼앗으려고 하는데 엄마더러 그걸 가만히 보고 있으라는 거니?"

"네, 당분간은 그냥 참고 지켜보셔야 해요."

미사는 딱 잘라 말했다.

"지금 사실을 밝히게 되면 기껏해야 사기죄를 저지른 걸로 끝나버려요. 그나마 비서실장은 엮을 수 있겠지만 서현우는 아예 엮지도 못할 수도 있어요. 정다솜한테 다 뒤집어씌우고 자기는 쏙 빠져나갈 수도 있다고요."

"그들이 네 작은아버지를 죽였다면서!"

"그것도 그저 얘기를 들었을 뿐이지 증거가 없어요."

좀처럼 수그러들 기색이 없는 혜경의 분노를 가라앉히려, 미사는 차분한 말투로 설명했다.

"그 사람 아버지의 권력이라면, 웬만한 건 어떻게든 빠져나갈 거예요. 그러니까 먼저 도저히 빠져나갈 수 없을 정도로 확실한 증거를 잡고 나서 터뜨려야 해요."

그렇게 말하고 나서, 미사는 이를 악물었다.

"게다가 제 친아버지를 돌아가시게 만든 사람도 이 일에 엮여 있을 테니까요."

"……!"

그제야 혜경이 흠칫 놀란 얼굴을 했다.

"투서를 보낸 사람 말이에요. 그때 사고를 낸 본인이 맞을 거라고 하셨잖아요?"

"그래. 본인이 아니더라도 최소한 본인에게서 얘기를 들은 사람이야."

"서현우나 김 실장은 아니에요. 그 당시면 서현우는 아직 어린아이였고, 김 실장도 미성년자였을 테니까요. 범인이 누구든지 간에 훨씬 나이가 많은 사람일 거예요."

"맞아. 내가 왜 그 생각을 못 했지?"

핏기 가신 얼굴로, 혜경이 중얼거렸다.

"하마터면 경거망동할 뻔했구나. 전부 밝혀내려면 어쨌든 지금 터뜨리면 안 되는 거였어."

"네, 어머니."

미사가 고개를 끄덕였다. 이윽고 혜경의 눈에 깊은 증오가 어렸다.

"그 사고를 낸 인간 때문에 네 아버지가 돌아가셨어. 내 딸인 너는 고아가 됐고, 나는 30년 가까이 고통 속에서 살았지."

다시 찾은 딸의 손을 꼭 잡고, 혜경은 맹세하듯 말했다.

"이 일에 얽힌 사람은, 그 누가 됐든지 간에 내 반드시 죗값을 받게 만들고 말겠어!"

"이게 다 사실이오, 정 사장?"

갑자기 서 의원이 자리를 박차고 일어나며 큰소리를 냈다.

"당신이 딸을 가지고 대서양그룹을 상대로 사기를 쳤다니, 그게 사실이냔 말이오!"

"의원님……?"

정 사장이 당혹스러운 얼굴로 서 의원을 쳐다보았다. 이 계획은 애초에 서 의원의 아들인 현우의 아이디어였다. 그런데 서 의원 본인은 전혀 모르고 있었단 말인가?

아니, 물론 서 의원이 모르고 있을 리 없었다. 단지 일이 이미 글렀다는 것을 깨닫고 잽싸게 꼬리를 자르고 있는 중이었다.

"하마터면 말도 안 되는 집안과 혼사를 맺을 뻔했군. 나 역시 결혼 사기로 고소하겠소!"

서 의원은 노발대발했다. 누가 봐도 이 음모와는 전혀 관계없는, 결백한 사람처럼 보였다.

"큰애야."

이 회장이 혜경을 불렀다. 아까보다는 당혹감이 한결 가시고, 대신에 그만큼 싸늘함이 진하게 묻어나는 목소리였다.

"이미 친자확인검사를 마쳤다고 했느냐?"

"예, 아버님."

"그렇다면 이 다솜이라는 애가 네 딸이 맞다는 검사 결과는 어떻게 된 게냐?"

이 회장은 더 이상 다솜을 재연이라고 부르고 있지 않았다.

"그건 미사의 머리카락과 바꿔치기된 거였습니다."

"감히 누가 그런 짓을 했단 말이냐!"

대답 대신에 혜경이 저만치 먼 곳을 쳐다보았다. 모든 사람들의 시선이 혜경을 따라갔다. 그리고 그 시선의 끝에는, 양복을 입은 사람 하나가 험상궂은 남자 둘에게 팔을 붙들려 이쪽으로 오고 있었다.

양복을 입은 사람은 혜경의 비서실장, 그리고 험상궂은 남자들은 바로 사복을 입은 경찰들이었다.

"말씀하신 대로 도망치더군요. 기다리고 있다가 곧바로 붙잡았습니다."

"고맙습니다, 형사님."

혜경이 정중하게 고개를 숙였다.

"뭐야? 김 실장이 가담을 했다고?"

체념한 듯이 고개를 푹 숙이고 있는 비서실장을 보고, 이 회장은 충격을 감추지 못했다. 혜경의 비서실장은 사고로 죽은 작은아들의 비서였을 때부터 무척이나 충직하게 일해온 인물이었는데!

하지만 더 큰 충격이 이 회장을 기다리고 있었다.

"그뿐만이 아닙니다, 아버님."

형사들에게 붙들려 있는 자신의 비서실장을, 혜경이 증오의 눈빛으로 바라보았다.

"7년 전, 서방님이 돌아가신 것도 실은 저자의 짓이에요."

"뭐야?"

이 회장은 한참만에야 되물었다. 도저히 믿기 힘들다는 듯한 표정이었다.

"큰애 너 지금, 뭐라고 했느냐?"

"서방님께서 돌아가신 건 사고가 아니었어요. 사고로 위장해서 살해한 겁니다. 김 실장과……."

혜경이 손을 들어 누군가를 가리켰다. 바로 현우였다.

"그리고 저자, 둘이 공모해서 말이에요."

현우의 얼굴이 무섭도록 굳어졌다. 그는 이를 악물고 혜경을 향해 으르렁거리듯 말했다.

"터무니없는 말씀을 하시는군요. 증거는 있으시겠지요?"

없을 거라는 확신이 있었다. 수년간에 걸쳐 치밀하게 계획을 세우고 완벽하게 실행을 마친 일이었으니까. 그때도 경찰 수사 결과 사고로 결론 났던 일이, 이제 와서 뒤집힐 리가…….

"물론 있습니다."

하지만 대답은 혜경이 아니라 곁에 있던 형사가 대신 했다. 흠칫 놀라는 현우를 향해, 형사가 품에서 비닐봉투에 든 무언가를 꺼내 보였다. 봉투 안에는 검은색 휴대폰이 들어 있었다.

"오늘 아침에 서현우 씨 자택을 수색하다 나온 물건입니다. 뭔지 아시겠죠?"

"……!"

현우의 눈이 튀어나올 듯이 커졌다.

그동안 자신이 저질러온 모든 일에 대한 증거는 철저하게 없애버렸다. 그 외에 증거가 될 수 있는 물건이라면 세상에 딱 하나, 비서실장과의 연락을 위해 가지고 있는 휴대폰뿐이었다.

비서실장은 이 오래된 계획의 충실한 공범이었다. 하지만 사람 일은 모르는 것이라, 혹시나 상대가 배반할 때를 대비해서 현우는 비서실장과 통화할 때마다 휴대폰에 꼬박꼬박 대화 내용을 녹음해 두고 있었던 것이다.

미사가 훔쳐내려다 실패하고, 미끼로 놓아두었던 빈 휴대폰만 빼내고 말았던 그것.

그 진짜가 지금 이 순간 형사의 손에 들려 있었다.

"서현우 씨, 당신을 이정환 씨 살인 혐의로 체포합니다. 당신은 변호사를 선임할 수 있으며 또한 묵비권을 행사할 수 있고……."

형사가 손목에 수갑을 채우며 기계적으로 말하는 동안, 현우는 망연자실하게 앉아 있었다.

모든 것이 끝나버렸다. 자신의 10년에 걸친 원대한 계획은, 이렇게 덧없이 물거품으로 돌아가버렸다.

"하하……."

허탈한 웃음이 입에서 새어나왔다.

"정다솜 씨, 정수철 씨, 김정애 씨. 세 사람도 모두 함께 사기 혐의로 체포합니다."

다른 형사가 다솜과 그 부모에게 다가가 말한 순간.

"저는 아무것도 몰랐어요!"

드레스 차림의 다솜이 갑자기 발작하듯 외치며 현우를 가리켰다.

"모두 저 사람이 시킨 짓이에요. 자기가 시키는 대로 하지 않으면 절 죽이겠다고 협박했어요. 그래서 어쩔 수 없이 한 짓이라고요!"

현우는 말없이 눈을 들어 다솜을 쳐다보았다. 바로 몇 분 전에, 자신 앞에서 영원의 사랑을 맹세했던 여자를.

「저 이재연은 서현우 씨와 결혼해서 영원히 행복하게 살 것을 여러분 앞에 맹세합니다.」

그 여자가, 지금은 같은 입으로 자신에게 죄를 뒤집어씌우고 있었다.

"저는 아무 죄도 없어요, 서현우한테 협박당한 거라니까요?"

미친 여자처럼 빽빽 소리를 지르는 다솜의 말을, 형사가 딱 잘라 버렸다.

"그건 서에 가셔서 말씀하시죠."

"아무 죄도 없는데 왜 경찰서에 가요? 난 못 가요!"

"자꾸 이러시면 수갑을 채우는 수가 있습니다."

"안 간다니까요? 이거 놔요! 놓으란 말이야!"

한바탕 실랑이 끝에 다솜과 그 부모가 먼저 끌려 나갔다. 다솜의 세 오빠들이 낭패한 얼굴로 그 뒤를 따랐다.

"가시죠."

뒤이어 형사에 의해 일으켜지던 현우는 문득 미사를 쳐다보았다. 한때 약혼자였던 자신이 몰락하는 순간을 그녀가 어떤 눈빛으로 쳐다보고 있을지가 궁금했던 것이다.

잘됐다고 생각하고 있을까. 아니면 조금은 안됐다고 생각할까.

하지만 미사는 아예 현우를 쳐다보고 있지도 않았다. 그녀의 시선은 저만치, 테이블에 앉아 있는 정윤하에게 향해 있었다. 애정과 신뢰가 듬뿍 담긴 눈빛으로, 이 아수라장 가운데서도 그녀는 남편을 향해 살며시 웃어 보이고 있었다. 이제 곧 끝나요, 하고 말하듯이.

순간 현우의 마음에서 격렬한 질투가 끓어올랐다.

'저 여자가 언제 나를 향해 저렇게 웃어준 적이 있었나?'

하지만 뒤이어 희미한 옛 기억이 떠올랐다. 분명 한때는 그녀도 저토록 사랑스러운 눈빛으로 자신을 바라보아주었던 시절이 있었다. 아득히 먼, 언젠가에는. 그 눈빛을 점점 변하게 만든 장본인은 결국 자신이었다.

형사들에 의해 끌려 나가는 마지막 순간이 되어서야 현우는 고통스럽게 깨닫고 있었다. 자신은 오랜 세월 동안 허상을 좇은 끝에 사랑도, 인생도 모두 망쳐버리고 말았다는 것을.

결국 비서실장과 현우, 다솜과 그 부모까지 모두 경찰에 의해 끌려가고 나자 다시금 약혼식장은 정적으로 가득 찼다.

모두가 숨을 죽이고 가족 테이블에 남아 있는 인물들에게 집중하고 있었다.

"그러니까 내 아들 정환이를…… 댁의 아들이 죽였다, 이 말이오?"

이 회장의 핏발 선 눈에 눈물이 고였다. 회한과 증오가 가득한 눈빛으로, 이 회장은 서 의원을 죽일 듯이 노려보았다.

"그거야 경찰 수사 결과를 기다려봐야겠지요. 결과가 나오기 전까지는 모르는 일 아닙니까?"

하지만 서 의원은 역시 노련한 정치가다웠다. 아들이 살인 혐의로 눈앞에서 체포되어 나간 이 순간에도, 조금도 당황하지 않은 것처럼 보였다.

물론 겉으로만 태연해 보이는 것이지 머릿속은 무척이나 바빴다.

'이런 젠장할!'

일단은 대한민국 최고의 변호사를 붙여서 무죄를 주장해볼 수밖에 없다고 서 의원은 생각했다. 아들을 위하는 마음이라기보다는 한없이 자기 방어에 가까운 생각이었다. 아들이 살인범이 되면 자신의 대권이 물 건너가게 되니까.

'저 빌어먹을 휴대폰 안에 결정적인 증거만 없어야 할 텐데.'

마음속으로 그렇게 빌며, 서 의원은 거침없이 꼬리를 잘랐다.

"게다가 만에 하나 무슨 일을 저질렀다 해도 아들놈이 한 짓이지 나와는 상관이 없습니다."

그 꼬리가 친아들인데도 불구하고, 자르는 데 거리낌조차 없었다. 뻔뻔할 정도로 태연한 태도에 이 회장은 기어이 폭발하고 말았다.

"이것 보시오 서 의원! 당신 아들이 저지른 짓인데도 상관이 없다고?"

"회장님도 아시겠지만 사람이 살면서 제일 마음대로 안 되는 게 바로 자식 일이지요. 관계가 없으니 없다고 할 밖에, 그 이상 뭘 더 어쩌겠습니까?"

역시나 침착하게 대꾸하는 서 의원을 눈물 가득한 눈으로 노려보며, 이 회장이 주먹을 꽉 쥐고 부들부들 떨었다.

"사실일 겁니다, 아버님."

그때, 혜경이 끼어들었다.

"서 의원은 아마도 서방님이 돌아가신 일과는 관계가 없을 겁니다. 저자가 죽인 사람은 따로 있거든요."

그렇게 말하면서도 서 의원을 바라보는 혜경의 표정은 증오에 가득 차 있었다.

"저는 지금으로부터 28년 전, 임신한 몸으로 남편과 함께 지방에 내려가다 그만 뺑소니 사고를 당했습니다. 제 남편은 즉사했고, 교통사고의 충격 때문에 그 자리에서 조산하고 만 제 아기는 범인이 납치해 가고 말았습니다."

혜경은 이를 악물고 사람들을 향해 말했다.

"그리고 그때 그 사고의 범인이 바로 여기 있는 서민국 의원, 저 자입니다."

주위가 소리 없는 경악으로 가득 찼다. 모두들 눈이 튀어나올 것 같은 표정으로 바라보는 가운데, 서 의원이 자리에서 몸을 벌떡 일으켰다.

"망발도 정도가 있습니다, 홍 부회장!"

서 의원은 무서운 표정으로 혜경에게 대들었다.

"평생 나랏일에 몸바쳐온 사람한테 이렇게 더러운 모함을 하는 이유가 뭐요?"

혜경은 대답 대신에 치를 떨며 서 의원을 마주 노려보았다. 마치 벌레를 바라보는 듯한 눈빛이었다.

"아하, 이제 알겠군. 여당의 유력 대선후보인 나를 제거해주면, 야당에서 대권을 잡고 난 후에 대서양그룹에 특혜를 제공해주겠다고 했나? 응?"

마구 삿대질을 해대는 서 의원에게, 혜경이 싸늘하게 말했다.

"증인이 있어요. 이미 증언도 다 확보했으니까 발뺌할 수 없을 겁니다."

"하지도 않은 일에 무슨 놈의 증인?"

"바로 당신의 아내입니다."

"뭐?"

서 의원의 얼굴이 시뻘게졌다.

"대체 무슨 잠꼬대를 하는 거요? 내 아내는 이미 10년 전에 죽었어!"

"남편인 당신이 저지른 일 때문에 죄책감에 시달리다 정신병원에 갇혀 죽은 거지."

그때까지 애써 침착함을 유지하고 있던 혜경의 목소리가 갑자기 격해졌다. 더 이상 존대를 하고 있지도 않았다.

"서 의원, 당신은 더러운 죄를 짓고도 뻔뻔하게 하늘 쳐다보고 살았지만 당신의 아내는 그렇지 못했어. 그래서 하다못해 내 딸이라도 찾아서 내 품으로 돌려주려다 그만 당신한테 들켰고, 그 때문에 남편인 당신에 의해서 정신병원에 갇히고 만 거야!"

서 의원 역시 이제는 평정심을 완전히 잃고 있었다.

"누가 감히 그런 헛소리를 지껄여!"

벼락같이 고함을 지르는 서 의원에게 대꾸하는 대신에, 혜경은 비서들을 향해 신호를 하듯 고개를 끄덕였다.

– 우리 언니는 참 마음이 여린 사람이었어요. 애초에 정치가의 아내로는 어울리지 않았죠.

아까까지 사회자의 목소리가 흘러나오던 대형 스피커에서, 갑자기 흐느낌 섞인 여자의 목소리가 흘러나오기 시작했다.

– 자기가 남편한테서 그 얘기를 들었을 때는 이미 공소시효가 지난 후였다고 했어요. 하지만 자기도 자식 있는 사람인데 어떻게 모녀가 생으로 떨어져 있는 걸 두고만 보겠냐고 하면서, 하다못해 그 애를 찾아서 집으로 돌려보내주기라도 해야겠다고 사람을 써서 찾

다가 그만 그놈한테 들키고 만 거예요. 결국 멀쩡한 우리 언니는 정신병자로 몰려서 그놈 손에 끌려 병원에 넣어졌고, 수 년 동안 약에 취해 살다가 결국은 그만…….

여자의 말투에서 문득 슬픔이 가시고 대신에 깊은 증오가 깃들었다.

– 서민국, 그 인간은 내 형부가 아니라 악마예요!

"날조야!"

갑자기 서 의원이 외쳤다.

"미친 여자의 동생이 똑같이 미친 소리를 하는 걸 곧이곧대로 듣고 이런 짓을 벌이다니, 이게 말이나 되는 소립니까? 이걸 대체 누가 믿겠냔 말입니까!"

그는 특기인 연설을 하듯 두 팔을 활짝 벌리고 주위를 둘러보며 사람들에게 필사적으로 동의를 구했다. 하지만 아무도 고개를 끄덕이지 않았다. 모두들 그저 질린 눈으로 쳐다보고 있을 뿐.

회유가 통하지 않자 서 의원은 안색을 싹 바꾸어 협박에 들어갔다.

"이 말도 안 되는 헛소리가 한마디라도 밖으로 새어나갔다간 각오들 하시오. 그게 누구든지 간에 반드시 색출해내서 허위사실 유포와 명예훼손으로 고소할 테니까!"

그 순간, 혜경이 지지 않고 말했다.

"대서양그룹이 모든 책임을 지겠습니다!"

맨 뒤쪽에 있는 사람들을 바라보며, 혜경은 호소하듯 말했다.

"기사로 인해 서민국 의원 측에서 소송을 건다면 우리 대서양그룹에게 모든 책임을 돌리시면 됩니다. 그러니 아무 부담도 갖지 마시고 얼마든지 자유롭게 기사를 써주세요. 이미 보도자료와 관련 증거는 저희 측에서 다 준비해놓았습니다."

기사? 서민국 의원은 당황해서 혜경의 시선이 향하는 쪽을 바라보았다. 아니나 다를까, 이제 보니 뒤쪽에 있는 테이블에 하객이라기에는 비교적 편안한 차림의 남자들 대여섯 명이 모여 앉아 있었다.

아뿔싸, 하고 서 의원은 속으로 외쳤다.

'처음부터 기자들까지 와 있었단 말이야?'

기자들을 바라보는 혜경의 눈에 뜨거운 눈물이 흘러넘쳤다.

"뺑소니 인사사고의 공소시효는 겨우 10년입니다. 이미 한참 전에 공소시효가 만료돼서, 법적으로는 죄를 물을 수가 없습니다. 그러니 기자님들이 아니면 30년 가까이 헤어져 있었던 저와 제 딸, 그리고 억울하게 죽은 제 남편의 한을 풀어줄 사람이 없습니다!"

업계에 철의 여인으로 익히 알려져 있는 홍혜경의 애절한 호소에, 기자들의 표정에도 비장함이 어렸다.

기자는 입이 아닌 펜으로 말하는 법. 그들은 혜경의 호소에 대답하는 대신에, 일제히 테이블 밑에 숨겨두었던 노트북을 꺼내서 신들린 듯이 자판을 두드리기 시작했다.

사명감에 불타오르고 있는 기자들 사이를, 비서들이 돌면서 미리 준비했던 누런 봉투를 하나씩 건넸다. 보도자료와 증거 테이프가 든 봉투였다.

"으흑!"

기어이 무너지듯 통곡을 터뜨리고 만 혜경을, 미사가 가만히 끌어안았다.

"울지 마세요, 어머니."

혜경의 어깨 너머로, 미사는 서 의원을 똑바로 응시했다.

"오늘 안으로 대한민국의 모든 언론이 당신과 당신 아들이 저지른 짓을 보도할 겁니다."

울고 있는 혜경의 등을 토닥이며, 미사가 차분하게 말했다.

"이번에는 당신의 그 잘난 권력으로도 어쩔 수 없을 거예요."

미사의 조용한 목소리가, 서 의원의 귀에는 천둥소리처럼 들렸다.

"이럴 수가……."

서 의원은 다리에 힘이 풀려 잔디밭에 털썩 주저앉았다.

그 서슬에 뭔가를 잘못 건드렸는지, 갑자기 사방에서 폭죽이 펑펑 터지며 색색의 리본과 종잇조각이 한꺼번에 터져 나왔다. 물론 원래는 약혼식의 피날레를 화려하게 장식하기 위해 준비된 장치였지만, 서 의원의 눈에는 마치 자신의 몰락을 조롱하고 있는 것처럼 보였다.

"……."

사방에서 나비처럼 팔랑거리며 내려앉는 수천수만의 색종이 조각들을, 서 의원이 허망한 눈빛으로 바라보았다.

정계에 입문한 지 어언 30여 년. 반평생을 좇아온 대통령의 꿈이 산산조각이 되어 자신의 머리 위로 사뿐히 내려앉고 있었다.

아수라장이 된 약혼식장. 혼이 반쯤 나가버린 서 의원이 보좌관들의 손에 이끌려 나가고, 그대로 자리에 남아서 기사를 작성하고 있는 기자들 외에는 손님들도 대부분 돌아가버렸다.

하지만 그때까지도 혜경은 울음을 멈추지 못하고 있었다.

"으흐흑……!"

그동안 다솜이 딸 행세를 하는 것을 참기도 힘들었지만, 무엇보다 원수의 아들인 현우에게 예비사위 대접을 해야 하는 것이 무척이나 괴로웠다. 하지만 혜경은 자칫 계획이 들통 날까 봐 내색 한번 하지 않고 그 모든 것들을 묵묵히 참아내며 조용히 복수를 준비했던 것이다.

바로 오늘을 위해서.

이제 증오스러운 인간들의 죄상을 명백히 밝히고, 또 친딸인 미사를 사람들 앞에 소개하고 나니 그동안 꾹꾹 눌러 참았던 많은 감정들이 북받쳐 오르지 않을 수 없었다.

"울지 마라, 큰애야. 이렇게 기쁜 날에 왜 울고 그러느냐, 응? 이제야 우리 재환이와 정환이의 한을 풀어주게 됐는데 웃어야지. 웃어야 하고말고……!"

두 아들을 다 잃은 슬픔이 새삼 밀려왔던 것일까. 이 회장 역시 며느리를 달래다 결국은 함께 통곡하고 말았다.

"아버님!"

목 놓아 우는 두 사람을, 미사는 입술을 깨물고 곁에서 지켜보았다. 핏줄이라는 게 이런 것일까. 어머니와 할아버지가 서럽게 눈물을 흘리는 광경을 보자 자신도 슬프지 않을 수 없었다. 당장이라도 함께 목 놓아 울고 싶었다.

그런 미사의 마음을 윤하가 알아차리지 못할 리 없었다. 애써 의연하게 견디고 있는 미사를 보자 마음이 아파서, 곁에서 손을 꼭 잡아주고 있던 윤하는 그녀의 귓가에 대고 속삭이듯 말했다.

"울어도 돼."

"아니에요."

하지만 미사는 이를 악물고 고개를 저었다.

"아직 할 말이 남았거든요."

한참만에야 이 회장과 혜경은 눈물을 그쳤다. 울음이 멎자 이 회장은 제일 먼저 미사를 돌아보았다.

"너였구나."

이 회장이 미사를 향해 다가왔다.

"네가 바로 우리 재환이가 남기고 간 핏줄이었어."

주름진 눈가에 눈물을 가득 담고, 이 회장은 미사를 향해 떨리는 손을 뻗었다.

"이 할아비가 다 잘못했다. 진작 너를 알아봤어야 하는데, 그만 엉뚱한 곳에 정신이 팔려서…… 부디 이 눈 어두운 할아비를 용서해주려무나."

미사의 손을 꽉 잡고, 이 회장은 벅차오르는 감격에 목이 메었다.

"대신에 내 가진 것 모두를 너에게 물려주마."

이 회장의 목소리가 갑자기 커졌다. 마치 모두들 들으라는 것처럼.

"재연이 네가 장차 우리 대서양의 주인이 되는 게야!"

대한민국에서도 다섯 손가락 안에 드는 재벌그룹 총수의 후계자 선언. 자리에 남아 있던 모두가 놀라지 않을 수 없었다. 빛의 속도로 기사를 작성하느라 여념이 없던 기자들마저도 노트북에서 눈을 떼고 주목할 정도였다. 개중에는 특종은 오히려 이쪽 같은데, 하고 급 고민을 시작하는 기자도 있었다.

하지만 다음 순간, 미사는 이 회장의 손을 조심스럽게 놓았다.

"아뇨, 회장님. 저는 재연이가 아니에요."

심호흡을 하고, 미사는 이 회장을 똑바로 쳐다보며 말했다.

"제 이름은 미사입니다. 지금까지도 미사였고, 앞으로도 미사일 거예요."

조용하지만 단호한 목소리는 멀리까지 똑똑히 들렸다.

"뭐라고……?"

이 회장의 눈빛이 크게 흔들렸다.

"들으신 대로입니다. 저는 이재연이 아니라 윤미사예요."

미사는 이어서 말했다.

"회장님의 손녀는 맞지만, 대서양그룹의 후계자가 될 생각은 조금도 없습니다."

"미사야!"

혜경도 당황한 얼굴로 말했다.

"너는 할아버지의 유일한 핏줄이야. 그러니 정당한 네 자리인데 무슨 소리를 하는 거니?"

"회사는 개인의 것이 아니에요, 어머니."

미사가 말했다.

"대서양그룹 수십만 명의 직원들과 그 가족들의 생계가 걸려 있는 일이에요. 저같이 경영에 대해서는 아무것도 모르는 어린애한테, 그저 핏줄이라는 이유로 간단히 물려주고 말고 할 수 있는 것이 아니라고 생각해요."

"미사야……?"

"그러니까 저는 저대로, 앞으로도 지금처럼 평범하게 살겠습니다. 부디 이해해주세요."

그러더니 미사는 저만치 앉아 있는 기자들에게까지 말했다.

"아무쪼록 방금 할아버지가 하신 말씀은 기사화하지 말아주시고, 쓰시던 기사에 집중해주세요. 부탁드립니다."

기자들은 내심 역시 홍혜경의 딸이라고 감탄했다.

상대는 가녀린 몸집에 겨우 서른이나 되었을까 말까 한 젊은 여자인데, 결코 위압적이지 않으면서도 태도와 말투에 거역하기 힘든 기품이 어려 있지 않은가.

"재연…… 아니, 얘야."

평생 가족 경영을 신조로 삼아온 이 회장에게는 여러모로 크나큰 충격이었다. 세상에 대서양그룹의 후계자가 되는 일을 마다하는 사람이 존재한다는 것도 그렇지만, 그게 하필이면 겨우 되찾은 유일한 핏줄인 손녀라는 게 더욱더 충격적이었다.

"그럼 앞으로 대체 뭘 하고 살 생각인 게냐?"

"글쎄요……."

생각에 빠진 듯한 표정을 짓던 미사가, 잠시 후 입을 열었다.
"일단은 퇴사하고 임용고시를 준비해볼까 해요."
그녀는 미소를 지으며 말했다.
"저는 어릴 때부터 선생님이 꿈이었거든요."
기자들은 또다시 고뇌에 빠졌다. 멋진 헤드라인이 마구 머릿속을 날아다녔다.

[대서양그룹 영애, 후계자 대신에 교사의 길을 선택하다!]

한순간에 주위에 있는 모든 사람들을 놀라게 하고 나서, 미사는 혜경을 향해 인사했다.
"어머니, 전 이만 윤하 씨하고 집에 돌아가볼게요."
그러고 나서 이 회장을 향해 공손하게 고개를 숙였다.
"그럼 할아버지, 다음에 또 뵙겠습니다."

07 / 대서양 빼고, 정윤하 빼고, 그냥 윤미사

그로부터 며칠간, 대한민국이 발칵 뒤집혔다.

[새한국당, 만장일치로 서민국 의원 제명 의결]

[국회, 서민국 의원 제명 논의 중. 제명 시 국회의원 신분 박탈]

[서현우 씨, 경찰 조사에서 범행 일체를 자백]

모든 신문과 TV뉴스가 온통 다 이 거대한 스캔들에 대해 보도를 쏟아내느라 여념이 없었다.

개중에는 이 사건의 전말에 대해서 마치 한 편의 소설처럼 장황하게 써낸 언론들도 있었다. 물론 그 모든 기사는 대서양그룹에서 배포한 자료에 기초한 것이었기 때문에 내용은 모두 한없이 진실에 가까웠다. 뭐, 약간의 과장이 섞여 있긴 했지만.

경찰이 이미 움직일 수 없는 증거를 가지고 있었기 때문에, 서현우와 그 공범은 순순히 자신이 저지른 죄에 대해 모두 자백했다. 수사가 끝나는 대로 곧 재판을 받을 예정이었다.

이미 공소시효가 끝난 서민국 의원에 대해서는, 진짜 재판보다도 한층 더 가혹한 여론재판이 가해졌다.

"아니, 뺑소니를 치려면 그냥 치지 애는 또 왜 훔쳐 가? 천벌 받을 놈!"

"제 마누라도 정신병원에 처넣어서 죽게 만들었다잖아, 뭔 짓인들 못 하겠어?"

"그 애비에 그 아들이구먼."

"세상에 이런 쳐죽일 인간이 대통령이 될 뻔했다니!"

국민들은 분개했고, 당과 국회는 앞다투어 꼬리를 자르느라 여념이 없었다. 집 앞에서는 공소시효 전면 폐지를 주장하는 시민단체가 시위를 벌이고, 그 옆에서는 기자들이 밤낮으로 장사진을 쳤다.

4선 의원이자 원내 대표였던 서민국은, 이제 대통령은커녕 집밖에조차 나와 돌아다닐 수 없는 신세가 되고 말았다. 그야말로 사회적으로 사형선고를 받은 셈이었다.

정다솜과 그 부모 역시 사기 혐의로 조사를 받고 있었다. 형사 재판과는 별개로, 대서양그룹에서 어마어마한 규모의 민사 소송에 들어갈 준비를 하는 중이라는 뉴스가 나왔다.

그 뉴스를 집에서 지켜본 사람들 중에는 윤하와 미사도 있었다.

"이러다 나 같은 사람들 다 굶어 죽겠군."

"왜요?"

"뉴스가 더 재밌는데 누가 드라마를 보겠어?"

윤하의 농담에 바닥에 깔린 러그 위에 나란히 엎드려 TV를 보던 미사가 까르르 웃었다. 그 웃음에 한동안 어려 있던 어두운 그림자가 이제는 싹 걷히고 없어서, 윤하는 속으로 안심했다.

"깜짝 놀랐어요. 얼마 안 되는 기간 동안 진짜 어마어마하게 써댔더라고요."

미사가 말했다.

"어머니가 보여주셨는데, 리스트가 장난 아니게 길어요. 회장님이 대서양그룹 변호사들 불러서 직접 말씀하셨대요. 지옥까지 쫓아가서라도 마지막 십 원 한 장까지 다 받아내라고요."

"그 집안도 잘사는 집안인데, 그 정도는 감당할 수 있지 않을까?"

"대충 알아봤더니, 아파트 짓는 데 있는 돈 없는 돈 다 들어가서 거의 빈털터리라네요."

미사가 어깨를 으쓱했다.

"그것도 서민국 의원이랑 비리로 엮여서 따낸 공사라는 보도가 곧 나갈 거래요. 그러면 공사도 계속하지 못하게 될 테니까, 이래저래 망했다고 봐야겠죠."

"그거 안됐군."

손톱만치도 안됐다고 생각하지 않는 얼굴로, 윤하는 말했다.

"그런데 신기한 게, 이렇게 기사가 쏟아지는데 내 얘기가 한마디도 없어."

"무슨 소리예요?"

"스캔들 기사 한두 개쯤 날 법도 하잖아, 기자들 앞에서도 계속 손잡고 있었으니까."

갑자기 윤하가 매우 심각한 표정으로 중얼거렸다.

"아니면 나도 모르는 사이에 인기가 많이 떨어진 건가?"

이번에야말로 미사는 진짜로 웃음을 터뜨리고 말았다.

이 남자, 안 그럴 것같이 생겨서는 은근히 인기 욕심이 장난 아니다.

생각해보면 자기 팬이었던 예지가 민호를 좋아한다고 했을 때도 내심 속상해하지 않았던가?

"아하하하!"

미사가 바닥을 구르며 깔깔대고 한바탕 웃고 나자 윤하가 억울한 듯이 말했다.

"웃지 마. 나는 공항에만 나가도 기사가 수십 개 뜨는 게 정상인 사람이라고."

그제야 미사는 눈꼬리에 배어나온 눈물을 닦으며 말했다.

"기자들이 그 좋은 기사를 어디 안 쓰고 싶어서 안 썼겠어요? 쓰고 싶어도 못 쓴 거지."

"왜?"

"입 막았거든요, 대. 서. 양. 그룹이."

미사가 몸을 일으켜 앉았다.

"그날 거기 왔던 기자 분들, 모두 평소부터 대서양이랑 관계 좋은 분들이었어요. 특종을 주는 대신에 이 사건 외의 것들은 절대 기사화하지 않기로 미리 다 서약서 쓰고 초대했던 거예요."

"그랬어?"

"그럼요. 특히 나하고 윤하 씨에 대한 건 절대 건드리지 말라고 어머니가 직접 신신당부하셨어요. 그러니까 나에 대해서도 기사가 안 나오잖아요?"

"아……!"

어쩐지 이상하다 했다. 취재를 하다하다 못해 정다솜이 받았던 수천만 원짜리 피부 관리에 대한 기사까지 나오는 마당에, 정작 이 사건의 주역인 미사에 대해서는 거의 보도가 없었던 것이다. 하다 못해 실명조차도 나오지 않았다. 그저 '대서양그룹 손녀'라고만 언급될 뿐.

"뭐, 영원히 숨길 순 없겠지만 어차피 회사 물려받을 거 아니니까 기사가 나오더라도 좀 떠들다 말겠죠. 그러니까 걱정 말고, 우리는 앞으로도 지금처럼 우리의 삶을 살면 돼요."

미사가 웃었다. 그러다가 문득 무슨 생각을 했는지, 갑자기 윤하의 눈치를 살폈다.

"그런데, 좀 섭섭하지 않아요?"

"뭐가?"

"내가 대서양그룹 물려받지 않겠다고 해서요. 재벌이 될 수 있는 기회인데 차버렸잖아요."

그렇게 물으면서도 미사는 물론 확신하고 있었다. 그가 전혀 섭섭해하지 않을 거라고.

그런데 웬걸. 생각 외로 윤하는 진지하게 대답했다.

"섭섭해."

"정말?"

미사는 눈이 둥그레졌다.

"윤하 씨 언제부터 그런 거에 관심 있었어요?"

"그런 역할을 많이 해봤거든. 재벌 2세라든가 3세라든가 하는 거. 그래서 한 번쯤 진짜로 그렇게 살아보고 싶다는 생각도 했었는데."

윤하가 분한 얼굴을 했다.

"미련 없이 차버리더군? 남편인 내 의견은 묻지도 않고."

"어머, 그랬어요? 난 그것도 모르고……."

당황해하는 미사를, 갑자기 윤하가 달려들어 번개같이 바닥에 쓰러뜨렸다.

"그러니까 몸으로 갚아줘야겠어."

마침 민호는 집에 없었다. 그래서 미사는 마음 놓고 비명을 질렀다.

"꺅!"

본능적으로 벗어나려 몸부림치는 미사를 움직이지 못하게 꽉 내리누르고 윤하가 입술을 포개려 한 바로 그때.

딩동! 타이밍 좋게도 초인종이 울렸다.

"맙소사."

누군지 대강 짐작한 윤하가 얼굴을 찌푸렸다.

"그냥 무시하자."

뜨겁게 속삭이며 목덜미에 입술을 가져가는 윤하를, 미사가 살짝 밀어내며 제지했다.

"알잖아요. 놔두면 밖에서 계속 기다릴 거."

"……젠장."

윤하는 투덜거리면서도 결국은 순순히 미사의 몸 위에서 비켜주었다.

미사는 집에서 나와 정원을 가로질러 대문으로 나갔다.

"접니다, 미사 아가씨."

아니나 다를까, 상대는 이 회장의 비서였다.

"말했잖아요, 저 아가씨 아니라고. 결혼했다고 몇 번 말해야 돼요?"

미사는 한숨을 쉬며 대문을 열고는 팔짱을 끼고 말했다.

"오늘은 또 뭐예요?"

"이겁니다."

비서는 가방에서 작은 상자를 꺼내 공손하게 내밀었다.

열어보자 반지가 들어 있었다. 아무 장식도 없는 링에 딱 보석 하나만 물려 있는 단순한 모양이었는데, 문제는 그 보석의 크기가 미사의 눈동자만큼이나 컸다.

한여름의 따가운 햇살 아래 눈부시게 반짝이는 투명한 보석을 들여다보며, 미사는 매우 불안하다는 듯이 물었다.

"이거 설마, 진짜 다이아몬드라고 할 건 아니죠?"

"다이아몬드 맞습니다. 여기 보증서도 첨부되어 있습니다."

비서가 또다시 가방에서 봉투를 꺼내 내미는 바람에 미사는 어이가 없어졌다.

"아니 근데 이걸 왜 저한테 보내신 거예요?"

"아가씨께서 결혼식도 제대로 못 올리고 사신다면서, 회장님께서 매우 가슴 아파하셨습니다. 그러니 예물이라도 제대로 했겠느냐며 손수 보석상에 나가서 고르신 겁니다."

미사는 땅이 꺼져라 한숨을 지었다. 스몰 웨딩이 유행하는 요즘 세상에, 이 회장은 마치 손녀가 찢어지게 가난해서 결혼식도 못 올리고 사는 것처럼 보이는 모양이었다.

남편이 천하의 정윤하인데도!

"됐으니까 도로 가져가세요."

뚜껑을 탁 소리 나게 닫고, 미사는 비서에게 상자를 돌려주었다.

"아가씨!"

비서는 사색이 되었다.

"오늘만은 꼭 전해주고 오라 하셨습니다. 그렇지 않으면 회사에 돌아올 생각도 말라시며……."

벌써 며칠째 왔다가는 번번이 퇴짜를 맞고 돌아가는 중이었던 것이었다.

사건 다음 날부터 이 회장은 미사에게 갖가지 선물을 보내고 있었다.

그중에는 할리우드 블록버스터에서나 나올 법한 최고급 자동차도 있었고, 강남에서도 알짜배기 위치에 있는 건물의 소유권 이전 등기 신청서도 있었다. 또한 어제 가져온 것은 다솜의 약혼식 날 선물로 주기로 했었던 스위스 별장의 사진이었다. 물론 실물을 주겠다는 뜻.

사진을 통해 별장의 모습을 보자 미사도 조금은 마음이 흔들렸다. 이렇게 아름다운 별장에서 윤하와 둘이 지낼 수 있으면 얼마나 즐거울까!

하지만 결국은 역시나 돌려보냈다. 이 회장의 마음을 모르는 것은 아니지만, 자꾸만 돈으로 환심을 사려는 행동이 미사는 부담스럽기만 했다.

“제발 이러지 마시라고 전해주세요. 뭘 보내셔도 소용없다고요.”

“하지만 아가씨…….”

“그럼 안녕히 가세요, 비서님!”

미사는 강제로 비서에게 상자를 쥐여주고는 대문 안으로 도망치듯 들어가버렸다.

“뭐야? 또 돌려보냈다고?”

“드릴 말씀이 없습니다, 회장님.”

비서가 죄지은 사람처럼 고개를 푹 숙였다.

속이 탔지만 비서의 잘못도 아니었다. 미사가 극구 싫다고 한다는데 어쩌겠는가. 이 회장은 홧김에 찬물을 벌컥벌컥 들이켰다.

옛말에 평양감사도 저 싫으면 그만이라고 했지만 이 회장은 도저히 가만히 있을 수가 없었다. 고아로 자라온 손녀가 너무도 안타깝고 애처로워서.

시집이라도 좀 부유한 집안으로 갔으면 좀 나았을 것을, 하필 남편이란 사람은 부모도 없는 데다 직업도 불안정하기 짝이 없는 연예인이었다. 비서 말로는 인기는 꽤 있다고는 하지만 그래 봤자 사업하는 것도 아닌데 돈이 있으면 얼마나 있겠는가?

아니나 다를까, 몰래 알아본 손녀사위의 자산이 부동산 현금 다 합쳐도 겨우 몇십억 대에 불과하다는 것을 알고 이 회장은 마음이 쓰라렸다. 간신히 입에 풀칠이나 하는구나.

유명 야구선수의 장인이 인터뷰에서 '우리 사위가 야구만 해서 돈을 많이 벌지 못했지만 사람은 참 성실하다'고 했다더니, 지금 이 회장이 딱 그 짝이었다. 그러니 그런 남편과 결혼해서 손녀가 고생하고(?) 있을 것을 생각하면 견딜 수가 없어서 이것저것 자꾸 보내게 되는 것이었다.

하지만 뭘 보내도 미사는 마다하기만 했다. 보통 사람 같으면 이쯤에서 포기했겠지만, 이 회장은 대서양그룹의 총수였다. 집념이라면 누구에게도 지지 않을 자신이 있었다.

"큰애 좀 들어오라고 해."

그길로 이 회장은 며느리 혜경을 불러들여 지시했다.

"큰애야, 너 미사 바깥사람에 대해서 좀 아느냐? 나는 그날 얼굴만 잠깐 보고 말았구나."

"저도 예전에 광고 촬영장에서 만나서 잠깐 인사를 나눈 게 전부예요. 저희 제품 모델이거든요."

혜경은 영문도 모르면서 대답했다.

"그런데 그건 왜 물으세요, 아버님?"

"그거 마침 잘됐구나!"

이 회장이 무릎을 탁 쳤다.

"당장 계약서 다시 쓰도록 해라. 몸값 올려주도록 해, 돈은 내가 줄 테니."

"모델료를요? 얼마나 말씀이세요?"

"열 배……."

이 회장이 말하다 말고 정정했다.

"아니, 이왕 올리는 거, 스무 배로 올려라!"

"예? 아직 계약기간은 한참 남았는데 계약서를 다시 쓰자니 그게 무슨 말씀이신지……?"

소속사 대표가 당황해서 어쩔 줄을 몰랐다. 혜경은 미소를 지으며 말했다.

"정윤하 씨가 우리 제품 모델이 되고 나서 매출이 수직 상승했어요. 그래서 포상 차원에서 올려드리려는 겁니다."

원래 이런 이야기를 광고주, 그것도 대표이사가 직접 찾아와서까지 할 필요는 없다. 그저 혜경은 윤하를 만날 생각에 그의 소속사까지 직접 온 것이었다.

하지만 윤하는 혜경을 향해 어색하게 인사만 했을 뿐, 그 후로는 시종일관 입을 꾹 다물고 앉아만 있었다. 표정도 계속 딱딱하게 굳어져 있어서, 사위와의 대면에 은근히 설렜던 혜경이 조금 민망해질 정도였다.

'TV에서 볼 때는 몰랐는데, 꽤나 무뚝뚝한 사람이구나.'

속으로 그렇게 생각하며 혜경은 용건을 말했다.

"원래 계약금의 스무 배로 올려드릴까 합니다."

"예에?"

소속사 대표의 눈이 튀어나올 것처럼 커졌다. 원래도 수억대였던 모델료를 스무 배로 올린다니, 그럼 대체 얼마란 말인가!

돌부처처럼 앉아 있던 윤하가 처음으로 입을 연 것은 그때였다.

"감사하지만 사양하겠습니다. 이미 충분히 받았는데 더 받을 이유가 없습니다."

"그러지 말고 받도록 해요. 이건 자네가 워낙 잘해줘서……."

"괜찮습니다. 회장님께도 마음만 감사히 받겠다고 전해주십시오."

이미 누구의 지시인지 다 꿰뚫어 보고 있었던 모양이다. 혜경은 속으로 한숨을 지었다.

윤하는 웃음기라고는 한 점도 없는 얼굴로 제 할 말만 하고는 작별인사조차 하지 않고 먼저 자리에서 일어났다.

눈부시도록 잘생긴 얼굴인데 성격은 무척이나 차갑구나. 가까워지기는 어렵겠다, 하고 혜경이 속으로 약간 실망감을 느꼈을 때였다.

일어나서 밖으로 나갈 줄 알았던 윤하가 갑자기 그대로 사무실 바닥에 무릎을 꿇었다.

"절 받으십시오, 어머님."

그는 옷이 더러워지는 것도 아랑곳하지 않고 혜경을 향해 큰절을 했다.

생각도 못했던 절을 받고 혜경은 어쩔 줄을 몰랐다. 곁에 있던 소속사 대표도 깜짝 놀라서 자세를 고쳐 앉았다.

"아니, 갑자기 이게 무슨……."

이윽고 몸을 일으킨 윤하가, 눈이 커다래져 있는 혜경을 향해 고개를 숙였다.

“제가 따님에 비해 여러모로 부족하다는 건 잘 알고 있습니다. 원래도 저에게는 과분한 사람이었는데, 이제 대서양그룹 따님이 되었으니 더 말할 것도 없겠지요.”

목소리가 미세하게 떨리고 있어서 그제야 혜경은 깨달았다.

아, 이제 보니까 화난 게 아니라 그냥 긴장하고 있었던 거구나.

“하지만 제 목숨을 걸고 따님을 꼭 행복하게 해주겠습니다. 지켜봐주십시오.”

정윤하 같은 대스타가 자기 앞에서 이토록 굳어져 있는 걸 보니 귀엽다는 생각도 들면서 한편으로는 무척 기뻤다. 이 친구, 내 딸을 많이 사랑하는구나.

문득 혜경은 광고 촬영장에서 윤하를 처음 만났을 때를 떠올렸다.

「뭐 하는 짓이야.」

미사에게 무릎을 꿇고 사과하라고 윽박지르던 여배우에게, 윤하는 무서운 표정으로 야단을 치고 있었다.

「상대가 누구라 해도 이런 꼴은 가만히 보고 있을 수 없어. 사과를 받으려거든 곱게 받지, 사람들 다 보는 앞에서 무릎까지 꿇리는 건 무슨 경우지?」

그런 윤하가, 혜경은 첫눈에 마음에 들었었다. 미사가 딸이라는 걸 모를 때부터도. 그러니 딸의 남편이 된 지금이야 더 말할 것도 없지 않은가.

“어머님과 할아버님께 사위로 인정받을 수 있도록, 제가 더 많이 노력하겠습니다.”

긴장한 듯, 굳어진 얼굴로 윤하는 말했다.

대답 대신에 혜경은 몸을 일으켜 윤하에게 다가갔다. 그리고 깜짝 놀라는 윤하를, 팔을 벌려 꽉 껴안았다.

다 껴안기도 버거울 정도로 넓은 사위의 등을 어루만지며, 혜경은 목멘 소리로 말했다.

"부디 잘 부탁해요, 우리 딸."

미사는 강단이 있으면서도 기본적으로 성격이 활달했다. 그런 딸이 어떻게 이렇게 말수 적은 남자와 결혼했나, 싶었는데 몇 마디 나눠보니 혜경도 금세 알 수 있었다.

윤하는 말하는 재주는 별로 없었지만 듣는 재주만은 무척 뛰어났던 것이다. 시종일관 진지한 표정으로 귀를 기울여주어서, 말하는 사람으로 하여금 저도 모르게 속마음을 털어놓게 만드는 재주가 있었다.

두 사람이 장모, 사위 사이라는 것을 안 소속사 대표는 눈치 빠르게 자리를 피해주었다.

"미사는 아직 날 엄마로 받아들이기가 힘든 모양이야."

혜경은 사위 앞에 힘들게 속마음을 꺼내 보였다.

"하긴 왜 안 그렇겠어요, 이날 이때껏 어미라고 해준 것 하나 없는데."

맞은편에 앉은 윤하는 묵묵히 고개를 끄덕이며 혜경의 말을 들어주었다.

“내가 친엄마라는 걸 알게 된 순간에도 그 애는 그랬어요. 별로 감격하거나 기뻐하는 기색이 없었다고 할까.”

검사지를 받아들자마자 감격에 겨워 울음을 터뜨린 혜경과는 달리, 미사는 그저 무덤덤해 보였다.

그 당시에는 얼떨떨해서 그랬거니 하고 생각했지만 그 후로도 별로 달라진 게 없었다. 비밀리에 계속 연락을 주고받으면서 정다솜과 서현우, 서 의원 등의 죄를 밝히기 위해 이런저런 증거를 수집하고 어떻게 터뜨릴지를 상의하는 동안에도 마찬가지였다. 미사는 계속 혜경을 어색하게 ‘어머니’라 불렀고, 용건 외의 이야기는 일절 하지 않았다.

“회사 일도 그래요. 분명히 그 애는 일을 싫어하는 게 아니거든. 맡은 업무도 무척 열심히 하고 있고, 나한테도 일이 보람 있다고 했었어요.”

“예.”

“그런데 이제는 이사 자리에 앉혀주겠다는데도 굳이 퇴사하겠다는 건, 나한테서는 아무것도 받고 싶지 않다는 뜻이 아닌가 싶어. 내가 얼마나 힘들게 이사회 승인을 받아냈는데…….”

어제 혜경은 미사와 통화를 했었다. 원하면 1년이고 2년이고 그냥 휴직처리를 해줄 테니까 쉬면서 천천히 생각하라는데도 미사는 굳이 퇴사를 고집했다.

“자네도 나중에 자식을 낳으면 내 마음을 알 거야. 자식 둔 사람은 원래 자식을 위해서 살기 마련이에요. 자기 한 몸 달랑 먹고살

자고 누가 그렇게 아등바등 일하겠어요? 다 자식 주자고 하는 일이지."

"이해할 것 같습니다."

"여태 내가 왜 그렇게 목숨을 걸고 일해왔는데. 언젠가 잃어버린 내 새끼를 만나면 자랑스럽게 이게 다 네 거란다, 엄마가 널 위해서 이렇게 열심히 일했단다, 하고 떡하니 안겨주려고 뒤도 안 돌아보고 여기까지 달려왔는데."

어느새 윤하를 붙들고 푸념을 하고 있는 자신에게 혜경은 스스로도 놀라고 있었다. 맨 정신에, 그것도 아직 몇 번 만나지도 않은 사이인데 이렇게 내 속 얘기를 다 하다니.

"그런데 정작 내 딸이 그걸 다 마다하니 속도 상하고, 여태 내가 뭘 위해서 그토록 치열하게 살았나, 싶어 허무하기도 하고."

혜경은 땅이 꺼져라 한숨을 지었다.

"어쩌면 미사는 엄마를 찾은 게 별로 반갑지 않은 게 아닌가, 하는 생각도 들어요."

계속 듣고만 있던 윤하가 처음으로 입을 열어서 제 의견을 말했다.

"그건 아니라고 생각합니다."

그 뒤에 이어진 말은 조금은 엉뚱한 것이었다.

"제 어머니는 어린 저를 두고 집을 나가셨습니다."

혜경은 내심 놀라면서도 귀를 기울였다.

"자라면서는 물론 원망스러울 때도 있었습니다. 하지만 저도 어른이 되고 보니 이젠 점점 어머니 입장도 이해하게 됩니다. 가난한 살림에, 알코올중독에 폭력까지 휘두르는 아버지와 살기가 얼마나 힘드셨을까, 하고 말입니다."

윤하는 담담하게 말했다.

"솔직히 가끔은 보고 싶습니다. 용기가 없어서 찾아보지는 못했지만 지금쯤 어디서 뭘 하고 살고 계실까, 하고 많이 궁금합니다. ……그게 저를 버리고 간 어머니라도 말입니다."

그제야 혜경은 윤하가 왜 갑자기 자기 어머니에 대해 얘기를 꺼냈는지 눈치챘다.

"하물며 어머님은 미사를 버리신 것도 아니잖습니까. 그러니 미사가 어머님을 원망할 리도 없고요."

윤하의 말 한마디 한마디에 진심이 담겨 있는 것이 혜경에게도 느껴졌다.

"속으로는 어머님을 찾게 돼서 무척 기뻐하고 있을 겁니다. 단지 꿈에도 생각하지 못했던 일이라 아직은 실감이 나지도 않을 거고, 또……."

"또?"

말끝을 흐리는 윤하에게, 혜경이 재촉하듯 물었다.

"어머님과 할아버님의 방법이 조금 잘못된 게 아닌가 싶습니다."

윤하는 조심스러워하면서도 솔직하게 말했다.

"미사에게 뭐든지 다 퍼주고 싶어 하시는 두 분 마음은 이해합니다. 하지만 그게 임원 자리니, 비싼 선물이니 하는 게 아니라 좀 더 받아들이기 쉬운 형태면 좋지 않을까, 하고 생각합니다."

"받아들이기 쉬운 형태라……."

혜경은 천천히 고개를 끄덕이며 윤하의 말을 되뇌었다. 그가 무슨 말을 하는지 알 것도 같고, 모를 것도 같았다.

"너무 걱정하지 마세요, 어머님. 결국은 다 잘될 겁니다."

고민에 빠져드는 혜경을 향해, 속 깊은 사위는 위로하듯 조금 미소 지어 보였다.

"누가 뭐래도 미사는 어머님 따님이니까요."

남의 말도 사흘이라 했던가. 그토록 전국을 떠들썩하게 만들었던 스캔들도, 시간이 지나가자 역시나 언제 그랬냐는 듯이 조용해졌다. 가끔씩 뉴스가 나오긴 했지만 대부분은 새로운 사실이 아닌 재탕이었다.

그렇게 사건이 일단락되고 나자 미사는 조금씩 알 수 없는 허탈감에 시달리기 시작했다. 외상 후 스트레스 증후군 같은 거랄까.

분명히 복수는 했다. 서 의원과 서현우 부자는 물론 정다솜의 가족에다 비서실장까지, 죄 있는 자들은 모두 나름대로 벌을 받게 되었으니까. 하지만 통쾌한 기분도 잠시, 왠지 모든 것이 허무해졌던 것이다.

그런 가운데 미사는 뜻밖의 전화를 받았다.

– 미사야, 너 동창회 안 나올래?

불쑥 전화해서 그렇게 말해 온 것은 고등학교 2학년 때 같은 반이었던 친구였다. 바로 얼마 전 다솜의 약혼식 날 하객으로 왔던 친구들 중 하나.

「나 기억해? 우리 고2 때 같은 반이었잖아.」

그때, 개중에 한 명이 와서 어색하게 말을 걸어오기에 명함을 건네줬었다.

– 우리 매년 모이는데, 올해는 이번 주 일요일이거든. 보던 멤버들만 맨날 봐서 식상한데 이번엔 네가 좀 나와주라, 응?

졸업한 지 거의 10년이 다 돼가지만 동창회 나오라는 소리를 듣기는 처음이었다. 물론 이유는 뻔히 짐작이 갔다. 약혼식 날 벌어진 일들을 다 보았을 테니까.

"고맙지만 됐어. 졸업 후에 한 번도 못 봤는데 이제 와서 나가기도 서먹하고."

– 아냐, 다들 엄청 반가워할 거야. 네 소식 얼마나 궁금해들 하는데!

몰라서 궁금해하는 게 아니라 네가 다 떠벌였으니까 그런 거겠지, 하고 미사는 쓰게 웃었다.

하지만 또다시 거절하려는 순간,

– 모두들 너 보고 싶어 해. ……사과하고 싶어 하는 애들도 있고.

그 말에 문득 생각이 바뀌었다.

사실 미사는 여태 가끔씩 고등학교 때로 돌아가는 꿈을 꿀 때가 있었다.

꿈속에서 자신은 아직도 열여덟 살이고, 그때 그 친구들에게 괴롭힘을 당하고 있었다. 그들은 여전히 미사를 도둑으로 몰고 고아라고 놀려댔다. 책을 찢고, 술과 담배 심부름을 시키고, 곁을 지나가면 마치 더러운 무언가라도 닿은 듯이 비명을 지르면서 도망을 갔다.

하지만 이제 자신은 더 이상 그때의 윤미사가 아니었다. 억울하게 누명을 쓰고도, 괴롭힘을 당하고도 반항조차 제대로 못 했던 가난하고 불쌍한 고아가 아니다.

누가 뭐래도 자신은 대서양그룹의 유일한 핏줄이다. 톱스타인 정윤하의 아내이기도 하다. 그러니 이젠 아무도 감히 자신을 얕보지 못할 거라고 미사는 생각했다.

'그래, 더는 도망치지 않아도 돼.'

이미 자신에 대한 소식은 동창들 사이에 다 퍼지고도 남았을 터다. 그러니 당당하게 동창회에 나가서 즐기면 된다. 옛 친구들 얼굴도 보고, 즐겁게 이야기도 하는 거다.

혹시라도 그 안에 자신을 괴롭혔던 아이들도 있을지 모르지만 그래도 상관없다. 아니, 오히려 더 좋다. 한껏 기죽게 만들면 얼마나 속이 시원할까.

정다솜은 자신이 건설회사 사장 딸이라고 그렇게 공주처럼 굴어댔는데, 하물며 자신은 대서양그룹 손녀였다. 그러니 나라고 그렇게 못 할 건 또 뭔가?

미사는 결국 마음을 먹었다. 좀 유치한 건 사실이지만, 그렇게라도 후련하게 정리를 하면 그런 괴로운 꿈도 더는 꾸지 않게 되지 않을까. 복수를 통해서 서현우와의 과거를 깨끗하게 청산해버린 것처럼.

"알았어, 그럼 나갈게."

하지만 동창회에 나가기로 결심해놓고도 미사는 윤하에게 말하지 않았다. 아무리 그래도 나 친구들 앞에서 잘난 척하러 나가요, 하고 말하기는 부끄러웠던 것이다.

"어디 가?"

평소보다 훨씬 공들여 화장을 하고 옷을 고르는 미사를 보고, 윤하는 의아한 얼굴을 했다.

"오랜만에 친구들 좀 만나려고요."

일부러 미사는 윤하의 얼굴을 보지 않은 채 거울만 들여다보며 대답했다.

"아, 대학교 친구들?"

"아뇨, 고등학교 동창들이에요."

윤하는 더 이상 묻지 않았다. 그저 거울에 비친 미사의 얼굴을 물끄러미 바라보다가, 조용히 말했을 뿐이었다.

"준비 다 되면 얘기해. 근처까지 데려다 줄게."

"왔다, 왔어!"

"어머, 미사야!"

약속장소인 술집에 미사가 나타나자 모두들 슈퍼스타가 나타난 것처럼 흥분해서 어쩔 줄을 몰랐다. 눈치를 보아하니 방금까지도 미사에 대한 화제로 불타오르고 있었던 게 틀림없었다.

상상했던 것 이상으로, 관심은 온통 미사에게 쏠렸다. 제일 가운데 자리에 앉히더니 여기저기서 질문공세가 쏟아졌다.

"너 친엄마 찾았다며?"

"그 얼마 전까지 뉴스에 한창 나왔던 대서양그룹 손녀, 그게 너라면서?"

"근데 정윤하랑은 무슨 사이야? 그때 보니까 계속 손잡고 있던데!"

"혹시 사귀는 거야?"

이런, 벌써 거기까지. 굳이 내 입으로 자랑할 필요가 없게 되어 다행이라고 생각하며, 미사는 그저 우아하게 미소 지어 보였다.

"그렇지 뭐."

겨우 그 말만 했는데도 친구들은 금세 까무러칠 듯한 얼굴을 했다.

"진짜 좋겠다!"

분위기가 마구 불타올랐다. 술이 몇 잔 들어가자 사과하는 친구들도 여럿이었다.

"그때는 정말 미안했어. 말렸어야 하는데 우리도 그 땐 철이 없어서."

"그래, 계속 사과하고 싶었어, 못 본 척해서 미안하다고 말이야."

"그때 너 괴롭혔던 일진들은 동창회 안 나와. 나이 먹으니까 이젠 쪽팔리나 보지."

"너 지금이라도 이렇게 잘 풀려서 얼마나 다행인지 몰라!"

"정다솜 걔가 너한테 한 짓 생각하면 망해도 싸. 얘기 듣고 내가 다 고소하더라, 얘.”

동시에 따뜻한 위로와 격려의 말이 소나기처럼 쏟아졌다.

10년 전, 괴롭힘을 당하고 속상할 때마다 이런 순간을 얼마나 꿈꿨었는지 모른다. 모두가 다솜을 욕하고 자신에게 사과하며, 자기들이 저지른 짓을 후회하는 이런 장면을.

애초부터 이러려고 작정하고 나온 자리였다. 이 순간의 달콤함을 만끽하기 위해서.

하지만 이상하게도 미사는 조금도 기쁘지 않았다. 기쁘기는커녕 점점 갈수록 자리가 불편하게 느껴지는 것이었다.

그 이유를 미사는 뒤늦게 깨달았다.

“근데 정윤하 실제 성격 어때? 전에 무도 나온 거 보니까 의외로 한 번씩 빵빵 터뜨리던데.”

“뉴스 보니까 너희 작은아버지도 몇 년 전에 돌아가시고, 직계 자손은 너밖에 없다고 하던데. 그럼 미사 네가 대서양그룹 물려받는 거야?”

이들이 궁금해하고 부러워하는 것들 중 단 하나도 제 노력으로 이루어낸 게 없었다. 그러니 자랑스럽지도, 떳떳하지도, 물론 기쁘지도 않은 거였다.

‘이런 생각으로 나오는 게 아니었는데.’

유치한 자신을, 그제야 미사는 깊이 후회했다. 마치 공작 깃털을 훔쳐서 온몸에 붙이고 뽐내는, 동화 속의 까마귀가 된 기분이었다. 그래 봤자 그 화려한 깃털은 결국 내 것이 아닌데 왜 이런 바보 같은 짓을 했을까.

숨이 막힐 것 같은 술자리가 겨우 끝나고 나서야 미사는 밖으로 나올 수 있었다.

"미사야, 2차 가자, 2차."

"그래, 너 없으면 분위기 안 산단 말이야, 응?"

막무가내로 양쪽에서 팔을 잡고 조르는 친구들을, 미사는 어색하게 웃으며 떼어냈다.

"미안해, 다음에 또 만나자. 나 오늘 좀 일찍 들어가봐야 해서 그래."

"어우, 야! 아직 초저녁이잖아."

"거의 10년 만에 만났는데 섭섭하게 이럴 거니?"

하나같이 아쉬워하며 붙잡는 가운데, 싸늘한 목소리가 귀에 날아와 꽂혔다.

"작작 좀 해줄래?"

미사는 고개를 돌려 상대를 보았다. 말을 한 것은 술자리 내내 맨 구석에 앉아서 혼자 말없이 술만 마시고 있던 친구였다.

고등학교 시절 다솜과 제일 친했던 친구로, 역시 약혼식에 왔던 친구들 중 하나이기도 했다.

"재벌 할아버지니 톱스타 남친이니 팔아가며 잘난 척하는 것도 정도가 있지. 요즘 세상에 그런 걸로 여왕 노릇 하는 거 너무 유치하지 않니?"

빨갛게 술기운이 오른 얼굴로, 친구는 비웃듯이 말했다.

"그래서, 대서양 빼고 정윤하 빼면 너는 대체 뭔데?"

미사의 얼굴도 덩달아 빨갛게 달아올랐다.

"야, 넌 무슨 말을 그렇게 하냐?"

"친구끼리 말이 너무 심한 거 아니니?"

다른 친구들이 나서서 미사를 두둔했지만 오히려 미사는 할 말이 없었다. 상대의 말이 틀리지 않다고 생각했으니까. 오히려 정곡을 찔리자 후련한 기분마저 들었다. 억지로 쓰고 있던 무거운 가면을 이제 겨우 벗어 내려놓는 듯한 기분.

"그래, 네 말이 맞아."

미사는 고백하듯 중얼거렸다.

"난 아무것도 아니야. 대서양 빼고 정윤하 빼면 윤미사는 자랑할 게 하나도 없거든."

주위가 삽시간에 싹 조용해졌다.

"나 있잖아, 사실은 직장도 그만두게 돼서 이젠 백수야. 그것도 어차피 낙하산으로 들어간 거였지만."

"……."

"졸업하고 계속 임용고시 준비한다고 공부하는 척만 했지, 여태 붙지도 못했어. 그렇다고 모아둔 돈도 하나도 없고."

울고 싶은 것을 꾹 참고, 미사는 씁쓸하게 웃었다.

"되게 창피하다. 너희들 만나서 나 그동안 이렇게 달라졌다, 나 이렇게 잘났다고 자랑하고 싶었는데. 생각해보니까 정작 내 손으로 이룬 게 하나도 없네."

그때였다. 어디선가 익숙한 목소리가 들려온 것은.

"아니, 그건 아니지."

흠칫 놀란 미사는 뒤를 돌아보고는 제 눈을 의심했다.

아까 윤하가 차로 자신을 데려다 준 바로 그 자리에, 차가 여태 그대로 서 있지 않은가.

그리고 그 차에서 누군가가 내리고 있었다.

"어머나!"

"꺅!"

차 주인을 알아본 친구들이 저마다 깜짝 놀라 비명을 질렀다.

"어떡해, 진짜 정윤하야!"

금세 소동이 벌어졌지만 거들떠도 보지 않고, 윤하는 곧바로 미사를 향해 성큼성큼 다가왔다.

"네가 이룬 게 왜 없어."

미사 앞에서 걸음을 멈추는 윤하의 얼굴은, 조금 화난 것처럼 보였다.

"……내가 있는데."

갑자기 윤하가 나타나자 미사는 물론 깜짝 놀랐다. 하지만 놀라움보다도 더 크게 드는 감정은 바로 수치심이었다. 윤하에게만은 들키고 싶지 않았다. 자신이 이렇게나 유치한 인간이라는 걸.

달아오른 얼굴로, 미사는 화난 듯이 쏘아붙였다.

"윤하 씨가 여기 왜 있는 거예요. 설마 계속 기다렸어요?"

하지만 윤하는 대답하는 대신에 하던 말을 계속했다.

"자랑할 게 하나도 없다니, 나로는 부족하다는 거야?"

"사실이잖아요."

하마터면 울컥할 뻔하고, 미사는 이를 악물었다.

"대서양 빼고 정윤하 빼면 윤미사는 아무것도 아니잖아요."

반박하듯 말하는 순간, 미사는 문득 깨달았다. 사건이 정리된 이후 자신이 계속 허무함에 시달리고 있었던 이유를.

그전까지 미사는 자신을 굉장히 자랑스럽게 생각해왔다. 비록 부모도, 가진 것도 없었지만 누구에게도 부끄럽지 않게 열심히 살아왔다는 것 하나에만은 자부심을 품었다. 스스로가 무척이나 자랑스러웠고, 그래서 누구 앞에서든 자신감 있게 행동할 수 있었다.

하지만 대서양그룹의 손녀라는 사실이 밝혀진 이후로는 상황이 달라졌다. 모두가 지금까지 살아온 윤미사의 인생을 부정하려고 드는 것이었다.

할아버지는 이름을 바꾸자고 성화를 하며 비싼 차니 건물이니 안기려 하고, 어머니는 어울리지도 않는 임원직에 앉히려고 들었다. 미사에게는 그것이 어떻게든 재투성이 아가씨인 자신을 재벌가의 영애답게 포장하려고 애를 쓰는 것처럼 보였다. 마치 싸구려 헝겊 인형에 금칠을 하고 보석을 주렁주렁 다는 것처럼.

지금껏 열심히 살아왔던 '나'를 한순간에 모조리 부정당하는 느낌.

기적처럼 진짜 가족을 찾게 됐는데, 정작 그들이 바라는 것은 있는 그대로의 자신이 아니라는 생각이 미사를 자꾸만 허탈하게 만들었던 것이다.

"말해봐요."

힘없이 시선을 떨어뜨리며, 미사는 다시 한 번 중얼거렸다.

"대서양 빼고 정윤하 빼면, 윤미사한테 대체 자랑할 게 뭐가 남느냐 말이에요."

1초도 지나지 않아서 확신에 찬 대답이 돌아왔다.

"너 자신."

미사는 눈을 들었다. 윤하의 검은 눈동자가 안타까운 빛을 담고 자신을 바라보고 있었다.

"지금의 내가 있는 게 다 누구 덕분이라고 생각하는 거야."

가까이서 미사의 눈을 들여다보며, 꾸짖듯이 윤하가 속삭였다.

"공사장에서 막일하고 있던 날 억지로 데려가서 공부시킨 게 누구지?"

"……."

"말더듬이를 고쳐준 건? 나도 몰랐던 내 재능을 알아봐준 건?"

"……."

"꿈도 꾸어본 적 없던 오디션에까지 가게 만들었던 건 또 누구였지?"

역시 배우였다. 발성이 좋아서인지, 별로 크게 말하는 것 같지도 않은데 주위에까지 똑똑하게 들렸다. 아니, 어쩌면 모두들 들으라고 일부러 말하고 있는 건지도 몰랐다.

"그러니까 두 번 다시 바보 같은 소리 하지 마."

마치 꾸짖는 것 같은 윤하의 목소리가, 미사에게는 무척이나 다정하게 들렸다.

"네가 없었으면, 나도 없었어."

"윤하 씨……."

"나뿐만이 아냐. 여태 네 손으로 대학 보내준 동생들이 몇 명인데 그런 소리를 해. 돈만 벌면 다 동생들 등록금으로 나가고, 여태 모은 돈 하나도 없는 것도 다 그래서잖아."

미사가 깜빡 잊어버리고 있던 것을 일깨워주듯, 윤하는 하나하나 힘주어 말했다.

"너 무척 열심히 살았어. 학교 공부 하면서 야학에서 학생들 가르쳤고, 그 와중에 과외 해서 생활비까지 벌었어."

무슨 생각을 했는지, 문득 윤하가 안타까운 얼굴을 했다.

"너 그렇게 치열하게 살아온 거 내가 다 곁에서 보았어. 네가 코피 쏟는 것만 내가 몇 번을 봤는지, 그때마다 내 기분이 어땠는지나 알아?"

어느덧 미사의 눈에 눈물이 어렸다.

어떻게 이 남자는 꼭 이럴 때 나타나서, 듣고 싶었던 말을 정확하게 해주는 걸까.

그래, 자신은 줄곧 이런 말이 듣고 싶었던 거였는지도 모른다. 재벌가 영애가 아닌 윤미사도 괜찮은 사람이라고. 지금까지도, 충분히 훌륭하게 살아왔다고.

"그러니까 얼마든지 자랑해도 돼."

손을 뻗어 미사의 머리칼을 살짝 쓰다듬으며, 윤하는 힘주어 말했다.

"대서양 빼고, 정윤하 빼고, 그냥 윤미사도 충분히 자랑할 만하니까."

2차는 결국 가지 않았지만, 미사가 윤하와 함께 그 자리를 빠져나오는 데는 꽤나 많은 시간이 필요했다.

"정윤하 씨, 저 사인 좀 부탁드려도 될까요?"

"전 인증 샷이요! 매너 손 안 하셔도 되는데."

"손 한 번만 잡아봐도 돼요?"

미사의 친구들이 난리가 난 것이었다.

윤하는 친구들의 요청 하나하나에 모두 성실하게 응해주었다. 그나마 아까 마시던 술집에 도로 들어간 덕분에 행인들까지 몰려들지 않은 것이 다행이었다.

"있잖아요, 혹시 미사랑 결혼까지 생각하고 만나시는 거예요?"

한 친구의 호기심 어린 물음에, 미사는 간이 콩알만 해졌다. 이미 결혼했다고 곧이곧대로 대답했다가 자칫 새어나가면 큰일이다. 아직 팬들에게도 정식으로 알리기 전인데!

사실은 최대한 빨리 발표하려고 했는데, 이래저래 복잡한 일들이 자꾸 터지는 바람에 정작 결혼 발표는 여태 신경도 못 쓰고 있었던 것이다.

하지만 윤하는 이런 일을 가지고 거짓말을 할 만한 성격도 못 되었다.

'이를 어쩌지?'

미사가 옆에서 조마조마해하고 있는데, 이윽고 윤하가 대답 대신에 미소를 지으며 말했다.

"언제 시간 나시면 친구 분들 모두 저희 집에 초대하겠습니다."

친구들은 좋아서 어쩔 줄을 몰랐다.

"어머, 진짜요?"

"저도 가도 되나요?"

거짓말을 하지 않으면서도 훌륭하게 핵심을 피해 간 대답에 미사는 가슴을 쓸어내렸다.

그런 우스갯소리가 있다. 정윤하 팬들은 주로 수도권에 모여 있다고. 이유인즉슨 화면보다도 실물이 깡패라서 그렇다는 건데, 미사의 친구들도 예외는 아니었다. 윤하의 얼굴도 제대로 못 쳐다보는 친구가 태반이었다.

게다가 젊은 여자들이다 보니 대부분 원래부터 윤하에게 호감을 가지고 있기도 했고, 또 윤하가 웃어가면서 상냥하게 대하니 모두가 반하지 않을 수 없었다. 그야말로 대량 입덕의 현장이었다.

"결혼식에 꼭 초대해주세요. 대포 들고 갈게요!"

"물론 환영입니다."

매력적인 영업용 미소를 지어 보이는 윤하를 보고, 미사는 속으로 혀를 내둘렀다. 있는 사람이 더하다더니, 이 사람이 이런 데 와서까지 팬 욕심을!

친구들이 바라는 대로 아낌없이 팬서비스를 해주고 나서야 윤하는 겨우 풀려날 수 있었다.

윤하의 팔짱을 끼고 술집을 나오며 미사는 물었다.

"방금 그거, 연기였죠?"

윤하가 언제 그렇게 싱글거리고 있었냐는 듯이 무뚝뚝하게 대꾸했다.

"당연하지."

하여튼 못 말려. 미사는 쿡쿡 웃었다.

가게 앞에 세워둔 차에 올라타려는데, 문득 뒤에서 부르는 소리가 났다.

"윤미사."

돌아보자 친구 하나가 따라 나와 있었다.

그 친구였다. 학창시절에 다솜과 제일 친했던 친구. 아까 미사에게, 대서양 빼고 정윤하 빼면 대체 넌 뭐냐고 싸움을 걸듯 말했던 바로 그 친구. 모두들 윤하를 둘러싸고 사인이니 인증 샷이니 사심을 채우느라 여념이 없는 동안, 이 친구만은 시종일관 멀리 떨어져 있었다.

"무슨 일이시죠?"

그렇게 묻는 윤하의 팔을 살짝 잡아당겨 제지하고, 미사는 한숨을 지었다.

"왜, 또 무슨 일 있어?"

잠시 미사를 노려보던 친구가, 불쑥 말했다.

"너 아까 되게 재수 없었어. 비호감이었고."

굳이 뒤쫓아 나와서까지 또 아까랑 똑같은 말을 할 건 뭐람. 아까는 순순히 받아들였지만, 이번에는 미사도 은근히 부아가 났다.

"그래, 그건 내가 잘못했어. 그래도 한 번 말했으면 됐지 굳이……."

하지만 친구는 미사의 말을 중간에 가로막고 말했다.

"그런데 그건 그거고, 사과할 건 해야 할 것 같아서."

"무슨 사과?"

"너 동창회에 부르자고 말했던 거, 사실은 나야."

뜻밖의 말에 미사는 눈을 크게 떴다.

"네가? 왜?"

거리의 네온사인 불빛에 비친 친구의 얼굴이 왠지 아까보다 더 빨갛게 보였다.

"……사과하고 싶었어."

미사는 제 귀를 의심했다.

문득 전화해서 자신을 동창회에 초대했던 친구가 했던 말이 떠올랐다.

「모두들 너 보고 싶어 해. ……사과하고 싶어 하는 애들도 있고.」

그냥 하는 소리인 줄 알았는데, 사실이었던 건가.

친구는 어색한 얼굴로, 하지만 또박또박 말했다.

"다솜이랑 친했던 건 사실이지만 잘못도 없는 널 괴롭히는 것까지 동조하고 싶진 않았어. 어릴 때는 친구가 세상의 모든 거나 마찬가지였으니까 어쩔 수 없이 다솜이 편들 수밖에 없어서 같이 따돌렸지만, 그 후로 가끔 생각날 때마다 후회했었어. ……그러지 말걸 그랬다고."

미사는 눈만 깜빡거렸다.

"약혼식 날 있었던 일, 다솜이 생각하면 마음이 좀 안 좋았지만 그래도 너 잘된 건 다행이다 싶었어. 이건 진심이야."

이게 꿈인가 생신가 싶었다. 정다솜과 제일 친한 친구에게 진심 어린 사과를 받게 되는 날이 오다니.

"아무리 어렸다고 하지만, 하지 말아야 하는 일이었어."

그렇게 말하고, 친구는 미사를 향해 고개를 숙여 보였다.

"그땐 정말 미안했다."

미사는 뭐라고 대답해야 할지 몰랐다.

물론 고마운 마음이 들었다. 무슨 잘못을 했건 간에 사람이 누군가에게 이렇게 진심을 터놓고 사과하기가 얼마나 힘든 일인지 모르는 미사가 아니었다. 게다가 이 친구는 아직도 정다솜과 친하게 지내고 있는 모양인데도.

하지만 상대는 분명 자신을 괴롭혔던 친구였다. 비록 일진들처럼 직접 무슨 짓을 한 건 없었지만, 은근히 따돌리고 무시하는 데는 결코 뒤지지 않았다. 그것도 미사에게는 직접 괴롭힘을 당한 것만큼이나 큰 상처였고.

이제 나도, 친구도 어른인데. 그러니까 쿨하게 용서하겠다고 말할 수 있으면 좋을 텐데.

'괜찮아. 다 지난 일인걸 뭐. 이제 너도 신경 쓰지 마, 난 괜찮으니까.'

안타깝게도 그 말이 선뜻 입 밖으로 나오지 않았다.

"……."

미사가 아무 말도 없이 우두커니 서 있기만 하자 친구는 조금 씁쓸한 얼굴을 했다. 하지만 사과를 받아달라고 재촉하거나 서운해하지는 않았다.

"오늘 만나서 반가웠다. 조심해서 들어가."

작별인사를 건네고, 친구는 등을 돌렸다. 도로 술집 안으로 들어가버리려는 친구의 뒷모습을 보자 왠지 마음이 급해졌다.

저도 모르게, 목소리가 튀어나왔다.

"은선아!"

10년 만에 처음 불러보는 이름. 친구가 걸음을 멈추고 미사를 돌아보았다.

한참 만에야 미사는 겨우 입 밖에 낼 수 있었다.

"……나중에 너도 우리 집에 놀러 와. 애들이랑 같이."

자기가 현재 할 수 있는 최선의 말을.

이윽고 친구의 입가에 잔잔한 미소가 떠올랐다.

"그래. 꼭 갈게."

아까보다 훨씬 밝아진 마음으로, 미사는 윤하의 손을 잡고 돌아섰다.

"이제 가요, 우리."

미사의 안에 살아 있는 열여덟 살 소녀가 조용히 미소 짓는 것이 느껴졌다.

더 이상 슬픈 꿈은 꾸지 않을 것 같은 예감이 들었다.

날이 더워서 요 며칠은 밤에도 열대야가 계속되었는데, 오늘은 모처럼 선선한 밤이었다. 집에 돌아온 것은 꽤나 늦은 시간이었지만, 잠자리에 들고 나서도 윤하와 미사는 잘 생각을 않고 나란히 누워서 이야기를 나누었다.

"있잖아요. 진짜로 나 데려다 주고 나서 계속 차에서 기다리고 있었던 거예요?"

"응."

윤하가 대답했다. 비스듬히 누운 채 한쪽 팔로 머리를 받치고, 가까이서 미사의 얼굴을 내려다보는 눈빛이 무척이나 따스했다.

"왜 그랬어요?"

"한 번쯤 실제로 해보고 싶더라고. 여자친구의 친구들 모임에 짠, 하고 나타나는 거."

윤하가 웃었다.

"몰라? 드라마 단골 에피소드인데. 여태 비슷한 장면만 한 세 번쯤 연기한 것 같아."

"그러고 보니까 어디서 본 것도 같네요."

남편이 로코 전문 연기자라는 거, 나쁘지 않구나. 미사는 한바탕 웃고 나서는 길게 한숨을 내쉬었다.

"나가길 잘했어요. 최소한 이제 더 이상 꿈은 꾸지 않을 것 같으니까."

"꿈?"

"지금도 가끔 꿔요, 고등학교 때로 돌아가서 괴롭힘 당하는 꿈."

윤하는 마음 아픈 얼굴을 했다.

"왜 진작 나한테 말하지 않았어."

"창피했거든요. 그게 벌써 10년 전 일인데 여태 연연하고 있는 게 좀 유치하기도 하고."

"그게 뭐가 유치하다고 나한테까지."

무슨 생각을 했는지, 갑자기 윤하가 불쑥 말했다.

"……사실은, 나도 유치해서 차마 너한테 말 못 했던 게 있어."

"윤하 씨가요? 뭐예요?"

미사는 눈을 동그랗게 뜨며 그에게로 바싹 다가붙었다.

"음……."

잠시 망설이더니 윤하는 이윽고 픽 웃었다.

"아무래도 내가 드라마를 너무 봤나 봐."

"왜요?"

"너는 이제 대서양그룹 딸이잖아. 혹시 내가 너한테 너무 어울리지 않는다고, 너희 집안에서 널 빼앗아가면 어떡하나, 하는 생각에 한동안 불안했었어."

너무 어이없는 말에 미사는 헛웃음이 나왔다.

"말도 안 돼. 진심으로 그런 생각을 했단 말이에요?"

"자주 나오잖아. 집안 차이 난다고 결혼 반대하는 장면이라든가."

"그건 결혼 전이구요. 우린 이미 결혼한 사인데 무슨 수로 빼앗아가겠어요?"

하지만 윤하는 한없이 진지한 얼굴로 대답했다.

"드라마에서는 임신까지 했는데도 떼어놓으려고 하던데."

그가 진심으로 불안해했다는 게 느껴져서 미사는 차마 웃을 수가 없었다.

동시에 윤하에게 무척 미안한 마음이 들었다. 내 복수에만 정신이 팔려서 미처 모르고 있었구나. 정작 내 곁에 있는 사람이 불안해하고 있었다는 것도.

이 마음을 어떻게 전하면 좋을까.

미사의 머릿속에 대담한 생각이 떠오른 것은 그 순간이었다.

"나는 윤하 씨 거예요. 아무도 못 빼앗아가."

그녀는 윤하의 눈동자를 가까이서 들여다보며 속삭였다.

그러고는 갑자기 윤하의 어깨를 확 밀어 쓰러뜨리고, 깜짝 놀라는 그의 몸 위에 올라타며 선언하듯 말했다.

"……그리고 윤하 씨도 내 거예요."

윤하의 눈이 커졌다.

"미사……?"

반사적으로 몸을 일으키려는 윤하의 어깨를, 미사가 양손으로 꽉 눌러 제지하고는 고개를 숙여 입술을 가져갔다.

눈이 커다래진 윤하에게, 미사는 눈을 지그시 감고 부드럽게 키스했다. 이윽고 윤하도 눈을 스르르 감으며 입술을 벌려 미사를 맞아들였다.

뜨겁게 키스하면서 미사는 손을 뻗어 윤하의 셔츠 단추를 하나 둘 풀어내려갔다. 그리고 벌어진 옷깃 사이로 드러난 탄탄한 가슴에 입술을 가져갔다.

"……!"

입술이 닿는 순간 윤하의 몸이 굳어졌다.

제 몸에 닿아 오는 그의 근육들이 팽팽하게 긴장하는 것을 느끼고, 미사는 소리 없이 미소 지었다.

사랑을 나누는 일의 즐거움을 윤하에게서 배운 미사였지만, 생각해보면 늘 사랑해주는 쪽은 주로 윤하였다. 미사는 그저 그가 하는 대로 가만히 몸을 맡기고 있었을 뿐. 그래서 지금 그와 나누는 이 순간이, 미사에게는 또 다른 세계를 여는 거나 다름없었다.

미사의 입술이 조금씩 아래로 내려갈수록 윤하의 숨결은 더더욱 흐트러졌다. 이윽고 섬세한 근육들의 모양이 선명하게 떠올라 있는 배에 다다르자, 그때까지 눈을 감은 채 입을 꽉 다물고 있던 윤하가 결국 참지 못하고 낮게 신음을 흘렸다.

"……으읏."

사로잡힌 맹수가 낮게 목을 울리는 듯한 소리. 참고 참다못해 새어나온 기색이 역력한 신음. 더없이 남자다운 색기를 품은 그 목소리에 미사는 가슴이 확 뜨거워지는 것을 느꼈다.

이 아름답고 강인한 남자가, 서투르기 짝이 없는 제 손길 하나하나에 어쩔 줄 몰라 하고 있다. 마치 야수를 길들이는 조련사가 된 것 같은 기분이었다. 오로지 나에게만 복종하는 이 아름답고도 위험한 짐승.

미사는 어느새 윤하에게 푹 빠져들어 있었다. 잘 다듬어진 윤하의 몸이 그녀의 연약하고 부드러운 몸 아래서 긴장과 이완을 되풀이하며 소리 없이 쾌락을 알렸다.

"……제발."

슬슬 한계였던 걸까. 기어이 윤하가 가쁜 숨을 억누르며 애타게 호소했다. 조금 아쉬운 느낌이 들었지만 미사는 순순히 그에게서 입술을 떼고 몸을 일으켰다.

입고 있는 옷의 단추에 손을 가져가자 윤하가 누운 채로 손을 뻗어 왔다.

"내가 해줄게."

하지만 미사는 고개를 저어 거절했다.

"아뇨. 오늘은 그냥 가만히만 있어요."

윤하의 몸 위에 그대로 올라앉은 채, 미사는 스스로 제 단추를 다 풀어내고 등 뒤로 손을 돌려 스스로 옷을 벗었다. 이윽고 눈앞에 완전히 드러난 아내의 아름다운 몸을, 윤하가 황홀한 듯이 눈을 가늘게 뜨고 올려다보았다.

"……너무 예뻐."

물론 부끄럽지 않을 리 없었다. 당장이라도 얼굴이 불타 없어질 것 같을 정도로 부끄러웠지만 미사는 이렇게라도 윤하에게 제 마음을 전하고 싶었다.

나는 당신 거라고, 그리고 당신은 내 것이라고.

이윽고 미사는 살며시 눈을 감고 제 몸 안에 윤하를 맞아들였다. 처음으로 자신이 주도해서 하나로 이어지는 순간은, 그 어느 때보다도 짜릿하고도 달콤했다.

그런 미사의 마음이, 윤하에게도 전해진 것일까.

"그래, 나는 네 거야."

이윽고 스르르 무너지듯 안겨 오는 미사를 가슴에 받아 안으며, 윤하는 속삭였다.

"그러니까 평생 놓으면 안 돼."

가구, 가전, 소파, 하다못해 가재도구에 이르기까지 온 집안에 가압류 처분을 알리는 빨간 딱지가 덕지덕지 붙어 나부꼈다. 법원에서 나온 집행관이 붙이고 간 것이었다.

"다솜아. 그러지 말고 나와서 딱 한술만 뜨자, 응?"

다솜의 엄마가 꽉 잠겨 있는 방문에 매달려서 애타게 말했지만 돌아온 것은 딸의 울음 섞인 고함이었다.

"말 시키지 말라고!"

처참하게 파탄이 나버린 약혼식 이후 다솜은 회사도 그만두고 반쯤 폐인처럼 지내고 있었다. 형사재판도 아직 진행 중인데, 설상가상으로 대서양그룹에서 민사소송과 함께 가압류를 걸어온 이후로는 한층 더 증세가 심해졌다. 식사는커녕 아예 제 방에 틀어박혀 밖으로 나오려고도 하지 않는 것이었다.

집안이 폭삭 망한 것도 모자라서 애지중지 키운 딸까지 저러고 있으니 다솜의 엄마는 속이 까맣게 타서 문드러질 지경이었다.

"그래도 밥을 먹어야 기운을 차릴 거 아니니?"

"내 인생은 끝났는데 기운 차려서 뭐해?"

"그런 말 하면 못써. 앞길이 얼마나 창창한데 무슨 소리니?"

"전과는 생겼지, 직장은 잃었지, 집은 망했지! 대체 나한테 무슨 앞날이 있다는 거야?"

신경질적인 고함과 함께 마구 때려 부수는 소리가 들려왔다.

"이게 다 그년 때문이야. 윤미사 그년이 내 인생을 다 빼앗아갔다구!"

울면서 반쯤 미친 듯이 외치는 딸의 목소리에, 다솜의 엄마는 입술을 깨물었다.

민호의 대망의 데뷔작이 드디어 결정되었다.

로맨틱 코미디 드라마로, 배역은 여주인공을 사이에 두고 남주인공과 삼각관계를 형성하는, 일명 서브 남주.

연기자로서 트레이닝을 받기 시작한 지는 얼마 안 됐지만, 옛말에 서당 개 3년이면 풍월을 읊는다고 했던가. 윤하의 매니저로서 계속 현장을 지켜봐왔던 민호는 연기도 놀라울 정도로 잘했다.

비주얼 합격, 연기력 합격, 거기에 소속사가 작정하고 밀어준 덕분에 데뷔작부터 큰 역을 맡게 된 것이었다.

"어제 처음 대본 리딩 했는데 다들 깜짝 놀라더래. 대형소속사가 떨어뜨린 낙하산이려니 하고 있었던 모양이야."

미사가 신나게 얘기하고 있는 상대는 바로 예지였다. 미사는 신혼여행을 다녀온 후부터, 바쁜 와중에서도 일주일에 두 번씩은 꼬박꼬박 시간을 내서 예지에게 영어 과외를 해주고 있었다.

지금은 과외 수업이 끝나고 잠시 수다 타임.

"진짜 기대되지 않니?"

"어. 완전 기대되네."

미사의 말에 예지는 심드렁하게 대꾸했다. 사실은 속으로 자꾸 울적해지는 것을 참고 있었던 것이다.

민호가 연기자로 데뷔한다니, 물론 기쁜 일이었지만 예지는 왠지 순수하게 기뻐할 수만은 없었다. 좋아하는 민호가 자신의 곁을 떠나서 손이 닿지 않는 다른 세상으로 날아가버리는 것 같은 기분이 든다고 할까. 게다가 그것도 처음부터 그렇게 큰 역을 맡았다니 스타가 되는 건 시간문제 아닌가.

원래 예지도 연예인이 꿈이었던 적이 있었기 때문에 허전한 마음은 한층 더했다. 마치 고백도 하기 전에 차인 것 같은 기분이었다.

「민호는 기다리고 있는 걸 거야. 네가 어른이 될 때까지 말이야.」

민호도 자신을 좋아한다고, 미사 언니가 귀띔해주었었지만 예지는 불안하기만 했다. 늘 독서실에서 집까지 데려다 주면서도 민호는 전혀 그런 내색을 보이지 않았으니까.

게다가 그게 사실이라 해도, 이제 배우가 되면 예쁜 여배우들과도 많이 만날 텐데. 팬도 많이 생길 텐데. 자기 좋다는 여자들이 수도 없이 생길 텐데 그래도 나 같은 어린애를 좋아해줄까.

그런 예지의 마음을, 자기 일 때문에 머리가 복잡한 미사는 미처 알아채지 못한 모양이었다.

"사실은 이 작품, 윤하 씨가 남주 하고 싶어 했었어."

"그럼 왜 안 했어? 민호 오빠랑 같이하면 좋았을 텐데."

"팬들한테 결혼했다고 말도 못 했는데 작품 들어가는 건 아닌 것 같아서. 시작 전에 발표하자니 작품에 폐를 끼칠 테고, 그렇다고 끝날 때까지 기다리자니 몇 달은 걸릴 테고. 그래서 어쩔 수 없었어."

미사가 걱정스러운 얼굴을 했다.

"그렇지 않아도 벌써 소문 돌고 있는데, 빨리 발표해야 할 텐데."

“아, 그 일은 다행히 잘 진정돼가는 거 같아.”
“그래?”
얼마 전 인터넷에 윤하에 대한 글이 올라오는 바람에 소문이 퍼지기 시작했던 것이다. 정윤하가 결혼했고, 바닷가 마을로 신부와 함께 단둘이 신혼여행을 왔었다는 내용이었다.

[우리 할머니가 시장에서 장사하시는데 신부랑 둘이 손잡고 시장 구경 왔었다고 함. 사인도 받고 사진도 같이 찍었음.]

글과 함께 인증 샷이라며 윤하가 미사와 함께 있는 사진도 올라왔다. 시장에서 찍힌 사진이었다. 다행히 미사의 얼굴은 찍히지 않았지만, 윤하의 얼굴은 똑똑히 찍혀 있었다.
물론 글 내용은 사실이었지만 다행히도 팬들이라는 건 이런 건 일단 닥치고 안 믿는 쪽으로 가는 법이었다. 왜냐하면 믿고 싶지 않으니까!

[말이 되는 주작을 해라. 윤하 오빠가 미쳤다고 국내로 신혼여행을 가냐? 제주도도 아니고.]
[매니저도 없이 단둘이서 다녔다는 걸 믿으라고?]
[그냥 뭐 촬영 중이었는데 할머니들이 잘 모르고 착각한 거겠지.]
[제발 병먹금 좀 해라. 이거 벌써 CF촬영 중이었던 걸로 결론 났던 건데 또 끌고 왔네.]

이렇게 팬들이 적극적으로 진화에 나선 덕분에 사태는 정리가 되어가고 있었다.

"그래도 이렇게 된 거 빨리 발표하는 게 좋겠어. 더 끌다가 알리면 팬들이 윤하 오빠한테 배신감 느낄 수도 있으니까."

"그렇지 않아도 회사랑 계속 논의 중이었어. 내 일이 터지는 바람에 보류됐던 거지."

"하긴, 그 난리 통에 무슨 정신이 있었겠어."

갑자기 미사가 물었다.

"예지야. 윤하 씨 팬들이 과연 날 인정해줄까?"

"글쎄…… 뭐, 윤하 오빠더러 평생 혼자 살라고 할 순 없으니까 받아들이기야 하겠지만, 아무래도 쿨하게 축복해주기는 힘들겠지. 싫어하는 사람들도 있을 거고."

예지는 솔직하게 말했다.

"역시 그렇지?"

미사가 한숨을 내쉬었다.

"팬들 속상하게 만들고 싶지 않은데. 나도 누군가의 팬인데 왜 그 기분 모르겠니?"

몇 마디 더 얘기를 나누다가 예지는 가방을 챙겨 일어섰다.

"벌써 가려고? 저녁 먹고 가지."

미사가 붙잡았지만 예지는 별로 그럴 기분이 아니었다.

"다음에. 오늘은 집에 가서 엄마랑 먹을래."

거실에서는 윤하와 민호가 나란히 앉아서 TV를 보고 있었다. 방에서 나오는 예지를 보고, 민호가 기다렸다는 듯이 일어났다.

"공부 다 끝났어?"

"네. 그럼 저 가볼게요, 안녕히 계세요."

예지가 인사를 하고 현관으로 향하자 민호가 얼른 따라나섰다.

"데려다 줄게."

"됐어요, 아직 해도 쨍쨍한데요, 뭐."

예지가 고개를 저었지만 민호는 들은 체도 하지 않았다.

"이렇게 더운데 어떻게 버스를 기다려?"

"괜찮아요, 오늘은 그냥 혼자 갈게요."

"그러지 말고 같이 가."

하지만 예지는 민호와 같이 가고 싶지 않았다. 얼굴을 보고 싶지 않다. 오늘만은, 적어도 이 순간만은.

"글쎄 됐다니까요!"

짜증스러운 나머지 저도 모르게 목소리가 높아졌다.

"예지야."

민호는 놀란 얼굴로 예지의 표정을 살폈다.

"혹시 뭐 속상한 일이라도 있어?"

눈물이 날 것 같아서, 예지는 그만 고개를 푹 숙여버렸다.

내가 속상해할 일이 아닌 거 알아요. 오히려 축하해줘야 하는 일인 것도 알아요. 그런데 난 왜 자꾸만 이렇게 속상할까요. 이래서 어린애라고 하는 건가 봐요.

할 수 없는 말들이 입속에서만 맴을 돌았다.

"……."

아무 말도 못 하고 그렇게 한참 우물쭈물 거리며 서 있는데,

"가자."

그때까지 소파에 앉아 있던 윤하가 몸을 일으키며 불쑥 말했다.

"오늘은 내가 데려다 줄 테니까."

예지는 놀라서 물었다.

"윤하 오빠가요?"

"그래."

그렇게 말하며 윤하는 벌써 차 키를 들고 예지의 곁을 지나쳐 현관으로 나가고 있었다.

어쨌든 민호와 함께 가는 것보다는 낫다. 예지는 얼떨떨해하면서도 얼른 윤하를 따라나섰다. 다행히 민호는 영 아쉬운 표정을 하면서도 윤하가 나서자 굳이 끼어들려고 하지는 않았다.

"집이 어디지?"

예지가 말한 주소를 내비에 입력하고, 윤하는 차를 출발시켰다.

민호의 차야 늘 타고 있었지만 윤하가 운전하는 차를 타보기는 처음이다. 그것도 단둘이서. 원래가 윤하의 팬인 예지다. 은근히 좋기도 하고 한편으로는 무척 어색하기도 해서, 예지는 괜히 몸이 비비 꼬이려는 것을 꾹 참고 있었다.

"공부는 잘돼가?"

한참 조용히 운전하던 윤하가 불쑥 물었다.

"열심히는 하는데 잘 모르겠어요. 어차피 재수는 못 하니깐 내년에 수능 봐서 성적 안 나오면 그냥 때려치우고 취업이나 하려고요."

"왜?"

"재수학원 다니려고 해도 다 돈이잖아요. 엄마 혼자 일하느라 가뜩이나 고생하는 거 알면서 어떻게 재수를 시켜달라고 해요, 양심없이."

원래는 집안이 꽤 유복한 편이었다. 예지를 입양해서 키울 정도로. 하지만 양아버지가 돌아가신 후로는 가세가 많이 기울었다. 엄마가 작은 식당을 경영하고는 있지만 그냥저냥 먹고살 정도지, 크게 장사가 잘되는 편은 아니었다.

"솔직히 대학가는 거 자체도 엄마한테 되게 미안한 거 있죠. 어차피 제 머리로 대학 가봤자 장학금 받을 것도 아닌데."

시무룩하게 말하는 예지의 귀에, 문득 윤하의 말이 날아와 꽂혔다.

"넌 아무 걱정 말고 공부나 열심히 해."

"네?"

"대학은 내가 책임지고 졸업시켜줄 테니까 걱정 말라고."

예지는 깜짝 놀랐다.

"오빠가요?"

"그래."

윤하는 예지를 쳐다보지도 않고 운전을 계속하며 말했다.

"혹시 점수 잘 안 나오면 재수해. 그것도 내가 밀어줄 테니까."

예지는 고마운 마음보다도 얼떨떨한 기분이 앞섰다. 그도 그럴 것이 윤하는 늘 자신에게 퉁명스럽고 무뚝뚝했으니까.

"미사 언니가 그렇게 하재요?"

혹시 미사의 생각인가 싶어 물었지만 윤하는 고개를 저었다.

"아니."

그렇다면 윤하 혼자 결정했다는 뜻인데. 대체 왜? 예지는 궁금해서 곧 죽을 지경이었다. 그리고 궁금증을 혼자 마음속에 품고 있을 성격도 아니었다.

"근데 오빠가 제 등록금을 왜 대주는데요?"

대놓고 당돌하게 묻자 정말 상상을 초월하는 대답이 돌아왔다.

"예뻐서."

이 오빠가 뭘 잘못 드셨나. 예지는 제 귀를 의심했다.

"뭐라고요?"

"너 예뻐서 해준다고."

"아니, 저 예쁜 거는 저도 잘 아는데요, 그래도……."

예지의 얼굴을 곁눈질로 힐끗 보고, 윤하가 가소롭다는 듯이 말했다.

"내 나이 돼봐, 너만 한 애들은 다 귀엽고 예뻐 보여."

"오빠!"

장난이었나 보다. 잠시 피식 웃던 윤하가, 금세 다시 진지한 얼굴로 돌아가서 말했다.

"너는 미사가 제일 사랑하는 동생이야. 그럼 나한테도 동생이지."

"오빠……."

"오빠가 동생 대학 보내주는데 무슨 이유가 필요해?"

"……."

"그러니까 넌 공부만 열심히 해. 부담 가질 거 없으니까."

예지는 서서히 눈시울이 뜨거워지는 것을 느꼈다.

워낙 성격이 무뚝뚝하다는 건 알고 있었지만 자신에게는 이상하리만큼 한층 더 퉁명스럽게 구는 윤하였다. 그래서 그동안 윤하 오빠는 날 귀찮아하는 걸까, 하고 생각했었는데.

'오빠도 속으로는 날 무척 아껴주고 있었구나.'

등록금을 대주겠다는 말보다도, 그 사실이 예지에게는 얼마나 기쁜지 몰랐다.

"윤하 오빠……!"

결국 훌쩍훌쩍 울기 시작하는 예지를 달래주는 대신에, 윤하는 차창을 조금 열었다. 열린 차창 사이로 새어 들어오는 시원한 바람이 예지의 머리칼을 다정하게 어루만졌다.

울지 마, 하고 대신 말해주는 것처럼.

이윽고 차는 예지의 집 앞에 도착했다.

"데려다 주셔서 고맙습니다, 윤하 오빠."

그렇게 인사하고 예지가 차에서 내리려는데, 갑자기 윤하가 불쑥 말했다.

"비밀 하나 알려줄까?"

아무래도 이 오빠 오늘 이래저래 이상하다. 갑자기 또 무슨 소리야? 놀라서 눈을 동그랗게 뜬 예지에게, 윤하는 생판 남의 얘기를 하듯 태평하게 말했다.

"좀 있으면 민호 첫 촬영 있어. 그런데 첫 장면부터 키스 신이야."

민호 오빠가 키스 신이라니! 예지는 가슴이 쿵 하고 내려앉았지만 애써 내색하지 않으려 애쓰며 되물었다.

"그런데요?"

"속상하대."

"뭐가요?"

"좋아하는 여자……."

인지 애인지 원, 하고 윤하가 혼잣말처럼 중얼거렸다. 마치 들으라는 듯이.

"……가 있는데 생판 모르는 여자한테 첫 키스를 빼앗기게 생겼다나, 어쨌다나?"

그렇게 말하고 윤하는 어깨를 으쓱했다.

"뭐, 그렇다더군."

이거, 설마 그런 뜻……? 눈만 깜빡이고 있는 예지에게, 윤하는 이제 용건은 다 끝났다는 듯이 말했다.

"그럼 들어가."

예지가 내리자 윤하의 차는 곧 출발했다.

"……."

저만치 멀어지는 윤하의 차를 바라보는 예지의 얼굴이, 조금씩 발그레하게 물들고 있었다.

08 / 엄마, 엄마, 엄마

이번 일을 통해 미사가 가족 외에 또 되찾은 게 있다면 바로 진짜 생일이었다.

처음으로 맞이하는 미사의 진짜 생일 전날, 윤하는 조심스럽게 말했다.

"예지랑 민호하고는 지난번에 같이 생일파티 했었잖아. 그러니까 이번 생일은 어머님하고 할아버님이랑 같이 지내는 게 어떨까?"

미사도 같은 생각이었다. 아직은 어색하긴 하지만, 처음 맞는 진짜 생일인데 가족들과 함께 식사라도 하는 게 옳을 것 같았다.

그래서 미사는 혜경에게 전화를 했다.

– 여보세요, 미사니?

혜경은 미사가 먼저 전화했다는 것만으로도 기쁜지, 무척 반가운 목소리였다.

"네, 어머니. 저예요."

친엄마라는 것을 알게 되고도, 미사는 아직 엄마라는 말이 잘 나오지 않았다.

"내일이 제 생일이잖아요. 할아버지랑 어머니랑, 저하고 윤하 씨까지 넷이서 같이 식사하면 어떨까 싶어서요."

혜경은 뛸 듯이 기뻐했다.

– 할아버지가 무척 기뻐하시겠구나. 그렇지 않아도 네 생일인데 파티라도 해야 되는 거 아니냐고 하시면서 안절부절못하고 계셨단다.

역시나. 미사는 한숨을 쉬었다.

"혹시나 할아버지가 뭐 크게 준비하려고 하시면 어머니가 좀 말려주세요."

– 그렇지 않아도 벌써 내가 말려놓았단다.

혜경이 조심스럽게 말했다.

– 할아버지께서는 사실 불안하신 거야. 네가 회사도 물려받지 않겠다고 하지, 이름도 바꾸지 않겠다고 하지, 주는 건 뭐든지 돌려보내지. 겨우 찾은 핏줄인데 이대로 연을 끊으려는 게 아닌가 싶으신가 봐.

"그럴 생각 없어요. 제 할아버지인걸요."

연을 끊을 생각도, 멀리할 생각도 없었다. 단지 자신 그대로를 받아들여주기를 바라는 것뿐이었다. 어머니도, 그리고 할아버지도.

– 그런데 미사야. 퇴사하겠다는 생각은 전혀 변함이 없는 거니?

"네."

미사는 딱 잘라 말했다.

사실 회사일은 꽤 마음에 들었다. 적성에도 맞았고, 다솜 이외에는 부서 사람들과도 원만하게 지내는 편이었다. 일하다 보면 나름대로 보람도 느껴졌다.

하지만 그룹을 물려받는 것은 전혀 다른 문제였다. 일은 재미있었지만 경영자가 되고 싶은 생각은 없었다. 그래서 후계자가 되지 않겠다고 이 회장에게 딱 잘라 말했고, 그렇게 말한 이상 회사에 계속 다니기가 부담스러웠던 것이다.

– 그래. 네 생각이 정 그렇다면 그렇게 하렴.

지난번에 말했을 때까지도 무척이나 서운해하더니, 의외로 혜경은 더 이상 말리지 않았다.

– 그래도 그만두기 전에 회사에는 한 번쯤 들르는 게 어떻겠니? 같이 일하던 사람들한테 작별인사는 해야지.

"그러는 게 좋을까요?"

– 그래. 책상 정리도 할 겸 내일 한번 오렴. 사무실 들렀다가 엄마랑 만나서 같이 저녁 먹으러 가면 되잖니?

혜경의 말이 옳다는 생각이 들었다. 퇴사하더라도 최소한 사무실 동료들에게 인사 정도는 하는 게 예의가 아닐까.

"네, 어머니. 그럼 제가 내일 회사로 갈게요."

미사는 그렇게 대답하고 전화를 끊었다.

미사가 나타나자 사무실이 발칵 뒤집혔다.

"아니, 윤미사 씨!"

모두들 업무를 팽개치고 달려와서 미사를 둘러쌌다.

"미사 씨가 부회장님 친딸이었다는 게 사실이야? 정다솜 대리가 사기 친 거였다면서."

"기자들이 찾아와서 어찌나 꼬치꼬치 캐묻는지, 아주 귀찮아 죽을 뻔했어."

"그래도 의리 지키느라 우리 다 입에 지퍼 딱 채우고 있었다?"

"별일은 없었지? 갑자기 회사 안 나와서 다들 걱정했어."

다들 앞다투어 미사에게 말을 건넸다. 모두가 진심으로 마음을 써주었던 것이 느껴져서 미사는 내심 고맙게 생각했다.

"사정상 회사 그만두게 돼서 마지막으로 인사드리러 온 거예요. 그동안 정말 감사했습니다."

미사가 고개 숙여 인사하자 다들 놀라는 눈치였다.

"아니, 왜 그만둬? 회사 물려받을 거 아니고?"

"네, 아니에요."

미사는 웃으며 고개를 저었다.

"에이, 그러지 말고 계속 다니지. 이제 겨우 좀 친해졌는데."

"제가 사무실에 있으면 다른 분들도 불편하시잖아요."

"별걱정도 다 한다. 어디 미사 씨가 부회장님 딸이라고 유세 부릴 사람이야?"

"그러게, 오히려 우리가 덕을 봤으면 봤지."

그렇게 서로 아쉬움 섞인 대화를 나누고 있는데, 갑자기 사무실에 커다란 상자를 어깨에 진 인부가 들어왔다.

"무슨 일이시죠?"

"배달 왔습니다, 옆 사무실에도 가봐야 하니까 빨리 받으세요."

상자만 내려놓고 인부는 부리나케 나가버렸다.

"이게 뭐야?"

직원 하나가 상자를 열어보자 안에는 백설기, 호박설기, 수수팥떡, 인절미 등 각양각색의 떡이 가득 들어 있었다.

"아……!"

순간 무언가가 퍼뜩 미사의 뇌리를 스치고 지나갔다.

"아니, 이게 웬 떡이야?"

"누구 생일인가?"

대답은 엉뚱한 곳에서 들려왔다.

"우리 딸 생일이에요."

마침 비서를 대동한 혜경이 미소를 지으며 홍보팀 사무실로 들어오고 있었다.

"오늘이 미사 생일이라 떡 좀 했습니다. 많이들 들어요."

생각지도 못한 깜짝 이벤트 덕분에 그 자리에서 조촐하게 생일파티까지 했다. 떡에 초 대신에 성냥을 꽂아서. 선물은 없었지만 모두들 진심으로 축하해주어서, 미사도 무척 기뻤다.

"그동안 우리 딸이랑 잘 지내줘서 정말 고마워요."

혜경은 비서와 함께 손수 떡을 접시에 담아 돌리는 것까지 도왔다. 이윽고 혜경과 함께 사무실을 나오는 길에 미사는 물었다.

"어머니, 혹시 10층 전체에 다 돌리신 거예요? 아까 떡 배달 오셨던 분이 옆 사무실도 간다고 하던데요."

"아니, 그럴 리가 있니."

하긴 10층에만도 사무실이 몇 갠데, 하고 미사가 생각하는 순간 혜경이 웃으며 말했다.

"본사 전체에 다 돌렸단다. 경비원이랑 청소하시는 분들한테도 모두."

"세상에!"

미사는 깜짝 놀랐다.

"왜 그렇게까지 하셨어요. 제 생일이 뭐라고."

"네가 전에 그랬었잖니. 그 정다솜이네 엄마가 생일 떡 돌리러 왔다가 너한테 무척 망신을 주었다고."

혜경이 작게 한숨을 지었다.

"그때 네 표정이, 속상하면서도 왠지 부러워하는 것처럼 보였거든."

"아……."

"그래서 네 생일에는 내가 꼭 떡을 돌려야겠구나, 하고 생각했었단다. 그땐 네가 내 친딸인 것도 모르고 있었지만 말이야."

혜경의 말이 옳았다. 그때 미사는 다솜이 미우면서도 무척이나 부러웠었다.

딸 생일마다 떡을 돌리는 엄마. 제 딸이 일러바친 말에 한달음에 회사까지 쫓아와서 편을 들어주는 엄마. 무식할 정도로, 맹목적으로 사랑해주는 엄마. 내게도 저런 엄마가 있었더라면, 하는 생각을 했었다.

그런 미사의 마음을, 혜경은 꿰뚫어 보고 있었던 것이다.

어느덧 미사는 눈시울이 뜨거워졌다.

이젠 나한테도 엄마가 생겼다. 생일날 떡을 해주는 엄마가. 우리 딸, 하고 불러주는 엄마가. 살면서 언제든지 내 편이 되어줄 엄마가.

처음으로 미사가 엄마라는 존재에 대해 실감한 순간이었다.

"있잖니."

함께 엘리베이터에 타며, 혜경은 살며시 미사의 손을 잡아 왔다.

"앞으로 회사 그만두고 무슨 일을 하게 되더라도 엄마 도움이 필요하면 꼭 말하렴. 도울 수 있는 거라면 뭐든지 도울 테니까."

"어머니……."

진심 어린 혜경의 말에, 미사는 문득 미안함을 느꼈다.

혜경이 자신에게 도움이 되기 위한 일념으로 여태 일해왔다는 것을 미사도 알고 있었다. 그런데 정작 그걸 자신이 마다한 꼴이 되었으니, 얼마나 서운할까.

"죄송해요, 어머니."

하지만 혜경은 고개를 저었다.

"아니야. 뭐든지 너 하고 싶은 대로 하고 살아야지. 언론에 아주 노출되지 않기는 힘들겠지만, 기사는 최대한 막아줄 테니까 괜히 남들 시선 신경 쓰지 말고 너 원하는 대로 하렴."

미사의 손을 잡고 있는 손에 힘을 주며, 혜경은 말했다.

"엄마는 너만 행복하면 되니까."

뭉클한 마음에, 말이 저절로 목구멍까지 치밀어 올랐다.

'엄마.'

미사도 알고 있었다. 자신이 계속 어색하게 어머니라 부르는 것을, 혜경이 내심 서운해하고 있다는 사실을. 그러니까 엄마, 딱 한마디만 부르면 혜경이 눈물을 흘리며 기뻐할 거라는 것을.

자신을 잃고 30년 가까이 고통 속에 살아왔던 어머니다. 왜 기쁘게 해주고 싶지 않겠는가. 지금 당장이라도 엄마, 하고 불러드리고 싶었다.

하지만 웬일인지 그 한마디가 좀처럼 입 밖으로 나오지 않는 것이었다. 마음은 굴뚝같은데, 정작 말은 계속 입속에서만 맴을 돌았다. 그런 스스로가 답답했지만 당장은 어쩔 수 없었다. 대신에 미사는 살며시 손을 뻗어 혜경의 팔짱을 꼈다.

"이제 가요, 어머니."

그것만으로도 혜경은 표정이 활짝 피었다.

"오늘은 너 좋아하는 한정식으로 예약해뒀는데. 혹시 남편은 뭐 좋아하니?"

"윤하 씨는 뭐든 잘 먹어요. 짜장면만 빼고요."

"어머나, 짜장면은 왜?"

"그게……."

모녀는 팔짱을 끼고 다정하게 이야기를 나누며 엘리베이터를 타고 주차장으로 내려왔다.

"부회장님, 회장님 전화십니다."

대화를 방해하지 않기 위해 뒤에 조금 떨어져서 따라오고 있던 비서가 혜경을 불렀다.

"네, 아버님. 지금 미사랑 출발하려는 중이에요. 미사 바깥사람은 그쪽으로 바로 오기로 했고요."

혜경이 잠시 걸음을 멈추고 전화를 받는 동안, 미사는 별생각 없이 몇 걸음 앞서나갔다. 그때, 갑자기 조금 떨어져 있던 곳에 주차되어 있던 자동차가 스르르 움직이는 것이 시야에 들어왔다.

차를 빼나 보다, 하고 그저 대수롭지 않게 생각하는데 부아앙, 하고 급작스럽게 속도를 높이는 소리가 귓전을 때렸다. 놀라서 쳐다본 미사는 운전자와 눈이 마주치고 심장이 멈추는 듯한 기분을 느꼈다.

핸들을 잡은 채 악귀처럼 핏발 선 눈으로 이쪽을 노려보고 있는 것은 바로 다솜의 엄마였다.

"……!"

사태를 알아차렸을 때는 이미 늦어 있었다.

차가 무서운 속도로 돌진해서 미사를 덮치는 그 순간.

갑자기 혜경이 뛰어들어 미사를 온몸으로 힘껏 밀쳐버렸다.

혜경을 치고, 아슬아슬한 차이로 미사를 비껴 지나간 차가 쾅! 하는 굉음과 함께 벽을 그대로 들이받았다.

피를 흘리며 바닥에 쓰러져 있는 혜경을 본 순간, 지금껏 그토록 나오지 않던 한마디가 거짓말처럼 입에서 터져 나왔다.

"엄마!"

주차장에 미사의 비명이 울려 퍼졌다.

미사를 밀쳐내고 혼자 차에 치인 혜경은 곧바로 병원에 실려 갔다. 혜경을 치고 나서 주차장 벽에 그대로 충돌해버린 다솜의 엄마도 함께였다.

다솜의 엄마는 충격 때문에 기절한 것뿐이었지만 혜경 쪽은 부상이 심했다. 갈비뼈 여러 개와 팔뼈가 부러졌고, 가장 문제인 것은 한쪽 허벅지 뼈가 으스러지다시피 한 것이었다.

혜경의 사고 소식에 제일 먼저 병원으로 달려온 것은 이 회장이었다.

"아이고, 의사 선생!"

이 회장은 도착하자마자 의사에게 매달렸다.

"저 애가 말이 며느리지 나한테는 딸보다 더한 애라오. 제발, 제발 살려주시오!"

자신도 경황이 없는 가운데서도 미사는 놀라지 않을 수 없었다. 할아버지가 이토록 이성을 잃을 수도 있는 분이셨던가.

"제발 살려주시오, 의사 선생. 살려만 주면 내 뭐든지 다 해드리겠소!"

재벌그룹의 노회한 총수가 아니라, 그저 자식 걱정에 반쯤 미칠 지경이 된 힘없는 노인이 눈앞에 있었다.

"골절이 심할 뿐이지 생명에는 지장이 없을 겁니다. 수술에도 최선을 다할 테니 너무 걱정 마십시오."

의사가 그렇게 말하는데도 이 회장의 귀에는 들리지 않는 것 같았다.

"내가 벌써 아들을 둘이나 잃었소. 그런데 딸이나 다름없는 저 애까지 잘못되면……!"

혜경이 수술실에 들어가고 나자 이 회장은 비틀거리며 그 자리에 털썩 주저앉았다.

"죄송해요, 할아버지. 다 저 때문이에요."

비서들이 겨우 일으켜 의자에 앉힌 이 회장에게 다가가, 미사는 눈물을 참으며 말했다.

"얘야, 그게 무슨 소리냐?"

미사를 보자 이 회장은 그제야 정신이 좀 돌아오는 모양이었다.

"엄마가 저 때문에……!"

미사가 말을 제대로 잇지 못하자 곁에서 혜경의 비서가 조심스럽게 말했다.

"정다솜 씨 어머니가 낸 사고입니다. 부회장님을 치고 나서 벽을 들이받는 바람에 같이 병원에 실려 왔는데, 금세 정신을 차려서는 미친 것처럼 계속 소리를 지르고 있다고 합니다."

"뭐야? 뭐라고 한다던가?"

비서가 민망한 표정을 했다.

"자기 딸 인생도 망쳤으니까 네 딸 인생도 망쳐야 된다면서……."

"뭣이 어째?"

이 회장의 얼굴이 분노에 시뻘겋게 물들었다.

"저 대신에 엄마가 차에 치이신 거예요. 제 탓이에요, 할아버지. 정말 죄송해요!"

미사는 눈물을 감추지 못했다.

할아버지에게 있어 어머니는 단 하나 남은 자식이나 마찬가지

다. 그런데 그 어머니가 자기 때문에 크게 다쳤으니, 어머니에게도 물론 미안했지만 할아버지에게도 말로 다 할 수 없을 정도로 죄스러웠다.

"아니다, 그게 왜 네 탓이겠느냐?"

하지만 이 회장은 오히려 미사를 위로했다.

"저 대신에 저렇게 되셨는걸요."

"부모라는 것은 응당 자식을 감싸기 마련이야. 그래야 하고말고."

어느새 침착함을 되찾은 이 회장이, 미사의 어깨를 다독여주었다.

"의사가 괜찮다니 기다려보자꾸나. 별일이야 있겠느냐?"

하지만 그 손도 떨리고 있었다.

수술이 무사히 끝난 후에도 혜경은 한동안 깨어나지 못했다. 의사는 걱정하지 않아도 된다고 말했지만, 미사는 불안해서 어쩔 줄을 몰랐다.

"괜찮을 거야. 기다려보자."

윤하가 위로해주었지만 그래도 자꾸만 불길한 예감이 들었다. 혜경이 꼭 깨어나지 못할 것만 같아서. 두 번 다시 엄마라고 부를 기회가 오지 않을 것만 같아서.

하지만 다행히도, 불길한 예감은 보기 좋게 빗나갔다.

"미사는……?"

겨우 의식을 되찾자마자, 혜경이 가까스로 입 밖으로 낸 첫 마디였다.

"엄마, 저 여기 있어요!"

밤새 혜경의 곁을 지키고 있던 미사가 얼른 달려들어 혜경의 손을 잡으며 대답했다.

"괜찮으세요, 엄마? 저 알아보시겠어요?"

"그럼. 다친 데는 없니?"

까칠하게 메마른 입술로, 혜경은 미사의 안부부터 물었다.

"저는 멀쩡해요. 그런데 엄마가 많이 다치셨어요."

엄마, 엄마, 엄마. 그토록 답답하게 입안에서 맴돌기만 했던 말이, 한번 입 밖으로 나오고 나자 이제는 스스로도 놀랄 정도로 자연스럽게 흘러나오고 있었다. 마치 평생 불러온 것처럼.

이토록 쉬운 말인 것을, 왜 진작 부르지 못해서 여태 속상하게 만들었을까.

"네가 무사해서 다행이구나."

혜경의 입가에 힘없는 미소가 번졌다.

"그런데 대체 누가 이런 짓을 한 거니?"

미사가 울먹이며 대답했다.

"정다솜네 엄마 짓이에요. 자기 딸처럼, 제 인생도 망쳐주고 싶다고 했대요."

"맙소사. 그 막돼먹은 여자가 기어이……!"

잠시 분한 표정을 하던 혜경은, 무슨 생각을 했는지 금세 미소 짓는 얼굴로 되돌아갔다.
"왜 웃으시는 거예요?"
"뿌듯해서."
혜경이 가느다랗게 대답했다.
"낳아놓고 여태껏 고생만 시키고 해준 거 하나 없었잖아. 젖을 한번 물려보길 했니, 기저귀를 한번 갈아주길 했니. 도시락 한번 못 싸주고, 용돈 한번 못 줘본 자식인데 드디어 나도 엄마 노릇 한번 해보는구나, 싶어서 그래."
울음이 북받치는 것을 겨우 참고, 미사는 혜경을 노려보았다.
"이게 지금 뿌듯해할 일이에요? 엄마 평생 한쪽 다리 절게 되실지도 모른다고요!"
"다리 하나가 아니라 양쪽 다 전대도 뭐가 슬프겠니? 내 새끼 대신인데."
혜경은 조금도 속상해하지 않고, 오히려 활짝 웃었다.
"네가 심장이 아파서 죽게 됐다면, 엄마는 심장도 꺼내줄 수 있어."
미사는 기어이 혜경의 가슴에 얼굴을 묻고 울음을 터뜨리고 말았다.
"엄마……!"
"울지 마, 우리 딸."
혜경이 미사의 머리를 쓰다듬으며 달랬다.
"엄만 괜찮아. 괜찮으니까 울지 마렴, 아가."
스물여덟 살에 불리는 아가, 라는 말이 얼마나 다정하게 들리는

지 몰랐다. 혜경의 가슴에 기대, 미사는 28년간 참고 참아왔던 눈물을 한꺼번에 쏟아내듯이 서럽게 울었다.

"엄마, 엄마, 엄마……!"

엄마 품에서는 진짜 엄마 냄새가 났다.

어릴 적부터 그토록 꿈에도 그리워했던 엄마 냄새가.

다행히 혜경은 수술 경과가 무척 좋았다. 어차피 이제 출근도 안 하겠다, 미사는 아예 혜경의 병실에 붙어살다시피 했다. 낮에는 따로 간병인조차 두지 않을 정도였다.

"엄마 이제 괜찮으니까 그러지 말고 이제 집에 좀 가. 정 서방 외롭겠다, 결혼한 지 얼마나 됐다고."

혜경이 그렇게 타일렀지만 미사는 듣지 않았다.

"어차피 밤에는 집에 가서 자잖아요. 낮 동안에는 엄마 옆에 있을래요."

보통은 무료하기 짝이 없을 병원생활이었지만, 혜경과 미사에게는 하루가 어떻게 지나가는지도 모를 정도로 즐거운 시간들이었다.

30년 가까이 떨어져 살았던 모녀 사이에, 얘기는 해도 해도 끝이 없었다. 특히나 혜경은 딸이 지금껏 살아오면서 겪은 모든 일에 대해서 다 알고 싶어 했기 때문에, 미사는 거의 말로 자서전을 쓰는 기분이었다.

"그 사람, 처음엔 말더듬이도 엄청 심했어요. 그래서 고치는 데 무척 애먹었고요."

"어머나, 정 서방이?"

"네. 그러다가 우연히 알게 된 게, 드라마 대사는 또 안 더듬고 잘 하는 거예요."

미사가 무슨 이야기를 해도 혜경은 흥미진진하게 들었다.

"과외비도 떼먹혀본 적 있어요. 석 달 치나 밀리고 그만둬서 계속 연락하니까, 나중에는 불법과외로 신고한다고 협박하지 뭐예요? 결국 못 받았어요."

"세상에, 그런 못돼먹은!"

"결국 수능 망쳐서 재수하더라고요."

"그럼 그렇지. 내 새끼 괴롭히고 제 자식이 잘될 턱이 있나?"

미사가 당했던 억울한 일이나 슬픈 일에 대해서 들으면 미사 자신보다도 더 속상해하면서 편을 들어주기도 했다.

나쁜 기억들을 하나씩 꺼내 풀어놓으면 엄마가 들어주고 맞장구를 쳐준다. 그때마다 신기하게도 묵은 상처들이 하나하나 치유되는 느낌이었다. 엄마가 있다는 건 참 좋은 거구나, 하고 미사는 마음 깊이 생각했다.

그렇게 시간 가는 줄 모르고 이야기꽃을 피우다가 그것도 지치면 사이좋게 TV를 보았다. 주로 드라마였는데, 혜경은 사위인 윤하가 출연하는 작품을 보고 싶어 했다.

결론부터 말하자면 정윤하는 또 의문의 1승을 거두게 되었다. 바로 집안에 팬이 하나 더 생기고 만 것이었다.

"어쩌면 좋으니?"

여주인공의 집 앞에서 하염없이 기다리고 있는 윤하를 보면서, 혜경이 심각하게 말했다.

"이거 보면서 세상 모든 여자가 다 설레도 나는 설레면 안 되는 사람인데."

미사는 배꼽을 잡고 말았다.

"이따 윤하 씨 오면 엄마 한번 안아드리라고 할까요?"

"어머 얘, 됐어!"

"왜요, 그 사람 은근히 인기 욕심 있어요. 엄마가 팬 됐다고 하면 엄청 좋아할 텐데."

"됐다니까, 부끄럽게 얘가 참."

혜경 역시 나날이 밝아지고 있었다. 그전에는 웃어도 늘 어딘가 한구석에 그늘이 져 있는 것처럼 느껴졌는데, 지금은 웃을 때면 어찌나 티 없이 해맑은지 마치 소녀 같았다.

윤하도 매일 저녁마다 병원에 들렀다. 병실에서 셋이 함께 저녁을 먹고 나서 미사를 집에 데려가는 식이었다.

"미안하네, 정 서방. 괜히 나 때문에 미사랑 둘이 시간 보내지도 못하고."

"전 괜찮습니다, 어머님. 마음 쓰지 마시고 어서 회복하세요."

"그래, 미사 때문에라도 내가 하루 빨리 나아서 퇴원해야지 안 되겠어."

그러다 혜경이 갑자기 뭔가 떠오른 듯이 아, 하고 말했다.

"참, 미사야. 내일이 할아버지 생신이신데."

"정말요?"

"그래. 서방님까지 돌아가시고 나서는, 자식들 다 앞세운 늙은이가 무슨 생일을 챙겨 먹느냐고 아예 아무것도 안 하려고 하셔서 내가 겨우 미역국만 끓여드리고 그랬단다. 그런데 올해는 내가 병원에 있으니 그것도 못 해드리겠고."

혜경이 한숨을 내쉬었다.

"생신날 집에 혼자 쓸쓸히 계실 생각을 하니 마음이 안 좋구나."

미사는 할아버지를 떠올렸다. 며느리의 사고를 접하고 정신이 빠져나간 것처럼 불안해하던 모습을.

생각하기도 전에 자연스럽게 말이 나왔다.

"엄마, 제가 내일 할아버지 댁에 가볼까요?"

"그래 줄래?"

혜경은 기다렸다는 듯이 반색을 했다.

"네. 가서 미역국 끓이고 간단히 상이나 차릴게요."

"그런 것까지 안 해도 돼. 가서 인사만 드려도 무척 기뻐하실 거야."

"그럼 엄마, 내일 윤하 씨랑 같이 할아버지 댁에 갔다가 병원으로 올게요."

"내일은 안 와도 되니까 둘이 데이트라도 좀 해."

"내일 봬요, 엄마!"

들은 체도 않고 그렇게 말하며 가방을 챙겨드는 미사를 보고, 혜경이 못 말린다는 듯이 한숨을 내쉬었다.

"재는 대체 누굴 닮아서 이렇게 고집이 셀까?"

"엄마 딸 엄마 닮지 누구 닮았겠어요?"

미사는 한마디도 지지 않고 말대답을 했다.

"그럼 저 가요, 엄마!"

"내일 뵙겠습니다, 어머님."

함께 혜경의 병실을 나오는 길에, 문득 윤하가 웃었다.

"……닮았어."

"엄마하고 나 말이에요? 하나도 안 닮은 거 같은데."

"얼굴이 아니라 속이 닮았어. 강한 것 같지만 무척 여리고, 차가워 보이지만 알고 보면 따뜻한 것이."

"그런가요?"

엄마 닮았단 말이 싫지 않아서, 미사도 따라 웃었다.

"전에 사무실에서 만나 뵈었다고 했잖아. 그때, 큰절 드리니까 어머니가 나를 꼭 안아주셨거든. 우리 딸 잘 부탁한다면서 말이야."

미사의 손을 꼭 잡고 걸으며, 윤하가 말했다.

"나한테도 가족이 생긴 것 같은 기분이었어. ……그러니까 앞으로도 자주 만나 뵙고 잘 지냈으면 좋겠어. 할아버님도, 어머님도 말이야."

"그래요."

미사는 고개를 끄덕이고는 말했다.

"할아버지도 내 생각이랑은 좀 다른 분일 수도 있다는 생각이 들어요."

"뭐가?"

“처음 만나 뵈었을 때 내가 나중에 엄마 수양딸이라도 돼서 재산 노릴까 봐 경계하시는 것 같았어요. 게다가 이젠 자꾸만 이것저것 물량공세를 하시니까 돈이면 뭐든지 다 된다고 생각하는 분이구나, 싶었거든요. 하지만 엄마 사고 당했을 때 그렇게 걱정하시는 거 보니까 생각했던 것보다는 훨씬 인간적인 분인 것 같아요.”

미사는 조그맣게 한숨을 쉬었다.

“차라리 진심이 담긴 작은 선물 같은 거 보내주셨으면 처음부터 오해 안 했을 텐데.”

하지만 윤하는 의외의 대답을 했다.

“음, 사실 난 그렇게 생각하지 않는데.”

“왜요?”

“비싼 선물이라고 해서 꼭 진심이 담겨 있지 않다는 것도 편견이라고 생각해.”

미사가 의아한 눈으로 쳐다보자 윤하가 설명했다.

“내가 좋아하는 여자한테 선물공세 많이 해봤거든, 물론 드라마 속에서지만.”

“그런데요?”

“비싼 선물이지만 거기에 진심이 없는 건 아니었어. 뭘 줘야 상대가 좋아할까, 어떻게 해야 날 봐줄까, 하고 무척 고민하면서 보내더라고.”

“아…….”

“생각해봐. 누구든 자기 사정에 맞춰서 선물을 하는 건데, 할아버지는 대서양그룹 회장님이시잖아. 그러니 자연히 비싸지는 거지, 꼭 돈으로 네 마음을 사겠다는 건 아닐 수 있다고."

자세를 고쳐 앉는 미사를 보며, 윤하가 부드럽게 말했다.

"할아버지는 할아버지 나름대로 정성을 담아서 보내셨던 걸지도 몰라."

미사는 문득 예전에 이 회장의 비서가 했던 말을 떠올렸다.

「아가씨께서 결혼식도 제대로 못 올리고 사신다면서, 회장님께서 매우 가슴 아파하셨습니다. 그러니 예물이라도 제대로 했겠느냐며 손수 보석상에 나가서 고르신 겁니다.」

분명 비서는 그렇게 말했었다. 할아버지가 손수 골라서 준비했다고.

……어쩌면 선입견을 가지고 있었던 건 내 쪽이 아닐까.

처음으로 미사는, 그렇게 생각했다.

칠십 하고도 아홉 번째 생일날. 이 회장은 집에서 몸져누워 있었다.

얼마 전 혜경이 사고를 당했을 때, 이 회장은 그야말로 하늘이 무너지는 줄만 알았다. 아들을 둘이나 잃은 것도 모자라서 이제는 딸처럼 의지하고 살아온 며느리까지 잃는 줄 알았던 것이다.

다행히도 생명과는 관계가 없는 사고였고, 실제로 혜경은 무사히 회복 중이지만 이 회장은 그때의 충격이 좀처럼 가시지 않았다. 나이가 먹어서인가, 정신적 충격을 크게 받으니까 몸까지 아팠다.

그래서 몸살이 오는 바람에 며칠째 회사에도 나가지 못하고 있었다.

누워 있자니 기분은 계속 울적해지기만 했다. 대부분은 미사 때문이었다. 돈도 싫다, 이사직도 싫다, 이름 바꾸기도 싫다, 하는 걸 보아하니 앞으로도 아예 남남인 것처럼 살 모양인데 그 생각만 하면 이 회장은 억장이 무너졌다.

세상에 하나뿐인 내 손녀가!

몸도 아프고, 마음도 아프고. 그렇게 이 회장이 생일이고 뭐고 대낮부터 자리보전하고 끙끙 앓고 있을 때였다.

"회장님. 손님이 오셨습니다."

비서가 들어와서 말했다.

"당분간 아무도 들이지 말라고 했지 않나?"

이 회장은 누운 채로 벌컥 역정을 냈다.

"회장님, 그게 꼭 만나보셔야 될 분이라서……."

"글쎄 누가 됐든지 간에 일단 돌려보내라니까. 다음에 보자고 해."

비서가 한숨을 지었다.

"알겠습니다, 회장님. 그럼 미사 아가씨께 그렇게 전하겠습니다."

"뭐야? 누구라고?"

이 회장은 제 귀를 의심했다.

"미사 아가씨하고 손녀사위께서 오셨습니다. 생신 축하드린다면서……."

순간 비서는 깜짝 놀랐다. 방금까지 다 죽어가던 노인네가 갑자기 자리를 박차고 강시처럼 벌떡 튀어 일어나더니 벼락같이 외쳤던 것이다.

"내 옷, 갈아입을 옷 좀 빨리!"

언제 몸져누워 있었냐는 듯이, 이 회장은 입고 있던 잠옷 가운을 벗어 던지고 번개같이 비서가 챙겨준 옷으로 갈아입고 나서 거실로 나갔다.

거실 소파에 손녀와 손녀사위가 나란히 앉아 있다가 이 회장을 보고는 몸을 일으켰다.

"안녕하세요, 할아버지."

"안녕하셨습니까."

꿈에도 그리던 손녀의 얼굴을 보고, 이 회장은 그만 왈칵 눈물이 날 뻔했다.

"아니, 미사 네가 여긴 어떻게……."

"오늘 할아버지 생신이라고 어머니한테 들었거든요. 그래서 축하드리러 왔어요."

"오냐, 오냐. 잘 왔다, 잘 왔어."

이 회장은 미사의 손을 꼭 잡고 한참 동안이나 놓을 줄을 몰랐다.

"저희 신랑하고 같이 골랐어요. 마음에 드셨으면 좋겠어요."

이 회장은 떨리는 손으로 미사가 건네는 선물상자를 받아들었다.

이렇게 와준 것만도 고마운데 선물까지! 주책맞게도 자꾸만 눈앞이 흐려져서 포장을 푸는 데도 한참이나 걸렸다.

상자 안에서 나온 것은 등산화였다.

"산행 좋아하신다고 들었어요. 가끔 같이 가요, 할아버지."

미사의 말에 이 회장은 이게 꿈인가, 생신가 하는 생각이 들었다. 그토록 꿈에도 그리워하던 손녀와 함께 산에 갈 수 있다니. 이제는 죽어도 여한이 없을 것만 같다. 두 아들을 잃고 외롭게 살아온 이 회장의 눈에, 눈물이 그렁해졌다.

"마음에 드세요?"

이 회장은 그만 목이 메어서 대답조차 못 하고 그저 고개만 크게 끄덕였다. 암, 마음에 들고말고. 내 평생 이렇게 귀한 선물은 처음이란다. 가격으로는 기껏해야 채 몇십만 원도 하지 않을 이 등산화가, 이 회장에게는 같은 크기의 금덩어리보다도 더 귀하게 느껴졌다.

"그러니까 저한테도 건물이니 보석이니 자꾸 보내주지 않으셔도 돼요."

미사가 말했다.

"그런 비싼 선물 아니더라도, 전 할아버지가 좋아요."

"얘야……."

"할아버지 손녀잖아요, 저."

기어코 이 회장은 체면이고 뭐고 눈물을 왈칵 쏟고 말았다.

"부탁이 있어요, 할아버지."

이 회장을 살며시 껴안으며, 미사가 말했다.

"저 그냥 있는 그대로 예뻐해주세요."

"……."

"재연이 말고, 후계자 말고, 그냥 할아버지 손녀 미사로 말이에요."

"오냐, 오냐."

손녀를 꽉 끌어안고 눈물을 뿌리며, 이 회장은 몇 번이나 고개를 끄덕였다.

"내 그렇게 하마."

미사와 윤하가 다녀가고 난 후, 이 회장에게는 한 가지 걱정거리가 새로 생겼다.

그날, 미사는 이 회장이 괜찮다고 계속 사양했는데도 손수 미역국을 끓여주었다. 솜씨도 얼마나 좋은지 몰랐다. 평생 먹어본 것 중에 제일 맛있는 미역국이었다.

게다가 계속 마음에 걸렸던 부분도 해결이 되었다.

「이름은 바꾸지 않을 거지만, 성은 할아버지 성을 따르겠어요.」

함께 식사를 하면서, 손녀는 그렇게 말했다.

「어차피 제가 자랐던 보육원 원장 성 따른 거라 별로 좋아하지도 않고, 또 저는 할아버지 손녀고 아버지 딸인 게 사실이니까요.」

이 회장으로서는 꿈만 같은 이야기였다. 어차피 이름이야 재연이든 미사든 크게 중요하지 않았다. 중요한 건 성이지. 손녀가 아예 집안과 연을 끊을까 봐 조마조마했는데, 다행히 그건 아니라는 뜻이 아닌가.

후계자가 되지 않겠다는 거야 여전히 아쉬웠지만, 욕심도 너무 과해서는 못쓰는 법이니 일단은 이쯤에서 만족하기로 했다.

그럼 대체 뭐가 걱정이냐. 바로 손녀사위인 정윤하였다.

일단 첫 번째로 외모부터가 별로 마음에 들지 않았다.

자고로 사내대장부라면 좀 더 우직하고 듬직한 맛이 있어야 하는데 이 친구는 키만 컸지 몸은 늘씬하고, 게다가 톡 까놓은 계란처럼 미끈하게 생긴 게 웬만한 여자보다 더 곱지 않은가. 남자가 저렇게 생겨봤자 여자들 붙을 일밖에 없는데. 때는 바야흐로 2016년인데 여태 미남상이 이대근에 머물러 있는 이 회장이었다.

두 번째로 못마땅한 것은 직업이었다.

요즘에야 세상이 바뀌어서 연예인이 추앙받는다고 하지만, 옛말로 하면 그냥 광대 아닌가. 사내라면 응당 제 사업을 해야지, 남의 일 해주고 돈 버는 것부터가 별로 탐탁지 않았다.

게다가 배우란 게, 바람날 위험이 매우 높은 직업군에 속해 보였다. 손녀사위가 무슨 일을 하는지 한번 보자 싶어 비서를 통해서 드라마를 하나 구해 봤다가 이 회장은 말 그대로 컬처 쇼크를 먹었던 것이다. 말세다, 애들 다 보는 텔레비전에서 저렇게 진하게 입술 박치기를 하다니!

물론 이 회장 역시 배우가 키스 연기를 하는 게 나쁘다고 생각할 정도로 꽉꽉 막힌 사람은 아니었다. 단지 그게 내 손녀사위가 되면 곤란할 뿐. 이 회장에게 있어서 미사는 눈에 넣어도 아프지 않을 손녀였다. 자칫 저러다 여배우랑 정분이라도 나면 내 새끼 속상해서 어쩐단 말인가?

셋째로 마음에 들지 않는 것은 재력이었다.

웬만한 연예인들은 부동산 부자니 빌딩을 샀느니 하고 기사가 나는 마당에, 명색이 톱스타라면서 자산이 동산 부동산 합쳐 채 백억대도 되지 않는다니 이거야말로 빛 좋은 개살구 아닌가. 대체 많이 번다는 그 돈은 다 어디다 썼단 말인가?

마지막으로 개중 제일 마음에 걸리는 것은 바로 성격이었다.

활달하고 야무진 손녀와는 달리 손녀사위는 딱 봐도 무척이나 무뚝뚝해 보였다. 아니나 다를까, 생일날 집에 왔을 때도 입을 조개처럼 딱 다물고 있다가 묻는 말에만 겨우 대답하는데, 은근히 미사가 걱정될 정도였다. 도대체 저런 재미없는 위인과 평생을 어떻게 산단 말인가?

이건 분명 손녀가 얼굴만 보고 결혼한 게 틀림없다고 이 회장은 생각했다.

'혼인신고를 했다는데 이혼이야 시킬 수 없고…… 이를 어쩐다?'

고심하던 이 회장은 우선 손녀사위가 어떤 인물인지 정확히 파악부터 해야겠다고 결심했다. 그래야 할리우드 진출을 시켜서 세계적인 배우로 키워주든지, 아니면 제 적성에 맞는 사업체를 차려주든지 할 것 아닌가. 게다가 하다못해 혹시 모를 바람에라도 대비하려면 뒷조사가 꼭 필요해 보였다.

이 회장은 비서를 불러 윤하에 대해 조사해 오도록 지시했다.

"지난번처럼 재산 내역만 뽑아 오지 말고, 이번에는 아주 여러모로 철저하게 조사를 해봐."

"예, 회장님."

"출신부터 시작해서 다녔던 학교, 전과 기록, 여태 만났던 여자들까지 빼놓지 말고."

그로부터 일주일 후, 비서는 이 회장에게 꽤 두꺼운 보고서를 제출했다. 이름 하여 '정윤하에 대한 보고서'였다.

보고서를 펼쳐보자 이 회장이 제일 중요하게 생각했던 '여자관계' 부분이 역시나 맨 첫 장에 위치해 있었다. 그런데 이상한 것은 내용이 텅 비어 있다는 점이었다.

[1. 여자관계]

제목만 달랑 있고 그 아래에는 아무것도 쓰여 있지 않은 페이지를 보고 이 회장은 눈을 깜빡였다.

"이게 뭐야?"

"여자관계라는 게 없습니다."

비서가 단호박을 자르듯 말했다.

"미사 아가씨 외에 일생을 통틀어 여자라고는 전무합니다."

"결혼 전에 사귀던 여자도 없단 말이야?"

"사귀던 여자는커녕 한두 번 데이트한 여자조차도 없습니다."

털어 먼지 안 나는 인간이 있을 리 있나? 이 회장은 쉽사리 믿지 못했다.

"아니, 직업이 그런데 여자가 하나도 없다고?"

"예, 회장님. 여배우들 사이에서는 별명이 철벽남이라고 합니다."

"철벽남? 그게 무어야?"

"빈틈이 전혀 보이지 않는 남자라는 뜻입니다. 절대 여자한테 곁을 주지 않는 성격으로 유명합니다."

"그래?"

그렇다면 일단은 합격점이다. 페이지를 넘겨본 이 회장은 문득 이맛살을 찌푸렸다.

"근데 학력은 또 왜 이 모양이야?"

초등학교 졸업 이후 중학교 중퇴. 그리고 중학교와 고등학교는 각각 검정고시로 졸업 자격을 얻었다고 쓰여 있었다.

"상당히 불우한 환경에서 자랐습니다. 자세히는 그 뒤에 기술되어 있습니다."

이 회장은 또다시 페이지를 넘겨보았다. 정윤하의 출생부터 현재까지에 걸쳐서 일대기 식으로 정리되어 있는데, 대부분이 무척이나 마음 아픈 내용들이었다. 알코올중독에 폭력을 휘두르는 아버지, 도망간 어머니. 그래서 중학교 때부터 학업을 그만두고 중국집 배달을 하다가 자라서는 막노동으로 생활했다고 쓰여 있었다.

"당시 같이 일했던 작업반장을 찾아 물어봤다고 합니다."

비서가 말했다.

"무척 성실하고 마음씨 착한 청년으로 기억하고 있었는데, 배우가 됐다는 건 아예 모르는 모양이었답니다. 그 녀석, 말도 더듬는데 어디서 잘 살고 있는지 모르겠다고 걱정을 하더라고 합니다."

"그래……?"

무척이나 의외였다. 화려한 외모와 직업 때문에 겉멋이 잔뜩 들었을 거라 생각했는데 그렇게나 고생을 많이 했을 줄이야.

'이만하면 사람 볼 줄은 어지간히 안다고 생각했는데, 나도 아직 멀었구먼.'

씁쓸해하며 이 회장은 계속해서 읽어 내려갔다. 막노동을 하다가 미사가 봉사하고 있던 야학에서 공부를 하게 되었고, 그런 과정에서 말더듬이를 고쳐 배우가 되었다고 쓰여 있었다.

"같이 일했던 야학 교사를 제가 직접 만나보았습니다. 당시에 미사 아가씨께서 무척 열심히 가르치셨다고, 검정고시 공부뿐 아니라 말더듬이를 고쳐주느라 무척 애를 썼다고 합니다."

"그랬구먼."

얼굴도 예쁜 것이 마음씨도 곱기도 하지. 그 와중에 손녀가 자랑스러워 이 회장은 씩 웃었다.

"톱스타가 되고 나서 그쪽에서 아가씨를 찾아와서 다시 만난 모양입니다."

"거 은혜는 아는 녀석이로군 그래."

이 회장은 만족스럽게 고개를 끄덕였다. 그때면 미사는 가진 것 하나 없는 고아 처녀에 불과했을 텐데, 성공하고 나서도 저버리지 않다니.

보고서를 계속 넘기며, 이 회장은 감탄한 듯이 말했다.

"허어, 어쩐지 돈이 없다 했더니 기부도 무척 많이 하는군?"

"예. 미사 아가씨와 같은 보육원에서 자란 고아들을 여태 정윤하 씨가 모두 후원하고 있습니다. 그 외에도 여러 곳을 돕고 있는데, 리스트는 첨부해두었습니다."

"기특하구먼."

"상대적으로 부동산이나 투자에 별 관심이 없다 보니 재테크는 많이 못 했던 모양입니다."

"사람이 다 잘할 수 있나. 저 하는 일만 제대로 하면 그만이지."

보고서를 읽어갈 수록 이 회장은 정윤하라는 인물이 점점 마음에 들고 있었다. 여자관계도 깨끗하고, 의리도 있고, 성실하다고 하고, 그만하면 고생도 차고 넘치게 했고.

'이만한 인품이면 툭하면 사고 쳐서 신문에 나는 재벌 3세들보다야 손녀사위로 훨씬 낫지. 암, 낫고말고.'

다솜이 현우와 결혼하겠다고 했을 때도 그랬지만, 이 회장에게는 그 무엇보다 손녀의 행복이 제일 중요했다. 이만한 사람이면 미사 눈에 눈물 뺄 일은 없을 것 같았다.

'그럼 그렇지, 내 손녀인데 안목인들 오죽하려고.'

괜히 노파심에 뒷조사까지 시켰구나, 하고 은근히 후회까지 되었다.

"생모를 찾았다고?"

"예. 아버지는 이미 한참 전에 사망했고, 어릴 때 헤어진 생모 쪽은 뒤늦게 재혼해서 남매를 두었는데, 5년쯤 전에 사망했습니다."

이 회장의 얼굴에 잠시 안타까운 빛이 스쳤다.

"남매가 아직 고등학생인데 생활이 어렵다고 합니다."

“그래, 알았네.”

고개를 끄덕이며 보고서를 넘기던 이 회장의 눈이 갑자기 커졌다. 바로 범죄 기록에 이르러서였다.

“뭐야? 소년원?”

“예, 회장님. 조사를 하다 보니 약 1년간의 행적이 빠져 있었습니다. 그래서 알아보니 소년원에 다녀왔던 경력이 있었습니다.”

비서가 대답했다.

“당시의 수사 기록과 재판 결과를 입수했습니다. 신문기사들도 첨부되어 있습니다.”

이어지던 문서를 읽던 이 회장은 더더욱 경악하고 말았다.

“유괴? 과실치사?”

“예, 회장님.”

“아니, 어떻게 이런 범죄자가 연예인이 될 수가 있나!”

이 회장이 책상을 주먹으로 쾅 내리쳤다.

“소년원에 다녀온 경력은 따로 전과가 남지 않습니다. 게다가 어릴 때 일이다 보니 여태 알려지지 않고 활동할 수 있었던 것 같습니다.”

이게 무슨 날벼락인가. 내 손녀가 이런 흉악범죄자와 결혼하다니! 보고서를 든 이 회장의 손이 벌벌 떨리기 시작하는데, 비서가 다시 말했다.

“그런데 그게 다가 아닙니다, 회장님.”

“뭐야?”

“정윤하 씨는 성인이 된 직후부터, 유괴를 당했다는 피해자 도민호를 데려다 계속 함께 살았습니다. 배우가 된 후로는 자기 매니저로 두었고요."

"그게 말이 되나? 자기를 유괴하고, 제 아버지까지 죽게 만든 사람인데!"

"말이 안 된다고 생각해서 더 알아봤더니 수상한 점이 한두 가지가 아니었습니다."

비서가 설명했다.

"우선 도민호는 유괴당하기 전에 계모 슬하에 살았는데, 무척이나 학대가 심했다고 합니다. 당시 그 동네에 살던 주민들이 입을 모아 그렇게 말하고 있었습니다."

['그리운 내 아들아!'
되찾은 아들을 안고 감격에 울부짖는 김 여인(35)]

피해자라는 아이를 껴안고 있는 계모의 사진이 실린 신문기사 위에, 이 회장의 시선이 한참 머물렀다.

"정윤하 씨가 도민호를 유괴해 있던 동안 같이 세 들어 살았던 집주인도 만나봤습니다. 둘이 무척 사이가 좋았다고, 형이 동생을 무척이나 아껴서 친형제인 줄만 알았는데 일이 터지고 나서 깜짝 놀랐다고 하더군요. 뭔가가 잘못된 게 틀림없다고 장담을 하고 있었습니다."

"흐음……."

이 회장의 반쯤 회색이 된 눈썹 사이가 좁아졌다.

"사건 후 얼마 안 돼서 계모도 교통사고로 죽고 도민호는 시설에 보내졌는데, 그때 친하게 지냈던 누나도 찾을 수 있었습니다."

비서가 계속해서 말했다.

"도민호가 보육원에서 가끔씩 밑도 끝도 없는 말을 하며 울었다고 합니다."

"뭐라고 했다던가?"

"자기 잘못이라고, 형이 아니라 자기가 감옥에 가야 한다고 그러더랍니다."

이 회장의 얼굴에 놀라움이 번졌다.

"그럼 내 손녀사위가 억울하게 누명을 썼다, 이 말인가?"

"예. 아무래도 그런 것 같다는 결론입니다."

이 회장의 이마에 팬 주름이 한층 더 깊어졌다. 의자에 등을 깊숙이 묻은 채 말없이 앉아 있다, 한참만에야 이 회장은 입을 열었다.

"이 사람들, 죄다 다시 만나서 자세하게 증언 따고 증거 수집해. 그 외에도 조금이라도 관련 있는 사람들은 무조건 다 찾아내서 얘기 듣고."

"예, 회장님."

"그때 수사했던 경찰들, 사건을 맡은 검사, 판사가 누군지도 싹 다 알아보고. 벌써 옷 벗었더라도 악착같이 찾아내서 조사해봐."

드디어 민호의 데뷔작인 드라마의 첫 촬영이 내일로 다가왔다.

여느 때처럼 민호는 예지의 공부가 끝날 시간을 기다려 독서실 앞으로 데리러 왔다.

"미안해, 내일부터는 못 데려다 주게 돼서."

데려다 주는 것도 당분간은 오늘이 마지막이었다. 촬영이 시작되면 이제 눈코 뜰 새 없이 바빠질 테니까.

하지만 예지는 아무렇지도 않다는 듯이 생글거렸다.

"집에서 공부하죠 뭐. 독서실비 굳고 개…… 아니, 이득인데요?"

턱없이 밝아 보이기만 하는 예지가, 민호는 은근히 원망스러웠다. 당분간 얼굴 못 보게 돼서 난 이렇게 서운한데.

"이제 촬영 시작하면 한동안은 얼굴 보기 힘들 거야."

"그러게요. 미사 언니가 그러는데, 미니시리즈 한번 들어가면 그냥 죽었다고 생각하는 게 낫다던데요? 윤하 오빠 때 당해보고 알았대요."

그것도 모자라서 까르르 웃기까지. 민호는 본격적으로 속이 상해버리고 말았다.

예지에게는 차마 말하지 못했지만, 내일 첫 촬영이 하필이면 키스 신이었다. 그것도 대본상으로는 꽤나 진한.

물론 모태솔로인 민호로서는 첫 키스에 해당했다. 윤하는 연긴데 뭘 그래, 하고 핀잔을 주었지만 민호는 아무래도 그렇게 쿨해질 수가 없었다. 좋아하는 여자에게 주려고 장장 26년을 고이 간직해 온 입술인데!

그렇다고 그전에 어찌해보기에는 예지는 아직 미성년자였다. 게다가 아직 고백도 하기 전. 결국 민호는 내일이면 눈뜨고 코 베일,

아니 입술을 빼앗길 판이었다.

'가뜩이나 심란해 죽겠는데, 내 마음도 모르고.'

자꾸만 서운해지는 마음을 겨우 감추며 민호는 예지를 집 앞까지 데려다 주었다.

"그럼 들어가. 가끔 연락할게."

"네, 오빠. 조심해서 가세요."

그렇게 말하고 돌아섰던 예지가, 갑자기 뭔가 생각났다는 듯이 걸음을 멈추고 돌아보았다.

"참, 오빠! 저 오빠 줄려고 준비한 거 있는데."

"나한테?"

"네. 그동안 집에 데려다 주셔서 고맙다고요."

이리 와봐요, 하고 손짓하는 대로 민호는 예지에게 가까이 다가갔다. 예지는 등에 메고 있던 가방 끈 한쪽을 팔에서 빼서 안을 들여다보며 뭔가를 찾았다.

"어, 이상하다. 분명히 여기 넣어놨었는데……."

"뭔데?"

민호가 덩달아 고개를 숙여 가방 안을 들여다보느라 얼굴이 한껏 가까워진 그 순간.

갑자기 예지가 기습적으로 고개를 이쪽으로 돌렸다.

동시에 입술에 부드러운 것이 와 닿았다.

"……!"

민호는 너무 놀라 숨을 멈추고 눈을 커다랗게 떴다. 시야에 예지의 꽉 감고 있는 두 눈이 들어왔다.

맙소사.

예지의 입술이 닿아 있는 동안, 민호는 꼼짝도 못 하고 부동자세로 굳어져 있었다. 귀에 들리는 것은 오로지 가슴을 뚫고 나올 기세로 뛰어대는 제 심장 소리뿐.

그리고 민호의 숨이 바야흐로 넘어가기 직전에 예지의 입술은 겨우 떨어졌다.

"……선물이에요."

땅바닥을 쳐다본 채, 예지가 부끄러운 듯이 말했다. 가로등 불빛 아래인데도, 얼굴이 발그레해져 있는 것이 확실히 눈에 들어왔다.

"그럼 내일 촬영 힘내요, 오빠."

그리고 뒤에 덧붙여서 조그맣게 말했다.

"……키스 연기 너무 몰입하지 말고요."

그제야 민호는 겨우 눈을 깜빡였다.

"그럼 저 들어갈게요!"

민호가 채 뭐라고 대답하기도 전에, 예지는 도망치듯 등을 돌려 뛰어가버렸다.

"……."

예지가 집안으로 모습을 감춰버린 후에도 한참 그 자리에 못박힌 듯이 서 있던 민호가, 이윽고 뒤돌아서 정신 나간 사람처럼 터덜터덜 걸어가기 시작했다.

그리고 몇 걸음 가다 못해 갑자기 한쪽 주먹을 불끈 쥐고 외쳤다.

"아싸!"

어두운 골목길을 춤추듯 팔짝팔짝 뛰며 가는 청년을, 지나가는 사람들이 놀라서 쳐다보았다.

1심 재판을 기다리며 구치소에 수감되어 있는 서현우에게, 어느 날 접견 신청이 들어왔다.

"변호사님께 이야기 전해 듣고 찾아뵈었습니다."

접견하러 온 사람의 신분은 바로 기자였다. 그것도 스타들의 스캔들을 주로 터뜨리기로 악명이 자자한 파파라치성 인터넷 매체의 기자.

차단막 너머로, 기자는 곤란한 듯이 말했다.

"그런데 찾아주신 건 고맙지만 사실 저희가 연예 전문 매체라서요. 기삿거리를 주신다 해도 해드릴 수 있는 게 별로 많지가 않습니다. 그래서 혹시 뭘 잘못 알고 연락하셨나, 싶기도 하고……."

"아니, 정확히 알고 연락드린 겁니다.

수용복 차림의 현우가 조용히 미소를 지었다.

"제가 내주십사 하는 것도 연예 기사라서요."

"예?"

당황한 표정을 한 기자에게, 현우가 손짓했다. 그리고 기자가 얼굴을 가까이 가져가자 목소리를 한층 더 낮추어 이야기하기 시작했다.

"……!"

이야기를 듣던 기자의 얼굴이 점점 경악으로 물들어갔다. 도저히 믿을 수 없다는 듯한 표정이었다.

잠시 후, 이야기를 다 듣고 난 기자가 잔뜩 긴장한 얼굴로 물었다.

"정말로 확실한 겁니까?"

"물론입니다. 상세한 내용과 증거자료는 제 변호사가 전달해드릴 겁니다. 모든 자료가 다 준비되어 있으니, 기자님은 그냥 그대로 기사만 쓰시면 됩니다."

기자의 가슴이 마구 쿵쾅거리기 시작했다.

"이런 큰 특종을 하필 저희한테 주시려는 이유가 있겠죠."

흥분을 억누르며, 기자는 물었다.

"원하시는 게 뭡니까?"

"정의 구현이죠."

살인까지 포함된 희대의 사기극으로 얼마 전까지 각종 언론에 오르내렸던 범죄자는, 태연한 얼굴로 전혀 어울리지 않는 단어를 입에 담았다.

"그런 흉악범이 전 국민의 사랑을 받는 톱스타라니, 견딜 수가 없을 뿐입니다."

미소까지 띠고, 서현우는 말했다.

"그러니 부디 기자님께서 저 대신에 확실하게 정의를 실현시켜 주십시오."

09 / 오랜 멍에를 벗다

입원한 지 약 2주 만에 혜경은 퇴원했다. 당분간은 휠체어를 타거나 목발을 짚어야 했고, 앞으로 재활치료도 받아야 했지만 일단 지금까지는 회복이 빠른 편이라고 의사는 말했다.

혜경이 퇴원하는 날 축하의 의미로 가족끼리 모여 식사 자리를 가졌다. 물론 이 회장도 함께한 자리였다.

"자네가 탕수육을 좋아한다고 해서, 내 일부러 서울에서 탕수육을 제일 잘한다는 식당으로 예약시킨 거야."

혜경이 테이블을 회전시켜 탕수육을 윤하 앞으로 돌려놓아 주며 말했다.

"그러니 많이 들게, 정 서방."

"감사합니다, 어머님."

윤하가 예의 바르게 대답하자 이 회장이 짐짓 골이 난 표정을 했다.

"이런, 어쩐지 내가 청요리(중국음식) 별로 안 좋아하는 거 뻔히 알면서 중식당으로 예약했다고 해서 이상타 했더니만. 범인이 너였느냐?"

"예, 아버님. 저였어요."

"이런 고얀 것. 사위만 챙기고, 이젠 시아비는 안중에도 없다, 이거냐?"

"어쩌겠어요? 옛말에도 사위 사랑은 장모라잖아요."

혜경이 웃으며 대꾸했다.

"할아버지가 이해하세요. 사위 사랑은 둘째 치고, 엄마 이거 팬심이시거든요."

미사도 끼어들었다.

"팬심?"

"엄마가 윤하 씨 팬이 되셨어요. 어제 팬 카페도 가입해서 등업 대기 중이세요."

일러바치듯 말하고, 미사가 깔깔거렸다.

"윤하 씨 드라마 보고 나니까, 웬만한 남자는 다 오징어로 보이신대요!"

"어머, 얘도 참!"

혜경은 미사의 등짝을 찰싹 때리며 민망해하고, 미사는 우스워 죽겠다는 듯이 배꼽을 잡고, 윤하는 수줍은 듯이 조용히 웃었다.

"등업이 뭐냐? 오징어는 또 무슨 뜻이고?"

그 가운데서 이 회장은 눈알만 또록또록 굴렸다.

어쨌든 화기애애한 가운데 식사는 대강 끝났다. 다른 사람들은 모두 배가 불렀는데 이 회장 혼자만 아쉬운 듯이 입맛을 다셨다.

"여기 쌀밥 한 그릇 달라고 해라. 원 반찬만 계속 먹은 것 같은 게, 아무래도 밥이 한 술은 들어가야지 안 되겠구나."

워낙 한식파인 이 회장이었다.

잠시 후 종업원이 쌀밥을 가져와 테이블에 내려놓은 순간, 갑자기 미사가 말없이 눈살을 확 찌푸렸다.

"왜 그래?"

윤하가 의아한 얼굴을 했다.

"배불러서 그런지 밥 냄새가 좀 싫네요. 별거 아녜요."

금세 미소를 지어 보이는 아내의 얼굴을, 윤하는 물끄러미 바라보았다.

"……."

식사를 마치고 나오는 길에, 미사 일행은 주차장으로 이어지는 정원을 걸어 나오다 반대쪽에서 오는 다른 일행을 마주쳤다.

"어이쿠, 이게 누구신가. 이 회장 아니오!"

이 회장과 같은 또래의 잘 차려입은 노신사 하나가 이 회장을 보고는 반갑게 말을 걸며 악수를 청해 왔다.

"아, 김 회장. 오랜만이구려."

상대의 손을 마주 잡으며 이 회장이 떨떠름하게 대꾸했다. 무척이나 반가운 기색을 하는 상대와는 달리, 별로 반갑지 않은 기색이 역력했다.

김 회장이라고 불린 노신사는 혜경과도 이미 구면인 모양이었다.

"이런, 홍 부회장도 계시고. 사고 소식은 진작 들었는데 마침 해외 일정이 바빠서 문병도 한번 못 가보고, 미안하게 됐소이다."

미사가 미는 휠체어에 앉은 혜경이 미소를 지었다.

"아니에요. 염려해주신 덕분에 무사히 퇴원했답니다."

이어서 김 회장의 시선이 미사에게 머물렀다.

"아하, 이 아가씨가 바로 그 한창 떠들썩했던 손녀분이시구려?"

"그렇소이다."

이 회장이 자랑스러운 듯이 미사의 어깨에 손을 얹었다.

"인사 드려라, 미사야. 이쪽은 오성그룹 김계동 회장이시다."

"안녕하세요. 이미사라고 합니다."

미사가 고개 숙여 예의 바르게 인사를 했다. 아직 법적으로는 성이 바뀌기 전이지만, 눈치 빠르게도 자신을 이미사라고 소개하는 손녀의 센스에 이 회장의 얼굴에 흐뭇한 미소가 떠올랐다.

"반갑소, 미사 양. 내 조부 되시는 분과는 오래된 사이라오."

미사와 인사를 나누고 난 김 회장은, 이윽고 미사의 곁에 서 있는 윤하를 보고 고개를 갸웃거렸다.

"가만있자, 이쪽도 낯이 익은 게 아무래도 구면인 것 같은데…… 누구시더라?"

대답을 한 것은 이 회장도, 미사도, 혜경도 아니었다.

"정윤하요!"

김 회장의 뒤에 서 있던 젊은 여자가 상기된 얼굴로 외쳤다가 얼른 말을 정정했다.

"아니, 정윤하 씨요."

"정윤하? 어디서 많이 들은 것 같긴 한데……."

"유명한 배우잖아요! 우리 오성식품에서 나오는 커피 광고 모델인데, 할아버지 모르세요?"

아무래도 말한 사람은 김 회장의 손녀이고, 눈치 상 윤하의 팬인 것 같았다. 바로 옆에 남편으로 보이는 젊은 남자가 서 있는데도 불구하고, 윤하를 곁눈질로 슬쩍슬쩍 쳐다보며 어쩔 줄 몰라 하고 있었으니까.

반면에 김 회장은 김이 팍 새는 표정이었다.

"아, 연예인이었느냐?"

난 또 뭐 대단한 사람이라고, 하는 듯한 말투였다. 그런 눈치를 깨달았는지, 이 회장이 말했다.

"대한민국에서 정윤하 모르면 간첩이라는데, 내 이참에 김 회장을 나라에 신고해서 포상금 타먹어야겠구려."

농담처럼 말하고 있었지만 기분 상한 기색이 역력했다.

이렇게 마주쳐서 이야기하고는 있지만, 사실 두 회장은 사이가 매우 좋지 않았다. 원래 수십 년 전에는 꽤 가까운 친구 사이였는데 어떤 사건으로 사이가 틀어지고 나서는 점점 앙숙이 되어갔다. 대서양그룹이 항공사업을 시작하면 오성그룹도 덩달아 항공사업을, 대서양그룹이 자동차 사업을 시작하면 오성그룹도 따라서 자동차 사업을 시작하는 셈이었으니 그럴 수밖에 없었다.

그룹 전체의 규모도 그렇고, 사업의 성과에서도 늘 대서양그룹이 앞서는 편이었지만 이 회장이 상대에 비해 딱 하나 뒤진다고 생각하는 게 있었다. 바로 자식 문제였다.

김 회장은 아들이 셋에 딸이 넷. 무려 칠남매를 두었으니 손자손녀는 다 세기도 힘들 만큼 많았다. 그에 비해 자신은 아들 둘을 다 잃고, 미사를 찾기 전까지는 아예 자손이라는 게 없지 않았던가.

「죽어 제삿밥도 못 얻어먹을 늙은이.」

몇 년 전, 사석에서 김 회장이 자신을 가리켜 그렇게 말했다는 것을 전해 듣고는 며칠 동안 밤에 자다가도 벌떡벌떡 일어났던 이 회장이었다.

"그래, 그런데 그 전 국민이 모르면 간첩일 정도로 유명한 연예인하고는 무슨 사이시오?"

김 회장이 호기심 어린 눈으로 이 회장과 윤하를 번갈아보았다.

"내 손녀사위요."

이 회장이 당당하게 대꾸했다.

"결혼했다고요? 정윤하 씨가요?"

순간 김 회장의 손녀는 나라 잃은 김구 표정을 했고, 미사는 보란 듯이 자랑스럽게 윤하의 팔짱을 꼈다.

"아이고, 그래요? 하나밖에 없는 손녀사위가 테레비에 나오는 연예인이시라?"

하지만 김 회장의 말투에는 조롱하는 기색이 역력했다.

미사도 눈치가 있으니 화가 치밀지 않을 수 없었다. 혜경도 마찬가지였지만, 상대는 이 회장과 동년배인 데다 재계의 거물이니 함부로 끼어들어 뭐라고 할 수도 없어서 일단은 참고 있었다.

"마침 여기 있는 우리 손녀도 얼마 전에 결혼을 했는데, 이쪽이 바로 내 손녀사위라오. 나라항공 조 회장 댁 자제인데……."

김 회장은 무척 자랑스러운 듯이 손녀 곁에 서 있는 남자를 가리켰다. 무슨무슨 집안의 아들로, 미국에 있는 무슨무슨 스쿨을 나와서 무슨무슨 대학을 최우등으로 졸업한 후, 경영학 석사를 따서 어쩌고저쩌고…….

김 회장의 손녀사위 자랑 퍼레이드가 계속되는 동안, 윤하는 몸 둘 바를 몰라 하고 있었다.

"……."

그렇지 않아도 미사가 가족을 찾은 후, 자신이 미사에 비해 너무 부족하지 않은가 하는 생각에 한동안 고민했었던 윤하다. 대서양 그룹에서 미사를 빼앗아가는 게 아닌가, 하는 생각까지 했을 정도였다. 다행히도 그런 일은 없었지만, 이렇게 노골적으로 자신의 부족함을 지적당하고 나니 민망하기 짝이 없었다. 일방적으로 당하고 있는 이 회장에게도 너무나 죄스러웠다.

한참 손녀사위 자랑을 늘어놓고 난 김 회장은, 화살을 윤하에게로 돌렸다.

"그런데 자네는 어느 대학을 나왔나?"

"배움이 짧아 대학은 가지 못했습니다."

수치스러움을 꾹 참고 윤하는 예의 바르게 대답했다.

"그래? 그러면 고등학교는?"

"고등학교도 가지 못해서 검정고시로 졸업자격만 땄습니다."

"허어!"

김 회장이 눈을 크게 떴다. 마치 세상에 이런 일이! 하는 표정이었다.

"그래, 하기야 머리가 좋았으면 굳이 연예인을 안 했겠지. 그래도 어쨌거나 제법 성공은 한 모양이니 기특하구먼."

자못 안됐다는 듯이 고개를 끄덕이며 말한 후, 김 회장은 제 손녀사위에게 물었다.

"참, 자네가 나라항공 마케팅 부문 이사였지 않나?"

"그렇습니다, 할아버님."

"언제 저 친구를 광고에 한번 써주도록 해. 내 이 회장과는 아주 막역한 사인데, 서로 돕고 살면 좋지 않겠나?"

기름통을 머리끝부터 뒤집어쓴 것같이 반질반질한 머리에 턱이 개미처럼 뾰족하게 생긴 손녀사위라는 남자가, 은테 안경 너머로 윤하를 흘깃 쳐다보고는 말했다.

"나중에 자리가 나거든 한번 고려해보겠습니다."

마치 거지 적선하듯 하는 말투였다.

이쯤 되자 미사도 더 이상은 참을 수가 없었다.

"저기요, 말씀이 너무……."

하면서 나서려는 순간, 이 회장이 미사의 팔을 딱 붙잡고 얼굴을 쳐다보았다.

'가만히 있거라. 내 알아서 하마.'

그런 눈빛이었다. 미사는 입을 다물었다.

"초년고생은 사서도 한다지 않소?"

이윽고 이 회장이 태연하게 대꾸했다.

"우리 손녀사위가 어린 시절에 고생을 많이 하는 바람에 제때 공부를 못 해 그렇지 인품도 훌륭하고, 능력도 뛰어나고, 아주 사람이 진국이라오."

"아무리 그래도 어느 정도지, 고등학교도 못 나온 건 너무하지 않소."

김 회장은 진심으로 걱정이 된다는 듯이 혀를 끌끌 찼다.

"요즘 금수저니 흙수저니 하는데, 사실 재력뿐 아니라 머리도 다 부모한테서 물려받는 거 아니겠소? 증손을 생각하면 이 회장도 걱정이 크시겠소."

"걱정해주어 고맙구려."

이 회장이 고개를 끄덕이고는 시선을 김 회장의 손녀사위에게로 돌렸다.

그러고는 심각한 표정으로 상대의 얼굴을 한참 빤히 쳐다보다가, 문득 에잉, 하며 고개를 저었다.

"그런데, 손녀사위께서 머리는 잘났는지 몰라도 얼굴은 꼭 흙 묻은 감자같이 생겼구려, 쯧쯧."

이 회장이 혀를 찼다.

"아니, 감자도 아깝지. 우리 손녀사위랑 번갈아 보니까 꼭 그, 아까 뭐라고 했더라, 문어?"

"오징업니다, 아버님."

휠체어에 앉은 혜경이 우아하게 대꾸했다.

"그래. 꼭 오징어처럼 생겼구려."

순간 김 회장의 얼굴이 불붙은 석탄처럼 시뻘게졌다.

"뭐요?"

"말이야 바른말이지 얼굴도 부모한테서 물려받는 것 아니오? 증손을 생각하면 김 회장, 심려가 크시겠소."

이 회장은 자못 안됐다는 듯이 위로까지 건넸다.

"그래도 요즘에는 의술이 워낙 발달해 있으니 너무 걱정은 마시구려."

결국 김 회장이 언성을 높이고 말았다.

"이보시오 이 회장, 말이면 다인 줄 아시오?"

그제야 이 회장이 싸늘한 표정으로 대꾸했다.

"그러게 먼저 내 식구를 건드리지 말았어야지."

결국 두 회장 사이에 본격적으로 싸움이 붙고 말았다.

"허어, 그렇게 자랑스러운 사위면 왜 여태 숨기고 있을까?"

"뉘 집 오징어 사위랑은 달라서, 결혼했다고 알리면 온 나라 처녀들이 죄다 눈물바람 할까 봐 잠시 보류 중이오."

"결혼식은 왜 떳떳이 못 시키고?"

"그렇지 않아도 조만간 시킬 예정이니 염려 접어두시구려."

"청첩장 받은 적이 없소마는?"

"아주 대한민국이 떠들썩하게, 보란 듯이 성대하게 결혼시킬 테니까 축의금 봉투나 두둑하게 준비하시지."

그렇게 쏘아붙이고 나서, 이 회장은 쐐기를 박았다.

"참, 요즘 오성해운이 많이 어렵다던데. 축의금까진 됐으니 넣어두시오."

"뭐요?"

부들부들 떠는 김 회장에게서 시선을 돌려, 이 회장은 윤하를 똑바로 쳐다보았다.

"과거에 어쨌든지 간에 자네는 이제 내 식구일세."

엄한 말투에, 윤하는 당혹스러운 얼굴로 이 회장을 바라보았다.

"설사 대통령 앞에서라도 기죽을 필요가 없어. 자네 뒤에 대서양 그룹이 있네."

윤하가 대답하지 않고 있자 이 회장이 다그치듯 재촉했다.

"알아듣겠는가?"

"……예, 할아버님."

윤하에게서 대답을 듣고 나서야 이 회장은 고개를 끄덕였다.

"그럼 이만 가자."

상대에게 인사조차 건네지 않고 이 회장은 앞장서서 등을 돌렸다.

"……."

미사와 함께 그 뒤를 따르던 윤하가, 무슨 생각을 했는지 문득 걸음을 멈췄다. 그리고 갑자기 등을 돌려 성큼성큼 오던 길을 되돌아갔다.

그가 멈춰선 곳은 다름 아닌 김 회장의 손녀사위 앞이었다.

"제가 이미지 상 아무 광고나 막 하지는 않습니다."

자신보다 훨씬 키가 작은 상대를 내려다보며, 윤하는 입을 뗐다.

"같은 업종의 광고도, 도의상 하지 않는 것은 물론입니다."

침착하면서도 싸늘한 목소리에, 상대가 움찔하며 뒤로 한 걸음 물러났다.

"나라항공이라면 아마 저가 항공사였던 것 같은데, 저는 현재 항공업계 1위인 조선항공의 메인모델로 있습니다."

피식. 상대를 내려다보는 윤하의 완벽한 입술 사이로, 가볍게 바람 소리가 새어나왔다.

"회사를 좀 더 키워가지고 다시 오시면 그때 가서 생각해보지요."

"사이다 1리터 들이마신 기분이에요!"

대문 안으로 들어오자마자 미사는 그렇게 외치며 윤하를 껴안았다.

"회사를 좀 더 키워가지고 다시 오시면, 그때 가서 생각해보지요."

윤하의 목소리를 흉내 내고, 미사는 큰 소리로 웃었다.

"그 오징어 표정 봤어요? 아, 통쾌해!"

"좀 멋있었어?"

윤하가 눈을 가늘게 뜨고 웃었다.

"그럼요! 아까 그 손녀 분이 얼마나 부러운 눈으로 나를 봤는지 알아요?"

어찌나 신이 났는지, 미사의 걸음걸이는 꼭 춤을 추는 것 같았다. 즐거워하는 미사를 바라보며 윤하는 조용히 미소를 지었다.

요즘 미사를 보고 있으면 가끔씩 처음 만났던 스무 살 때의 그녀를 보는 것 같은 기분이 들 때가 있었다. 그때만 해도 미사는 저렇게 티 없이 웃고, 발랄하게 떠들곤 했으니까.

그 후 한 살 한 살 나이를 먹어갈 때마다 점점 퇴색되어갔던 빛이 이제는 조금씩 원래대로 돌아오고 있었다. 타고난 그대로의 밝음으로. 저 웃음이 두 번 다시 어둠에 물들지 않게, 평생 곁에서 지켜주겠다고 윤하가 속으로 다짐할 때였다.

너무 들떠서 걸은 나머지 미사는 하마터면 정원에 깔린 커다란 돌에 걸려 넘어질 뻔했다.

"어머!"

다행히 넘어지기 직전에 윤하가 얼른 팔을 붙잡아주었다.

"고마워요."

미사를 일으키며 윤하가 안도의 한숨을 내쉬었다.

"하마터면 큰일 날 뻔했어. 조심해야지."

"그러게요, 이 나이 먹고 무릎 깨질 뻔했네."

미사는 웃었지만 윤하는 왠지 심각한 얼굴을 했다.

"무릎이 문제가 아냐."

"그럼 뭐가 문제예요?"

"있잖아."

윤하가 미사의 두 손을 잡고 진지한 눈빛으로 바라보았다.

"내 생각엔 네가…… 아기를 가진 것 같아."

미사는 당황해서 눈을 깜빡였다.

"갑자기 그게 무슨 소리예요?"

"아까 네가 식당에서, 갑자기 밥 냄새가 싫다고 했잖아. 입덧이 시작되는 걸지도 몰라."

난 또 뭐라고. 미사는 손사래를 치며 웃었다.

"에이, 아주 잠깐 그랬던 거예요. 입덧은 막 구역질하면서 입 가리고 뛰어나가고, 뭐 그런 거잖아요? 나 그전에 내내 이것저것 다 잘 먹었는데 뭐.”

하지만 윤하의 표정은 어디까지나 진지했다.

“음식마다 다를 수 있어. 입덧할 때 제일 비위 상하는 게 밥 냄새라던데.”

놀란 와중에서도 미사는 신기해서 묻지 않고는 배길 수가 없었다.

“대체 윤하 씨가 그런 걸 어떻게 알아요?”

“예전에 출연했던 드라마에 그런 장면이 있었거든. 며느리가 밥 냄새 맡고 싫어하니까 할머니가 임신인 걸 딱 알아채는 내용이었어.”

미사는 당혹스러운 가운데서도 잠시 생각해보았다. 그러고 보니 요즘 혜경과 시간을 보내느라 정신이 팔려서 미처 신경 쓰지 못하고 있었는데, 와야 할 것이 조금 늦어지고는 있었다.

“어때?”

미사의 표정을 살피던 윤하가 성급히 물었다.

“어쩌면 그럴 수도…… 잘 모르겠어요.”

미사는 얼떨떨한 얼굴로 밋밋하기만 한 제 배를 내려다보았다.

“확인해보자.”

잔뜩 긴장한 얼굴로, 윤하가 중얼거렸다.

윤하 부부와 헤어져서 돌아오는 길에, 이 회장은 혜경과 같은 차

로 움직였다. 집에 데려다 주면서 긴히 할 얘기가 있어서였다.

"그럴 리가 없어요."

아직 중간까지밖에 얘기하지 않았는데, 윤하가 저질렀다는 일에 대해 듣자마자 며느리는 딱 잘라서 말했다.

"정 서방이 그럴 사람이 아닙니다. 아버님이 뭘 잘못 아셨을 거예요."

사위를 굳게 믿는 혜경의 태도에 이 회장은 속으로 감탄하는 동시에 무척이나 부끄러웠다. 살아도 수십 년을 더 살았는데, 내가 며느리만도 못했구나.

"그래, 네 말이 옳다. 아무래도 누명을 쓴 것 같더구나."

"누명이라고요?"

깜짝 놀라는 며느리에게, 이 회장은 차근차근 사정을 설명하기 시작했다.

"세상에나!"

윤하의 불우한 과거에 대해서는 미사에게 대강 들었지만, 이 회장의 이야기에 혜경은 새삼 눈물을 참지 못했다. 그 불쌍한 아이가 누명을 쓰고 소년원까지 갔다니 얼마나 억울했을까, 또 얼마나 괴로웠을까.

"지금이라도 재수사 청원을 해서 억울함을 씻어주어야 하지 않을까요?"

"다 지난 일이다. 게다가 정 서방 직업이 직업이니만큼 조용히 덮어두는 게 제일이야."

이 회장이 며느리를 달래듯 말했다.

“내 만약을 위해서 대비는 하고 있으니 걱정 말고, 우선은 그저 모른 척하도록 하자.”

“예, 아버님. 제 생각이 짧았어요.”

혜경이 눈물을 훔치며 대답했다.

“그건 그렇고, 내 너하고 상의할 게 있어서 이 얘기를 꺼냈느니라.”

“예, 아버님. 말씀해보세요.”

“정 서방 어렸을 때 가출한 생모 있지 않으냐.”

혜경은 놀라서 시아버지의 얼굴을 쳐다보았다.

“설마 찾으셨어요? 어디서 어떻게 지내고 있대요?”

이 회장이 길게 한숨을 내쉬고는 입을 열었다.

“5년 전에 병으로 세상을 떠났다는구나.”

“……!”

“재혼해서 남매를 뒀는데, 그 애들이 생활이 어렵다고도 하고.”

혜경은 한참 동안 아무 말도 하지 못했다.

「솔직히 가끔은 보고 싶습니다. 용기가 없어서 찾아보지는 못했지만 지금쯤 어디서 뭘 하고 살고 계실까, 하고 많이 궁금합니다. ……그게 저를 버리고 간 어머니라도 말입니다.」

윤하가 생모에 대해 그렇게 말했던 것이 떠올라서였다.

“어쨌든 생모인데 돌아가셨다는 것쯤은 알리고 산소에라도 한번 찾아보게 해야 하지 않을까, 싶어서 말이다. 남은 애들도 동생인 셈인데, 어렵게 산다니 모른 체할 수도 없지 않으냐.”

이 회장이 조심스럽게 물었다.

"네 생각은 어떠냐?"

잠시 깊이 생각에 잠겼던 혜경이 이윽고 고개를 저었다.

"아니에요, 아버님. 본인이 적극적으로 찾고 싶어 하면 모를까, 그전까지는 그냥 조용히 묻어두는 게 좋을 것 같아요."

"그래, 네 생각이 그렇다면 그게 옳겠지."

혜경이 이어서 말했다.

"정 서방 동생들은 제가 돕겠습니다, 아버님. 그러니 소재를 알려주세요."

"그래, 잘 생각했다. 알고도 어찌 모른 척하겠느냐?"

이 회장이 고개를 끄덕였다.

"사위도 자식이다. 앞으로 무슨 일이 있어도 우리가 감싸주도록 하자꾸나."

"형 이렇게 긴장하는 거 진짜 처음 보는 것 같아요."

민호가 옆에 앉아 있는 눈치를 보며 말했다.

"연기대상 발표할 때도 전혀 아무렇지도 않던 사람이."

"말 시키지 마."

윤하가 잔뜩 굳은 표정으로 대꾸했다.

이윽고 임신 테스트를 마친 미사가 욕실에서 나왔다. 윤하와 민호는 앉아 있던 소파에서 동시에 벌떡 일어났다.

"미안해요."

미사가 민망한 듯이 시선을 떨어뜨리며 중얼거리는 순간, 윤하는 그만 맥이 탁 풀리고 말았다.

"괜찮아, 아직 가지려고 노력도 안 했는데 뭐."

아기를 가진 게 아니었다니. 속으로 거의 확신하고 있었던 만큼 무척 실망했지만, 그래도 윤하는 내색하지 않으려고 애를 썼다.

"아직은 둘이서 신혼을 더 즐기고 싶기도 하고."

그 순간, 미사가 불쑥 말했다.

"그래서 미안해요. ……이제 신혼을 즐기기가 힘들어져서."

"뭐?"

미사가 그때까지 뒷짐을 지고 있던 손을 내밀었다. 그 손에 쥐어져 있는 것은 임신 테스터였다.

"온 것 같아요, 아기."

말과 동시에 미사가 배시시 웃었다.

"와, 누나! 축하해요!"

민호가 미사를 와락 끌어안고 빙글빙글 돌며 뛸 듯이 기뻐하는 동안, 정작 윤하는 아무 말도 못 한 채 테스터에 선명하게 나타나 있는 두 줄을 멍하니 들여다보고 있었다.

이제는 자신에게도 피붙이가 생겼다는 뜻.

사랑하는 아내와 영원히 이어줄 존재가 생겼다는, 그런 의미.

잠시 후에야 윤하는 미사를 으스러져라 끌어안았다.

"……!"

하염없이 눈물만 흘릴 뿐, 윤하는 아무 말도 하지 못했다. 고맙다고도, 사랑한다고도, 너무나 기쁘다고도.

하지만 말하지 않는다고 왜 모르겠는가. 지금 이 순간 그가 얼마나 행복해하고 있는지, 얼마나 벅찬 감동에 휩싸여 있는지, 미사에게는 다 느껴졌다.

"예쁘게 잘 키워요, 우리 아기."

울고 있는 남편의 등을 위로하듯 부드럽게 어루만지는 미사의 눈가도, 어느덧 촉촉하게 젖어 들어가고 있었다.

밤이 많이 깊었는데도 윤하와 미사는 들뜬 마음에 좀처럼 잠을 이루지 못했다.

"할아버지랑 어머니가 알면 엄청 기뻐하시겠죠?"

"그러게. 특히 할아버지 반응이 기대되는데?"

미사의 말에 윤하가 웃었다.

"입덧 아니냐는 얘기, 아까 식사 자리에서 바로 해주지 그랬어요. 그럼 할아버지랑 엄마도 무척 기뻐하셨을 텐데."

"괜히 섣불리 말부터 꺼냈다가 혹시 아니면 실망하실 텐데 죄송하잖아. 아까 나만 해도 임신 아닌 줄 알고 얼마나 서운했는데."

미사의 머리카락을 쓰다듬어주는 윤하의 눈빛에서 한층 더한 사랑이 배어났다.

"그렇게 가지고 싶었어요? 우리 아직 결혼한 지도 얼마 안 됐는데."

"물론이지. 말했잖아, 나는 될 수 있는 한 많이 갖고 싶다고."

윤하가 힘주어 대답했다.

"많이많이 낳아서, 많이많이 사랑해주고 싶어. 내가 받지 못했던 만큼."

그렇게 말하고, 뒤늦게 윤하는 미사가 걱정되었는지 얼른 덧붙였다.

"아, 물론 네가 힘들다면 하나만 낳아도 괜찮아. 이왕이면 둘 정도 있으면 더 좋겠지만……."

"걱정 말아요. 나도 힘닿는 대로 낳을 생각이었으니까."

미사가 웃었다.

"그래도 네 몸이 너무 힘들잖아. 키우는 거야 같이 키우고 다른 사람 도움도 받을 수 있다고 해도, 낳는 건 너 혼자 할 수밖에 없으니까."

"괜찮아요. 나 체력 빼면 시체인걸."

그렇게 말하고, 미사는 작게 한숨을 쉬었다.

"생각해보면 내가 윤하 씨보다는 행복하게 자랐던 거 같아요. 비록 고아라고 놀림은 받았지만 나한테는 언니들도 있고 동생들도 있었잖아요. 내 방이 따로 없는 건 불편했지만 그래도 동생들이 많아서 싫었던 적은 없는 것 같아요. 나름 즐거웠고요."

"원장이 나쁜 사람이었는데도?"

"그래서 오히려 우리끼리는 더 사이가 좋았던 것 같아요. 서로 감싸도 주고, 의지도 되고. 예지하고도 한참 떨어져 있다가 다시 만났는데도 여전히 좋잖아요."

아주 오래전부터 품어왔던 소원을, 미사는 입에 담았다.

"그래서 나도 아이들한테 그런 형제자매를 만들어주고 싶어요."

"그래, 그렇게 하자."

미사의 이마에 가볍게 입을 맞추고, 윤하는 말했다.

"우선은 팬들한테 결혼했다고 얘기부터 해야지."

이제는 아이까지 가졌으니 정말 하루도 더 미룰 수 없겠다고 윤하는 결심했다.

"윤하 씨 팬들이 받아들여줄까요?"

"네가 아니었으면 지금의 내가 있지도 못했다는 걸 알면, 분명 인정해줄 거야."

불안해하는 미사의 어깨를, 윤하는 안심시키듯 부드럽게 토닥거렸다.

"아침에 일어나면 내가 직접 글을 쓸 거야. 널 만나게 된 일부터 시작해서 네가 나를 배우로 만들었던 일, 그리고 그동안 함께 겪어왔던 일까지 말이야."

윤하의 목소리는 확신에 차 있었다.

"날 사랑해주는 사람들이잖아. 진심으로 말하면, 알아줄 거야."

사랑하는 남편의 위로에, 잠시 불안했던 마음도 조금씩 가라앉아갔다.

"자, 이만 자자."

이윽고 윤하가 이불을 끌어당겨 덮어주었다.

"내일은 병원부터 갔다가 할아버지하고 어머니께도 알려야 하고, 또 팬 카페에 글도 써야 하고, 이래저래 할 일이 많으니까."

이 사람과 함께라면 세상 그 무엇도 두렵지 않다.

윤하의 팔을 베고, 미사는 행복한 마음으로 잠이 들었다.

다음 날 아침, 그들을 깨운 것은 민호였다.

"형! 누나! 좀 일어나봐요!"

다급하게 주먹으로 문을 쾅쾅 두들기는 소리에 윤하와 미사는 눈을 비비며 방을 나왔다.

"대체 뭔데 아침부터 이 난리야?"

그렇게 투덜거리던 윤하는, 거실 TV에 비친 자막을 보고 한순간에 잠이 싹 달아났다.

[톱스타 정윤하, 충격적인 과거 밝혀져!]

또 한 번 대한민국은 발칵 뒤집혔다.

스크린과 브라운관을 누비며 전 국민의 사랑을 한몸에 받아온 정윤하가 범죄자라니, 그것도 어린아이를 유괴하고 그 아버지를 죽였다니!

사람들의 충격과 배신감은 이만저만이 아니었다. 증거자료들이 너무나 확실해서, 의심의 여지가 없었기 때문에 더욱더 그랬다. 몇 시간도 지나지 않아 여론이 미친 듯이 들끓었다.

[정윤하 소속사 측, "현재 본인에게 확인 중"]
[충격적인 과거 폭로, 정윤하는 어디에?]

윤하 쪽에서 전혀 반박기사를 내지 못하고 있었기 때문에 한층 더했다.
그 와중에 윤하를 믿어주는 사람은 오로지 팬들 뿐이었다.

[최소한 본인 해명은 들어봐야 하지 않을까요?]
[저 찌라시 예전에도 애꿎은 사람 여럿 잡았는데 완전히 믿기는 힘듦. 좀 지켜봐야 할 듯.]

하지만 이런 목소리도, 성난 대중 앞에서는 아무 소용이 없었다.

[아무리 빠순이라도 그렇지 살인마 쉴드 치는 클라스 보소.]
[공중파에도 다 떴는데 이럴수록 더 역효과인 거 모르나?]
[어쩐지, 어린 나이에 학교도 안 다니고 짜장면 배달했다고 할 때부터 이상하더라니.]
[어린애 유괴하고 그 아버지까지 죽여놓고 소년원만 갔다 오면 전과도 안 남는다니 어이가 없네. 이참에 연예계에서 완전 매장시켜버려야 됨.]

결국 팬들끼리 팬 카페에 모여서 안타까워할 수밖에 없었다.

[난 믿어. 내가 지금까지 봐온 정윤하는 그런 사람이 아니야.]

[나도 믿긴 하는데 소속사는 이럴 때 일 안 하고 뭐하는지 진짜 돌겠네.]

[정 배우가 얼마나 고생 끝에 여기까지 왔는데, 이대로 끝인 거임?]

이렇게 세상이 발칵 뒤집어진 가운데, 정작 사건 당사자인 윤하는 집안에 틀어박혀 이러지도 저러지도 못하고 있었다. 가만히 있자니 유괴살인범이 되겠고, 그렇다고 사실을 말하자니 민호가 다칠 판이었으니까.

그런 가운데 먼저 입을 뗀 것은 민호였다.

"제가 기자회견 할게요."

"뭐?"

"사람들 앞에 나가서 말하겠다고요. 형이 아니라고, 제가 한 짓이라고요."

단단히 결심한 표정이었지만 윤하는 단칼에 잘라버렸다.

"말도 안 되는 소리 마. 넌 잘못한 거 하나도 없어."

"나도 잘못했다고 생각 안 해요. 하지만 내가 저지른 건 맞잖아요."

윤하를 설득하듯, 민호는 열심히 말했다.

"사정을 잘 설명하면 사람들도 이해해줄 거예요. 그럴 수밖에 없었다고 말하면……."

"그걸 사람들이 이해해줄 것 같아?"

윤하의 목소리가 조금 격앙되었다.

"네가 무슨 소리를 하든, 겪어보지 않은 사람들은 이해 못 해. '아무리 그래도 아버진데' 하고 말할 거라고."

역시 폭력적인 아버지 밑에서 자란 윤하는 잘 알고 있었다.

「아무리 그래도 아버진데, 아무리 그래도 부모인데.」

나쁜 부모 밑에서 자라지 않은 행운을 가진 사람들이, 얼마나 쉽게 그 말을 내뱉는지.

"차라리 내가 죽였다고 하면 그나마 생판 남을 죽인 거야. 하지만 네가 죽였다면 결국 아버지를 죽인 패륜아밖에 안 되는 거야. 데뷔고 뭐고 다 물 건너가버린다고."

"물 건너가라죠."

그렇게 대꾸하는 민호의 표정은 비장했다.

"내가 연기하겠답시고 형을 희생양으로 삼을 순 없어요."

"이 멍청아!"

결국 윤하가 폭발했다. 늘 조용하고 침착한 그로서는 드물게 큰 소리에, 곁에 있던 미사도 깜짝 놀랐다.

"너 지금 촬영 중이야. 벌써 제작발표회까지 다 해놓고, 다 같이 망할 셈이야?"

그제야 민호가 움찔하는 기색을 보였다.

"스태프는? 동료 배우들은? 방송국은? 회사는? 그 작품에 걸려 있는 게 너 혼자가 아니잖아!"

결국 민호는 눈물을 글썽이고 말았다.

"그럼 나더러 어쩌란 말이에요!"

윤하가 이를 악물고 말했다.

"이왕 뒤집어쓴 일이야. 그러니까 그냥 끝까지 내가 지고 가겠어."

그렇게 말하는 윤하의 시선은, 민호가 아닌 미사를 향하고 있었다.

너만은 나를 버리지 않을 거지. 그렇지. 내가 가진 모든 걸 다 잃게 되더라도 너만은 내 곁에 있어줄 거지.

애원하듯 바라보아 오는 시선에, 미사는 그의 손을 힘주어 꼭 잡았다.

"너만 있으면 돼."

미사의 손을 잡고 떨리는 목소리로, 윤하는 말했다.

"세상이 다 나한테 살인범이라고 돌을 던져도, 너 하나만 옆에 있어주면 나는 살 수 있어."

"그래요."

미사는 미소 지었다.

"전 국민의 정윤하 그만하고, 이제 나 하나만의 정윤하 해요. 그러면 되잖아요."

그때, 밖에서 계속 쏟아지는 전화에 응대하고 있던 매니저가 뛰쳐 들어왔다. 민호 대신에 윤하를 맡게 된 새 매니저였다.

"윤하 형님, 티, 티브이."

매니저는 숨을 몰아쉬며 TV를 가리켰다.

"왜 그래? 또 뭐야?"

윤하가 불안한 듯이 재촉하자 매니저는 대답 대신 떨리는 손으로 리모컨을 들어 TV를 켰다.

제일 먼저 눈에 들어온 것은 대문짝만 한 크기의 자막이었다.

[속보: 대서양그룹 이대한 회장 기자회견]

이윽고 이 회장의 모습이 화면에 비쳤다.

– 현재 모든 언론에서 일제히 범죄자라고 매도하고 있는 배우 정윤하는.

그렇게 운을 떼고, 이 회장은 기자회견장을 둘러보았다. 그러고는 결연한 표정으로 말했다.

– 바로 저의 친손녀사위입니다.

대한민국의 매체란 매체는 다 몰려온 모양이었다. 여기저기서 미친 듯이 플래시가 터졌다.

잠시 후 플래시가 조금 잦아들 때쯤, 이 회장은 다시 말했다.

– 그리고 저는, 제 손녀사위가 무죄라는 것을 명명백백히 밝히기 위해 이 자리에 나왔습니다.

처음에는 종합편성채널, 그다음은 케이블, 그리고 나아가서는 공중파까지 정규 편성을 중단하고 기자회견을 생중계하기 시작했다.

그럴 수밖에 없는 것이, 평소에는 직접 인터뷰는커녕 말 한마디 듣기 힘든 대재벌그룹의 총수가 기자들 앞에서 직접 브리핑을 하는 형국이었던 것이다. 그것도 현재 가장 핫한 연예계 스캔들에 대해서! 건국 이래 이런 특종은 없었다.

기자회견은 무려 두 시간 넘게 진행되었다. 그도 그럴 것이, 정윤하의 무죄를 입증하는 증거자료가 끝도 없이 쏟아져 나왔던 것이다.

대서양그룹은 이미 이 스캔들에 대해 철저하게 준비하고 있었던 모양이었다. 커다란 스크린까지 준비해놓고 다양한 증거 자료와 증언들을 내보냈다.

가장 먼저, 유괴되었다는 피해자가 사실은 아동학대를 당하고 있었다는 증언들이었다.

– 그 집 여편네가 아주 어린애를 쥐 잡듯이 잡았어요, 글쎄. 나중에 우리 애를 찾아주셔서 고맙다며 끌어안고 울고불고 하는 게 신문에 났는데, 그거 보고 온 동네 사람들이 다 기가 차서 혼났어. 콧구멍이 두 개라서 겨우 숨들 쉬었다니까.

– 아유, 지금 같았으면 아동학대라고 진작 잡혀가고도 남았죠. 그 아줌마도 그 일 있고 얼마 안 가 사고로 죽었는데, 내가 봤을 때는 천벌이에요, 천벌.

당시 이웃에 살던 주민들은 물론, 심지어 사망한 계모의 친오빠 것까지 있었다.

– 동생이 그 애한테 무척 심하게 굴었죠. 그 어린애를 툭하면 굶기고 때리고……. 아무리 제 동생이라지만 정떨어져서 멀리했을 정돕니다.

다음으로는 윤하가 민호를 유괴한 게 아니라 보호했다고 주장하는 사람들의 증언이었다.

— 아이구, 걔가 자기는 굶어도 동생은 먹였던 애예요. 나중에 유괴범이라고 기사 나온 거 보고 얼마나 어이가 없던지.

— 그 말 더듬던 아이가 무척 마음씨가 착했어요. 그런데 애가 짜장면 배달하고 그러니까 경찰들부터가 딱 색안경 끼고 본 거지 뭐.

— 틀림없이 뒤집어쓴 거예요, 그거. 오죽하면 그때 동네 사람들이 탄원서도 썼었는데 어디다 팔아먹었는지 어쨌는지 원.

그 뒤에는 윤하가 누명을 썼다는 증거들이 나왔다.

— 걔가 울면서 몇 번 그랬었어요. 형 잘못이 아니라고, 그러니까 자기가 감옥에 가야 된다고요. 그때는 그게 무슨 소린가 했는데 얘기 듣고 보니 이제 알겠네요.

— 나중에 형이라는 사람이 만나러 왔는데, 무척 반가워하면서 펑펑 울더라고요. 그 뒤로도 자주 찾아오다가, 나중에 나이 먹고서는 아예 데리고 갔어요.

계속해서 등장하는 피해자의 이름은 삐, 하고 보호 처리가 되어 있었다.

당시 사건을 담당했던 경찰 중 한 명도 나와서 심경을 토로했다.

— 분명히 처음에 사건현장에서는 그 피해자라는 아이가 자기 짓이라고 했었어. 아버지가 갑자기 나타나더니 형을 무지막지하게 두들겨 패서, 자기가 말리다가 잘못해서 벽에 부딪쳐가지고 그렇게 됐다고. 그런데 서에 가서, 정확히 말하면 그 계모라는 여자가 오고 나서부터 진술이 확 바뀐 거야.

— 그럼 계모가 그렇게 진술하도록 사주했다는 거죠?

— 내가 봤을 땐 백 퍼센트 그래. 그 말 더듬는 애는 처음부터 끝

까지 자기가 범인이라고 주장했는데, 아마 피해자가 너무 어리니까 보호하려고 자기가 뒤집어썼던 것 같아.

– 그럼 왜 그런 쪽으로 수사 방향을 잡지 않았던 겁니까?

– 난 하려고 했어! 그런데 위에서 듣질 않더라고. 가뜩이나 다른 사건도 많은데 더 캐기 귀찮기도 하고, 또 그 계모라는 여자가 이미 언론플레이를 해놨으니 더 그럴 수가 없었던 거야. 마침 애가 학교도 안 다니고 중국집 배달하는 게, 불량청소년으로 몰기 딱 좋은 애였고. 그러니 걔를 범인으로 만들고 끝내면 모두가 해피했던 거지. 뒤집어쓴 본인만 빼면.

– 양심의 가책이 느껴지거나 하진 않으셨나요?

– 느꼈지, 이걸 이대로 종결시켜버려도 되나. 그런데 본인도 끝까지 자기가 했다고 우기는 데다 위에서도 일 크게 만들지 말라고 하는 마당에 내가 그 이상 어쩔 수 있나? 그 후로 뭐, 나도 경찰생활에 회의가 느껴져서 결국 몇 년 못 가서 옷 벗었지.

모든 증거와 증언이 완벽하게 갖추어져 있었다.

단 하나 빠져 있는 것은 '유괴 피해자'의 직접 증언이었다.

"그 소년의 신원은 이미 확보가 되어 있습니다. 언제라도 정윤하를 위해서라면 기꺼이 증언을 해줄 사람입니다."

이 회장이 말했다.

"하지만 아동학대 피해자인 그 소년, 이제는 어엿한 청년이 되어 있는 그 소년에게 이 자리에 직접 서게 함으로써 앞으로의 인생에 멍에를 지게 만들 수는 없었습니다."

옳은 말이었지만, 굳이 나올 필요까지도 없었다. 이미 이 기자회견을 보고 있는 사람들 중 정윤하를 유죄라고 생각하는 사람은 아무도 없었으니까.

수많은 카메라를 향해, 이 회장은 간곡히 고개를 숙여 보였다.

"그러니 여러분께서도 부디 그 부분만은 양해를 해주시고, 혹시라도 과잉보도로 인해 피해자가 추가적인 피해를 당하지 않도록 부탁드립니다."

고개를 들었을 때, 이 회장은 이미 당당한 표정으로 돌아가 있었다.

"배우 정윤하는 흉악한 범죄자가 아니라, 경찰도, 사회도 구하지 못한 아동학대 피해자를 어린 몸으로 홀로 지키려 했던 의로운 소년이었습니다. 만일 그렇지 않았더라면 우리 대서양그룹에서 그를 사위로 맞아들이지도 않았을 것입니다."

과연 대서양그룹의 회장다웠다. 말 한마디 한마디에 무게가 실려 있었다. 보고 있는 사람 모두가 절로 고개를 끄덕이게 되었다.

"전 국민이 사랑하는 배우 정윤하의 앞으로의 삶과 명예를 위해, 이 사건에 대한 검찰의 재수사를 강력히 요구합니다."

기나긴 기자회견 끝에, 이 회장은 말했다.

"또한, 눈앞의 성과에만 목을 맨 나머지 불우한 처지의 한 청소년을 흉악범으로 만들어버린 당시의 관계자들에 대해서도 엄중히 처벌해줄 것을 촉구합니다."

기자회견 직후, 분위기는 백팔십 도로 반전되었다.

[정윤하 소속사, 기자회견 내용 모두 인정]
[정윤하 사건 재심신청에 당시 피해자, 증인으로 출석 의사 밝혀와]
[사설: '정윤하 사건' 즉각 재규명하라]

연일 이 사건에 대한 기사로 신문과 뉴스, 인터넷이 온통 도배되었다. 각종 시각에서 사회적 문제로 접근한 기사도 쏟아졌다.

[아동학대 막아낸 천사 소년을 범죄자로 만든 경찰의 실적주의]
[연예인 울리는 일명 '찌라시' 언론, '아님 말고'?]
[정윤하 사건, 또다시 아동학대에 경종 울리다]

이렇게 엄청난 양의 기사가 쏟아지면서도 민호의 신원에 대해서는 신기할 정도로 전혀 보도되지 않았다. 오랫동안 윤하의 매니저로 일해왔으니 기자들이라면 금세 눈치챘을 법도 한데도.

물론 이미 눈치채고 있는 기자들도 있었다. 하지만 그걸 보도할 정도로 간 큰 기자는 하나도 없었을 뿐.

그도 그럴 것이, 대중은 그 불쌍한 소년의 신원에 대해서 알고 싶어 하지 않았다. 이 회장이 기자회견에서 간곡히 부탁했던 대로, 모두들 보호해주고 싶어 하는 분위기였다.

[이 와중에 굳이 피해자 신상 까는 기레기는 설마하니 없길 바람.]

[재심신청에 나와서 증언한다는데, 부디 비공개로 해줬으면 좋겠네. 괜히 기자들 쫓아갈라.]

[정윤하 쪽은 끝까지 지켜주려고 하는 것 같은데, 우리도 지켜주는 게 맞지.]

대중들부터가 이렇게 걱정해주는 분위기에서, 굳이 곧 데뷔 예정인 신인배우가 바로 그 소년이라고 보도했다가는 성난 민심의 돌팔매를 맞을 게 뻔했다. 물론 대서양그룹에서도 가만히 있지 않을 테니 그것도 무섭고. 그래서 그 누구도 민호에 대해 기사를 쓸 수 없었다.

알고도 쓰지 못하는 한을, 기자들은 윤하에 대해 기사를 쓰는 것으로 풀었다.

[정윤하, 데뷔 후 지금까지 기부액만 30억에 달해]

[국내는 물론 해외아동 후원까지…… 유느님도 울고 갈 미담 끝판왕]

[아동학대방지시민모임, 정윤하 소속사 측에 감사패 전달]

윤하에 대한 대중의 호감도는 바야흐로 최고조에 달했다.

[정윤하는 향후 백 년간 까방권 인정.]

[욕한 거 미안해서라도 오늘부터 정윤하가 광고하는 제품만 써야겠어요.]

[생긴 대로 논다더니 레알 명불허전]

분위기가 이렇게 반전되자 가장 기뻐한 것은 끝까지 윤하를 믿어준 팬들이었다. 대서양그룹 회장의 입에서 뜬금없이 결혼발표를 들어버린 데는 충격을 받지 않을 수 없었지만, 그것도 범죄자의 명에를 뒤집어쓰고 아예 배우생활 끝나버릴 뻔한 것에 비하면 훨씬 가벼운 것이었다.

[잘됐네, 우리 정 배우 이제 든든한 빽 생겼으니 아무도 못 건드리겠네.]

[대서양그룹이 밀어주면 앞으로 할리우드 진출도 문제없겠음.]

[앞으로 꽃길만 걷자, 정윤하!]

대부분 대서양그룹의 발 빠른 대처에 감사하며, 윤하가 대서양그룹 사위가 되어 다행이라고들 이야기하는 분위기였다. 물론 속으로는 윤하가 몰래 결혼했다는 사실에 약간 씁쓸함이 남긴 했지만.

그런 가운데 윤하가 팬들에게 보내는 편지가 전해졌다.

[진작 여러분께 먼저 말하지 못하고 이런 식으로 알게 만들어서 정말 미안합니다.]

직접 손으로 쓴 편지였다.

[이미 언론에 알려진 대로 저는 무척 불우한 삶을 살아왔습니다. 누명을 쓰고 소년원에까지 다녀왔고, 인생에 희망이라고는 하나도 없었습니다. 그러던 어느 날…….]

윤하는 편지 속에서, 그토록 불우했던 자신이 배우가 될 수 있었던 과정을 진솔하게 쓰고 있었다. 그리고 그 과정에서 자연스럽게 미사를 팬들에게 소개했다.

[최악의 추문 가운데서도, 끝까지 저를 믿어주었던 것은 오로지 팬 여러분들뿐이었습니다.]

아내에 대해서 뿐 아니라 팬들에 대한 애정과 고마움도 잘 드러나 있었다.

[앞으로도 그런 여러분의 사랑에 보답하기 위해서 열심히 연기하고 싶습니다. 한 남자로서 저는 아내의 사람이지만, 배우 정윤하는 언제까지나 여러분의 것입니다.]

기나긴 편지의 한 문장, 한 문장마다 차곡차곡 담겨 있는 배우의 진심이 팬들에게도 전해졌다. 미리 알리지 않은 데 대한 일말의 서운함조차도 모두 날려버릴 정도로.

팬들은 알았다. 윤하의 아내가 없었으면 지금의 배우 정윤하도 없었을 거라는 것을.

또한 느꼈다. 윤하와 그의 아내가, 자신들이 혹시라도 상처받을까 봐 무척이나 걱정하고 있다는 것을.

그리고 자신들이 사랑하는 스타에게서 충분히 존중받고 있다는 것을 느끼면, 팬들은 한없는 사랑으로 돌려주는 법이었다.

[정윤하를 우리한테 보내줘서 고마워요, 아내분.]

[정 배우 닮은 2세 기대할게요.]

[이제 오빠가 외롭지 않게 돼서 다행이에요.]

[결혼 축하해요!]

모두가 진심으로 기뻐하며 윤하의 결혼을 축하해주었다.

전화위복이라 했던가. 최악의 스캔들 덕분에 정윤하는 팬들에게도, 또 대중에게서도 사랑받는 존재로 다시 한 번 우뚝 서게 되었다.

"대체 어떻게 아시고 그렇게 다 미리 준비를 하셨던 거예요?"

미사의 물음에 이 회장이 겸연쩍은 표정을 했다.

"내 손녀의 인생이 걸린 일 아닌가. 자네가 어떤 사람인지 궁금해서 실은 뒷조사를 좀 했네. 정말 미안하네, 정 서방."

"아닙니다, 할아버님."

윤하가 고개를 저었다.

"할아버님이 아니셨더라면 제 인생은 끝났을 겁니다. 처음 기사가 터졌을 때만 해도 꼭 그렇게 되는 줄만 알았습니다."

이 회장이 너털웃음을 웃었다.

"그러게 내 말하지 않았나, 절대 기죽지 말라고. 대서양그룹이 자네 뒤에 있으니까 말이야."

"정말, 정말 고맙습니다."

윤하는 몇 번이나 되풀이해서 말했다.

"저 하나의 문제가 아닙니다. 할아버님 덕분에 미사와 이제 태어날 아이까지 범죄자의 가족이라고 손가락질 당하고 살지 않게 되었습니다."

"뭐야?"

이 회장이 흠칫 놀랐다. 혜경도 깜짝 놀라서 다가앉으며 물었다.

"정 서방, 자네 지금 뭐라고 했나?"

"미사가 아이를 가졌습니다. 아까 병원에 가서 확인받고 오는 길입니다."

"……!"

동시에 눈이 커다래진 두 사람을 향해, 미사가 쿡쿡 웃으며 집게 손가락을 아주 살짝 벌려 보였다.

"임신 6주 들어섰대요. 아기집만 요만하게 보이더라고요."

"세상에, 우리 미사가!"

혜경이 미사를 와락 껴안고 눈물을 글썽였다.

"고생 끝에 낙이 온다더니, 이런 경사가 있나!"

이 회장도 기뻐서 어쩔 줄을 몰랐다. 아이를 가졌다는 거야 어느 집에서나 기쁜 소식이겠지만, 워낙 손이 귀한 이 집안에서는 특별한 경사가 아닐 수 없었다.

눈물과 웃음이 뒤섞인 기쁨의 도가니가 한바탕 지나간 후, 이 회장이 불쑥 말했다.

"이렇게 된 거, 정식으로 결혼식을 올리도록 하자."

"네?"

뜻밖의 말에 미사는 놀라서 할아버지를 보았다.

"저희 이미 어엿한 부부인걸요. 벌써 혼인신고도 다 되어 있고요."

"하지만 제대로 식을 못 올렸지 않느냐."

"했어요, 저희 둘이 바닷가에서. 할아버지가 모르셔서 그렇지, 요즘은 스몰 웨딩이라고 그런 게 유행이에요."

"무슨 놈의 유행이 그런지 모르겠지만, 그래도 격식은 갖춰야지."

미사는 웃었지만 이 회장은 무척 진지했다.

"부부가 되는 데 있어서 물론 두 사람의 마음이 가장 중요한 법이지만, 격식도 꼭 무시할 것만은 아니란다. 괜히 여러 사람 보는 앞에서 서약을 하는 게 아니야."

이 회장이 타이르듯 말했다.

"지난번에 오성그룹 김계동이도 대뜸 그리 말하지 않더냐? 왜 결혼식도 떳떳이 못 올리고 사느냐고."

"그건 나도 할아버지와 생각이 같아."

혜경도 거들었다.

"나중에 아이가 태어나서, 아빠 엄마는 왜 결혼사진 한 장 없느냐고 물으면 어떡하니?"

"그건……."

"꼭 식을 올리고 싶지 않은 이유가 없다면, 했으면 좋겠구나."

미사의 손을 잡고, 혜경이 말했다.

"넌 내 딸이야. 남들 하는 건 다 해주고 싶은데, 하물며 남들 다 하는 것도 못 해줬으니 그렇지 않아도 마음이 계속 안 좋았단다."

미사는 당혹스러운 눈으로 윤하를 쳐다보았다. 어쩌죠?

"그리 하겠습니다."

고민조차 필요 없다는 듯이, 윤하는 시원스럽게 대답했다.

"날짜를 잡아주시면 저희는 그대로 따르겠습니다."

"왜 그랬어요?"

돌아오는 길에, 미사는 물었다.

"하지 않을 이유도 없잖아. 팬들이 상처받을까 봐 굳이 결혼식까지는 안 하려 했던 건데, 이젠 팬들도 다 인정해줬으니까 그럴 필요도 없고."

윤하가 어깨를 으쓱하고는 빙긋 웃었다.

"그리고 웨딩드레스 입은 네 모습, 보고 싶었어."

봤잖아요, 하고 별생각 없이 대꾸하려다 미사는 입을 다물었다.

"다른 남자가 아니라 날 위해서 입은 거 말이야."

그때, 미사는 그 아름다운 웨딩드레스를 미련 없이 벗어 던졌었다. 서현우와 결혼하기 위해 입은 드레스 따위, 끔찍하다며.

그런 미사를 보며 윤하는 마음속에 소원을 품었었다. 언젠가는 오늘 입은 것보다도 훨씬 더 아름다운 드레스를, 그녀에게 입혀주고 싶다고.

"계속 마음에 걸렸어. 결혼식은커녕 프러포즈도 제대로 못 해줬던 거."

"괜찮아요. 그때는 사정이 그랬던 건데……!"

갑자기 윤하가 한쪽 무릎을 꿇는 바람에 미사는 말하다 말고 눈을 동그랗게 떴다. 어머나!

이어서 윤하가 주머니에서 반지를 꺼내는 바람에 더더욱 놀랐다.

"그건 또 어느 틈에 준비한 거예요?"

"매니저는 괜히 있는 게 아니야."

"아……!"

어쩐지 오늘은 굳이 매니저 불러서 운전을 시키더라니.

"그래서."

무릎을 꿇은 윤하가, 침을 꿀꺽 삼키고는 물었다.

"나와 결혼해주시겠습니까?"

목소리가 미세하게 떨리고 있었다.

이미 혼인신고까지 마친 자기 아내에게 프러포즈하면서도 이토록 긴장하는 남자.

늘 그토록 진지한 마음으로 나를 바라보아주는 사람.

사랑스러운 마음으로 가득 차, 미사는 손을 내밀었다.

"물론이에요."

이윽고 미사의 손에 반지를 끼워준 윤하가 몸을 일으켜 그녀를 가만히 끌어안았다.

"영원히 행복하자, 우리."

서로를 꼭 껴안은 두 사람 위로 눈부시게 별빛이 쏟아지고 있었다.

구치소에 갇혀 있는 사람들은 외부에서 오는 편지를 읽는 게 몇 안 되는 낙중에서도 가장 큰 낙이었다.

하지만 서현우에게는 편지를 보내줄 사람이라고는 단 한 명도 없었다. 어머니는 세상을 떠났고, 아버지는 집에 틀어박혀 한 발짝도 나오지 않는다고 하고, 동생은 딱 한 번 접견을 와서는 이게 다 형 탓이라며 한바탕 원망을 퍼붓고 갔다. 하물며 약혼녀인 다솜이야 일이 터지자마자 가장 먼저 자신을 버렸으니 더 말할 것도 없고.

편지 한 장 받지 못한 채 재판을 기다리며 보내던 어느 날, 처음으로 교도관이 말했다.

"7002번, 편지다."

대체 누가 나한테 편지를? 두근거리는 마음으로 봉투를 받아들어 안에 든 것을 꺼내본 현우는, 순간적으로 굳어지고 말았다.

내용물은 편지가 아닌 청첩장이었다.

[김윤하와 이미사가 백년가약을 맺게 되었습니다.]

보자마자 알았다. 지난날 자신이 윤하에게 청첩장을 보냈던 것에 대한 답례라는 것을.

정윤하, 의외로 뒤끝 있는 녀석이었군.

"하하……."

결국 자신은 무슨 짓을 해도 이 둘을 떼어놓을 수 없었다.

완벽하고도 영원한 패배 앞에, 서현우는 그저 웃을 수밖에 없었다.

"하하하하하!"

공허한 웃음이 좁은 감옥 안을 메아리쳤다.

10 / 드디어, 소원이 이루어지는 오늘

이왕이면 배가 눈에 띄게 나오기 전에 식을 올리고 싶다는 미사의 의견에 따라, 결혼식 날짜는 그로부터 한 달 후로 잡혔다.

다행히 미사의 입덧은 그다지 심하지 않았다. 그저 평소보다 음식냄새에 민감하고 가끔 속이 좀 울렁거리는 정도여서, 식을 올리는 데는 지장이 없을 것 같았다.

보통 커플 같으면 결혼식 준비에 한 달이란 시간은 무척 촉박할 테지만, 윤하와 미사의 경우에는 이미 부부로서 한집에 살고 있으니 별로 준비할 것도 없었다.

하지만 그 와중에서도 혜경은 결혼하는 딸에게 하나라도 더 해주지 못해 안달이었다.

"저 사람 배우잖아요. 옷이 너무 많아서 드레스 룸 따로 있을 정도예요."

그렇게 말해도 혜경은 굳이 윤하에게 예복을 맞춰주었다.

"핑계 김에 사위 옷 한 벌 해주고 싶어서 그래."

그뿐 아니었다. 혼수도 안 하는데 이거라도, 하면서 침실 가구와 침구를 새것으로 싹 바꿔주기도 했다.

"딸 시집보내면서 이불 한 채는 해줘야지."

옷이 없어 못 입고, 이불 없어 못 덮는 것 아니건만. 어떻게든 하나라도 더 챙겨주고 싶어 하는 엄마의 마음이, 미사는 그저 뭉클하기만 했다.

그리고 결혼식이 며칠 앞으로 다가온 어느 날, 윤하와 미사는 혜경과 함께 교외로 나갔다. 차를 달려 도착한 곳은 바로 돌아가신 미사 아버지의 산소였다.

"여보. 이 애가 우리 재현이에요."

무덤 앞에 선 혜경이 미사의 어깨에 손을 얹고 말했다.

"아들이 아니라 예쁜 딸이라 놀라셨지요?"

사랑하는 남편의 머리칼을 쓰다듬듯, 혜경은 손가락으로 무덤 위에 돋아난 잔디를 가만히 어루만졌다.

"아니, 어쩜 당신은 진작 알고 계셨을 것 같아. 그러니까 이렇게 착하고 멋진 사위를 우리 딸한테 보내주셨겠지요."

산비탈에 덩그러니 외롭게 자리한 작은 무덤. 이 안에 얼굴도 못 본 아버지가 잠들어 있다고 생각하자 미사도 코끝이 찡해졌다.

"안녕하세요, 아빠. 제가 아빠 딸 미사예요."

무덤 앞에 서서, 미사는 두 손을 모으고 가만히 말을 걸었다.

"진작 인사드리러 오지 못해 죄송해요. 이런저런 일이 많았는데…… 말씀드리지 않아도 아빤 벌써 다 알고 계시겠죠?"

그래, 하고 대답하듯 무덤가의 풀잎이 바람에 살랑거렸다.

"살면서 가끔 그런 느낌이 들곤 했어요. 그렇게 힘든 일 많이 겪으면서도 어떻게든 버티고 있는 걸 보면, 날 지켜주는 수호신 같은 게 있는 거 아닐까, 하고요."

종교는 따로 없었지만 막연히 그런 생각이 들었었다. 어딘가 나를 지켜주는 수호신 같은 존재가 있는 것 같다는 생각.

"지금 생각하면 그게 아빠였던 거 같다는 생각이 들어요."

어느덧 미사는 목이 메었다.

"덕분에 저 지금 많이 행복해요. ……고마워요, 아빠."

이윽고 검은 양복 차림의 윤하가 무덤을 향해 절을 했다.

"제가 아버님 사위입니다."

윤하는 조용히 말했다.

"따님은 아무 걱정 마시고 편히 쉬십시오. 자주 찾아뵙겠습니다."

인사를 마치고 무덤가에 셋이 나란히 앉아 도란도란 이야기를 나누었다.

"와, 우리 아빠 되게 잘생겼다!"

혜경이 꺼낸 사진을 보고 미사는 감탄했다.

"어떤 분이셨어요?"

사실은 그동안에도 돌아가신 아버지가 어떤 사람일까, 무척 궁금했지만 차마 묻지 못하고 있던 미사였다. 혹시 엄마가 속상해할까 봐.

"굉장히 자상한 사람이었어. 유머감각도 있고."

하지만 걱정했던 것과는 달리, 먼저 간 남편의 이야기를 하는 혜경은 무척 즐거워 보였다.

"내가 아이를 가진 후로는 늘 일찍 퇴근해서는 내 배를 어루만지면서 재현아, 아빠 왔다, 하고 말을 걸곤 했단다."

"그랬구나, 우리 아빠."

"재현이라는 이름도 네 아버지가 직접 지어주신 거였어."

갑자기 무슨 생각을 했는지, 혜경이 풋, 하고 웃었다.

"원래는 아들인 줄 알았으니까 돌림자 넣어서 지어야 했는데, 하필이면 돌림자가 '응'자지 뭐니? 우리 둘이서 몇날 며칠을 고민하면서 무슨 글자를 갖다 붙여도 도저히 너무너무 안 예쁜 거야."

"그래서요?"

"네 아빠가 할아버지랑 담판을 지으러 갔지. 죽어도 응 자 넣어서는 못 짓겠다면서. 할아버지는 절대 안 된다고 고집을 부리시고, 결국 네 아빠가 뭐라고 하고 자리 박차고 나왔는지 아니?"

"뭐라고 했는데요?"

"그렇게 응 자가 좋으시면 아버지가 하나 더 낳아서 응애라고 짓든지 응가라고 짓든지 마음대로 하세요!"

그만 미사는 빵 터져버리고 말았다. 혜경도 소리 내어 웃고, 윤하마저도 고개를 돌리고 쿡쿡거렸다.

"그렇게 할아버지랑 대판 싸워서 겨우 쟁취한 이름이야, 재현이가."

잠시 후 너무 웃어서 눈가에 배어나온 눈물을 훔치며, 혜경이 말했다.

"그런데 정작 딸이었다니 아깝게 됐지 뭐니. 기껏 싸운 보람도 없이."

순간 미사의 머릿속을 스치고 지나간 생각이 있었다.

"아……!"

윤하를 쳐다보자 마침 눈이 마주쳤다. 그도 자신과 똑같은 생각을 했다는 것을, 미사는 느꼈다.

"그럼 어머님."

윤하가 말을 꺼냈다.

"혹시나 미사 배 속의 아이가 아들이면, 재현이라고 이름을 지으면 어떨까요?"

"자네 아이 이름을 말인가?"

혜경이 깜짝 놀라며 되물었다.

"예. 아버님께서 그렇게 힘들게 지어주신 이름이니 저희 아이한테 붙여주면 그 나름대로 의미가 있을 것 같습니다."

"제 생각도 그래요, 엄마."

미사도 거들었다.

"혹시 이 아이가 딸이라면 둘째, 아니면 셋째한테라도 붙여주면 좋을 것 같아요. 이름을 부를 때마다 아빠 생각도 날 거고요."

"그래, 고맙다."

결국 혜경은 눈물을 글썽였다.

"네 아빠도 무척 기뻐하실 거야!"

강남에 있는 스튜디오 M은 주로 유명 연예인의 화보나 광고 사진 등을 촬영하는 곳으로서, 일반인들의 웨딩촬영이나 프로필 촬영 같은 것과는 거리가 먼 스튜디오였다.

그런 스튜디오 M이, 생긴 후 처음으로 웨딩촬영을 진행하게 되었다.

주인공은 바로 톱스타 정윤하와 그 신부.

「정윤하가 우리 스튜디오에서 웨딩촬영 한대!」

놀라운 소식이 알려진 후 스튜디오 M의 포토그래퍼 이하 전 스태프는 한동안 긴장과 흥분에 휩싸여 있었다. 물론 정윤하와 함께 작업하게 되는 것도 기대되지만, 더욱더 궁금한 것은 그의 신부에 대해서였다.

"대체 얼마나 대단한 여자일까요?"

"포스 쩔겠지. 일단 대서양그룹 손녀잖아?"

"천하의 정윤하가 반했을 정도면 일단 미모가 장난 아니겠죠? 원래는 대서양그룹 손녀라는 것도 모르고 만났다던데."

스태프 전원이 두근거리는 마음으로 촬영날짜를 손꼽아 기다렸다.

그리고 드디어 다가온 촬영 당일. 정윤하와 그의 신부는 숍에서 미리 메이크업과 헤어를 모두 마치고 시간에 맞춰 스튜디오에 나타났다.

"안녕하세요, 이미사라고 합니다. 오늘 잘 부탁드립니다."

웃는 얼굴로 인사해 오는 미사를 보고, 포토그래퍼 이하 스태프들은 조금 실망했다.

'뭐야, 그냥 보통 사람이잖아?'

그랬다. 물론 예쁘고 날씬하기는 했지만 늘 연예인들과 작업하고 있는 그들의 눈에 미사는 그저 일반인처럼 보였다.

키도 별로 크지 않은 데다, 비율도 연예인의 그것과는 거리가 있었다. 결혼식에 들러리를 설 예정이라는 신부의 여동생이 같이 몇 컷 찍기 위해 따라왔는데, 걸 그룹 멤버처럼 상큼하고 예쁜 게 차라리 그쪽이 더 연예인 포스가 날 지경이었다.

평범한 편인 신부에 비해 정윤하는 말 그대로 완벽했다. 미모는 물론이고 비율도 얼마나 좋은지, 따로 보정할 필요조차 없어 보일 정도였다.

아무도 입 밖에 내서 말하지 않았지만, 모두들 비슷한 생각을 하고 있었다.

'대서양그룹 딸이라는 거 빼고는 별거 없네, 뭐.'

이윽고 본격적으로 촬영이 시작되었다. 직업상 수없이 화보를 찍어온 정윤하와 달리 신부 쪽은 이런 촬영은 처음인 모양이었다. 표정도 포즈도 얼마나 서투른지, 좀처럼 좋은 장면이 연출되지 않았다.

"긴장할 거 없어. 나랑 단둘이 있다고 생각하고, 자연스럽게."

정윤하가 리드해주었지만 그다지 효과가 없었다.

"난 아무래도 카메라 체질이 아닌가 봐요."

신부가 시무룩하게 말하자 깜찍한 미니드레스 차림을 한 신부의 여동생이 곁에서 지켜보다 불쑥 끼어들었다.

"언니 이제 내 맘 알겠지? 나도 예전에 광고 촬영할 때 딱 그 기분이었다니깐!"

결국 신부가 하도 긴장하는 바람에 잠시 휴식시간을 가질 수밖에 없었다.

자기 때문에 촬영이 지연되자 신부는 무척이나 미안해했다.

“죄송합니다, 모두들 바쁘실 텐데 저 때문에.”

고개를 숙이며 연방 사과하는 그녀에게서는, 유명인이나 연예인들에게서 흔히 보이는 특유의 도도함이 조금도 느껴지지 않았다. 늘 콧대 높은 배우나 모델들과 함께 작업해온 스태프들로서는, 정윤하의 신부가 이렇게 예의 바르고 상냥한 것마저도 은근히 실망이었다.

‘재벌가 외동딸이라고 해서 카리스마 작렬일 줄 알았더니 웬만한 일반인보다도 못하잖아?’

잠시 쉬는 동안에도 정윤하는 신부 곁에 꼭 붙어서 떠날 줄을 몰랐다.

“와, 진짜 가식. 어쩜 윤하 씨는 그렇게 막 웃는 얼굴이 바로바로 나와요?”

귀엽게 투정을 부리는 신부의 베일을 손수 바로잡아주며, 정윤하는 즐거운 듯이 웃었다.

“이게 직업이잖아, 나는.”

“난 막 얼굴이 굳어서 웃음도 잘 안 나오는데.”

“괜찮아. 넌 안 웃고 가만히만 있어도 예쁘니까.”

아무리 신혼이라도 그렇지, 어쩌면 저렇게 눈에서 꿀이 뚝뚝 떨어질 수가! 지켜보던 여자 스태프들 중에는 슬그머니 속으로 질투가 나는 사람도 있을 정도였다.

‘그렇게 미인도 아닌데 호들갑은.’

그러는 가운데 작은 소동이 벌어졌다. 고등학생으로 보이는 여자아이들 셋이 몰래 스튜디오에 침입해서 촬영을 훔쳐보다가 딱 걸리고 만 것이었다.

"저희 구석에서 윤하 오빠만 조용히 보고 가면 안 돼요?"

"진짜 완전 입 다물고 있을게요, 언니. 네? 네?"

아이들이 두 손을 비비며 애원하다시피 했지만 스태프들에게는 씨알도 먹히지 않았다.

"너희 빨리 안 나가면 경비 부른다?"

연예인들이 주로 와서 촬영하는 곳이다 보니 이런 일이 한두 번도 아니었던 것이다.

시끌벅적한 소리를 들었는지, 이윽고 신부가 웨딩드레스 자락을 감아쥐고 다가왔다. 마침 정윤하는 포토그래퍼와 이야기 중이었다.

"무슨 일 있나요?"

"아, 얘네들이 촬영 본다고 몰래 들어와서요."

"촬영? 저희 촬영 말이에요?"

"네. 저희 스튜디오에서 연예인들이 자주 작업하다 보니까 가끔 이런 일이 생기거든요. 대체 여기서 촬영하는 건 어떻게들 알고 귀신같이 쫓아오는지 원."

스태프 중 한 사람이 주눅든 여고생들을 향해 눈을 흘겨 보이고, 다시 신부를 안심시키듯 말했다.

"걱정 마세요. 저희가 알아서 잘 막고 있으니까요."

하지만 신부는 아이들을 보더니 갑자기 엉뚱한 질문을 했다.

"너희들, 학교는?"

“오늘 토요일이라 학교 안 가요.”

“다행이네. 윤하 씨가 학교 땡땡이치는 거 하난 엄청 싫어하는데.”

신부는 쿡쿡 웃더니, 무슨 생각을 했는지 불쑥 말했다.

“있잖아, 모처럼 이렇게 왔는데 너희 같이 사진 찍고 갈래? 윤하 오빠랑.”

놀란 것은 여고생들이었다.

“진짜요?”

“그래도 돼요?”

“괜히 저희가 오빠 귀찮게 하는 거 아니에요?”

눈이 둥그레진 아이들에게, 신부는 딱 잘라 말했다.

“팬이 귀찮으면 연예인 때려치워야지.”

그러더니 아이들을 데리고 안으로 들어가는 게 아닌가. 스태프들이 미처 말릴 틈도 없이.

“그 애들은 누구야?”

놀란 얼굴을 하는 정윤하에게, 신부는 당당하게 말했다.

“윤하 씨 팬 분들이에요. 잘 모셔요.”

여고생들은 윤하를 보고 어쩔 줄을 몰랐다. 발을 동동 구르며 비명을 지르고, 서로 등 뒤에 숨다 못해 너무 감격해서 눈물까지 흘리는 것이었다.

“자, 자, 울지 말고. 그럴 시간에 오빠랑 말 한마디라도 더 해야지, 너희 나중에 집에 가면 후회한다?”

원래 직업이 선생님이라도 됐던 걸까. 모델에는 전혀 재능이 없던 신부는, 아이들을 다루는 데는 그야말로 선수였다.

스태프들은 정윤하의 태도에도 내심 놀랐다. 귀찮을 법도 한데, 그는 신부의 말에 한마디도 거역하지 않았던 것이다.

"제 팬들인데, 같이 사진 좀 찍어주시겠습니까?"

포토그래퍼에게 직접 부탁해서는 아이들과 함께 사진을 찍어주고,

"이름이 뭐지?"

하나하나 이름까지 물어가며 정성스럽게 사인을 해주는 것이었다.

그 옆에서 신부는 아이들에게 사진을 보내줄 메일주소까지 손수 꼼꼼히 적어 챙겼다.

"고맙습니다, 미사 언니!"

"조심해서 가. 너희들 정윤하 유부남이라고 탈덕하면 안 된다?"

"절대 안 하죠! 저희 앞으로 언니 팬 할 건데요?"

"땡큐!"

정윤하와 함께 입구까지 아이들을 배웅해주고 나서야 신부는 다시 돌아왔다.

"촬영 지연시켜서 정말 죄송합니다."

"갑자기 부탁드린 건데 들어주셔서 고맙습니다."

스태프들 모두에게 하나하나 고개 숙여 인사하면서.

이윽고 촬영이 다시 재개되었지만 역시나 별로 순조롭지는 않았다. 신부의 웃는 얼굴은 여전히 부자연스러웠고, 포즈도 영 뻣뻣하기만 했다.

하지만 스태프들 모두가 처음과는 다른 생각을 하고 있었다.

정윤하가 왜 저 여자에게 반했는지, 알 것 같다고.

“이렇게 크게 보니까 진짜 영화의 한 장면 같네요.”

얼마 후, 집으로 배달되어 온 대형 액자를 보고 미사가 감탄했다.

“촬영을 그렇게 엉망으로 했는데 이런 작품이 나오다니!”

사진을 고를 때 이미 봤지만, 큰 사이즈로 보니까 새삼 놀라웠던 것이다.

“그러게 걱정 말라고 했잖아. 그 사람들도 프로니까.”

사진을 들여다보며 윤하가 웃었다.

이윽고 윤하가 비어 있던 거실 벽에 액자를 걸었다.

“기억나?”

사진을 올려다보는 미사를 등 뒤에서 가만히 껴안고, 윤하가 물었다.

“여기 걸려 있던 액자를 내릴 때, 내가 했던 말.”

“기억나요.”

미사는 고개를 끄덕였다. 합성으로 만든 가짜 웨딩사진이 들어 있던 액자를 내리며, 그는 그렇게 말했었다.

「언젠가 여기에 진짜 사진을 걸자.」

드디어 그 말대로 되었다.

한동안 텅 비어 있던 공간이 액자로 채워지자 이제야 꽉 찬 듯한 느낌이 들었다.

이제야 모든 것이 제자리를 되찾은 듯한 느낌.

넘침도 모자람도 없이 모든 것이 완벽하게 충족되는 듯한, 그런 느낌.

아름다운 웨딩사진 아래서, 두 사람은 살며시 눈을 감고 서로에게 입을 맞추었다.

[내가 좋아해요.]

윤하가 말했다.

[내가 선생님 많이, 아주 많이 좋아해요. 그건 모른다고 안 할 거죠?]

그가 들고 있는 것은 '난 선생이고, 넌 학생이야!'라는 대사로 유명한 드라마 '로망스'의 대본이었다.

그냥 책 읽듯이 읽는 게 아니라, 연기하는 것처럼 감정을 넣어서 말하고 있기 때문일까. 아니면 하필 대본 속의 주인공들이 선생과 제자 사이여서일까. 분명 드라마 속 대사인데도 미사에게는 꼭 윤하가 실제로 사랑을 고백하는 것처럼 들렸다.

[선생과 제잔 사랑하지 말라는 법이라도 있어요? 사람 가려가면서 사랑하느냐구요!]

안 되겠다. 더 듣고 있다가는 괜히 얼굴이 빨개질 것 같아서, 미사는 시선을 돌리며 말했다.

"잠깐만 쉬었다 해요, 윤하 씨."

윤하는 고분고분 대본을 내려놓았다.

"네, 서, 선생님."

매일 보는 거지만 참 신기하다. 대본 읽을 때는 저렇게 멀쩡하면서, 말만 하면 바로 더듬고. 괜히 윤하의 얼굴을 보기가 어색해서 미사는 딴소리를 꺼냈다.

"참, 다음 주 월요일 수업은 못 하게 됐어요."

윤하의 얼굴에 실망감이 확 어렸다.

"무, 무슨 이, 일이라도……?"

"전에 말했던 원어연극 말이에요. 그거 공연이 바로 그날이거든요."

미사는 동아리 대신 과 내에 있는 원어연극학회에서 활동하고 있었다.

"아……."

그가 얼마나 이 수업시간을 기대하는지 미사도 잘 알고 있었다. 막노동으로 어렵게 생활하느라 취미 같은 건 가질 엄두도 내지 못하는 그에게, 유일한 삶의 낙이 바로 야학에서 자신과 공부하는 시간이라는 걸.

그런 수업을 빼먹게 됐다는 말에 무척 실망하는 윤하가 안쓰러워서, 미사는 덧붙였다.

"대신에 주말에 보충수업 해줄게요."

하지만 왠지 윤하의 얼굴은 밝아지지 않았다. 마치 뭔가를 말하고 싶은 것 같은 눈치여서, 미사는 물었다.

"왜 그래요? 뭐 할 말 있어요?"

"……아, 아, 아닙니다."

아닌 게 아닌 것 같은데. 미사가 고개를 갸웃거리는데, 마침 전화가 왔다. 남자친구인 현우에게서였다.

"잠깐만요."

윤하에게 양해를 구하고, 미사는 그 자리에서 반갑게 전화를 받았다.

"현우 선배!"

– 그래. 아직 수업 중이야?

다정한 연인의 목소리에, 미사의 입가에 저절로 수줍은 미소가 어렸다.

"네. 있잖아요, 저희 연극 시간이랑 장소 잡혔어요. 다음 주 월요일 오후 5시, 인문사회관 2층에 있는 소강당이요."

미사가 다니는 영어교육과에는 과 특성상 영어 특기자들이 많았다. 외고 졸업생이라든지, 유학을 다녀온 경우라든지, 아니면 살다 왔다든지.

그런 가운데서 그 흔한 어학연수 한번 다녀오지 못한 미사가 연극의 주연을 맡게 된 것은 오로지 피나는 노력의 결과였다. 주인공의 대사뿐 아니라 거의 대본 전체를 달달 외우다시피 한 미사의 노력에 선배들이 감탄해서 주연을 맡겨준 것이었다.

역을 맡은 후로 미사는 눈코 뜰 새 없이 바쁜 가운데서도 시간을 쪼개서 두 달 넘게 연습에 매달려 왔다.

과외에, 야학 봉사에, 학과 공부에, 너무 정신없이 사는 나머지 여태 과 친구들과 술자리는커녕 엠티 한번 가보지 못한 미사였다. 그래서 이번 기회에 하나쯤은 대학시절의 추억이라는 걸 남겨보고 싶었다.

즉 미사에게 있어서는 굉장히 중요한 행사였다. 당연히 연인인 서현우가 보러 와주리라고 믿어 의심치 않았다. 같은 학교 커플이기도 하니까, 오지 않을 이유가 없지 않은가.

"같이 연극하는 친구들이 되게 기대하고 있어요. 드디어 미사 남친 볼 수 있는 거냐고요."

미사가 쿡쿡 웃었다. 캠퍼스 커플이기는 했지만 과도 달랐고, 또 현우는 올해 초에 벌써 졸업했기 때문에 대부분의 친구들은 그를 본 적이 없었던 것이다.

– 아, 공연이 벌써 다음 주였어?

갑자기 현우가 곤란한 듯한 목소리를 내는 바람에 미사의 심장이 불안하게 내려앉았다.

"왜요? 무슨 일 있어요?"

– 응. 하필이면 그날이 고등학교 동창회여서.

"아……."

순간 미사는 울컥하고 말았다.

고등학교 동창회가 그렇게 중요한 거예요? 두 달 전부터 말했던 여자친구의 공연에도 와주지 못할 정도로? 그 사람들은 선배가 없어도 즐겁게 놀겠지만, 나한테는 선배밖에 없잖아요.

하지만 결국 미사는 그 어떤 말도 할 수가 없었다.

– 내가 꼭 가야 하는 자린 아니지?

"네, 괜찮아요. 사실 그렇게 대단한 연극도 아닌데요, 뭐."

미사는 애써 밝은 목소리로 대답했다.

언제부터인가 그런 버릇이 붙어버렸다. 현우 앞에서는 아픈 마음을 꼭꼭 숨기고, 괜찮지 않아도 괜찮은 것처럼 웃어 보이는 버릇이.

"네, 그럼 나중에 얘기해요."

전화를 끊고 나자 윤하가 자신을 걱정스러운 눈으로 물끄러미 바라보고 있는 것이 눈에 들어왔다.

아, 참. 윤하 씨가 있었지. 그제야 미사는 민망한 마음에 얼굴이 확 붉어졌다.

그는 뭐라고 생각할까. 연인에게조차 이렇게 거절당하는 여자를.

다행히도 윤하는 아무것도 묻지 않았다.

"서, 선생님. 그, 그럼 계, 계속할까요?"

모른 체해주는 윤하를 내심 고맙게 생각하며, 미사는 고개를 끄덕였다.

"네. 이번에는 다른 거 읽어봐요, 우리."

공연은 무사히 끝났다. 기껏해야 과내 학회 공연에 불과한데도 웬만한 중앙동아리 공연 못지않게 성황을 이루었다. 소강당이 꽉 찰 정도였다.

주요 배역을 맡은 학생들은 모두들 친구는 물론 가족들까지 와서 공연을 봐주었다. 연극이 끝나자, 기다렸다는 듯이 꽃다발이 쏟아졌다.

“어쩜 그렇게 연기를 잘해, 우리 딸?”

“네가 제일 잘했어!”

가족과 연인에게 꽃다발을 받으며 즐거워하는 사람들 가운데, 아무에게도 축하받지 못하고 있는 것은 오로지 미사 혼자뿐이었다.

외로움이라는 건, 소외감이라는 건 대체 언제쯤이면 면역이 되는 걸까. 유치원 때 소풍부터 시작해서 고등학교 졸업식 때까지, 거의 평생을 걸쳐서 느껴온 감정인데도 여태 견디기가 쉽지 않았다.

떠들썩한 가운데, 미사가 옷을 갈아입으러 들어가기 위해 쓸쓸히 등을 돌렸을 때였다.

“윤미사!”

등 뒤에서 제 이름을 부르는 목소리가 들렸다.

‘현우 선배?’

흠칫 놀라 돌아본 미사의 눈동자가 커다래졌다.

커다란 꽃다발을 들고 저만치 서서 자신을 부르고 있는 남자는 현우가 아니었다.

'윤하 씨……?'

상대는 바로 자신이 가르치는 학생, 김윤하였다.

분명히 윤하가 맞는데, 윤하 같지가 않았다. 늘 입고 있던 허름한 옷이 아닌, 깔끔하고 세련된 옷차림. 단정하게 정돈되어 있는 머리.

매일 보던 남자의 눈부신 변신에 미사는 깜짝 놀랐다.

'윤하 씨가 이렇게 잘생긴 사람이었어?'

하다못해 표정마저도 달랐다.

평소의 윤하는 늘 무뚝뚝한 표정을 하고 있었는데, 지금 눈앞에 있는 윤하는 매력적인 미소를 띠고 있었다. 부드럽게 휘어진 눈초리에서 눈을 뗄 수가 없었다.

"……."

도저히 믿을 수가 없어서 미사는 다가가는 것도 잊고 눈만 크게 뜨고 서 있었다.

놀란 것은 미사 혼자가 아니었다. 어느새 주위가 조용해져 있다 했더니, 하나둘씩 윤하에게 시선을 빼앗겨 있었다.

"저기, 저 남자 좀 봐!"

"연예인인가? 누구 남친이지?"

속닥거리는 소리에 미사는 겨우 정신을 차렸다.

이윽고 윤하가 미사에게로 다가왔다. 여기저기에서 꺅, 하고 작은 비명이 터지는 것이 미사의 귀에 들려왔다.

"정말 잘 봤어, 연기."

매력적인 미소를 띤 채, 윤하는 미사에게 꽃다발을 건넸다. 반말에도 놀랐지만, 말을 조금도 더듬지 않고 있는 것에 더 놀랐다.

이 사람, 대본 읽을 때 빼고는 늘 말을 더듬었는데, 어떻게?

"미사야!"

같이 공연했던 친구 하나가 옆구리를 쿡 찌르며 물어 왔다.

"남친?"

친구의 시선은 윤하를 향해 있었다. 미사가 화들짝 놀라 아니라고 대답하려는 순간, 윤하가 미소를 지으며 인사를 건네듯 친구를 향해 살짝 고개를 숙여 보였다.

"어머!"

단지 그것뿐이었는데, 친구는 얼굴이 새빨개졌다.

그제야 미사는 깨달았다. 그가 자신의 남자친구인 척하고 있다는 것을.

이윽고 윤하가 꽃다발을 안은 미사의 어깨에 손을 올렸다.

"가자, 맛있는 거 사줄게."

미사는 잠자코 고개를 끄덕였다.

"네."

이러면 자신도 거짓말쟁이가 되어버린다는 건 알고 있다. 분명 현우라는 남자친구가 있는데, 다른 남자와 연인인 척 하는 게 마음이 편하지만은 않았다.

하지만 거짓이라도 좋았다. 한 번, 단 한 번이라도, 나도 남들처럼.

모두가 축하받으면서 즐거워하는 가운데 혼자만 쓸쓸히 탈의실에 돌아가 옷을 갈아입어야 하지 않는 것만으로도 충분했는데, 심지어 그와 함께 걷는 내내 쏟아지는 것은 부러움에 가득 찬 시선들이었다.

"저 남자가 미사 남친이야?"

"대박이다. 나 태어나서 저렇게 생긴 사람 처음 봐!"

윤하와 함께 강당을 나오는 내내, 등 뒤에 따가운 시선들이 날아와 꽂혔다.

밖에는 마침 비가 내리고 있었다. 윤하는 미리 우산을 가지고 왔었는지, 건물 입구에 놓인 우산꽂이에서 우산을 꺼내 들었다.

"가, 가시죠, 선생님."

우산을 펴서 미사의 머리 위에 씌워주는 윤하는 이미 원래의 말투로 돌아와 있었다.

"아까는 어떻게 말을 안 더듬었던 거예요?"

건물에서 멀어지자마자 미사는 성급하게 그것부터 물었다. 그게 제일 궁금해서 견딜 수가 없었던 것이다.

"대본 읽을 때 아니면 그렇게 못 하잖아요?"

윤하는 쑥스러워하며 대답했다.

"그, 그냥 제, 제가 드, 드라마 속 인물이라고 새, 생각하고 말했더니……."

미사는 놀랐다. 그럼 이제 대본에 쓰여 있는 대사 외에도 자유롭게 말할 수 있다는 것 아닌가. 더듬지 않고.

'잠깐.'

문득 머릿속을 스치고 지나가는 생각이 있었다.

'이게 바로 연기라는 거 아냐?'

연기가 따로 있나. 자신이 어떤 캐릭터가 되었다고 생각하고 말하고 행동하는 게 연기지.

미사는 자신의 곁에서 걷고 있는 윤하의 옆모습을 힐끗 올려다보았다.

수업하면서도 가끔씩 생각하긴 했었다, 이 사람, 참 예쁜 눈을 가졌구나. 하지만 단정하게 차려입고 머리를 정돈한 것만으로도 이토록 미모가 폭발할 줄은 몰랐다.

놀라운 것은 정작 본인은 그 사실을 잘 모르고 있는 것 같다는 것이었다.

"죄, 죄송합니다."

걷다가 뜬금없이 윤하는 사과를 했다.

"뭐가요?"

"제, 제가 남자친구라고 해서, 호, 혹시 서, 선생님이 차, 창피하셨으면……."

미사는 얼른 손을 내저었다.

"아녜요, 그럴 리가요! 모두들 부러워했는걸요, 아까 못 봤어요?"

그제야 윤하는 안심한 얼굴을 했다.

"그, 그럼 다, 다행입니다."

이미 주위는 땅거미가 짙게 내려앉고 있었다. 어둑해진 거리를, 미사는 윤하와 함께 우산을 쓰고 나란히 걸었다.

"그런데 어떻게 여기까지 와줄 생각을 했어요?"

"나, 남자친구 분께서 모, 못 오신다고 해서 소, 속상하신 것 같아서, 저, 저라도……."

현우 선배랑 통화할 때는 아무렇지 않은 척 했는데. 내가 속상해하는 걸, 윤하 씨는 눈치채고 있었구나.

미사는 그만 코끝이 찡해져서, 고개를 푹 숙여 안고 있던 꽃다발에 얼굴을 묻었다. 숨을 들이쉬자 진한 장미꽃 향기가 가슴 가득 들이찼다.

윤하의 어려운 사정을 모르는 미사가 아니다. 이 커다란 꽃다발을 사기 위해서 이 사람은 대체 며칠 동안 저녁을 굶었을까. 가슴 한구석이 찌르르해졌다.

문득 바라보자 윤하의 한쪽 어깨가 온통 비에 젖어가는 것이 눈에 들어왔다. 미사가 한 방울이라도 비를 덜 맞게 하려고, 우산을 미사 쪽으로 한껏 기울이고 걷고 있는 탓이었다.

"윤하 씨, 옷 젖어요."

가리키며 말하자 윤하가 흠칫 놀라며 곤란해했다.

"세, 세탁소에서 빌려 입은 건데……."

그러면서도 그는 끝내 우산을 자기 쪽으로 당겨쓰려고 하지는 않았다. 여전히 미사가 비에 맞지 않게, 세심하게 가려주고 있었다. 제 옷은 엉망으로 다 젖어가는데도.

꽤 한참 전부터 비가 내렸는지, 길 여기저기 팬 곳마다 크고 작은 물웅덩이가 생겨 있었다. 눈앞에 물웅덩이가 나타날 때마다 윤하는 미사를 피하게 하고, 자신은 그대로 흙탕물에 발을 적시며 걸었다.

문득 미사는 현우를 떠올렸다.

늘 다정하게 대해주지만 곁에 있으면 왠지 늘 외롭게 만드는 사람.

지금 곁에 있는 이 사람은 그 반대였다.

무척이나 무뚝뚝하지만, 곁에 있으면 왠지 모르게 마음이 따뜻해지는 사람.

미사가 그런 생각을 하고 있는데, 갑자기 윤하가 걸음을 멈추더니 미사 쪽으로 확 다가섰다.

"……!"

순간적으로 미사의 심장이 두근! 하고 커다란 소리를 냈다.

"죄, 죄송합니다. 가, 갑자기 차가 흐, 흙탕물을 튀, 튀기고 지나가서……."

제 몸으로 미사를 막아선 윤하가 사과했다.

"아……."

미사는 그만 얼굴이 확 붉어지고 말았다.

'대체 난 방금 무슨 생각을 한 거야?'

동시에 엉뚱한 생각이 머릿속에 떠올랐다. 만약에 지금 이 순간 이 사람이 내게 키스한다면…….

'피하지 않을 것 같아.'

그렇게 생각하는 스스로에게 놀라며, 미사는 저도 모르게 불쑥 물었다.

"윤하 씨는 왜 나한테 이렇게 잘해주는 거예요?"

"예?"

윤하가 당황한 얼굴을 했다.

"나한테 이렇게 잘해주는 이유가 있을 거 아네요."

"그, 그야…… 서, 선생님이…… 너, 너무 여, 열심히 가르쳐주셔서……."

윤하는 고개를 푹 숙인 채 조그맣게 말했다.

"아, 그렇죠."

미사는 고개를 끄덕이고 중얼거렸다.

"……난 윤하 씨 선생님이죠."

그제야 제정신이 번쩍 들었다.

바보, 대체 뭘 기대했던 거야. 나는 윤하 씨를 가르치는 사람일 뿐인데. 게다가 나한테는 현우 선배도 있는데.

씁쓸한 웃음이 입술 사이로 새어나왔다.

윤하와 나란히 빗속을 걸으며 미사는 속으로 간절히 바랐다.

만약 다음번에 현우가 아닌 누군가를 사랑한다면, 부디 이런 사람이었으면 좋겠다고.

……언젠가는 이런 사람을 사랑하고, 또 사랑받아보고 싶다고.

"왜 그래?"

눈을 뜨자 잠옷 차림의 윤하가 걱정스러운 듯이 얼굴을 들여다보고 있었다.

"윤하 씨……!"

윤하의 얼굴을 보는 순간 미칠 듯한 안도감이 밀려왔다. 꿈이었구나. 꿈속에서의 외로움과 슬픔이 너무 생생하게 남아 있어서, 미사는 왈칵 눈물을 흘렸다.

윤하는 무슨 꿈을 꿨느냐고 묻지 않았다. 대신에 울고 있는 미사를 무릎에 앉히고, 제 가슴에 꼭 껴안고 달래주었다.

"괜찮아, 괜찮아. 다 꿈일 뿐이니까……."

넓고 단단한, 남자다운 가슴에 폭 안겨 위로를 받고 있자 어느덧 마음도 안정되어갔다.

"앞으론 꿈속에서도 잊지 마."

미사의 등을 부드럽게 토닥이며, 윤하는 귓가에 속삭이듯 말해주었다.

"내가 언제나 네 곁에 있다는 걸."

한참 후, 미사는 눈물을 그치고 투정을 부리듯 말했다.

"내일 아침에 눈 부은 거 티 나면 어떡하죠?"

살짝 빨개져 있는 아내의 눈꺼풀에 부드럽게 입 맞추며, 윤하는 다정하게 말했다.

"걱정 마. 세상에서 제일 예쁜 신부일 테니까."

달콤하고 행복한 결혼식 전날 밤이었다.

여태껏 살아오면서 자신의 외모를 꾸미는 데 별로 신경을 써본

적이 없는 미사였다. 그러기에는 지금까지의 인생이 너무 치열했고, 또 여유롭지 못했으니까.

하지만 일생에 단 한 번, 결혼식에서만은 미사도 예뻐 보이고 싶었다. 하다못해 신랑보다는 예뻐야 되겠다든가, 뭐 그런 이유에서는 아니었다. 그런 것쯤이야 애초에 포기했다. 상대가 정윤하인데.

미사의 걱정은 오로지 윤하의 팬들에게 있었다.

"그나마 내가 예쁘기라도 해야 덜 속상할 거 아니겠어?"

예지를 붙들고, 미사는 그렇게 설명했다.

"안 그러면 윤하 씨가 너무 아까울 거 아냐!"

그래서 미사는 결혼식 전까지 최대한 노력했다. 피부 관리도 열심히 받고, 얼굴을 작아 보이게 만든다는 경락 마사지도 받고, 아기에게 영향이 가지 않을 정도로는 식사조절도 했다.

웨딩드레스도 심혈을 기울여 골랐다. 서현우와의 결혼식 때는 처음 갔던 숍에서 대충 아무거나 고르는 바람에, 어깨와 팔이 온통 드러나는 드레스를 입었었다. 취향에 맞지도 않는데.

하지만 이번에는 달랐다. 디자이너 숍을 몇 군데나 다니며 상담을 하고 디자인을 골랐다. 입어본 드레스만도 수십 벌에 달했다. 사실 드레스를 고르는 것도 고르는 거였지만, 새 드레스로 갈아입고 나올 때마다 윤하가 눈이 커다래지는 걸 보는 게 좋았다.

제 앞에서는 절대 연기하지 않는 사람이라는 걸 알고 있어서, 더욱더.

"어떤 게 더 나은 것 같아요?"

그렇게 물을 때마다 윤하는 진심으로 고뇌하는 표정을 했다.

“못 고르겠어. 정말이지 다 예쁜데.”

내 남자에게 듣는 예쁘다는 말은 들어도, 들어도 왜 질리지가 않는지. 결혼 준비를 하면서 미사는 무척이나 행복했다. 결혼식 안 했으면 어쩔 뻔했어, 하는 생각이 들 정도로.

노력한 보람이 있었던 걸까. 결혼식 날 아침, 헤어와 메이크업을 모두 마치고 본식 드레스로 갈아입은 미사의 모습은 모두가 감탄할 정도로 아름다웠다.

“대박. 언니 진짜 예쁘다!”

같은 숍에서 메이크업을 받은 예지조차도 깜짝 놀랄 정도였다.

“좀 괜찮아 보여?”

미사의 물음에 예지는 엄지손가락 두 개를 다 치켜들었다.

“어, 완전 괜찮아. 이 정도면 윤하 오빠한테도 안 밀리겠어!”

아부라고는 1그램도 섞이지 않은 순수한 감탄이었다.

소매가 달린 단정하고 우아한 분위기의 웨딩드레스가, 미사의 날씬하면서도 볼륨 있는 몸매와 더없이 잘 어울렸다.

최고의 메이크업 아티스트가 빚어낸 은은한 화장기 역시 미사의 원래 얼굴을 자연스럽게 살리면서도 훨씬 더 예쁘게 만들고 있었다.

하지만 그 무엇보다 가장 신부를 아름답게 보이게 하는 것은, 얼굴 가득 어려 있는 행복한 미소였다.

“근데 언니야. 원래 이렇게 가슴이 컸던가?”

예지가 귀에 대고 소곤거리자 미사가 비밀스럽게 속삭였다.

“아기 가지면 이렇게 돼!”

둘이서 그러고 있는데, 문득 주위 스태프들의 표정이 왠지 이상한 것이 눈에 들어왔다. 모두들 한곳을 쳐다보며 입을 가리고 자기들끼리 쿡쿡 웃고 있는 것이 아닌가.

"응?"

아니나 다를까, 옆을 쳐다보자 문가에 턱시도 차림의 윤하가 서서는 눈을 크게 뜨고 이쪽을 바라보고 있었다.

"나 어때요?"

미사가 수줍게 물었다.

드레스 고르러 다닐 때는 그렇게 예쁘다고 해주더니, 정작 중요한 순간에 윤하는 아무 대답도 없었다.

"……."

마치 혼이 빠져나간 사람처럼 멍하니 바라보고만 있을 뿐.

"반했네, 반했어, 오빠. 그쵸?"

예지가 마구 손뼉을 치며 놀려대자 그제야 그는 꿈에서 깬 사람처럼 흠칫 놀라며 되물었다.

"응? 뭐라고 했어?"

스태프들이 일제히 참았던 웃음을 터뜨렸다.

"호호호호!"

예지와 미사도 함께 배꼽을 잡고 웃는 것을, 윤하가 당황한 얼굴로 바라보았다.

결국 예쁘다는 말은 듣지 못했지만, 그걸로 충분했다.

그녀를 보는 그의 눈이 이미 넘치도록 말해주고 있었으니까.

결혼식 시작 한 시간 전. 결혼식장 한편에 마련된 대연회장에서는 두 명의 셰프가 한창 막판 지휘 중이었다.

"국수는 꼭 이렇게 토렴을 해서 데워 나가주세요."

"탕수육 소스는 꼭 내기 직전에 부어서 낸다 해."

오늘의 식사는 손님들이 중식과 한식 코스 중 하나로 고를 수 있게 마련되어 있었다. 중식 코스의 메뉴를 맡은 것은 왕 서방, 그리고 한식 코스의 메뉴를 맡은 것은 바로 예지 엄마였다.

주방과 홀을 이리저리 분주하게 누비던 왕 서방이 잠시 한숨 돌리며 말했다.

"그동안 고생 많으셨습니다, 미란 씨."

왠지 예지 엄마에게 말할 때만은 멀쩡하게 말하는 왕 서방이었다. 고운 개량한복을 차려입은 예지 엄마가 미소로 화답했다.

"왕 선생님도요."

오늘의 연회를 준비하기 위해 두 사람은 사전에 몇 번이나 만나서 메뉴에 대해 상의를 했다. 그러면서 자연히 서로 많이 가까워져 있었다.

"그나저나 다들 중식을 선택하면 민망해서 어쩌지요?"

"그럴 리가 있나요, 미란 씨 음식이 얼마나 맛있는데. 분명히 아주 인기가 좋을 겁니다."

"진심이세요?"

"어휴, 그럼요. 만약에 제 말이 틀리면……."

말하다 말고 왕 서방은 갑자기 말문이 막혀버렸다.

"왕 선생님이 틀리시면요?"

예지 엄마가 의아한 얼굴을 했다.

'제가 좋은 데서 근사하게 밥 한번 사겠습니다.'

그렇게 말해야 하는데. 그게 뭐라고 도통 말이 나오질 않는지 모를 지경이었다.

"저어, 그러니까 제가……."

왕 서방이 용기를 내서 다시 말을 꺼내려는 순간, 갑자기 예지 엄마가 손뼉을 쳤다.

"어머나, 신랑신부 왔나 봐요!"

식당 벽에 설치된 대형 스크린에, 마침 결혼식장에 도착해서 안으로 들어서는 윤하와 미사의 모습이 비치고 있었다.

"세상에, 미사 씨 꼭 선녀 같네!"

예지 엄마가 스크린을 바라보며 감탄했다.

왕 서방과 예지 엄마는 오늘 연회의 책임자였다. 계속 연회장을 지켜야 하기 때문에 결혼식은 스크린으로밖에 지켜볼 수가 없었지만, 두 사람은 기쁘게 이 역할을 맡았다.

결혼식을 축하하러 와준 손님들에게 맛있는 음식을 대접하는 것. 그래서 오늘의 결혼식을 모두에게 즐거운 기억으로 남게 만드는 것. 그게 윤하와 미사를 위한 그들의 선물이었다.

"자, 그럼 어디 손님 맞을 준비를 해볼까요?"

한복 소매를 걷어붙이는 예지 엄마를 보고, 왕 서방이 힘주어 고개를 끄덕였다.

"예!"

기자들에게 있어서는 그야말로 축제와도 같은 날이었다.

[정윤하 결혼, 특급 하객 총출동]
[하객으로 온 '위험한 신입사원' 팀…… '의리 지키러 왔어요']
[조세호 '오늘은 초대받고 왔습니다']

결혼식이 채 시작하기도 전부터 기사가 실시간으로 수백 개씩 쏟아졌다.

보통 연예인이나 재벌가의 결혼식은 철통같은 보안 하에 치러지곤 한다. 하물며 오늘의 결혼식은 톱스타와 재벌가의 만남이니 철저히 비밀리에 치를 것 같았지만, 놀랍게도 그 반대였다.

「고맙잖아요, 그동안 기자님들도 많이 도와주셨는데.」

그동안 이래저래 기사 날 일이 많았는데, 그때마다 언론의 도움을 많이 받았다. 민호에 대해서 끝까지 함구해준 것도 고맙고. 그러니 이 기회에 마음껏 취재하게 해서 보답하자는 것이 미사의 생각이었다.

「얼굴이 알려져도 괜찮겠어?」

윤하는 그렇게 걱정했지만 미사는 나름대로 결심한 바가 있었다.

「괜찮아요. 윤하 씨 아내로 평생 살 건데, 숨어 살 거 아니면 적응해야죠.」

앞으로 윤하의 손을 잡고 음식점도, 백화점도, 놀이공원도 다니면서 살 셈이었다. 그러려면 이런 과정도 한번은 거쳐야 한다는 생각이었다.

취재를 전혀 막지 않자 신이 난 것은 기자들이었다. 거짓말 조금 보태 대한민국 기자의 반은 이 결혼식장에 와있는 것 같았다.

기자들이 북적이자 스타 하객들도 마치 물 만난 고기 같았다. 식장 앞에 설치되어 있는 포토 존이 어찌나 붐비는지, 마치 시상식을 방불케 할 정도였다.

쟁쟁한 스타들이 총출동한 가운데, 방금 결혼식장에 도착한 신랑신부에게 가장 먼저 다가온 스타는 바로 오늘 결혼식의 사회를 맡은 신인 배우 도민호였다.

"미사 누나! 오늘 좀 심하게 예쁜 거 아니에요?"

미사를 보고 활짝 웃으며 말을 걸던 민호는, 문득 놀라서 걸음을 멈췄다. 신랑신부 뒤에서 따라오고 있는 들러리, 예지를 발견한 것이었다.

"아……!"

우아한 신부와는 달리 발랄한 느낌의 미니드레스를 입은 예지는 마치 깜찍한 장난꾸러기 요정같이 보였다.

민호와 눈이 마주치는 순간, 예지가 흠칫 놀라며 시선을 피했다.

"……."

예지가 왜 그러는지를 깨달은 민호 역시 덩달아 얼굴이 빨개지고 말았다.

둘 다 같은 것을 떠올린 것이었다. 키스 사건! 그날 이후 처음 얼굴을 보는 거니까 서로 수줍음을 탈 수밖에.

"너희들 나 모르게 무슨 일 있었니?"

영문을 모르는 미사는 고개를 갸웃거리고, 기자들은 그 모습을 신들린 듯이 찍어서 기사로 내보냈다.

[정윤하의 신부, 부케도 울고 갈 꽃 미모]

[드디어 공개된 순백의 신부…… '시선 강탈']

[정윤하의 그녀, 이미사는 누구?]

처음으로 미사의 얼굴이 정식으로 세상에 공개되는 순간이었다.

대학시절 친구들, 또 얼마 전 동창회 후부터 다시 연락하게 된 고등학교 친구들, 그리고 예전 직장에서 같이 일했던 동료들. 미사의 하객 쪽은 대부분 일반인들이었지만, 윤하 쪽의 하객은 거의 모두가 연예인들이었다.

"결혼 축하드립니다."

"너무 아름다우시네요. 행복하게 사세요."

신부대기실에 앉아있던 미사는 어쩔 줄을 몰랐다. 하나씩 와서 축하 인사를 건네는 사람들이 죄다 TV에서 늘 보던 스타들이 아닌가!

"나 지금 되게 당황스러워."

잠시 주춤한 사이에 미사는 곁에 있던 예지의 귀에 대고 소곤거렸다.

"왜?"

"윤하 씨, 친하게 지내는 동료들이 별로 없잖니. 그래서 연예인들 많이 안 올 줄 알았는데, 은근히 인맥이 넓었나 봐!"

예지가 웃었다.

"촌스럽긴. 꼭 친해서 오는 줄 알아? 카메라에 얼굴 비추러 오는 거지."

"그래?"

"게다가 같은 작품 했는데 안 와봐, 의리 없다고 까이지. 네티즌들이 눈에 불을 켜고 출석체크 하는데 안 올 수가 있어?"

아, 그런 거구나! 깨달음을 얻은 미사는 일면식도 없는 스타들과 제법 자연스럽게 인사를 나누기 시작했다.

"반갑습니다. 드라마 재미있게 보고 있어요."

"와주셔서 고맙습니다. TV에서 보던 것보다 실물이 더 멋지시네요!"

하지만 이혜연이 신부대기실에 나타났을 때는 미사도 놀라지 않을 수 없었다.

"헐, 면상 대박 두껍네 진짜."

등 뒤에서 예지가 대놓고 중얼거리는 소리가 분명 들렸을 텐데도, 이혜연은 아랑곳하지 않고 웃으며 미사에게 다가왔다.

"결혼 축하드려요, 윤미사 씨. 이렇게 미인이신 줄 미처 몰랐는 걸요?"

반갑게 인사를 건네 오는 바람에 어이가 없었지만 미사는 꾹 참았다. 웃는 얼굴에 침 못 뱉는다는 말이 있지 않은가. 주위에 기자들도 여럿 있는데 혜연에게 망신을 주고 싶지 않았다. 오늘같이 좋은 날, 신부가 돼서 속 좁게 굴고 싶지도 않고.

'그래, 너도 오고 싶어 왔겠니.'

그렇게 마음을 정하고 미사도 마주 웃으며 혜연을 맞이했다.

"오랜만이네요. 와주셔서 고마워요, 이혜연 씨."

혜연은 윤하의 가장 최근 작품에서 호흡을 맞춘 상대였다. 드라마 속 아내와 실제 아내의 만남! 신이 난 것은 사진기자들이었다.

"이혜연 씨, 신부 옆으로 서보세요."

"사진 한번 찍으시죠!"

사진까지 같이 찍고 싶지는 않은데. 미사는 살짝 이맛살을 찌푸렸지만 혜연은 기다렸다는 듯이 냉큼 미사의 곁으로 와서 세상에서 제일 친한 사이인 양 얼굴을 가까이했다.

기자들이 일제히 카메라를 들이대고 셔터를 누르려는 그때.

"아니, 이혜연 양 아닌가요?"

갑자기 프레임 안에 끼어든 사람이 있었다. 바로 비서의 부축을 받고 나타난, 한복을 곱게 차려입은 미사의 엄마였다.

"부, 부회장님!"

혜경이 나타나자 여태 뻔뻔했던 혜연도 그제야 찔끔하는 표정이었다.

"그래, 잘 지냈나요?"

"네, 걱정해주신 덕분에……."

당황을 감추지 못하는 혜연에게, 혜경이 부드럽게 미소를 지어 보였다.

"말마따나 걱정했어요. 우리 회사 모델에서 잘린 후에 어떻게 지내나, 하고."

순간적으로 혜연의 얼굴이 굳어졌다.

"앞으로는 자신을 위해서라도 그렇게 아무한테나 갑질하면서 무릎을 꿇으라는 둥, 그런 건방진 행동은 하지 않도록 해. 내가 딸 같아서 해주는 얘기예요."

혜경은 어디까지나 타이르듯 말하고 있었지만 혜연의 얼굴은 붉으락푸르락했다.

"어쨌든 와줘서 고마워요. 차린 건 없지만 맛있게 먹고 가도록 해요."

결국 혜연은 사진 촬영이고 뭐고 포기하고 도망치듯 신부대기실을 나가고 말았다.

"엄마도 참."

미사가 살짝 눈을 흘기자 혜경이 당연하다는 듯이 말했다.

"그럼 내가 가만히 놔둘 줄 알았니? 금쪽같은 내 딸한테 그렇게 행패를 부려놓고 여기가 어디라고."

비록 이혜연은 놓쳤지만 혜경 역시 기자들에게는 좋은 기삿거리였다. 업계에서 철의 여인으로 불리는 홍혜경 부회장의, 자애로운 엄마로서의 모습이라니!

"따님 옆에 앉아보시죠."

"자, 이쪽 보시고요."

나란히 앉자 누가 웃으라고 시키지 않아도 절로 웃음이 나왔다. 정다운 모녀의 모습에 기자들은 신들린 듯이 셔터를 눌러댔다.

드디어 턱시도를 입은 신랑이 신부대기실에 나타나는 순간, 기자들의 흥분은 절정에 달했다. 원래도 완벽한 피사체라 불리는 정윤하지만, 오늘은 그야말로 미모가 폭발하고 있었던 것이다.

드디어 그가 다가와서 신부의 곁에 서자 한층 더 시너지효과가 났다.

"미안, 밖에서 손님들 맞이하느라 늦었어."

윤하는 오자마자 사과부터 했다. 아침부터 내내 함께였다가 잠시 떨어져 있었을 뿐인데, 카메라에 익숙하지 않은 미사를 기자들 사이에 혼자 두자니 꽤나 걱정이 되었던 모양이다.

"혼자 있어서 많이 긴장했지?"

그런 윤하를 안심시키듯, 미사는 생긋 웃어 보였다.

"괜찮았어요. 이제 보니까 나 카메라 체질인 것도 같아요!"

하지만 그래도 못내 걱정이 되었는지, 윤하는 기자들에게 정중하게 부탁했다.

"제 아내가 촬영에 아직 익숙하지 않습니다. 포즈는 제가 알아서 취해드릴 테니 여러분은 따로 이것저것 주문하실 필요 없이 그냥 촬영만 해주시면 감사하겠습니다."

사진기자들이 일제히 셔터 소리로 화답했다.

역시 정윤하는 프로였다. 따로 누가 시키지 않아도 신부의 이마에 입을 맞추거나, 어깨를 다정하게 안거나, 마주 보기도 하면서 각도를 바꿔가며 찍기 좋게 이리저리 포즈를 취해주었다.

"이쪽으로, 이렇게."

"내 눈 보고. 그렇지."

신랑이 직접 다정하게 리드해주자 신부도 절로 자연스럽게 따라가고 있었다.

어루만지고, 끌어안고, 서로를 마주 보고, 입을 맞추고. 그런 행동 하나하나가 꼭 사진촬영을 위한 것이 아니라 진심에서 우러나온 애정표현이라는 것이 주위에도 느껴질 정도로 아름다운 모습이었다.

그런 신랑신부의 모습을 보고 있던 혜경이 말없이 돌아서서 손수건으로 눈물을 찍어냈다.

"어머님."

혜경의 눈물을 용케 알아챈 윤하가, 이윽고 다가가서 혜경을 가만히 끌어안았다.

"저희, 잘 살겠습니다."

그 말 한마디뿐이었지만, 말주변이 무척 서툰 사위로서는 그게 진심을 다한 위로라는 것을 혜경은 알 수 있었다.

"고맙네, 정 서방."

사위의 넓은 어깨에 기대서 혜경은 하염없이 눈물을 흘렸다.

"어머, 우리 엄마 오늘 계 타셨네."

그런 둘을 바라보며, 미사도 눈물 어린 눈으로 웃었다.

"언니."

문득 등 뒤에서 예지가 멍하니 중얼거렸다.
"따로 있네, 오늘 계 탄 사람."
"무슨 소리야?"
대답 대신에 예지는 살짝 손을 뻗어 미사의 시선을 신부대기실 입구 방향으로 돌려놓았다. 그리고 마침 안으로 들어서고 있는 사람을 본 순간, 미사는 저도 모르게 자리를 박차고 벌떡 일어나고 말았다.
"……김준서!"
기자들도 깜짝 놀랐다. 물론 김준서도 톱스타지만, 여태 온갖 톱스타가 다 와서 인사를 해도 그저 우아하게 앉아서 맞이하던 신부인데. 갑자기 이 격렬한 반응은 뭐지?

[정윤하의 신부, 알고 보니 김준서 열혈 팬]

눈치 빠른 기자들은 얼른 사진을 찍어 기사를 송고하기도 했다.
"안녕하세요. 이렇게 뵙는 건 처음이네요."
김준서가 웃으며 인사를 해 오는데도 미사는 도저히 믿을 수가 없었다.
준서 오빠가 내 결혼식에 와 주다니!
"호, 혹시 축가 불러주시러 오신 거예요?"
떨리는 목소리로 겨우 묻자 김준서가 어깨를 으쓱하며 어이없다는 듯이 되물었다.
"제가 왜 축가를 불러드려야 되죠?"

당황해서 미사의 눈이 커다래진 순간, 김준서가 다시 말했다.

"저 좋아하는 사람이 결혼하는데 행복하라고 빌어주고 싶겠어요?"

그제야 대기실 안에 왁자하게 웃음이 터졌다.

"농담이고, 정말 축하드립니다. 행복하게 사세요."

이어서 김준서가 다가와서 미사 곁에 섰다. 사진을 찍기 위해서였다.

고등학교 때부터 줄곧 좋아해왔던 스타와의 사진 촬영. 기자들이 사진을 찍는 내내 미사는 너무 떨려서 숨도 제대로 못 쉬고 있었다.

"그럼 이따 축가 부를 때 뵙겠습니다."

이윽고 김준서가 신부대기실을 나가고 나서야 미사는 다리에 힘이 풀려서 털썩 주저앉았다.

"그렇게 좋아?"

윤하가 조금 질투난다는 듯이 말했다. 어머, 나 너무 심하게 좋아했나 봐. 그제야 미사는 미안한 마음에 얼굴이 확 붉어졌다.

"너무 고마워요, 윤하 씨. 정말 최고의 선물이에요!"

하지만 윤하는 고개를 저었다.

"내가 아니야."

"네?"

"그렇지 않아도 내가 축가 부탁드리려고 전화했더니, 벌써 와주실 예정이라고 하더군."

미사는 깜짝 놀랐다. 그럼 누가?

"저기 오시네."

윤하가 웃으며 가리켰다. 마침 들어오고 있는 것은 다름 아닌 이 회장이었다.

"할아버지……!"

미사는 감격했다. 내가 김준서를 좋아하는 건 또 어떻게 아셨을까!

「비싼 선물이라고 해서 꼭 진심이 담겨 있지 않다는 것도 편견이라고 생각해.」

윤하의 그 말이 이제야 완벽하게 이해되는 순간이었다. 손녀가 좋아하는 가수까지 직접 알아보고 챙겨주신 그 마음이 어떻게 진심이 아니라 할 수 있을까.

"너무 고맙습니다, 할아버지!"

미사는 이 회장을 와락 끌어안고 눈물을 글썽였다.

"오냐, 오냐. 그저 행복하게 잘 살거라."

손녀의 등을 토닥이는 이 회장의 눈시울도 붉어지고 있었다.

"할아비는 그거면 됐다."

햇살은 찬란하고, 바람은 선선한 아름다운 팔월의 어느 날.

수많은 사람의 박수와 환호 속에서 두 사람은 손을 잡고 서로를 바라보았다.

'언젠가 사랑한다면, 꼭 이런 사람이기를.'

어느 날엔가 가장 외로운 마음으로 빌었던 소원이, 드디어 완벽하게 이루어지는 오늘.

"신랑 신부, 입장!"

심호흡을 하고, 미사는 윤하의 손을 꼭 잡고 사뿐히 앞으로 걸어나갔다.

저 앞에서 그들을 기다리고 있는, 영원한 행복을 향해.

에필로그 1.

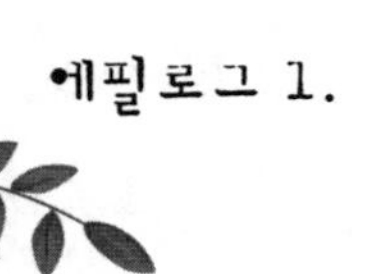

대서양그룹의 유일한 상속녀.

톱스타 정윤하의 아내.

결혼식을 통해 언론에 얼굴이 알려지고 나서, 미사는 하루아침에 윤하 못지않은 유명인사가 되었다. 밖에 나가면 알아보고 사인해달라는 사람들도 여럿이었다. 내가 뭐라고 사인까지, 하는 생각에 부끄럽고 민망하기는 했지만 그런 관심이 결코 귀찮거나 싫지는 않았다.

"이미사 씨 맞죠?"

"와, 실물이 더 예쁘세요!"

평생 고아라고 남들에게 무시당하며 외롭게 살아온 미사다. 오히려 생판 모르는 사람들이 자신을 반가워하면서 말을 걸어주는 게 기쁘고 고맙기까지 했다.

"네, 제가 이미사예요. 반갑습니다."

그렇게 마주 인사하며 몇 마디 이야기를 나누다 보면, 사람들은 꼭 윤하의 안부를 묻곤 했다. 관심사는 대부분 윤하의 다음 작품에 대한 것이었다.

"그런데 정윤하 씨는 언제 새 작품 하신대요?"

"위험한 신입사원 끝나고 나서 계속 차기작 기다리고 있다고 전해주세요!"

자신의 남편이 얼마나 대중에게 사랑받는 배우인지 미사는 새삼 실감했다. 그래서 차마 '아직 계획 없다던데요.' 하고 사실대로 대답할 수가 없었다. 윤하는 당분간 작품은 접고 미사의 곁에 있겠다고 선언했던 것이다.

"임신 중이잖아. 작품 들어가면 또 계속 집 비우게 될 텐데 걱정돼서 너 혼자 둘 수 없어."

마음이야 고맙지만 그러면 차기작은 정말로 기약이 없어지고 만다. 임신 중에 혼자 두기도 걱정되면 아기를 낳고 나서는 또 어떻게 혼자 두겠는가. 그러니 자칫하면 최소 2, 3년 동안은 잠정 은퇴할 판이었다.

그런 사태는 미사 역시 원하지 않았다. 대중의 사랑을 한몸에 받는 배우의 아내로서, 또 아내이기 이전에 배우 정윤하의 팬으로서.

"그러지 말고 새 작품 해요. 나 아직은 몸도 안 무거워졌고, 혼자 있어도 하나도 안 심심하니까 괜찮아요. 응?"

애교까지 동원해서 졸랐지만 윤하는 생각보다 완강했다.

"민호도 촬영 때문에 요즘 계속 집 비우고 있는데, 너 혼자 있다가 무슨 일이라도 생기면 어쩌려고?"

"일은 무슨 일이 있겠어요? 그리고 일 생기면 전화하면 되지 뭐."

"그래도 안 돼. 임신한 널 집에 혼자 두고 내가 연기에 집중이 되겠어?"

안 되겠다고 생각한 미사는 꾀를 냈다.

마침 민호가 촬영 중인 드라마가 인기리에 방송되고 있었다. 물론 윤하와 미사 역시 본방 사수 중이었다.

"참, 예지야. 어제 방송 봤어?"

영어 과외를 받으러 집에 온 예지와 미리 말을 맞춰놓고, 미사는 연기를 시작했다.

"당근 봤지, 언니도?"

"그럼. 나 어떡하니, 막 민호 보고 설레는 거 있지? 저건 민호다, 민호다, 하고 계속 생각하는데도 연기하니까 꼭 다른 사람같이 보이잖아!"

"어 진짜! 난 민호 오빠 그렇게 멋있는 줄 미처 몰랐어."

"그치? 배우는 역시 연기할 때가 제일 멋있는 거 같아."

"언니, 나 오늘 거 같이 보고 가도 돼?"

"그럼!"

짐짓 윤하가 듣게 커다란 목소리로 한바탕 소란을 떨고 나서, 과외가 끝나고 함께 그날 분 방송을 보기까지 했다.

"어머 어떡해, 어떡해!"

"좋아한대! 꺄악!"

민호가 등장하는 장면마다 미사는 예지와 껴안고 호들갑을 떨었다. 그때마다 곁에 앉은 윤하의 표정이 조금씩 굳어져가는 것이 눈에 보여서, 웃음을 참느라 혼이 났다.

드라마가 끝나고 예지가 윤하의 매니저와 함께 집에 돌아가고 난 후, 윤하는 불쑥 물었다.

"……정말 괜찮겠어?"

"뭐가요?"

무슨 소린지 뻔히 알면서 미사는 시치미를 뚝 뗐다.

"나 작품 들어가면 바빠질 텐데 정말 혼자서도 괜찮겠느냐고."

"당연히 괜찮죠, 어린애도 아니고."

미사는 크게 고개를 끄덕였다.

"내 걱정 말고 얼른 새 작품 들어가요. 나, 윤하 씨 연기하는 거 진짜 보고 싶단 말이에요."

그제야 윤하의 입에서 진심이 새어나왔다.

"……사실은 나도 요즘 민호 연기하는 거 보면서 계속 작품 하고 싶은 생각이 들었었어."

그 마음을 왜 모를까. 민호의 연기를 모니터링해주면서, 윤하는 늘 그런 식으로 말했다.

'나라면 저 장면에서는 좀 다르게 했을 텐데.'

'아, 저 대사는 좀 더 천천히 했으면 좋았을걸.'

어느새 머릿속으로 자기가 대신 연기하고 있는 윤하를 보면서, 미사 역시 눈치채고 있었다. 그가 카메라를 그리워하고 있다는 것을.

보통 톱스타들은 작품을 많이 하지 않는다. 몇 년에 한 번씩 작품을 하고, 평소에는 CF나 찍으면서 지내는 배우들도 많았다.

하지만 윤하는 달랐다. 데뷔 이후 여태 계속 쉼 없이 작품을 해온 것은, 무엇보다 연기 그 자체를 좋아하기 때문이었다. 그런 윤하를 알기에, 미사 역시 더욱더 그가 새 작품을 하기를 원했던 거였다.

"아기 낳고 나면 한동안 너하고 아기 곁에 있고 싶은데, 너무 공백기가 길어지면 팬들이 섭섭해할 것도 같고."

윤하는 계속해서 속마음을 털어놓았다.

"그렇게 안 좋은 일이 있을 때조차도 날 끝까지 믿어주고 결혼도 축하해준 팬들인데, 너무 기다리게 하고 싶지는 않아."

"맞아요. 팬들한테는 작품으로 보답하는 게 제일이에요. 지금 미리 작품 해둬야 나중에 아기 낳고 나서 마음 편히 곁에 있어줄 수 있을 거고요."

조금씩 눈에 띄게 불러오기 시작하는 배를 살며시 어루만지며, 미사는 생긋 웃어 보였다.

"나, 윤하 씨 드라마 보면서 태교하고 싶어요."

윤하가 선택한 새 작품은 주말드라마였다. 미니시리즈만큼 촬영 스케줄이 빡빡하지는 않아서 집에 자주 올 수 있다는 점도 고려했지만, 무엇보다 작품의 내용이 마음에 든다고 했다.

"꼭 한번 해보고 싶었거든, 이런 가족 중심의 따뜻한 드라마."

정윤하 급의 대스타가 주말극에 출연한다는 자체가 방영 전부터 또 한 번 크게 화제가 되면서, 새 드라마 역시 처음부터 인기를 얻으며 순항했다.

방송되는 동안에 미사의 배도 점점 불러왔다. 뱃속 아이가 아들이라는 것도 알게 되었다.

"아빠 다녀올게, 재현아."

일하러 나갈 때마다 윤하는 무릎을 굽혀 미사의 배에 입 맞추며 다정하게 속삭였다.

"아빠 없는 동안 엄마 잘 지켜주고 있어야 해."

나가기 전에 민호에게도 당부하는 걸 잊지 않았다.

"미사 잘 부탁한다."

민호가 출연했던 드라마는 미니시리즈라서, 진작 방송이 끝나고 집에서 쉬고 있었던 것이다.

"걱정 마요, 형. 내가 누나 옆에 꼭 붙어 있을 테니까요."

데뷔작인 첫 드라마로 민호 역시 크게 호평을 받으며 단숨에 기대주로 떠올랐다. 소속사에서는 이 기세를 이어서 곧바로 다음 작품에 들어가자고 했지만, 민호는 당분간은 쉬면서 천천히 작품을 고르고 싶다고 했다.

"윤하 형 작품 끝나면 그때 가서 생각해볼게요."

민호의 마음을 모를 미사가 아니었다. 윤하가 촬영 때문에 자주 집을 비우는 동안은, 자기가 집에 있으면서 미사와 아이를 지키고 싶어 하는 거였다.

"민호야. 너 그렇게까지 하지 않아도 되는데."

미안해하는 미사에게, 민호는 말도 안 된다는 듯이 말했다.

"무슨 소리예요. 나한테는 둘도 없는 조카인데, 삼촌이 당연히 이 정돈 해줘야죠."

덕분에 미사는 임신기간 내내 윤하와 민호, 두 남자의 넘치는 사랑과 보호를 받으면서 몸도 마음도 편안하게 보냈다. 남편이 출연하는, 따뜻한 내용의 가족드라마로 행복하게 태교하면서.

그리고 장장 6개월 가깝게 진행된 윤하의 드라마 촬영이 거의 끝나갈 무렵, 드디어 미사의 진통이 시작되었다.

– 형, 누나가 아기 낳으려고 해요!

민호가 다급한 목소리로 전화를 걸어온 것은 공교롭게도 드라마의 마지막 회, 그것도 하필이면 윤하가 극중 아내의 출산을 지켜보는 장면을 촬영하기 직전이었다.

아직 출산 예정일까지는 일주일 정도 남았는데, 벌써?

"진통 왔어? 병원 가는 중이야?"

윤하가 황급히 묻자 엉뚱한 대답이 돌아왔다.

– 진통은 벌써 새벽에 왔고요, 병원에는 진통 간격 체크하다가 아침에 왔어요.

맙소사, 지금이 벌써 저녁땐데 새벽부터라니! 윤하의 얼굴에 핏기가 가셨다.

"왜 진작 나한테 연락 안 했어?"

– 의사 선생님이 초산이라 오래 걸릴 거라고 했거든요. 그래서 누나가 아직 형한테 전화하지 말라고 했어요. 촬영 중인데 방해된다고요.

이런 멍청이가, 하지 말란다고 진짜 안 해! 울화통이 터졌지만 지금은 그런 걸 따질 때가 아니었다.

"지금은 어때?"

– 근데 갑자기 진행이 빨라졌대요. 거의 다 열렸다면서 방금 분만실 들어갔어요.

"뭐?"

– 지금 낳기 직전이라고요. 빨리 와요, 형!

윤하는 휴대폰을 집어 던지다시피 했다. 그리고 감독과 스태프들, 동료 연기자들에게 양해를 구하자마자 촬영장을 뛰쳐나왔다.

"더 빨리!"

가뜩이나 속도를 내고 있는 매니저를 재촉해서 미친 듯이 밟은 끝에 윤하는 한 시간 만에 병원에 도착했다.

도착하자 미사는 이미 분만실에서 나와 병실로 옮겨져 있었다. 침대 곁에 민호와 혜경이 서 있다가 윤하를 반겼다.

"정 서방 왔나?"

장모님의 인사에 대답하는 것조차 잊고, 윤하는 달려들어 미사의 안위부터 확인했다.

"왔어요?"

얼마나 고생했는지, 미사의 얼굴은 어제 봤을 때와 확 다르게 퉁퉁 부어올라 있었다. 그 부어오른 얼굴로, 미사는 제 품에 안긴 아기를 가리키며 환하게 웃어 보였다.

"봐요, 우리 아기예요!"

윤하는 허리를 굽혀 새하얀 속싸개에 싸여 잠든 아기를 들여다보았다.

새빨간 얼굴에 쭈글쭈글한 피부의 아기는 솔직히 객관적으로 봤을 때 조금도 예쁘지 않았다. 사람이라기보다는 꼭 작은 원숭이나 혹은 외계인 같았다.

"너무 예쁘죠?"

하지만 그 아기가, 윤하의 눈에는 꼭 날개 달린 천사처럼 보였다.

나와 미사의 아이.

내 피를 받아서 태어난 아이.

눈 깜빡이는 것도 잊고 아기를 바라보는 윤하를 향해, 이윽고 혜경이 웃으며 말했다.

"아빠가 한번 안아봐야지."

하지만 윤하는 차마 손을 내밀 엄두가 나지 않았다. 아기가 너무 작고 약해 보여서, 혹시나 잘못 안았다가 다치게 할까 봐.

결국 혜경이 직접 품에 안겨주고 나서야 윤하는 겨우 아기를 안을 수 있었다.

어떻게 사람 무게가 이럴 수가 있을까. 놀랄 만큼 가볍고 작디작은 아기를 조심스럽게 받아 안자, 윤하의 마음속에서 뜨거운 무언가가 치밀어 올랐다.

이 아기를 지키기 위해서라면 뭐든지 할 수 있을 것 같았다. 목숨이라도 기꺼이 내던질 수 있다.

배가 고픈지 작은 입술로 뭔가를 빠는 시늉을 하기 시작하는 아기의 얼굴을 들여다보며, 윤하는 속삭이듯 중얼거렸다.

"아빠가 널 지켜줄게."

아버지는 자신의 인생을 지옥으로 만들었었다. 죽어도 그런 아버지는 되지 않으리라.

세상에서 가장 좋은 아빠가 되겠다고, 윤하는 굳게 다짐했다. 아기에게, 또 자기 자신에게.

한참 후, 윤하는 조심스럽게 혜경에게 다시 아기를 안겨주고 나서 미사의 손을 잡았다.

"많이 힘들었지? 곁에 나도 없이."

윤하는 침대 가에 걸터앉아 사랑하는 아내의 얼굴을 들여다보았다. 퉁퉁 부어올라 있는 얼굴이, 윤하에게는 그 어느 여배우보다도 아름답게 보였다.

"미안해, 중요할 때 옆에 있어주지 못해서."

"아녜요. 내가 연락하지 말라고 했는걸. 그리고 나도 그렇게 빨리 진행될 줄 몰랐어요."

애써 괜찮다고 말하면서도 어느덧 미사의 목소리는 조금씩 떨려오기 시작했다. 결국 그녀는 윤하의 품에 얼굴을 묻고 고백하듯 말했다.

"사실은, 나 많이 무서웠어요."

왜 무섭지 않았겠는가. 첫 출산인데 곁에 남편도 없이. 울먹이는 미사의 머리칼을, 윤하는 한없이 미안하고 고마운 마음으로 가만히 쓰다듬었다.

"사랑해."

세상에 태어나서 가장 행복한 이 순간, 오로지 할 말은 그것뿐이었다.

잠시 후 병원에 도착한 이 회장은 기뻐서 어쩔 줄을 몰랐다.

"장하다, 장해. 우리 손녀가 이런 장군감을 낳다니, 장하고말고!"

그 말을 들은 미사와 윤하는 속으로 생각했다. 자신들은 딸이어도 아들이어도 상관없었지만, 세대가 다른 이 회장은 아무래도 남아선호사상이 남아 있어서 기쁨이 더한 모양이라고.

"어디 보자."

증손자를 품에 안고 얼굴을 들여다보다, 이 회장은 한참만에야 젖은 목소리로 중얼거렸다.

"녀석, 제 할아비를 쏙 빼구나."

제 할아비라는 것은 바로 이 회장의 죽은 큰아들이자 미사의 아버지였다.

그제야 미사와 윤하는 이 회장의 속내를 이해했다. 먼저 떠나보낸 자식 둘이 다 아들이었기 때문에, 아이가 아들이어서 감회가 더 깊은 거라는 사실을.

손녀와 손녀사위, 며느리 앞에서 눈물을 보이기가 민망했는지, 갑자기 이 회장은 일부러 밝은 목소리로 서둘러 말했다.

"가만있자, 아기 이름은 뭐가 좋겠느냐? 외손자니까 우리 집안 돌림자를 쓰기는 그렇고…… 정 서방, 자네 집안에는 돌림자를 쓰나?"

윤하 대신에 혜경이 대답했다.

"아이 이름은 벌써 정해졌어요, 아버님."

"아니, 벌써?"

놀라는 시아버지에게, 혜경이 웃으며 말했다.

"재현이에요."

"재현이……?"

문득 이 회장은 그 이름을 지을 때의 기억이 떠올랐다. 돌림자를 써서 아기 이름을 짓자는 자신에게 벌컥 화를 내고 나갔던 아들.

어차피 제 자식인 것을, 저 좋을 대로 짓게 놔두면 좋았을걸. 그때는 그놈의 돌림자가 뭐라고 그토록 고집을 부렸을꼬.

"한번 불러보세요, 할아버지. 재현아, 하고요."

그렇게 말하는 미사의 목소리도 젖어 있었다.

"……재현아."

죽은 아들이 지어주고 간 이름을 목멘 소리로 부르다, 기어이 이 회장은 참았던 눈물을 왈칵 쏟고 말았다.

"……."

아기를 안고 돌아선 채로 들썩이는 이 회장의 어깨를 바라보는 가족들의 눈에도 어느덧 눈물이 어렸다.

"애기가 누나 닮은 거 같아요."

민호의 말에 혜경이 대답했다.

"맞아요. 미사가 제 아빠를 닮았거든. 그러니까 얘는 할아버지랑도 닮은 거지요."

"에이, 이왕이면 윤하 씨 닮았으면 했는데."

섭섭함을 감추지 못하는 미사에게, 혜경이 웃으며 말했다.

"이제 갓 낳았는데 어떻게 아니? 이제 보렴, 자랄수록 아빠 얼굴도 나오고 그럴 테니까."

아기를 둘러싸고 가족들과 잠시 그렇게 즐거운 시간을 보내다, 윤하는 아쉬움을 억누르고 자리에서 일어났다.

"저는 이만 촬영장으로 돌아가봐야 할 것 같습니다. 모두들 저를 기다리고 있어서요."

생각 같아서는 계속 미사와 아이의 곁에 붙어 있고 싶었지만 자신 때문에 촬영이 지연되고 있는데 언제까지나 이러고 있을 수도 없었다.

"그래, 걱정 말고 어서 가보게나."

"잘 다녀와요!"

웃는 얼굴로 가족들에게 배웅을 받고, 윤하는 다시 촬영장으로 달려갔다.

"모두들 죄송합니다, 폐를 끼쳐서."

허리를 숙여 사과했지만 아무도 윤하를 탓하지 않았다. 오히려 모두들 앞다투어 축하의 말을 건넸다.

"정말 축하해요, 윤하 씨."

"아기 누구 닮았어요?"

"아내분께서는 건강하시고요?"

동료와 스태프들의 따뜻한 마음에, 윤하는 또 한 번 울컥했다.

"걱정해주신 덕분에 아내와 아기 모두 건강합니다. 고맙습니다."

이윽고 촬영이 다시 재개되었다.

"아흐으으윽!"

분만실 침대 위에 누워 진통을 겪는 연기를 하는 극중 아내인 여배우의 손을 꼭 잡고, 윤하는 연기가 아니라 진심으로 말했다.

"조금만 힘내, 여보. 내가 곁에 있잖아."

아까 미사에게 미처 해주지 못했던 말을.

그다음은 윤하가 갓 태어난 아기를 품에 안고 감격하는 장면이었다.

아기는 진짜 갓 태어난 아기를 섭외할 수 없어서 태어난 지 50일쯤 되는 아기였다. 뽀얗고 통통한 아기의 얼굴에, 방금 보고 온 새빨갛고 쭈글쭈글한 아기의 얼굴이 겹쳐지자 윤하의 눈에 절로 감격의 눈물이 어렸다.

연기라고는 도저히 느껴지지 않는, 아기를 들여다보는 윤하의 사랑스러운 눈빛을 카메라는 하나도 놓치지 않고 담아냈다.

이윽고 카메라가 멈추는 것과 동시에, 스태프들이 일제히 뜨거운 박수갈채를 보냈다.

"정윤하 씨, 아빠가 되신 것을 축하드려요!"

11월에 들어서서도 계속 늦가을처럼 포근한 날씨가 계속되다, 바로 오늘 아침부터 갑자기 수은주가 급격하게 뚝 떨어지면서 한파가 몰아치기 시작했다. 마치 하루아침에 겨울이 찾아온 것처럼.

영하의 추위 속에서, 민호는 목도리를 두르고 모자를 푹 눌러쓴 채 공원에 서서 누군가를 기다리고 있었다. 바로 오늘 수능시험을 마친 예지였다.

어제 미리 만나서 격려해줬으면 좋았을 텐데, 아쉽게도 어제는 촬영 스케줄이 너무 바빠서 도저히 시간을 낼 수가 없었다.

「미안해, 만나서 찹쌀떡이라도 사주고 싶었는데.」

어제 전화로 그렇게 말하자 예지는 아무렇지도 않은 듯이 활기차게 대답했다.

「괜찮아요. 미사 언니랑 윤하 오빠한테도 받았는데요 뭐. 왕 서방 아저씨한테도 받았구요.」

「그래도, 직접 얼굴 보고 파이팅 해주지 못해서 미안해.」

민호는 진심으로 예지에게 미안했다.

지금 촬영하고 있는 드라마는 민호의 두 번째 작품이자 첫 주연작이었다. 아무리 성공적으로 데뷔를 했다 해도 두 번째 작품에서 바로 주연을 맡게 되다니, 심적으로 부담이 크지 않을 수 없었다. 게다가 해외 투자까지 받아서 전편 사전제작으로 이루어지는 큰 프로젝트라서 더.

「그냥 사양할 걸 그랬나 봐. 괜히 나 때문에 망하면 어떡하지?」

촬영에 들어가기 전, 그렇게 불안해하는 민호를 예지는 따뜻하게 격려해주었었다.

「오빤 잘할 수 있을 거예요. 윤하 오빠는 처음부터 주연이었는데도 잘만 했는데요, 뭐.」

「그건 윤하 형이잖아. 어떻게 내가 형하고 비교가 되겠어?」

「오빠가 윤하 오빠보다 못할 게 뭐가 있는데요?」

시무룩해서 대꾸하는 민호에게, 예지는 정색을 하고 말했다.

「나도 윤하 오빠 팬이지만, 민호 오빠도 엄청 멋있다구요. 연기도 잘하구.」

발그레하게 달아오른 얼굴에서, 예지가 진심이라는 게 느껴졌다.

좋아하는 소녀에게서 진심 어린 격려를 받자 절로 의욕이 솟아났다. 예지를 실망시키고 싶지 않다. 꼭 잘 해내서, 멋진 모습을 보여주고 싶다.

「고마워, 예지야. 나 진짜 열심히 할게!」

그렇게 용기를 얻어서 지금은 열심히 촬영에 매진하는 중이다.

그런데 정작 자신은 예지의 인생에서 더없이 중요한 이벤트인 수능시험 전날에 만나서 격려해주지도 못하다니, 미안하지 않을 수 없었다.

「대신 내일 시험 끝나고 만날 수 있을까?」

「내일요?」

「응, 내일 저녁에는 어떻게 시간 낼 수 있을 것 같아. 만나서 같이 저녁 먹자.」

잠시 후 수줍은 듯한 대답이 돌아왔다.

「……네, 오빠.」

민호는 기뻐서 얼른 말했다.

「그럼 내일 저녁 6시에, 그 공원에서 기다릴게.」

예지를 독서실에서 집에 데려다 주는 길에 늘 지나곤 했던 작은 공원을 말하는 것이었다.

「내가 마음으로 응원 엄청 많이 할 테니까, 꼭 시험 잘 봐야 돼!」

그렇게 말하고 전화를 끊은 게 어제저녁의 일이었다.

약속시간이 다가올수록 민호는 마음이 들떴다. 예지는 수능시험 준비 때문에 바빴고, 또 자신은 촬영 때문에 눈코 뜰 새 없다 보니 벌써 마지막으로 얼굴을 본 지 두 달도 넘었던 것이다.

오랜만에 예지의 얼굴을 볼 생각을 하니 가슴이 설렜다. 만나면 우선 꼭 껴안아줘야지, 하고 민호는 생각했다.

'정말 고생 많았어, 예지야.'

아직 입 밖에 내지 못했을 뿐, 서로가 서로를 좋아한다는 걸 알고 있는 사이였다.

이제 해가 바뀌면 드디어 예지는 스무 살이 된다. 어차피 내년 봄까지는 자신도 촬영 때문에 바쁠 테고, 촬영이 끝날 때쯤이면 예지는 이미 새내기 여대생이 되어 있을 거였다.

그러면 사귀지 못할 이유도 없다. 더 이상 어린애가 아니니까.

'대학에 입학하면, 나하고 사귀어줄래?'

오늘이야말로 그렇게 고백해야지. 민호는 단단히 결심하고 두근대는 마음으로 예지를 기다렸다.

그런데 웬일인지 예지는 약속시간이 지나도 좀처럼 오지 않았다.

"어머, 도민호 씨 아니세요?"

"드라마 너무 잘 봤어요. 사인해주세요!"

공원을 지나던 사람들 중 몇몇이 민호를 알아보고 인사를 해 왔을 뿐, 정작 예지의 모습은 나타나지 않았다.

시간이 지날수록 혹시 무슨 일이 생겼나 슬슬 걱정되기 시작했다. 전화를 해봤지만 웬일인지 받지도 않았다.

그리고 약속시간에서 30분쯤 지났을 때, 겨우 휴대폰이 울렸다.

– 정말 미안해요, 오빠. –

전화가 아니라 메시지가 온 것이었다.

– 차마 오빠 얼굴을 볼 자신이 없어요. –

……그 메시지를 마지막으로, 더 이상 예지와는 연락이 되지 않았다.

미사의 출산과 거의 동시에 주말드라마의 촬영이 끝난 후, 윤하는 완전히 집안에 들어앉아 육아에만 전념했다.

"낳는 건 네가 했으니까, 키우는 건 내가 하겠어."

출산 당시에 미사의 곁에 있어주지 못한 미안함도 있었지만, 윤하의 아기에 대한 사랑은 보통 아빠들보다도 훨씬 더 유난스러운 것이었다. 마치 자신이 어릴 적 받지 못했던 사랑까지 몰아서 주겠다는 듯이, 윤하는 재현에게 한없이 사랑을 쏟았다.

사람인 이상 아기가 너무 울거나 보채면 가끔 지치거나 신경질이 날 법도 한데, 윤하는 재현에게 굳은 얼굴 한번 보이지 않았다.

등이 바닥에 닿기만 해도 바로 깨서 보채는 바람에 어쩔 수 없이 밤새 안아서 재우는 날에도 힘들거나 싫은 내색 한번 하지 않는 윤하를 보고, 오히려 엄마인 미사가 감탄할 정도였다.

"윤하 씨는 어쩜 그렇게 화 한번 안 내요? 힘들지도 않아요?"

그러자 아기를 안은 윤하는 조용히 대답했다.

"너한테는 어머니도, 할아버지도 계시지만 내 핏줄은 재현이뿐이잖아."

미사는 그만 가슴이 뭉클해졌다.

그런 아빠와 엄마의 사랑 속에서 재현이는 무럭무럭 자라서, 어느덧 돌잔치를 앞두게 되었다.

"많이 초대할 것도 없고, 그냥 가족들끼리만 모여서 조촐하게 했으면 좋겠어요. 엄마랑 나랑 윤하 씨랑 할아버지, 그 외에는 민호랑 예지랑, 사부님이랑 예지네 어머님 정도?"

미사는 손가락을 하나하나 꼽으며 말했다.

"그러고 보니 요즘 민호랑 예지 연락 안 한다는데, 돌잔치 때 만나게 되겠네요."

둘을 떠올린 미사가 한숨을 쉬었다.

"괜찮으니까 그러지 말고 연락 하라고 아무리 말해도 예지가 막무가내예요. 민호한테 창피해서 도저히 얼굴을 못 보겠대요. 그까짓 수능 좀 망할 수도 있지, 그게 뭐라고 참."

예지는 수능을 망치고 현재 재수 중이었던 것이다.

"자기 대학 붙고 나면 그때나 연락하겠다지 뭐예요."

미사가 계속 말하는 동안 윤하는 왠지 딴생각에 잠긴 표정을 하고 있었다.

“왜 그래요? 또 누구 초대하고 싶은 사람 있어요?”

의아하게 묻자 윤하는 고개를 저었다.

“아니. 아무것도 아냐.”

하지만 표정으로 보아 아무것도 아닌 게 아닌 것 같았다.

“뭔데 그래요. 말해봐요, 응? 나한테 말 못 하면 누구한테 한다고.”

미사가 재촉하자 그제야 윤하는 입을 열었다.

“……사실은 어머니 생각이 나서.”

“우리 엄마 말이에요?”

“아니. 날 낳아주신 어머니 말이야.”

“아……!”

의외의 말에 미사는 조금 놀랐다.

“살면서 가끔씩 생각났었어. 지금쯤 어디서 어떻게 지내고 계실까, 하고 말이야. 궁금하기도 하고, 한번 만나보고 싶기도 했어.”

“그런데 왜 찾아보지 않았어요?”

“찾으려고 하면 찾을 수 있었을 거야. 하지만 용기가 없었어.”

윤하는 고백하듯 말했다.

“어머니는 나를 버리고 간 사람이잖아. 찾아가도 나 같은 아들 둔 적 없다면서 매정하게 모른 척하는 건 아닌가, 하는 생각도 들고. 혹시 어머니가 이미 새 가정을 꾸렸다면 내가 괜히 나타나서 방해가 되는 게 아닐까 싶은 생각도 들었고. 그래서 결국 찾지 못했어.”

문득 윤하의 시선이, 아기 침대에 누워 새근새근 잠든 재현에게 머물렀다.

“그런데 내가 아빠가 된 후부터는 어머니 생각이 더 많이 나. 어머니도 분명히 날 이렇게 업고 안고 젖 먹여 키우셨겠지, 하는 생각이 들어서.”

“그러셨겠죠.”

“아버지 때문에 죽을 것같이 힘들어서 어쩔 수 없이 날 놓고 나갔을 뿐이지, 내가 싫어서 버린 건 아니지 않을까. 어머니도 지금쯤 혹시 날 보고 싶어 하시지는 않을까. ……자꾸만 그런 생각이 들어.”

재현을 바라보며, 윤하는 중얼거렸다.

“……한 번쯤 만나고 싶어.”

그런 생각을 하고 있었구나, 내 남편이.

“그래요. 어머님 찾아봐요, 우리.”

미처 윤하의 마음을 헤아려주지 못한 게 미안하고 안타까워서, 미사는 손을 뻗어 그의 손을 꼭 잡고 말했다.

“이제라도 찾아뵙고 인사드리고, 괜찮으시다면 돌잔치에도 오시게 해요.”

윤하의 친모를 찾는 것은 그리 어렵지 않았다. 그리고 찾자마자 동시에 알게 된 것은 이미 한참 전에 사망했다는 것이었다.

“…….”

멍하니 서류를 들여다보는 윤하에게, 미사는 차마 위로의 말조차 건넬 수가 없었다. 차라리 울면 꼭 안아줄 텐데. 나하고 재현이가 있잖아요, 하고 위로해줄 텐데.

하지만 윤하는 어머니의 사망 사실이 기재되어 있는 서류를 보고도 눈물을 흘리지 않았다. 대신에 한참 후에 중얼거리듯 말했다.

"어머니가 다시 결혼을 하셨었어."

미사는 혹시 윤하가 어머니의 재혼 사실에 충격을 받은 건가, 하고 생각했다. 하지만 윤하는 계속해서 말했다.

"새아버지도 3년 전에 돌아가셨는데, 어머니가 낳은 동생들이 있대."

"동생들이요?"

"응. 남매라고 쓰여 있어. 하나는 올해 대학에 갔고, 하나는 아직 고등학생이라네."

서류에 쓰여 있는 이름들을 들여다보며, 윤하는 말했다.

"그 애들이라도 만나보고 싶어."

한참 전에 어머니가 돌아가시고 아버지도 돌아가셨다니까 아마 생활이 어려울 거라고 지레짐작했는데, 의외로 남매는 깨끗하고 아담한 집에서 생활하고 있었다.

마침 둘 다 집에 있던 남매는 갑자기 찾아온 윤하와 미사를 보고 기절할 듯이 놀랐다.

"윤하 오빠! 저 완전 팬이에요!"

대학생인 누나 쪽이 더 좋아서 어쩔 줄 몰랐다. 윤하가 자신의 동복오빠라는 사실은 전혀 모르고 있는 눈치였다.

"이거 뭐예요? 방송 촬영 같은 거예요?"

고등학생인 남동생도 흥분을 감추지 못했다.

"누나 남친이 어디다 신청한 거 아냐? 근데 무슨 방송이에요? 카메라는 어딨고요?"

내가 바로 너희 오빠고 형이라는 말이 좀체 나오지 않아서 윤하는 일단 대충 얼버무렸다.

"나중에 촬영팀이 올 거야."

단정한 옷차림도 그렇고, 잘 정돈된 집안을 보아도 형편이 어려워보이지는 않았지만, 남매 단둘이 살다 보니 퍽 외로운 모양이었다.

꼭 윤하가 유명한 연예인이라서가 아니라, 손님이 왔다는 자체에 무척 반가워하는 것이었다.

"이 아기가 윤하 오빠 아들이에요? 와, 너무 귀엽다!"

윤하의 여동생은 미사에게서 재현이를 받아서 안아 들고 예뻐서 어쩔 줄을 몰랐다.

"근데 윤하 오빠는 실물이 훨씬 더 멋있네요."

빰이 발그레해져서 윤하를 바라보던 여동생이, 불쑥 말했다.

"……엄마가 살아 계셨으면 오빠 보고 엄청 좋아하셨을 텐데."

"응?"

윤하는 놀라서 여동생을 쳐다보았다.

“돌아가신 저희 엄마도 윤하 오빠 팬이셨거든요. 데뷔작인 영화도 몇 번이나 가서 보셨고, 그 다음에 나온 드라마도 녹화해서 집에서 몇 번이나 돌려보고 그러셨어요.”

여동생이 미소를 지었다.

“하다하다 윤하 오빠 사진까지 지갑 속에 넣고 다녀서, 제가 막 놀리고 그랬었어요. 엄마한텐 거의 아들 뻘인데 그렇게 좋으냐고.”

윤하의 심장이 마구 뛰기 시작했다. 어쩌면 어머니는 알고 계셨던 게 아닐까. 배우 정윤하가 바로 어릴 적에 두고 나간, 친아들이란 걸.

“……그랬더니, 엄마가 뭐라고 하셨어?”

윤하는 떨리는 목소리로 겨우 물었다.

잠시 기억을 떠올리며 고개를 갸웃거리다, 여동생은 아, 하고 생각난 듯이 말했다.

“그렇게 말했던 것 같아요, 엄마가.”

“…….”

“‘그러니까 좋지, 내 아들 같으니까.’”

“윤하 오빠가, 진짜로 제 친오빠라고요?”

“에이, 설마. 이거 설정이죠? 무슨 몰래카메라 같은 거 아녜요?”

자초지종을 듣고도 남매는 한참 동안을 믿으려 들지 않았다.

“사실이야. 아버지는 다르지만, 네 어머니가 내 어머니니까.”

어머니와 윤하 자신의 가족관계증명서까지 보여준 후에야 남매는 겨우 사실을 받아들였다. 그리고 다행히도, 무척 반가워해주었다.

"꿈만 같아요. 정윤하가 우리 오빠라니!"

"그럼 형이라고 불러도 되는 거예요?"

"물론."

윤하는 힘주어 고개를 끄덕였다.

"너희 둘 다 틀림없는 내 동생들이야. 그러니까 앞으로는 서로 자주 만나면서 살자."

비록 어머니는 돌아가셨지만, 동생들이라도 남아 있어서 얼마나 다행인지 모른다는 생각이 들었다. 오늘 처음 만났지만 낯설게 느껴지지 않는 게, 이래서 핏줄이구나 싶은 것이었다.

자신처럼 부모를 다 잃은 동생들에게, 윤하는 뭐든지 해주고 싶었다.

"혹시 뭐 내가 도울 건 없겠어? 등록금이라든지, 생활비라든지."

하지만 남매는 고개를 저었다.

"괜찮아요, 저 졸업할 때까지 전액장학금 받아요. 생활비도 전액 지원받고 있고요."

그렇게 말하는 여동생이, 윤하는 무척 기특하게 느껴졌다.

"공부를 무척 잘했나 보네."

하지만 여동생은 부끄러운 듯이 고개를 저었다.

"그게 아니고요. 사실 저희가 아빠 돌아가시고 나서는 엄청 못살았거든요. 그땐 저도 아직 고등학생이라서 알바 자리 구하기도 힘들고 해서, 거의 라면만 먹고 그랬었어요. 막 월세 밀려서 쫓겨날 뻔하고요."

"그런데?"

"무슨 재단에서 어떻게 알았는지 저희를 지원 대상자로 선정했대요. 그래서 이 집도 얻어주고요, 대학도 가게 해주셨어요. 생활비까지 매달 넉넉하게 보내주고 계세요."

자선치고는 조금 과한데. 윤하와 미사는 서로 얼굴을 쳐다보았다.

"혹시 그 재단 이름이 뭔지 알아?"

윤하의 물음에, 남동생이 대답했다.

"미래희망복지재단이라는 데예요."

"미래희망복지재단………?"

고개를 갸웃거리는 윤하에게, 미사가 귀에 대고 가만히 속삭였다.

"대서양화장품에서 설립한 곳이에요."

윤하의 눈이 커졌다.

"……!"

"진작 말하지 못해서 미안하네."

혜경이 사과했다.

"예전에 아버님께서 자네에 대해 조사를 할 때, 생모께서 돌아가셨다는 사실도 알게 된 모양이야. 자네 동생들 생활이 어렵다는 것도 그때 알게 됐고."

"그때부터 어머님께서 계속 제 동생들을 돌봐주신 겁니까……?"

"그래."

윤하의 말에 혜경이 고개를 끄덕였다.

"자네 동생들이면 나한테도 남이 아닌데 어떻게 알고도 모른 체할 수가 있겠어. 그래서 내가 뒤에서 좀 도왔네."

혜경이 힐끗 윤하의 눈치를 보았다. 혹시 알고도 계속 숨기고 있었던 자신을, 사위가 원망하지나 않을까 싶어 마음이 불안했던 것이다.

"자네 어머님께서 돌아가신 걸 여태 숨겼던 건 미안하네. 난 그저 혹시나 자네가 굳이 알고 싶지 않을까 봐……."

다행히도 윤하는 고개를 저었다.

"아닙니다. 저 대신 동생들을 돌봐주셔서 정말 고맙습니다, 어머님."

"그래."

친어머니의 죽음을 뒤늦게 알게 된 사위를 어떻게 위로해야 할까. 혜경은 한참 망설이다 조심스럽게 말했다.

"자네가 너무 상심하지 말았으면 좋겠네. 어머님께선 좋은 곳으로 가셨을 거야."

하지만 윤하는 조금 미소 지어 보였다.

"괜찮습니다. 비록 만나 뵙지는 못했지만, 그래도 어머니를 찾길 잘했다는 생각이 듭니다."

"그래?"

"어머니가 저를 잊지 않고 계셨다는 걸 알았습니다. 비록 떨어져 있었지만, 그래도 어머니는 제가 아들인 걸 아시고 계속 제 연기를 지켜보면서……."

갑자기 윤하의 목소리가 크게 떨렸다. 혜경이 놀라서 쳐다보자 어느새 사위의 눈에 눈물이 그렁해져 있었다.

"……어머니도 저처럼, 보고 싶어 하셨던 겁니다."

윤하는 차마 더 이상 말하지 못하고 고개를 푹 숙이고 말았다.

혜경은 몸을 일으켜 사위에게로 다가갔다. 그리고 그의 어깨를 조용히 끌어안았다.

"윤하야."

조용히 들썩이기 시작하는 어깨를 안고, 혜경은 달래듯 윤하의 넓은 등을 토닥거렸다.

"오늘부터 사위 말고 내 아들 하자."

친어머니가 돌아가셨다는 것을 알고도 애써 흘리지 않았던 눈물.

동생들을 만나고도 차마 보이지 못했던 눈물.

지금껏 참고 참았던 눈물이, 혜경의 말에 이제야 제대로 터져 나오기 시작했다.

"너는 내 아들 하고, 나는 네 엄마 하고. 우리 앞으로, 그렇게 살자."

"어머니……!"

따뜻한 혜경의 품에 안겨, 윤하는 쌓이고 쌓였던 눈물을 쏟아내고 있었다.

아기 재현이의 첫돌. 성대하게 돌잔치를 하는 대신에, 윤하와 미사는 가족들끼리 모여서 조촐하게 식사하며 축하하기로 했다. 대신에 돌잔치에 들어갈 비용은 대서양화장품에서 설립한 장학재단에 기부하기로.

「첫애인데 꼭 그래야겠느냐?」

돌잔치를 가족 식사로 간단하게 대체하겠다고 하자 아쉬워한 것은 이 회장이었다. 둘도 없는 증손자에게 뭐든 최고로 해주고 싶었던 것이다.

「버려지는 아이들도 많은데, 내 자식 생일이라고 너무 떠들썩하게 지내고 싶지 않아요, 할아버지.」

그 말에 결국 이 회장도 윤하와 미사의 의견을 존중해주었다.

당일이 되어 윤하와 미사는 고운 빛깔의 한복을 차려입었다. 재현이도 색동저고리에 복건을 쓰자 귀여운 아기 도련님이 되었다.

장소는 왕 서방의 가게인 '원빈'이었다. 그냥 2층만 비워달라고 부탁했는데, 도착해보니 왕 서방은 아예 윤하와 미사 가족을 위해 그날 하루 가게 문을 통째로 닫아놓고 있었다.

게다가 미리 가게를 돌잔치 장소답게 알록달록한 풍선과 레이스, 현수막 따위로 예쁘게 꾸며놓기까지 한 것이 아닌가.

"고맙습니다, 사부님. 이렇게까지 안 해주셔도 되는데."

미사가 미안해하자 왕 서방은 눈을 둥그렇게 떴다.

"무슨 소리냐 해? 제자 아들이면 나한테도 손자나 다름없다 해!"

오늘 가게에 모인 사람들은 모두 가족, 그리고 가족이나 마찬가지인 사람들뿐이었다.

이 회장을 필두로 혜경, 윤하와 미사, 왕 서방과 예지, 예지 엄마. 민호는 마침 촬영이 겹치는 바람에 조금 늦게 도착하겠다고 미리 연락이 왔고, 얼마 전에 찾은 윤하의 두 동생들도 축하하러 와주었다.

"어서들 와! 이쪽으로 앉자."

반가워하는 미사에게, 남매는 수줍게 작은 상자를 내밀었다.

"이거, 아기 선물이에요."

"어머나, 선물까지!"

윤하는 동생들을 이 회장과 혜경에게도 소개시켰다.

"제 동생들입니다."

이 회장도, 혜경도 남매를 가족처럼 반가워하며 따뜻하게 맞이했다.

"이렇게 만나는 건 처음이구나. 잘들 왔어."

"정 서방을 닮아서 동생들도 인물들이 아주 좋구먼그래."

이 회장은 비서에게 일러 그 자리에서 용돈까지 주기도 했다.

"고맙습니다, 회장님."

얼굴이 빨개져서 꾸벅 인사를 하는 누나에게, 이 회장이 타이르듯 말했다.

"회장님은 무슨. 할아버지라고 부르도록 해라."

동생들이 환대를 받자 윤하도 무척 기뻤다.

화기애애한 가운데서 돌상이 차려졌다. 돌상에 올려진 백설기와 수수팥떡, 그리고 돌잔치용 떡케이크는 예지 엄마가 손수 만들어 준 것이었다.

"생일 축하합니다, 생일 축하합니다! 사랑하는 재현이의 생일 축하합니다!"

노래를 부르고 케이크를 자르고 나자 본격적으로 식사가 시작되었다.

왕 서방은 오늘을 위해 실력을 유감없이 발휘했다. 주방에서 계속해서 날라져 오는 화려한 중화요리들에, 모두들 입을 다물지 못했다.

"이렇게 맛있는 청요리는 내 또 처음이구나!"

평소 중식을 별로 즐기지 않는 이 회장조차도 감탄할 정도였다.

"많이 먹어."

식사 내내 윤하는 동생들을 살뜰하게 챙겼다. 무뚝뚝한 남편의 다정한 모습을 바라보며 미사가 살며시 미소를 짓고 있는데,

"언니."

문득 옆에 앉은 예지가 속삭이듯 미사를 불렀다.

"저기 있잖아…… 민호 오빠는?"

"아까 전화 왔었는데, 아직 촬영이 안 끝났대. 그래도 늦게라도 온다고 했어."

"……그렇구나."

예지의 얼굴이 어두워지는 것을 보고, 미사는 한숨을 지었다.

"너희 여태 연락 안 하는 거지?"

"응."

정확히 말하자면 예지 쪽에서 연락을 끊은 거였다. 처음에는 계속 전화와 메시지가 오고, 한번은 집 앞에 찾아오기도 했지만 예지가 멀리서 발견하고 도망가버리자 민호도 뭔가 느낀 것이 있었는지 그때부터는 더 이상 연락해 오지 않았다.

지금이 2월이고 연락을 끊은 것이 수능 당일부터였으니까, 거의 3개월 정도를 이렇게 지내고 있는 상태였다.

"꼭 그래야 되겠니?"

그 사실을 알고 있는 미사가 타이르듯 말했지만, 예지는 딱 잘라 말했다.

"언니는 내 마음 몰라."

자신과 달리 미사는 학교 다닐 때도 늘 모범생이었다. 공부도 잘해서 단번에 명문대에 붙었고. 그러니 시험을 망쳐 재수하게 된 자신의 마음을 언니가 알 리 없다고 생각했다.

식사가 끝나고, 드디어 돌잔치의 메인 이벤트인 돌잡이가 시작되었다.

집에서 미리 준비해 온 돌잡이용 물품들을 하나하나 비단보 위에 늘어놓고 있는 미사를 보고, 이 회장이 물었다.

"실이랑 돈, 붓, 청진기, 판사봉까진 알겠는데 나머지 이 장난감 같은 것들은 뭐냐?"

"마이크는 가수 되라는 거고요, TV는 아빠처럼 멋진 배우 되라고요."

미사가 웃으며 대답했다.

"그래?"

이 회장은 왠지 불만스러운 얼굴을 했다. 그러더니 양복 안주머니에서 무언가를 꺼내 상에 떡하니 올려놓았다. 바로 만년필이었다.

"붓 있는데 만년필은 또 왜요, 할아버지?"

학자가 되라는 뜻으로 받아들인 미사가 고개를 갸웃거렸다.

"이게 내가 결재할 때 사인하는 만년필이다."

이 회장이 태연하게 대답했다.

"그러니까 나같이 회장님 되라는 뜻인 게지."

"아버님도 참!"

혜경이 못 말린다는 듯이 웃었다.

이윽고 재현이가 윤하의 품에 안겨 돌잡이 물건들이 올려진 상 앞에 섰다. 눈앞에 조르르 놓인 처음 보는 물건들에, 아기의 또랑또랑한 눈망울이 호기심에 빛났다.

"옳지, 청진기 잡으려나 보다."

"어어, TV 쳐다본다!"

모두가 기대에 찬 눈빛으로 주목하고 있는 가운데, 드디어 아기는 상을 향해 손을 뻗었다.

"……!"

고사리 같은 손에 쥐여 있는 것은, 바로 마지막에 이 회장이 올려놓은 만년필이었다.

"그럼 그렇지, 역시 내 새끼로구나!"

이 회장이 자리에서 벌떡 일어나며 박수를 쳤다.

"요 녀석, 이 증조할아비를 닮아서 사업가가 될 모양이다. 그렇지?"

윤하에게서 재현이를 받아 안고, 이 회장이 싱글벙글했다.

"우리 재현이한테 회사 맡기려면 내가 백 살도 넘게 살아야겠구나!"

얼핏 듣기에는 농담 같지만 그 말에는 이 회장의 속내가 배어 있었다. 손녀인 미사가 후계자가 되기를 마다하자, 이제는 미사의 아들에게 기대를 걸고 있었던 것이다. 물론 아이의 진로는 나중에 아이 스스로 결정할 일이었지만 지금은 굳이 할아버지의 기쁨을 방해할 이유도 없어서, 윤하와 미사는 그저 바라보며 웃기만 했다.

돌잔치가 거의 끝나갈 때쯤, 왕 서방이 갑자기 자리에서 일어섰다.

"재현이의 돌을 다시 한 번 축하하면서, 잠시 여러분께 드리고 싶은 말씀이 있습니다."

평소의 우스꽝스러움이 싹 가신, 진지한 말투에 미사와 윤하는 서로 얼굴을 쳐다보았다.

"사실 저는 여기 계신 미란 씨와 진지하게 만나고 있는 사입니다."

왕 서방이 예지 엄마를 가리키며 말했다.

"두 분이요?"

미사는 깜짝 놀라고 말았다. 둘이 만나고 있는 줄은 까맣게 몰랐던 것이다. 윤하 역시 놀란 표정을 감추지 못했지만, 슬쩍 눈치를 보니 예지는 전혀 놀란 기색이 아니었다. 이미 알고 있었던 모양이었다.

"그래서 오는 5월에, 결혼식을 올리려고 합니다."

왕 서방이 다정하게 어깨에 손을 얹자, 예지 엄마가 부끄러운 듯이 두 손을 얼굴에 가져갔다.

"정말 축하드립니다. 결혼식 사회는 제가 보겠습니다."

"어머나, 정윤하 씨가 직접 말씀이세요?"

"축하는 드리는데 사부님! 어쩜 저한테까지 말 안 하고 몰래 사귀실 수가 있어요?"

"미안하게 됐다 해."

축하 인사로 한바탕 떠들썩해진 가운데, 갑자기 볼멘소리가 튀어나왔다.

"꼭 결혼까지 해야 돼요?"

바로 예지였다.

"그냥 지금처럼 사귀기만 해도 되잖아요. 나도 있는데 꼭 그래야 되는 거예요?"

주위가 찬물을 끼얹은 것처럼 싹 조용해졌다.

"예지야."

딸의 차가운 반응에 예지 엄마는 얼굴이 빨개져서 어쩔 줄을 몰랐다.

"엄마는, 네가 엄마 뜻대로 해도 된다고 해서 그랬지. 하지만 네가 정 싫다면야……."

그때, 갑자기 예지가 배시시 웃더니 혀를 쏙 내밀었다.

"이름이 왕예지가 뭐예요, 왕예지가. 어휴."

장난이었던 것이다.

"얘도 참, 난 또 진짠 줄 알고……!"

너무 놀란 나머지 눈물까지 글썽이는 엄마를, 예지가 다가가서 꼭 끌어안았다.

"지금까지 나 이렇게 잘 키워줘서 고마워, 엄마."

"예지야……!"

"이제 나도 스무 살이잖아. 나 다 컸으니까, 이제 엄마도 행복해질 자격 있어."

눈물을 쏟는 엄마의 등을 어른스럽게 토닥이며 예지는 왕 서방을 향해 말했다.

"왕 서방 아저씨."

"말해라 해."

왕 서방이 대답했다.

"우리 엄마 꼭 행복하게 해줘야 돼요. 안 그러면 인터넷에 원빈 맛없다고 막 악플 달아버릴 거니깐."

눈물을 참느라 예지는 어느덧 눈이 빨개져 있었다.

"걱정 마라 해. 미란 씨한테는 좋은 남편, 그리고 예지한테는 좋은 아빠가 되겠다 해!"

주먹을 쥐고 가슴을 두드려 보이는 왕 서방의 목소리도 떨리고 있었다.

"자, 그럼 이제 우리 가족사진 찍을까요? 모두 다 같이 말이에요!"

이윽고 미사가 분위기를 바꾸듯 손뼉을 치며 활기차게 말했다.

모두가 재현이를 가운데 두고 나란히 자리를 잡은 가운데, 아까부터 돌잔치 광경을 카메라에 담고 있던 포토그래퍼가 나섰다.

"자, 여기 보시고요."

그리고 셔터를 누르기 직전, 별안간 누군가가 프레임 안으로 뛰어들었다.

"잠깐! 저도 끼워주세요!"

헐레벌떡 뛰어든 민호가 어른들을 향해 연신 사과하며 고개를 숙였다.

"늦어서 죄송합니다. 촬영 스케줄 때문에 그만, 최대한 서두른다는 게 이렇게 됐어요."

그러고는 윤하와 미사를 향해 서운하다는 듯이 눈을 흘겼다.

"와, 어떻게 나 같은 인기스타를 빼고 사진 찍을 생각을 해요?"

"너무 늦길래 못 오는 줄 알았지. 미안."

미사는 달래듯이 말했지만 윤하는 거꾸로 코웃음을 쳤다.

"누구 앞에서 인기 스타라는 거야, 지금."

"뜨는 해인 나랑 지는 해인 형이랑 같아요?"

"뭐가 어째?"

윤하가 눈을 부라렸지만 민호는 들은 체도 않고 아무렇지 않게 예지 곁에 붙어 섰다.

"자, 모두들 웃으세요. 하나, 둘 셋!"

가족, 그리고 비록 피로 이어져 있지는 않아도 가족이나 다름없는 사람들.

"김치!"

서로 사랑하는 사람들의 행복한 웃음이, 사진 속에 오래오래 남았다.

사진 촬영이 끝나자마자 예지는 서둘러 가방을 집어 들었다.

"언니, 미안해. 나 학원 때문에 먼저 가볼게."

예지는 이미 지난 12월부터 재수학원에 등록해서 다니고 있었다. 물론 지금 학원은 핑계에 불과했지만.

다행히 미사는 예지의 기분을 눈치채고 더 잡으려 하지 않았다.

"그래. 그럼 졸업식 날 보자. 그날 윤하 씨랑 같이 갈게."

"고마워, 언니. 그럼 그때 봐."

재현이의 볼에 쪽, 하고 뽀뽀를 해준 후 예지는 도망치듯 원빈을 나왔다.

"……휴우."

가게를 나와 걷기 시작하는 예지의 입에서 뽀얀 한숨이 흘러나왔다.

도망치듯 자리를 피한 것은 물론 민호 때문이었다. 차마 얼굴을 똑바로 볼 면목이 없어서.

첫 CF 촬영을 보기 좋게 말아먹은 후, 연예인의 꿈을 접고 공부하기 시작한 것은 고2 때부터였다. 나름대로 열심히 한다고 했는데, 그때까지 전혀 대학 갈 생각이 없어서 놀기만 했던 예지로서는 하루아침에 따라잡기가 쉽지 않았다.

수능 2교시인 수학 영역을 다 마치기도 전에 예지는 깨달았다. 망했다는 것을. 그래서 차마 그날 저녁에 민호를 만나러 나갈 수 없었던 거였다.

역시나 나온 성적은 처참했다. 인 서울은커녕 수도권에 있는 대학에도 가기 힘든 점수였다. 집까지 떠나서 대학을 다니고 싶지는 않았기 때문에, 예지는 재수를 결심했다.

「여대생 돼서 막 이렇게 어려운 책 껴안고 다니면 너 되게 멋있겠다.」

대학교에 가겠다고 했을 때, 그렇게 말해주었던 민호의 얼굴이 자꾸만 떠올랐다.

「그때 되면 나 같은 건 너한테 감히 말도 못 걸겠지?」

하지만 현실은 정반대였다. 자신은 멋진 여대생은커녕 고등학교 졸업식을 하기도 전에 재수학원에 등록해서 다니는 신세가 되어 있고, 민호는 본인 말마따나 한창 떠오르는 스타가 되어 있었다.

「제가요, 나중에 공부 가르쳐드릴까요? 오빠 검정고시 다시 볼 수 있게요.」

초등학교밖에 나오지 못했다고 고백하는 민호에게, 예지는 그렇게 약속했었다.

「일단 저도 지금은 공부 잘 못하니깐 열심히 공부해서 대학부터 가고요. 그런 다음에 제가 오빠 과외 해드릴게요. 공짜로요.」

손가락 걸고 약속했을 때, 뛸 듯이 기뻐했던 민호의 얼굴을 떠올리면 예지는 쥐구멍에라도 들어가고 싶었다. 민호와의 약속을 지키지 못하게 된 게 너무나 부끄러웠다.

이렇게 될 줄 알았으면 좀 더 열심히 할걸. 하지만 아무리 후회해도 이미 때는 늦어 있었다.

'그래. 지금부터라도 열심히 하면 돼. 민호 오빠한텐 대학 붙고 나서 연락하면 되지 뭐.'

애써 그렇게 생각하며 가방을 추슬러 메고 버스를 타러 가는데,

"예지야!"

등 뒤에서 갑자기 자신을 부르는 목소리가 들리는 바람에 예지는 흠칫 놀랐다.

"잠깐만, 나 좀 봐!"

이번에는 좀 더 가까이서 들렸다. 물론, 돌아볼 것도 없이 민호였다.

예지는 이를 악물고 뛰기 시작했다.

"따라오지 마요!"

하지만 예지가 아무리 빨리 뛰어도 남자인 민호를 따돌릴 수는 없었다. 금세 따라잡혀서 팔을 붙잡히고 말았다.

"잠깐만, 예지야."

도망가지 못하도록 예지의 팔을 꽉 붙잡고, 민호가 가쁜 숨을 내쉬며 말했다.

"나랑 얘기 좀 하자."

차마 얼굴을 똑바로 볼 수가 없다. 팔을 붙들린 채 예지가 고개를 돌려 외면하자, 민호는 속상한 듯이 말했다.

"나 좀 봐, 예지야."

“…….”

“아니면 이제 내 얼굴, 보기도 싫어진 거니?”

그제야 예지는 민호의 얼굴을 똑바로 쳐다보았다.

3개월 만에 보는 얼굴. 매일매일 마음속으로 떠올렸던 그 얼굴을 보자 한층 더 슬퍼지고 말았다.

오빤 왜 그새 더 멋있어진 거야. 나는 이렇게 초라한데.

하지만 예지의 얼굴을 들여다보더니, 민호는 엉뚱하게도 빙그레 웃었다.

“예뻐졌다.”

그 말이 마치 놀리는 것같이 느껴져서, 예지는 저도 모르게 대들다시피 말했다.

“촬영하면서 더 예쁜 여자들 많이 볼 거 아네요.”

“아니야!”

민호가 허둥거리며 말했다.

“나 원래도 윤하 형 매니저 일하면서 여배우들 많이 봤잖아. 그래도 너같이 예쁜 여배우는 하나도 없었어. 진짜야.”

그가 진심으로 말하고 있다는 게 느껴져서, 예지도 더 뭐라고 말할 수가 없었다.

“…….”

잠시 어색한 침묵이 흐른 끝에, 먼저 말을 꺼낸 것은 민호였다.

“미사 누나한테 들었어. 시험 잘 못 봐서 속상해서 그런다고.”

“…….”

“그래도 나까지 피할 필요는 없었잖아. 내가 위로해주고 싶었는데.”

조금 원망스러운 말투에, 그제야 예지는 입을 열었다.

“……창피해서 그랬어요.”

예지는 이를 악물고 말했다.

“내가 대학 가겠다니까 친구들이 다 웃었어요. 선생님도 얘가 뭘 잘못 먹었나, 하는 눈치고, 하다못해 엄마도 엄청 좋아하면서도 할 수 있겠냐고 걱정했어요.”

“예지야…….”

“그런 나한테, 할 수 있을 거라고, 꼭 해낼 거라고 말해준 건 민호 오빠밖에 없었어요. 날 믿어준 건, 오빠 하나뿐이었다고요.”

눈시울이 확 뜨거워지면서 눈앞이 흐려졌다.

“그런데 시험을 그렇게 망쳐놓고 내가 도대체 어떻게 오빠 얼굴을 똑바로 봐요?”

고개를 푹 숙이자 발밑으로 눈물방울이 툭, 하고 떨어졌다.

“그러니까 우리 나중에 봐요, 오빠. 나중에 대학 붙으면, 그때 내가 찾아갈게요.”

예지는 울면서 말했다.

“있잖아, 예지야.”

잠시 후, 민호가 조용히 말했다.

“사실은 나, 이번에 새로 시작한 드라마 시청률이 되게 안 좋아.”

예지는 놀라서 고개를 들었다. 그새 방송을 시작한 줄도 미처 모르고 있었던 것이다. 인터넷도, TV도 다 끊고 공부에만 매달리는 중이었으니까.

"이제 겨우 초반이긴 하지만, 애국가 시청률이랑 싸우는 중이야."

민호가 씁쓸하게 웃었다.

"오빠……."

이 드라마는 민호의 첫 주연 작인데. 예지는 뭐라고 위로해야 할지 몰랐다.

"괜히 나 같은 신인이 주연을 맡아서 큰일을 망쳤구나, 하는 생각도 들고."

"아니에요!"

예지는 제 상황도 잠시 잊고 민호를 위로하려 애썼다.

"오빠 잘못이 아니에요. 오빤 열심히 했잖아요. 대본 통째로 외우다시피 하면서 보고, 밤새 캐릭터 연구하고 그랬던 거 내가 다 알아요."

"나도 마찬가지야."

그때, 민호가 예지를 똑바로 쳐다보았다.

"네가 얼마나 열심히 했는지, 내가 다 알아."

"……."

"가끔은 시간 가는 것도 까맣게 잊고 공부하는 바람에, 내가 독서실 밖에서 한참 기다리고 그랬었잖아."

민호는 안타까운 듯이 말했다.

"그런데 뭐가 창피해. 넌 최선을 다했는데, 그걸 내가 아는데."

예지의 눈에 새롭게 눈물이 차올랐다. 지금껏 난 뭘 그렇게 부끄러워하고 있었던 걸까. 난 열심히 했는데. 세상에는 열심히 해도 뜻대로 안 되는 일이라는 게 있는데.

"잘했어, 예지야. 정말 수고 많았어."

눈물을 흘리는 예지를 민호가 가만히 끌어안았다.

"오빠……!"

따뜻하고 넓은 민호의 가슴에 기대서 예지는 한참을 울었다.

예지의 눈물이 잦아들 때까지 안아주고 있던 민호가, 이윽고 예지를 품에서 떼어놓았다.

"널 좋아해."

갑작스러운 고백에 깜짝 놀라 커다래지는 젖은 눈동자를 들여다보며, 민호는 오랫동안 참아왔던 말을 드디어 입에 담았다.

"……우리, 이제 사귀자."

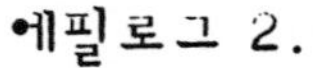

에필로그 2.

「이제 보렴, 자랄수록 아빠 얼굴도 나오고 그럴 테니까.」

재현이가 태어났을 때 할머니인 혜경이 그렇게 말했던 대로였다. 갓 낳았을 때는 영락없이 엄마를 닮은 것처럼 보였던 재현이는, 시간이 지날수록 점점 윤하를 닮아갔다.

돌을 맞이할 무렵부터는 보는 사람들마다 이렇게 말하게 되었다.

「아이고, 완전히 아빠 판박이네!」

윤하를 닮은 만큼 무척 예쁘고, 또 영리한 아기였다. 이제 겨우 첫돌이 지났을 뿐인데 벌써부터 말이 점점 늘고 있었다. 엄마 아빠 까까 붕붕 맘마 이모 할미 하비.

이런 재현이에게 집안의 사랑이 온통 쏟아지는 것은 당연한 일이었다. 주말마다 혜경이 데려가서 돌봐주었고, 그럴 때면 이 회장까지 와서 직접 이유식을 먹이기도 했다.

같이 살고 있는 민호 역시 조카에게 사랑을 퍼부었다. 여자친구인 예지가 재수 준비를 하느라 바빠서 자주 만나지 못하는 대신에 틈만 나면 재현이를 돌봐주었다. 어찌나 아기랑 잘 놀아주는지, 따로 육아 도우미가 필요 없을 정도였다.

그런 온 집안의 사랑 속에서 재현이는 하루하루 무럭무럭 자라났다.

이윽고 겨울이 지나고, 꽃샘추위까지 완전히 물러가서 봄기운이 완연해질 무렵 윤하와 미사에게는 또 하나의 기쁜 일이 생겼다.

바로 윤하가 드디어 재심에서 무죄를 선고받은 것이었다. 물론 이미 소년원은 다녀왔고, 이제 와서 결과가 뒤집혔다 해도 실제로 달라질 것은 없었지만 윤하의 마음은 그렇지 않았다.

"평생 어깨에 지고 있던 짐을 겨우 내려놓은 기분이야."

윤하는 미사에게 그렇게 털어놓았다.

재심 과정에서 진범이 윤하가 아닌 민호라는 것도 밝혀졌지만, 이미 공소시효가 한참 지난 일인 데다가 사건 당시 민호는 겨우 아홉 살에 불과했으므로 전혀 문제가 될 것이 없었다.

"이제야 형한테 면목이 좀 서는 것 같아요."

재판에 직접 나가 증언을 했던 민호 역시 결과에 안도의 한숨을 내쉬었다.

언론 역시 대대적으로 윤하의 무죄를 보도했다.

[정윤하, 재심에서 무죄…… 20년 만에 누명 벗어]

[국민적 관심이 낳은 이례적 결과]

한편 민호에게도 좋은 일이 있었다. 처음으로 출연한 드라마가 얼마 전에 성공적으로 방송을 마친 것이었다. 초반 시청률은 좋지 않았지만 다행히도 갈수록 올라서, 마지막에는 10퍼센트 중반 정도의 나쁘지 않은 성적을 올리며 유종의 미를 거두었다.

드라마 자체는 대박이라고 하기 힘들었지만, 주연인 민호의 연기에는 호평이 쏟아졌다.

[신인답지 않은 열연에 차세대 스타 등극]

[도민호, 확실한 주연 급 자리매김]

이래저래 축하할 일뿐이었다. 그래서 축하의 의미로 예지를 초대해서 집에서 저녁식사를 함께하기로 했다.

"저 왔어요!"

꽃다발을 들고 찾아온 예지의 목소리에 제일 먼저 뛰쳐나가 문을 열어준 것은 바로 민호였다.

"왔어?"

예지의 얼굴만 보고도 좋아서 어쩔 줄 모르는 민호를 보고, 마침 주방에서 음식이 담긴 접시를 가지고 나오던 미사가 놀려댔다.

"어머, 민호 쟤 입 찢어지는 것 봐."

예지는 얼굴이 빨개졌지만 민호는 당당했다.

"당연하지. 우리 이제 겨우 사귄 지 두 달밖에 안 됐는데."

예지까지 팔을 걷어붙이고 도운 끝에, 얼마 안 되어 정원에 놓인 테이블 위에 맛있는 음식들이 가득 차려졌다.

"자, 그럼."

미사의 신호에 모두들 와인 잔을 들었다.

"윤하 씨의 무죄를 위해."

"우리 예지 올해 수능 대박을 위해."

"민호 오빠 차기작도 대박을 위해."

"우리 모두의 건강을 위해서."

"건배!"

불어오는 따스한 봄바람만큼이나 모두의 마음은 가볍기 그지없었다.

"근데 언니, 재현이는?"

"걱정 마, 오늘은 엄마가 데려가셨어."

예지의 물음에 미사가 신난다는 듯이 와인을 홀짝거리며 말했다.

"이제 젖도 떼었으니까 오늘은 마음껏 마셔도 돼!"

임신 기간에 수유기간까지 합쳐 꼬박 2년 넘게 알코올이라고는 입에 대지 못했던 미사였다. 오랜만에 마시는 와인이 얼마나 단지 몰랐다.

"와, 이거 와인 되게 맛있다, 언니."

이제는 스무 살이 된 예지도 전과는 달리 당당하게 음료수가 아닌 와인을 마시고 있었다.

"그치? 많이 있으니까 마음껏 마셔도 돼."

"그러다 나 취하면 어떡해?"

"자고 가면 되지 뭐. 너희 엄마한테는 내가 전화해줄게."

그렇게 대꾸한 미사가 문득 생각난 듯이 물었다.

"그러고 보니까 이제 다음 달이면 결혼식이겠네. 두 분, 결혼 준비는 잘돼가셔?"

"응. 지금은 아빠가 얻은 새 집에 살림들 새로 채우고 있는 중이야."

"어머, 언제부터 사부님이 아빠가 됐어? 재현이 돌 때만 해도 왕서방 아저씨라고 부르더니."

"지난주에 노트북 사준 후부터?"

예지가 깔깔 웃고는 작게 한숨을 쉬었다.

"솔직히 신혼 방해하기 미안해서, 나 그냥 좀 멀리 있는 대학교 가서 기숙사 들어가겠다고 했거든? 그런데 아빠가 절대 안 된다고, 무조건 인 서울 해서 집에서 학교 다니래."

"당연히 그래야지. 지방에 있으면 우리 자주 못 만나잖아."

민호가 끼어들었다.

"그러니까 날 위해서라도 공부 열심히 해줘, 예지야."

"네, 오빠."

수줍게 대꾸하는 예지의 뺨이 사과처럼 물들어 있었다. 눈치를 보아하니 테이블 아래서 민호에게 손을 잡힌 모양이었다.

미사가 놀려대려고 입을 열려는 순간, 예지가 눈치를 채고 얼른 화제를 바꿨다.

"근데 윤하 오빠, 차기작 언제 해요? 재현이 태어날 때쯤 드라마 끝나고 그 후로 안 했으니까 벌써 1년도 넘었잖아요."

"글쎄, 슬슬 작품 검토하고 있는 중이야."

"올해 넘기지 말고 꼭 해주세요. 지난번에 가족드라마 하셨으니까 이번엔 로코로요!"

예지가 눈을 반짝이자 민호는 은근히 질투가 난 모양이었다.

"뭐야. 너 설마 아직도 윤하 형 팬이야?"

민호가 토라지자 예지는 얼른 애교스럽게 민호의 팔에 기대며 말했다.

"아니, 그야 당연히 민호 오빠가 더 좋죠."

하지만 이번에는 윤하가 서운한 얼굴을 했다.

"실망인데, 예지."

그는 잔을 들어 비우고는 자못 쓸쓸한 듯이 말했다.

"언제는 윤하 오빠, 윤하 오빠 하면서 나 좋다고 하더니."

미사는 금세 눈치챘다. 술도 들어갔고, 기분도 좋은 김에 지금 윤하가 장난을 치고 있다는 것을. 하지만 윤하의 연기에 깜빡 넘어간 예지는 어쩔 줄을 몰랐다.

"아니에요, 윤하 오빠도 좋아해요!"

"그래? 그럼 내가 좋아, 민호가 좋아?"

윤하의 말에 민호가 어이없는 얼굴을 했다.

"말이 되는 소릴 해요, 형. 나랑 사귀는데 당연히 나지!"

하지만 윤하는 들은 척도 않고 다시 물었다.

"배우로서 말이야. 나야, 민호야?"

"어…… 저기, 그게……."

예지는 무척 곤란한 얼굴을 했다.

"당연히 나지, 예지야?"

한쪽에서는 민호가 다그치고,

"배우로서니까 물론 나겠지."

또 한쪽에서는 윤하가 진지한 표정으로 재촉하고 있었다.

“죄송해요, 오빠들. 저 그냥 마실게요!”
결국 예지는 대답 대신에 앞에 놓인 잔을 들어 단숨에 마셔버리고 말았다.
예지가 끝내 대답을 회피하자 두 남자는 티격태격하기 시작했다.
“차마 남자친구 앞에서 나라고 대답할 수가 없었던 거군.”
“우리 예지가 착해서 형 속상해할까 봐 사실대로 말 안 한 거죠. 형은 기사도 안 봐요?”
“무슨 기사?”
민호가 휴대폰으로 기사를 검색해서 윤하의 눈앞에 들이밀었다.

[차세대 로코 킹, 도민호…… ‘정윤하, 비켜!’]

“봤죠? 차세대 로코 킹은 나라잖아요.”
민호가 의기양양하게 말하자 윤하의 표정이 굳어졌다.
“어림 반 푼어치도 없는 소리.”
“형은 이제 삼십 대 중반이고, 유부남에다 애 아빠까지 됐잖아요. 현실을 인정하고 슬슬 내려올 준비해요.”
갑자기 윤하가 불쑥 말했다.
“그럼 우리 다음 작품 같이할까? 누구 연기가 더 좋았는지, 예지한테 판단해달라고 해서 지는 쪽이 승복하기로 하는 거야.”
민호는 잠시 망설였다. 자신은 감히 배우로서 윤하와 상대가 되지 않는다고 생각했던 것이다.

원래도 연기 잘하는 건 알고 있었지만, 자신이 배우가 되고 나니 새삼 윤하가 얼마나 대단한 연기자인지가 느껴졌다. 지금도 가끔 TV에서 윤하의 드라마 재방송이라도 나오면, 보다가 감탄하듯 혼잣말로 중얼거리곤 하는 민호였다.

「역시 윤하 형. 난 언제쯤 저런 연기를 해보지?」

하지만 윤하가 예지를 들먹이자 결국 민호도 물러날 수 없었다.

"좋죠! 한입으로 두말하기 없기예요?"

두 남자의 눈빛이 이글거리며 부딪치는 그 순간, 미사가 비명을 질렀다.

"어머!"

갑자기 예지가 풀썩 하고 옆으로 힘없이 쓰러졌기 때문이었다.

반사적으로 예지를 받아 안은 민호가 깜짝 놀라서 외쳤다.

"예지야!"

기절한 줄 알고 놀랐던 모두는 다음 순간 당황하고 말았다.

예지는 자고 있었다. 너무나 평온하고 행복한 표정으로.

말투가 좀 험하고 공부를 안 했다 뿐이지, 예지는 고등학교 때 소위 노는 부류는 아니었다. 기껏해야 학교 땡땡이치고 연예인 보러 다닌 정도지, 친구들과 몰려다니며 술을 마신다든가 그런 짓은 한 적이 없었다.

즉 알코올에 면역이 거의 없다는 뜻이었다.

저녁식사 때 마신 와인에 예지는 그만 인사불성으로 취해버리고 말았다. 갑자기 쓰러진 것도 그 때문이었다. 그 와중에도 윤하가 아니라 민호 쪽을 향해 쓰러진 게 용하다 하겠다.

"뒷일을 부탁해요!"

결국 뒷정리는 윤하와 미사가 맡고, 민호는 예지를 업고 먼저 2층 자기 방으로 올라가게 되었다.

"아까 왜 그랬어요?"

윤하와 나란히 서서 설거지를 하며, 미사가 물었다.

"예지한테 일부러 누가 더 좋으냐고 물어본 거잖아요."

눈치는 채고 있었다. 이유가 뭔지를 몰랐을 뿐.

"……민호하고 같이 작품 하려고."

거품을 묻힌 스펀지로 접시를 닦으며, 윤하가 대답했다.

"회사에는 이미 같이하겠다고 얘기해놨어. 하지만 그렇게 승부욕이라도 건드리지 않았으면 녀석은 부담스러워서 나하고 같이 작품 안 하려 했을 거야."

그래서 일부러 예지를 들먹인 거구나. 미사는 그제야 윤하의 행동을 이해했다.

"이제 저도 배우인데 언제까지 나한테 주눅들어 있으면 안 되잖아."

"근데 뭐 같이할 만한 작품이라도 있는 거예요?"

윤하가 고개를 끄덕였다.

"응, 로맨스인데 대본이 마음에 들어. 남자주인공 역이 민호한테 잘 어울릴 것 같기도 하고."

“아, 작품에 남주가 둘이에요?”

“아니. 나는 조연을 할 거야.”

미사는 깜짝 놀라서 접시에 묻은 거품을 씻고 있던 손을 멈추고 남편을 바라보았다.

“윤하 씨가요?”

정윤하는 데뷔작부터 주연이었다. 지금껏 단 한 번도 조연을 한 적이 없다.

“아까 민호가 그랬잖아, 나한테. 이제 슬슬 내려올 준비 하라고.”

윤하는 계속해서 손을 움직이며 말했다.

“그거야 당연히 농담으로 한 얘기잖아요!”

“나도 알아. 하지만 그 말이 맞는 것도 사실이야.”

윤하의 목소리는 담담했다.

“그동안 행복한 사랑 이야기가 좋아서 로맨스를 주로 했어. 하지만 영원히 로코 주인공으로 살 수는 없는 거잖아. 이제 나도 조금씩 연기 변신을 해야지. 조연도 해보고, 또 전에 안 해본 연기도 하고.”

“윤하 씨…….”

“첫 조연이잖아. 주연 자리는 이왕이면 민호한테 내주고 싶었어.”

미소 지어 보이는 윤하의 깊은 마음에, 미사는 가슴이 뭉클해졌다.

“그래서, 윤하 씨는 무슨 역이에요?”

“악역이야. 남녀 주인공의 사랑을 집요하게 방해하는, 교활하고 비열한 역할."

윤하가 웃었다.

"처음 해보는 역할이라 재미있을 것 같아."

하지만 미사는 도저히 상상할 수가 없었다. 교활하고 비열한 연기를 하는 윤하를.

"……어울릴까요?"

"두고 봐. 꼭 완벽하게 해내고 말 거니까."

윤하가 힘주어 말했다.

미사는 깨달았다. 이 선택이 사랑하는 동생 민호를 위해서이기도 하지만, 윤하 자신에게 있어서도 앞으로 평생 이어질 연기생활을 위한 새로운 도전이라는 것을.

"응원할게요. 그리고……."

옆에 서 있는 윤하를 올려다보며, 미사는 고백하듯 말했다.

"무슨 역할을 하든, 나한테 윤하 씨는 언제까지나 주인공이에요."

윤하의 얼굴에 행복한 미소가 어렸다.

"난 그거면 충분해."

속삭이며, 윤하는 사랑하는 아내에게 가만히 입술을 가져갔다.

"……."

그대로 두 사람은 싱크대 앞에 선 채 키스를 나눴다. 처음에는 그저 로맨틱했던 키스가, 점점 격정멜로로 장르가 바뀌어갔다.

"……나머지는 내일 아침에 민호더러 하라고 할까?"

잠시 입술을 뗀 윤하가, 유혹하듯 속삭였다.

"예지도 같이하라고 하죠."

그렇게 대꾸하고, 미사는 윤하의 목에 두 팔을 둘렀다.

그런 미사를 기다렸다는 듯이 가볍게 안아 들고, 윤하는 침실로 향했다.

윤하와 미사가 1층에서 달콤한 사랑에 빠져 있는 동안, 2층의 민호는 백팔번뇌에 빠져 있었다.

술 먹고 기절한 예지를 업고 자기 방에 올라와서, 침대에 눕혀놓은 것까지는 좋았다. 그리고 자신은 오늘 밤 소파에서 잘 생각을 하고 한숨을 쉬며 일어나는데 갑자기 예지가 눈을 번쩍 뜨는 게 아닌가.

「예지야! 잠든 거 아니었어?」

깜짝 놀라 묻는 민호의 목에, 예지는 다짜고짜 매달려 왔다.

「좋아해요, 오빠.」

어어, 하는 사이에 그만 뒤로 넘어지는 바람에 예지의 몸 아래 깔리고 말았던 것이다.

민호의 몸 위에 올라타자마자 예지는 입술을 겹쳐 왔다.

「……!」

사귄 지 두 달 조금 넘었다. 솔직히 말해서 벌써 키스도 했지만 이렇게까지 진한 키스를 나누는 것은 처음이었다. 게다가 장소는 침대고, 자신이 밑에 깔려 있기까지!

자극이 너무 심한 나머지 민호는 눈이 핑핑 돌 지경이었다.

물론 처음에는 그저 좋기만 했다. 하지만 갈수록 이건 아니라는 생각이 들기 시작했다.

"예지야. 여, 여기까지만."

결국 필사의 인내심을 발휘해서, 민호는 예지에게서 억지로 입술을 떼고 말했다.

"아래층에 형이랑 누나 있잖아. 지금은 좀…… 우리 아직 사귄 지 얼마 안 됐기도 하고."

에라 모르겠다, 눈 딱 감고 본능이 시키는 대로 하고 싶기도 했다. 왜 그렇지 않겠는가, 민호도 남자인데. 하지만 그러기에는 예지가 너무 소중했다. 너무 쉽게, 빨리 이러고 싶지 않았다. 게다가 아직 예지는 갓 스무 살밖에 안 되지 않았는가.

"네가 싫어서 그러는 건 아냐. 내 맘 알지?"

달래듯이 말했지만 왠지 예지는 들은 체도 않고 막무가내로 매달리며 또다시 키스해 왔다.

민호는 기겁을 해서 예지의 입술을 피하며 말했다.

"일단 물 한 잔 마시고 진정하자, 응?"

하지만 대꾸조차 없었다. 무조건 품에 안겨 오며 키스하려고 들 뿐.

이쯤 되자 민호도 뭔가 수상하다 싶었다. 자세히 얼굴을 들여다보니 눈빛이 이상했다.

"……?"

분명히 눈을 뜨고는 있는데, 마치 꿈꾸는 사람처럼 눈동자에 전혀 초점이 없는 것이었다.

그제야 민호는 깨달았다. 얘 지금, 술주정 부리는구나!

기가 찰 노릇이었다. 아니 대체 무슨 놈의 주사가 이래?

상대가 제정신이 아니라는 걸 안 이상 더더욱 아무것도 할 수 없게 되었다.

"예지 너, 나중에 대학 가도 절대 술 먹지 마."

계속해서 찰거머리같이 달라붙어 오는 여자친구를, 도를 닦는 심정으로 떼어놓으며 민호는 울고 싶은 것을 꾹 참고 말했다.

"먹으면 헤어질 거야!"

1층과 2층, 천장 하나를 사이에 두고 희비가 교차하는 밤이었다.

햇살이 눈부신 5월의 어느 날, 교외의 작은 교회에서 결혼식이 거행되었다.

수줍은 미소를 띤 웨딩드레스 차림의 신부는 바로 예지 엄마. 그리고 연방 싱글벙글하고 있는 턱시도 차림의 신랑은 왕 서방.

재혼인 만큼 너무 떠들썩하게 하고 싶지 않다는 예지 엄마의 희망에 따라, 결혼식에는 정말 친한 사람들만 초대했다. 중국에서 온 왕 서방의 부모님과 형제들, 그리고 예지 엄마네 쪽 가족들까지 다 합쳐서 참석 인원은 겨우 서른 명 남짓.

무척 조촐한 예식이었지만 분위기만은 그 어떤 성대한 결혼식 못지않게 즐거웠다.

"와, 신랑 잘생겼다!"

손을 잡고 버진 로드 위를 행진하는 신랑신부를 향해 미사가 장난스럽게 외치자 예지도 지지 않았다.

"신부 예쁘다! 완전 처녀 같다! 유후!"

나부끼는 장미꽃잎 사이로, 신랑신부가 참지 못하고 웃음을 터뜨렸다.

예식 후 사진촬영은 생각보다 꽤나 오래 걸렸다. 중국에서 온 왕서방의 동생과 사촌들 모두가 윤하와 한 명 한 명 따로 사진을 찍고 싶어 했던 것이다.

"我是你的铁杆粉丝，我们一起照张相吧(저 완전 팬이에요, 같이 사진 찍어주세요)!"

물론 윤하가 팬 서비스를 마다할 리 없었다. 민호는 은근히 그들이 자신에게도 오지 않을까 생각했지만, 아쉽게도 아직 대륙까지는 민호의 이름이 잘 알려지지 않은 모양이었다.

"What's your name?"

내친김에 하나하나 이름을 물어가며 친절하게 사인까지 해주면서, 윤하는 곁눈질로 보란 듯이 민호를 쳐다보았다.

'넌 아직 멀었어.'

마치 도발하듯, 의기양양한 윤하의 미소에 민호는 주먹을 불끈 쥐었다.

'두고 봐, 이번 드라마에서 꼭 내가 이기고 만다!'

처음으로 둘이 함께 출연하게 된 드라마가 곧 제작발표회를 앞두고 있었던 것이다.

사진촬영까지 모두 마치고, 방금 탄생한 부부는 신혼여행을 떠나기 위해 꽃과 리본, 풍선으로 장식된 멋진 흰색 스포츠카에 올라탔다.

그리고 차가 출발하기 직전, 예지는 허리를 굽혀 드레스를 입은 엄마의 귀에 뭐라고 속삭였다.

"……."

예지 엄마는 갑자기 목까지 새빨개지더니 차 밖으로 손을 뻗어 딸의 등짝을 찰싹 때렸다.

"얘가!"

"아 쫌! 갖고 싶다고, 나도!"

또다시 손을 치켜드는 엄마를 피해가면서, 끝까지 한마디도 지지 않고 말하는 예지였다.

"모두들 고맙다 해, 잘 다녀오겠다 해!"

서서히 움직이기 시작하는 웨딩카를 향해, 모두들 손을 흔들며 한마디씩 외쳤다.

"결혼 축하드려요!"

"잘 다녀오세요!"

이윽고 차가 저만치 멀어지자 미사가 예지의 등을 문질러주며 물었다.

"근데 너 대체 뭐 갖고 싶다고 했길래 엄마가 저러셔? 여행가서 선물 사오시라고 했니?"

"아니."

예지가 씨익 웃었다.

"……동생 갖고 싶다고 했지!"

"저 사업하고 싶어요, 할아버지."

미사가 불쑥 폭탄선언을 날린 것은, 바로 그녀의 생일날 함께 가족 식사를 하던 중의 일이었다.

"그러니까 할아버지가 좀 도와주세요, 제 생일선물이라고 생각하시고."

이 회장은 어안이 벙벙해서 한동안 대꾸도 하지 못하고 있었다. 손녀가 뭔가를 부탁해 온 것이 처음이었기 때문이다.

그동안 그룹 후계자 자리도 싫다, 비싼 선물도 한사코 싫다던 미사가 아닌가.

"무슨 사업을 말하는 거니?"

손자인 재현을 무릎에 앉힌 혜경이 묻자 미사가 대답했다.

"학원 사업이에요. 말씀드렸었죠? 저 예전에 학원에서 아이들 가르쳤었다고요. 그 경험을 살려서 해보고 싶어요."

사교육 시장에 관심을 갖다니, 미사답지 않은 일이다. 딸에 대해 잘 아는 혜경은 뭔가가 있으리라 짐작했다.

"그냥 학원은 아닌 것 같은데?"

"맞아요, 저소득층 아이들을 위한 사교육 시장이에요. 물론 비영리 사업이구요."

그제야 이 회장이 입을 열었다.

"그룹 차원에서 이미 장학재단을 세워서 저소득층 학생들을 지원하고 있다마는?"

"알아요. 하지만 그건 대부분 이미 공부 잘하고 있는 아이들이 혜택을 받잖아요."

미사가 설명했다.

"공부만 잘하면 무슨 장학금이든 간에 기회가 생겨요. 하지만 요즘 세상에 가난한 아이들이 공부를 잘하기부터가 쉽지 않아요. 특히 사교육 시장에선 완전히 소외되어 있고요. 전국적으로 비영리 학원 체인을 운영해서 그런 아이들에게 도움을 주고 싶어요."

"전국적으로? 그럼 예산이 어마어마하게 들겠구나."

어느새 사업가의 표정을 한 이 회장이 물었다.

"그래, 그 사업을 한다 치고 우리 대서양에는 무슨 이득이 있느냐?"

"그룹 홍보에 도움이 됩니다."

윤하가 대신 대답했다.

"이름은 대서양학원으로 하고, 저와 민호가 무료로 광고모델을 맡겠습니다."

미사도 열심히 말했다.

"연간 수십억 원씩 돈 들여서 기업광고 하느니 이 학원을 운영하는 게 훨씬 그룹 이미지 제고에 도움이 될 거예요, 할아버지."

"아무리 비영리사업이라고 해도 전국적으로 운영해 나가려면 꽤나 어려울 텐데."

이 회장이 확인하듯 물었다.

"자신은 있느냐?"

미사는 어릴 때부터 선생님이 되는 게 꿈이었다. 꼭 선생님이 되어서, 나같이 어려운 학생들을 도와줘야지, 하고. 하지만 지금은 이래저래 유명인이 되는 바람에 아무래도 일선 학교나 학원에서 직접 일하기는 어려워졌다.

대신에 미사는 다른 꿈을 품게 되었던 것이다. 원래 품었던 것보다도, 훨씬 더 큰 꿈을.

"물론이에요!"

미사가 자신 있게 대답하자 이 회장은 그제야 만족한 얼굴을 했다.

"그래, 그래야 내 손녀지. 너라면 무슨 사업이든 잘 해낼 수 있을 게다."

미사의 얼굴이 확 밝아졌다.

"할아버지……!"

"대신에 조건이 하나 있다."

하지만 이 회장의 말은 거기서 끝이 아니었다.

"일단 둘째부터 낳고 나서 하도록 해라."

"할아버지도 참!"

미사가 얼굴을 붉혔지만 이 회장은 아랑곳하지 않았다.

"그런 큰 사업을 구멍가게 차리듯 뚝딱 할 수 있는 게 아니지 않느냐. 최소 1년 이상은 준비를 해야 할 텐데, 그 사이에 가지면 그만이지."

그러고는 더 이상 타협 불가라는 듯, 딱 못을 박았다.

"둘째만 건강하게 낳아라. 그러면 내 학원이든 뭐든 너 하고픈 대로 다 해주마."

"둘째 낳지 않아도 들어주실 거야."

윤하가 말하자 그의 팔을 베고 누운 미사가 고개를 끄덕였다.

"나도 알아요. 할아버진 내가 우주여행을 하고 싶다고 해도 들어주실 분이신걸. 그냥 손주 하나 더 보고 싶으셔서 하신 말씀인 거죠."

윤하는 금방이라도 그렇게 말하고 싶었다.

'그래, 그러니까 우리 할아버님 소원 들어드리자.'

하지만 그 말이 차마 입 밖으로 나오지 않았다.

언젠가 우리 많이많이, 힘닿는 대로 낳자고 미사와 약속한 적이 있었다. 하지만 정작 실제로 재현이를 낳고 나자 그게 그렇게 말처럼 쉬운 일이 아니라는 것을 깨닫게 되었다.

한 생명을 세상에 내놓아 키운다는 것은 무척 큰 각오와 희생이 필요한 일이었다.

자신의 희생이라면 얼마든지 괜찮다. 하지만 아빠인 자신이 아무리 열심히 아이를 돌본다 해도, 결국은 엄마인 미사가 희생해야 할 일들이 더 많았다. 당장 힘든 임신기간을 버티고, 산통을 겪고, 젖몸살을 겪어가며 수유하는 것 등등은 자신이 대신해줄 수 없는 부분이 아닌가.

게다가 아이를 많이 낳을수록 여자가 사회생활을 하기는 더욱더 힘들어지는 법이었다. 마침 미사가 모처럼 큰 꿈을 품게 된 상황이어서, 더더욱 윤하는 차마 둘째를 갖자고 말하지 못하고 있었다.

"그러니까 할아버지 말씀에 너무 부담 가지지 말고, 너 원하는 대로 하자."

아이를 더 갖고 싶은 마음을 꾹 참고, 윤하는 다정하게 말했다.

"윤하 씨 생각은 어떤데요?"

"낳는 건 엄마잖아. 엄마 뜻대로 해야지."

"의견을 묻는 거예요."

초롱초롱한 눈으로 남편의 얼굴을 들여다보며, 미사는 물었다.

"어때요, 윤하 씨도 갖고 싶어요? 둘째."

그제야 윤하는 솔직하게 속마음을 말했다.

"나야 갖고 싶지. 이왕이면 이번엔 너 닮은 딸로."

미사가 쿡쿡 웃었다.

"그럼 그냥 갖자고 하면 되지, 왜 말을 못 하고 있었어요?"

"많이 낳을수록 결국은 네가 힘들어지잖아. 아무리 내가 돕는다고 하지만……."

윤하는 한숨을 쉬고는 단호하게 말했다.

"나는 네 행복이 무엇보다 중요해. 아이는 더 갖고 싶지만, 혹시라도 그것 때문에 네가 지금보다 덜 행복해진다면 그건 싫어."

"음……."

미사는 잠시 생각하는 듯한 얼굴을 했다. 그러더니 불쑥 다른 화제를 꺼냈다.

"있죠. 재현이 낳던 날, 처음 재현이 얼굴 보고 내가 무슨 생각을 했는지 알아요?"

"글쎄. 내 생각?"

"그 사람이 떠올랐어요."

"그 사람?"

"있잖아요. 우리 아빠 죽게 만든."

미사가 서현우의 아버지, 서 의원에 대해 말하고 있다는 것을 깨달은 윤하는 살짝 눈살을 찌푸렸다.

"그 사람 생각은 왜?"

"그게 계속 의문이었거든요. 사고를 내서 사람을 죽여놓고 뺑소니치는 길에, 대체 왜 굳이 날 데리고 도망쳤던 걸까. 일부러 직접 탯줄까지 끊어가면서."

그러고 보니 이상하다. 윤하는 천천히 고개를 끄덕였다.

"그건 그렇군. 그냥 같이 죽게 내버려뒀을 만도 한데."

"그래요. 그것도 데려가서 그냥 길가나 풀숲에 버린 것도 아니고, 사람이 금세 발견할 수 있는 성당 앞에 놓아뒀잖아요."

미사가 한숨을 지었다.

"대체 왜 그랬을까. 그게 계속 궁금했는데, 재현이 갓 낳고 얼굴 보는 순간 알 것 같았어요."

"왜?"

"살리고 싶었던 거예요. 날."

윤하의 얼굴을 가만히 바라보며, 미사는 말했다.

"재현이 처음 봤을 때 정말 놀랐어요. 갓난아기가 그렇게까지 작을 줄은 몰랐거든요. 그러니 달수도 채 다 못 채우고 나온 나는 얼마나 더 작았겠어요?"

"……."

"비록 술 먹고 운전해서 사람을 치어죽인 나쁜 사람이지만, 갓 태어난 아기인 내 얼굴을 보는 순간 그대로 죽게 내버려둘 수는 없다는 생각을 했을 거예요."

미사가 중얼거렸다.

"최소한의 인간다운 마음은 있었던 거예요, 그 사람한테도."

윤하는 쉽게 고개를 끄덕일 수가 없었다. 그런 걸까. 정말로 그 악인에게도, 한 조각 선한 마음이 있었던 걸까.

"비록 우리 아빠를 죽게 하고 날 평생 고아신세로 만든 사람이지만, 그 순간만은 분명 내 생명의 은인이었어요."

그러나 미사의 목소리는 확신에 차 있었다.

"그걸 깨닫게 되니까 더는 그 사람을 미워하지 않을 수 있게 됐어요."

미사는 어디까지나 담담한 얼굴이었지만 윤하는 느낄 수 있었다. 그녀가 저렇게 말할 수 있을 때까지 속으로 얼마나 힘든 과정을 거쳤을지.

"그전까진 그 일이 생각날 때마다 무척 힘들었어요. 아무리 지금은 행복해졌다고 해도, 또 그 사람도 죗값을 치르게 됐다고 해도, 떠올릴 때마다 화병처럼 울컥거렸어요. 돌아가신 아빠도, 내 어린 시절도 결국은 두 번 다시 돌아오지 않으니까."

마음이 아파서, 윤하는 미사의 부드러운 머리칼을 조심스럽게 쓰다듬었다.

“하지만 미워하지 않게 된 후부터는 훨씬 마음이 편해졌어요.”

부부 침대 곁에 놓인 아기 침대에 누워 잠든 재현이의 얼굴을 들여다보며, 미사가 조그맣게 중얼거렸다.

“아마 재현이를 낳지 않았더라면, 평생 그러지 못했을 거예요.”

그제야 윤하는 깨달았다. 미사가 왜 이 이야기를 꺼냈는지.

“재현이를 낳고 나서, 나는 전보다 훨씬 행복해졌어요.”

잠든 재현이의 이마에 가볍게 입을 맞추며, 미사가 말했다.

“하나를 더 낳고, 또 하나를 더 낳을수록 더욱더 그럴 거예요.”

이윽고 아기에게서 시선을 돌린 미사가, 윤하의 귓가에 입술을 가져갔다.

“그러니까 내 생일선물로 주지 않을래요?”

유혹하듯, 속삭이는 목소리였다.

“……우리 둘째.”

대답 대신에 윤하는 손을 뻗어 침대 머리맡의 스탠드를 껐다.

“이리 와.”

어둠 속에서 남편의 달콤한 입술을 느끼며, 미사는 행복하게 눈을 감았다.

……그로부터 두 달 후, 윤하와 미사는 알게 되었다.

바로 그날 밤, 사랑스러운 둘째 아이가 그들에게 찾아왔다는 것을.

어느덧 여름도 지나고, 바람이 한결 선선해진 어느 가을날.

윤하와 미사의 집은 오랜만에 모인 여러 사람들로 떠들썩해져 있었다.

"어때요, 사부님?"

직접 만든 탕수육 소스 맛을 왕 서방에게 검사받는 미사와,

"역시 내 제자다 해!"

엄지를 척 내미는 왕 서방.

"안 됩니다, 어머님! 아기 가진 귀한 몸이신데 무거운 거 들고 그러시면 안 되죠!"

예지 엄마가 거실로 나르던 쟁반을 뺏어 드는 민호와,

"얘도 참!"

살짝 불러오기 시작한 배 위에 앞치마를 두르고 얼굴을 붉히는 예지 엄마.

"아빠, 아빠, 나 이번 모의고사 완전 잘 봤는데, 뭐 없어?"

그 와중에 왕 서방에게 애교 섞어 용돈을 조르고 있는 예지.

"윤하야, 이쪽에 수저 몇 개 더 놓아야겠다."

"네, 어머니."

나란히 팔을 걷어붙이고 상을 차리고 있는 윤하와 혜경.

"재현아, 고모랑 ABCD 노래 불러볼까?"

"삼촌이랑 블록 쌓기 하자!"

그리고 한편에서 재현이와 놀아주고 있는 윤하의 동생들까지.

모두 함께 즐거운 저녁식사가 끝난 후, 옹기종기 TV 앞에 모여 앉았다.

모두가 긴장된 표정으로 기다리고 있는 것은 바로 드라마였다. 바로 오늘이 윤하와 민호가 함께 출연한 새 드라마의 첫 방송 날이었던 것이다.

"그런데 윤하야, 이번 작품은 어떤 드라마니?"

윤하의 열렬한 팬이기도 한 혜경이 물었다.

"음, 로맨스지만 정통 로맨틱 코미디는 아니고요. 처음에는 약간 미스터리한 분위기로 가다가, 나중에는 멜로가 되고, 마지막에는 따뜻한 가족 드라마 같을 겁니다."

윤하가 대답했다.

"그래, 이번엔 악역이라고?"

"네, 정말 비열한 악당이래요. 시청자들한테 죽도록 욕먹을 각오로 연기했대요. 기대되죠?"

아직은 겉으로 티가 나지 않는 배를 살며시 어루만지며, 미사가 쿡쿡 웃었다.

"민호 오빠는요?"

예지가 곁에 앉은 민호를 향해 물었다.

"나는 남주니까 일단 멋있는 역이지."

민호가 대답했다.

"그렇다고 재벌 2세는 아니고, 어린 시절부터 고생도 많이 한 캐릭터야."

"오빠랑 닮은 점이 있네요?"

"응. 그래서 더 몰입해서 연기했어."
민호의 말투에서 자신감이 엿보였다.
"보다 보면 시청자들도 분명히 사랑하게 될 거야."
문득 왕 서방이 외쳤다.
"쉿, 이제 시작한다 해!"
모두가 쥐 죽은 듯이 조용해졌다.
드디어 드라마가 시작되며, 화면에 제목이 서서히 떠올랐다.

[위험한 신혼부부]

– 위험한 신혼부부, 끝.

작가후기

안녕하세요, 박수정입니다. 이 책은 저의 열다섯 번째 장편입니다. 사실 몇 번째인지 정확히 기억이 안 나서 지난 번 책의 후기를 슬쩍 참고했는데…… 어느 새 몇 번째 작품인지도 헷갈릴 만큼 작품이 많아졌군요. 십 년간 열심히 했네요, 저.

네이버 웹소설로는 두 번째 작품인데, 전작인 '위험한 신입사원'이 감사하게도 생각보다 큰 사랑을 받아서 사실 후속작에 대한 부담이 많이 컸습니다. 그런 가운데서 여러모로 전작보다도 좋은 성적으로 연재를 마치게 되어 무척 기쁘기도 하고, 또 다음 작품에 대한 부담감도 생기고 그렇습니다. 하지만 일단 지금은 스스로를 칭찬해주기로 하겠습니다. 수고했다 작가!

사실 2016년 1월부터 연재를 시작했는데 계속 원고를 고치고 또 고치고 뒤집어엎고 하느라 12월 중순까지도 확정된 원고가 딱 두 편뿐인 급박한 상황이 있었습니다. 게다가 그 때까지도 제목이 나오지 않아서 한때는 이를 어쩌나 눈앞이 캄캄하기도 했습니다.

원래 초고는 지금보다 훨씬 더 묵직한 멜로였고, 미사는 서른 살이었다가 기억을 잃고 스무 살이 되는 설정이었습니다. 그런데 수정 과정에서 나이가 열여덟 살로 낮아지고, 결정적으로 제목이 '위험한 신혼부부'로 정해지면서 원래 초고보다 훨씬 밝은 느낌이 되었습니다.

사실 연재 초반에는 이리저리 들려오는 말들에 가슴앓이도 많이 했고, 또 초반에 미스터리를 너무 많이 가미하는 바람에 독자 분들이 많이 불안해하셔서 이미 미리보기 서비스로 나간 원고까지 몇 차례나 수정을 거쳤고, 후반부에는 갑자기 글이 한 줄도 써지지 않는 슬럼프가 찾아와서 거의 한 달 가까이 고생했고…… 우여곡절이 많이 있었습니다.

그래도 다 끝나고 돌아보면 결국 해피엔딩이네요. 어쩌면 인생도 그런 것일지 모르겠습니다.

사실 신작을 기억상실로 해야지, 하고 콘셉트를 잡고 나서도 한동안 원고가 잘 풀리지 않아서 방황하고 있었습니다. 마침 그럴 때 접했던 것이 바로 '삼례 나라슈퍼 3인조 사건'입니다. 억울하게 범죄자의 누명을 쓴 가엾고 불우한 아이를 만들어서, 그 아이를 내가 만든 아름다운 세상 속에서 행복하게 해주고 싶다는 마음에 드디어 글이 제대로 굴러가기 시작했고, 그렇게 탄생한 캐릭터가 바로 윤하입니다. 실제의 그분들께서도 부디 누명을 벗고 앞으로 행복한 삶을 살아가시기를 진심으로 기도합니다.

또 연재 도중에 신원영 군 사건이 터졌고, 그 일이 민호의 과거사의 모티브가 되었습니다. 이 자리를 빌어 지금은 천사가 된 신원영 군의 명복을 빕니다. 살인자들뿐만 아니라 알고도 방관했던 자들까지 부디 합당한 벌을 받기를 진심으로 기원합니다.

모두를 행복하게 해 주고 싶다는 마음이 제가 글을 쓰는 원동력인 것 같습니다. 슬프고 아프고 외로운 사람들을 글 속에서 행복하게 만들어서, 결국 읽는 사람도, 쓰는 사람도 행복해지는 이야기를 하고 싶은 마음입니다.

이 책에서는 불우한 가정에서 자란 윤하와 고아였던 미사, 아동학대 피해자인 민호, 문제아 취급받던 예지, 자식을 잃고 평생 외롭게 살아왔던 미사 엄마, 40대 노총각 왕 서방, 남편과 사별한 예지 엄마, 아들을 둘이나 앞세운 할아버지까지 모두가 외로운 사람들이었고, 글 속에서 그들 모두가 행복해졌습니다. 쓰면서 저는 행복했고, 여러분도 행복하셨다면 제게는 가장 큰 기쁨일 것 같습니다.

그 외에 또 한 가지, 제가 집중했던 부분을 말씀드리자면 '인간 정윤하의 성장기'입니다. 윤하는 비록 미사를 만나서 말더듬이도 고쳤고 유명한 배우도 되었지만, 여전히 가면을 쓰지 않으면 심지어 자기 팬마저 대면하기 힘들어할 정도로 사회생활이 힘든 타입이었습니다. 하지만 이야기가 진행될수록 꾸준히 한 발 한 발 세상 밖으로 나오게 되어서 나중에는 예능에도 나가고, 팬들과도 직접 소통하고, 더 이상 캐릭터의 가면을 쓰지 않고 자기 자신 그대로를 사람들에게 보여줄 수 있는 용기를 갖게 되지요.

여러분도 한번쯤 그런 면에 중점을 두고 읽어보셔도 재미있을 것 같습니다.

참고로 작품 안에 윤하의 출연작으로 '위험한 신입사원', '프로젝트S', '미로', '신사의 은밀한 취향' 등 여러 가지 작품 이름들이 등장하는데, 모두 제가 전에 썼던 작품의 제목들입니다. 이 책 '위험한 신혼부부'를 재미있게 읽으셨다면, 특히 작년에 나온 웹소설 '위험한 신입사원' 종이책(전 3권)을 읽어보셔도 재미있을 것 같습니다.

책을 낼 때마다 그렇습니다만 여전히 이번에도 감사드릴 분들이 많습니다. 작가가 글을 만들어나가는 것은 혼자만의 힘으로 되지 않는다는 것을 글을 쓸수록 절실하게 느끼게 됩니다.

우선 이 책을 내주시는 도서출판 가하의 이승진 차장님. 제가 이렇게 하고 싶다, 저렇게 하고 싶다고 말씀드리면 진짜로 그렇게 해주시는 요술쟁이 같은 분. 그렇게 늘 제 편 되어주시는데 정작 늘 폐만 끼치고 있는 것 같아 죄송합니다. 언젠가는 꼭 은혜 갚는 까치가 돼서 박씨를 물어다드리겠다고 말씀드렸던 것 같은데 과연 그게 언제가 될지……! 언젠가는 한방 꼭 터뜨려 보이겠습니다. 인생 기니까요!

다음으로 저의 네이버 담당자, 박소이 매니저님. 제가 고민하고 힘들어 할 때마다 얘기 들어주시고, 최선을 다해 조언해주시고 늘 제 편 들어주시는 분. 사실 연재 시작 전에 제가 불안하다고 하소연하니까 '저는 작가님은 전~혀 걱정 안 해요. 어차피 잘하실 건데 뭐.'라고 하셨을 때는 '제발 제 걱정도 좀 해주세요!' 하고 투정부리긴 했지만 그만큼 날 믿어주는 사람이 있다는 게 큰 힘이고 또 동기부여가 됩니다. 믿어주시는 만큼 더 열심히 하겠습니다.

이 작품의 삽화가, 일러스트레이터 Cierra님께도 대단히 감사드립니다. 사실 처음에는 워낙 유명하신 분이라 네이버 웹소설 같이

긴 작품을 같이 할 수 있는 기회가 오리라고는 상상도 못 했었습니다. 제 가이드에 따라 그려주신 윤하 캐릭터를 처음 본 순간, 첫눈에 사랑에 빠졌던 기억이 여태 생생합니다. 덕분에 1년간 매주 두 번씩 꼬박꼬박 행복했습니다. 앞으로 또 기회가 된다면 부디 잘 부탁드립니다. 그리고 웨딩드레스를 세 번이나 입히게 돼서 죄송합니다…….

사랑하는 남편, 그리고 사랑하는 아들 준수. 이 작품 진행하면서 여러 가지 이유로 지독하게 마음고생이 심했는데 남편이 제일 큰 힘이 되어주었던 것 같습니다. 아마 지금 세상에 완벽하게 백 퍼센트 내 편이 존재한다면 바로 남편인 것 같습니다. 늘 내가 마지막으로 기댈 수 있는 구석이 되어 주어서 고맙습니다. 하지만 준수야 엄마가 세상에서 제일 사랑하는 건 너야. 준수 아빠 미안.

그리고 누구보다도, 무엇보다도 제 글을 사랑해주시는 독자 분들. 평소에도 가끔 듣습니다만, 특히나 이 작품에서는 여러분께 그런 말을 많이 들은 것 같습니다. '작가님 사랑해요, 이런 작품 읽게 해 주셔서 고맙습니다.'

글 쓰면서 물론 이래저래 힘든 일도 많이 겪지만, 그럴 때마다 진심으로 작가가 되기를 잘했다는 생각을 합니다. 먹고살게 해주시는 분들께 되레 고맙다, 사랑한다는 말을 듣다니 이만큼 좋은 직업이 또 어디 있겠습니까. 은혜 잊지 않고 더 열심히 쓰겠습니다.

글 쓰는 것이 예전에도 물론 쉽지는 않았지만 갈수록 힘들다는 생각이 듭니다. 부담도 커지고, 또 글 자체가 아닌 외부적 스트레스도 많이 생기고…… 하지만 결국 중요한 건 글 자체이고, 제가 이 일을 무척 사랑한다는 사실만은 변하지 않는 것 같습니다. 어떤 일에도 지지 않고, 좌절하지 않고 계속 쓰겠다는 다짐을 해봅니다.

이제 올해도 거의 다 가버렸네요. 물론 올해의 가장 큰 작업은 이 작품 '위험한 신혼부부'를 완결했던 것이고, 봄에는 종이책 '플리즈 비 마인'을 냈습니다. 카카오페이지에 이 책을 기다리면 무료로 공개하면서 따로 외전 작업을 했고, 또 예전 작품인 '반짝반짝'과 '미로'를 역시 기다리면 무료로 공개하면서 '미로'의 새 외전 작업도 했습니다.

그 외에는 12월에 19금 작품을 전자책으로 하나 낼 예정인데, 그 작업을 끝내고 보면 또 남은 올해도 훅 가버리고 말겠지요. 올해의 마무리 같은 작품이니 이왕이면 잘돼서 유종의 미를 거뒀으면 좋겠다는 생각이 듭니다.

그러고 나면 또 새로운 한 해를 맞이해야겠지요. 내년에는 내년대로 또 기대되는 일들이 여럿 기다리고 있어서 가슴이 두근두근합니다. 그건 그때 가서 또 말씀드릴 기회가 있을 거예요.

여러분께서도 부디 남은 올해 잘 마무리하시고, 행복한 새해 맞이하시길 바랍니다.

다음에 또 만나요.

2016년 11월

박수정 드림